VERLAG ANTJE
KUNSTMANN

Margherita Giacobino

Familienbild mit dickem Kind

Roman

❖

Aus dem Italienischen
von Maja Pflug

Verlag Antje Kunstmann

Für Maria, meine Mutter
für sie alle
und für Claudia

Zugluft

❖

BEI MEINER GEBURT war sie einundsechzig Jahre alt, doch in meiner Kindheit blieb sie trotz der Ermahnungen meiner Mutter (»Du musst sie *Magna* Ninin nennen!«) für mich immer und ausschließlich Ninin, diese Verkleinerungsform ihres Namens bot meinen frechen Füßchen einen Halt, um ihre wehrlose Autorität zu überwinden.

Im Register des Pfarrers hieß sie »Caterina« wie ihre Großmutter, die Mutter ihres Vaters, doch der Name wurde »Catlina« ausgesprochen, mit jenem in der Kehle vibrierenden »n«, das in Italien nur in unserer Gegend zu hören ist. Der Namenstribut war Pflicht und wurde erwartet, hätten die erstgeborenen Mädchen der Kinder nicht Catlina geheißen, wäre die alte *Granda* beleidigt gewesen, und wehe den Ungehorsamen! Bei derartigen Regeln waren gleiche Namen in der Familie unvermeidlich, und um die verschiedenen Catlinen nicht zu verwechseln, wurde der Name vielfach abgewandelt: zu Catlinìn, Catlinota, Catlinetta. Sie nannte man Ninin, von Catlinìn, doch ein Ninin ist auch ganz allgemein ein Wickelkind, etwas Kleines, Neues, von dem man noch nicht weiß, ob es bleibt, ein kaum angedeutetes Leben in der wurmstichigen Wiege mit den Wolldecken und dem Maisstroh, und bevor man ihm einen echten Namen gibt, wartet man, bis es anfängt zu krabbeln. Sie aber blieb für immer Ninin, auch als ihr noch eine lange Reihe von Brüdern und Schwestern folgte, darunter meine Großmutter.

Sie war die Tochter einer Domenica und eines Giuseppe und hatte als Amme eine Kuh. Man erzählt, dass man sie bei dem Tier anlegte, als die Milch ihrer Mutter versiegte, bevor das Neugeborene in der Lage war, Polenta zu essen, und die andere Schwiegertochter es nicht stillen konnte, weil sie einen großen, dicken Jungen hatte, der sie auffraß. Deshalb trugen sie Ninin in den Stall und hängten sie direkt an die lange rosa Zitze des Kuheuters; es heißt, dass die Kuh, sobald sie ihr hungriges Geschrei hörte, aufstand wie zum Melken und dann mit einer Engelsgeduld stillhielt, während Ninin mit aller Kraft ihrer kindlichen Kiefer saugte. Sie bekam keine einzige Krankheit. Es waren Zeiten, zu denen man mit Keimen vertrauter zusammenlebte als heute; und außerdem wurden die Kinder häufig im Stall, dem einzigen warmen Ort im Winter, geboren und lernten sofort das Stroh und den feuchten Atem des Viehs kennen. Entweder sie wuchsen kräftig heran, oder sie wuchsen nicht. Ninin überlebte glücklich den Mangel an Muttermilch und die Ersatzlösung. Der einzige, zweitrangige Schaden, berichtet die Familienlegende weiter, war eine leichte Verformung des Kiefers, die eben davon herrührte, dass sie monatelang an der großen Kuhzitze gesaugt hatte; als dann allmählich die Zähne kamen, standen sie nach außen und blieben so, bis schließlich das künstliche Gebiss Ninins Physiognomie wieder zurechtrückte.

Wir sind am Beginn des letzten Jahrzehnts des 19. Jahrhunderts. Die Frauen tragen als Unterhemd eine *camisa*, ein ganzjähriges Kleidungsstück aus grobem Leinen, das auf der Haut kratzt und die Unterhose bauscht, wenn sie eine tragen – aber sie tragen fast nie eine. Darüber mehrere Röcke und Mieder, die sie plump erscheinen lassen und ihre häufigen Schwangerschaften verbergen. Auch die Männer tragen eine *camisa* mit zum Waschen abnehmbaren Manschetten und Kragen; und an hohen Feiertagen ziehen sie dunkle Wollanzüge an, immer dreiteilig: Hose, Jacke und Weste. Man verwendet auch noch Hanffaser, kühl und schwer, wenig geeignet für den Winter. Alle erwachsenen Männer prunken mit Schnauzbart und Hut; alle Frauen, von der Kindheit bis ins hohe Alter, bändigen die Haare in Zöpfen oder Knoten.

Ein Foto ist zu jener Zeit ein seltenes, feierliches Ereignis, lange verharrt man regungslos, so ernst, als posierte man für sein eigens Grabporträt, und gewiss begleitet noch irgendwie eine verschwommene Idee von Todesewigkeit das magische Ritual, das der Fotograf vollzieht, wenn er den Kopf unter dem schwarzen Tuch versteckt. Niemand lächelt, der Weg bis zur unbeschwerten Leichtigkeit unserer digitalen Schnappschüsse ist noch weit. Auf den am Grund der Schublade aufbewahrten Fotos ist niemand daran interessiert, glücklich oder gar heiter zu wirken. Im Gegenteil, alle erscheinen verhangen, finster, wenn nicht sogar grausam; verschlossene Menschen mit schlechtem Charakter.

Ich besitze weder Fotos von Ninin als Kind oder junges Mädchen noch von ihrer Familie aus den Jahren um die Jahrhundertwende. Vielleicht sind sie verloren gegangen, oder es schien ihnen ein skandalöser Luxus zu sein, Geld für den Fotografen auszugeben. Daher bin ich gezwungen, eines zu erfinden.

Es kann nur ein Gruppenfoto sein: Die Alten sitzen in der Mitte, starr und monumental, wenn auch vom Alter ausgetrocknet, nicht ein Hauch von Wohlwollen mildert die Härte ihrer Lippen und Blicke; hinter ihnen und rundherum die Söhne und Schwiegertöchter, etliche schon erwachsen und vorzeitig gealtert, andere noch Jugendliche. Die Männer fixieren mit stolzer, trotziger Miene das Objektiv, so wie Soldaten die feindlichen Kanonen; die Frauen, tragisch und zugleich ausdruckslos wie zum Opfer bereite Iphigenien, halten weiße Bündel auf den ausgestreckten Armen, während sich zu ihren Füßen Kinder verschiedener Altersstufen drängen, alle mit aufgerissenen Augen, schwarze Knöpfe in den kleinen, überraschten Gesichtern. Am äußersten Rand des Familienbildes eine Miniatur-Frau, gekleidet wie ihre Mutter und wie sie entschlossen zu handeln und standzuhalten: Ninin.

Ich sehe dieses Bild wie durch fließendes Wasser, das die schon durch die Pose und das frontale Licht verflachten Gesichtszüge nach und nach weiter verwischt und sie mit seiner unablässigen Strömung in schillernde Bewegung versetzt. Wer waren diese Frauen und Männer wirklich? Waren sie so rau und streng, wie sie aussehen? Liebten oder ertrugen sie sich? Was würden sie mir erzählen, wenn sie je aus diesem Wasser, das sie jeden Tag ein wenig weiter fortträgt, an die Oberfläche steigen könnten und vor allem, wenn sie die Gewohnheit hätten, von sich zu erzählen, die ihnen gewiss fehlt? Haben sie etwas mit mir gemein, mit der Welt, wie sie sich mir heute darstellt? Die Einzige, die ich deutlich sehe, die Einzige, die ich noch berühren kann, wenn ich die Hand in den Fluss dieser doch noch nicht weit, kaum ein Jahrhundert zurückliegenden Vergangenheit strecke, ist die kleine Ninin, und durch sie werden auch die Bilder ihrer Brüder und Schwestern lebendig.

Ninin ist für mich Ursprung und Archetyp. Ninin, die Unermüdliche, *mulier fabricans*. Meine Lucy, die erste menschliche Form, die aus der Vorgeschichte aufsteigt.

Unverwechselbar und einzigartig, meine DNA, in mir eingebettet wie das Mark meiner Knochen, ihre Gedanken das Grundmaterial meiner Gedanken. Und gleichzeitig diffus, überpersönlich, eine Uridee dessen, was menschlich ist.

Kleines Mädchen oder alte Frau, immer bleibt sie meine Ninin. So, wie ich sie als Kind rief, mit dem herrischen Besitzanspruch einer Geliebten. Leidenschaft ist kein Privileg der Jugend und hat an sich wenig zu tun mit dem sexuellen Begehren, mit dem sie häufig verwechselt wird; manchmal finden sich heftige und totale Leidenschaften gerade in den weniger sexuell bestimmten Altersstufen, in der Kindheit und im Alter. Ich kann es nur Leidenschaft nennen, das Gefühl, das mich mit meiner Mutter und den Alten meiner Kindheit verband, von denen Ninin die Beruhigendste und Schroffste war, die, die ich am meisten liebte und brauchte.

Müsste ich das, was im Lauf der Jahre zu meiner persönlichen Kosmogonie geworden ist, bildlich darstellen, stünde Ninin am Ursprung der Welt, ein kleiner, deutlicher Dreh- und Angelpunkt der Universen, Symbol der unverzichtbarsten, elementarsten Energie, der absoluten, rauen und pragmatischen Liebe der Frauen.

Der Erstgeborenen von Giuseppe und seiner Frau Domenica ist es bestimmt, nach der Kuhzitze noch viele andere Widrigkeiten zu überleben, unter anderem den Typhus, zwei Weltkriege, einen Brustkrebs und eine erbärmlich niedrige Rente nach fünfzig Jahren Arbeit in der Fabrik. Sie wird drei Generationen großziehen: ihre eigenen Geschwister (bevor auch sie geht, wird sie noch Blumen auf alle ihre Gräber bringen), dann ihre Nichte Maria, meine Mutter, und mich, ihre Großnichte. Sie wird fast ein Jahrhundert Geschichte mit allen Ereignissen und Wundern an sich vorbei- und über ihren Kopf hinwegziehen sehen: elektrisches Licht, die Auswandererschiffe, das Automobil, das Kino, Mussolini, die Befreiung und die Republik, die Marienwallfahrt, Kennedy, Papst Johannes, die Schlagersendung »Canzonissima«, den ersten Menschen auf dem Mond, die Miniröcke. Doch trotz der Gefahr, von ihr erdrückt zu werden, bleibt die Geschichte Ninin unwiderruflich fremd; sie ist ganz davon in Anspruch genommen, auf Mikroebene unverdrossen ihre eigene Geschichte und die ihrer Familie zu weben, die ständig geflickt und gerettet werden muss, ein Abenteuer ohne Aufsehen, das sie in Atem hält. Trotz der Wiederholung der Gesten und der Tage wird Ninin sich niemals langweilen. In den fünfundachtzig Jahren ihres Bleibens auf Erden arbeitet sie unermüdlich (außer im letzten Jahr, das sie im Bett verbrachte, wo sie ständig über Schmerzen klagte und darüber, dass sie nicht mehr arbeiten könne), ohne etwas für sich beiseitezulegen oder sich eine Atempause zu gönnen. Bis zuletzt war sie von einem Willen beseelt, der umso stärker wurde, je instinktiver und unbewusster er war: jene zu hüten, die ihr anvertraut waren. Ihnen zu helfen, ehrenhaft und mit Würde das Heute zu überstehen, und sie heil ins Morgen zu bringen. Und jeden Tag neu zu beginnen.

Ihr Sakrament wird die Arbeit sein, ihre Religion die Pflicht, ein geheimnisvolles Wort, das schon beim Aussprechen wie eine scharfe Klinge in die Lippen schneidet. Die Pflicht ist eine grausame Göttin, die verlangt, dass man früh aufsteht und spät schlafen geht, Knochen und Augen abnutzt, die Seele kasteit. Sie verzehrt ihre Anhänger wie eine ewige Flamme; stürmisch flackernd, nie, niemals ruhig siehst du das Flämmchen in ihren Augen glimmen. Ninins Pflicht ist gewiss nicht das Gesetz der Menschen, das kann sie, wenn nötig, herausfordern; ihre hausgemachte Theologie ist mit manchmal bizarren, widersprüchlichen Dogmen durchsetzt, doch ihr pulsierender Kern kennt keine Worte, er ist unartikuliert, reine Lebenskraft. Prosaisch und erdverbunden wie das Herz, das Blut in die Adern pumpt, geht Ninin vorwärts, ohne je innezuhalten, solange es Leben gibt.

Sie kam auf die Welt, als es noch Winter war, Anfang März, zwischen den Kühen und Eseln im Stall wie Jesus, so wie man damals in ihrer Gegend geboren wurde; der Ochse war bestimmt dabei, vielleicht auch das Eselchen, aber keine Engel, und anstelle der Drei Könige kamen der Großvater Bartolomeo mit dem gelben Schnurrbart, der ihm fast bis zu den Ohren reichte, und den noch gelberen Zähnen, sein Sohn, *Barba* Giacu, der nach Wein stank, und die Ur-Catlina, die *Mare Granda* mit ihren kleinen schwarzen Augen, in sieben Schichten von Röcken und Miedern gekleidet, und zwischen einer Schicht und der nächsten gab es tiefe Taschen und fest geknotete Bündel, in denen sich Taschentücher, Schnupftabak, Käserinden und die zahllosen feinen Dolche ihrer Bosheit verbargen. Die Gabe, die Bartolomeo ihr zur Geburt darbrachte, war die Weidenrute, stets bereit, um auf die Beine der Enkelkinder niederzusausen; die Gabe der Großmutter war der herbe, vorzeitige Geschmack der Ungerechtigkeit. Onkel Giacu brachte nichts mit, er wurde selbst von starken Armen aus dem Wirtshaus hergebracht.

Nach ihr kamen in dieser Reihenfolge eine Maria, die meine Großmutter wurde, und dann eine Domenica, genannt Michin; ein Bartolomeo, genannt Mecio; eine Margherita, die nur drei Jahre lebte, bevor sie im Wildbach ertrank, unten bei den Steinen, wo man zum Wäschewaschen hinging; später noch ein Giuseppe, genannt Noto (von Pinot, der familiären Form von Giuseppe), dann eine zweite Margherita, die die erste ersetzte. Ninin, die Älteste, war mit vier Jahren schon damit beauftragt, Wiegen zu schaukeln, Windeln zu wechseln und die kleinen Kartoffeln zu schälen, für die die Finger der Erwachsenen zu dick waren. Wenn ihre Mutter Domenica mit dem Melken der Kühe und Ziegen, mit Grasmähen, Reisigsammeln und Käsemachen fertig war, setzte sie sich an den Webstuhl, der in einer Ecke der großen Küche stand, in einer in den Boden gegrabenen Nische, in die sie sich mit raschelnden Röcken hinunterließ, und ihre Füße begannen rasch die Pedale zu treten, während die Arme den Webkamm auf und ab bewegten. Es war eine mühsame Arbeit. Sie webte grobes Leinen aus Hanf für Laken und Hemden, von der schmutzig-weißen Farbe des Rahms, kurz bevor es Zeit ist, ihn von der Milch abzuschöpfen, um Butter daraus zu machen.

Zweimal im Jahr gingen sie auf den Markt von Chivasso, um Hanffaden zu kaufen und das Leinen feilzubieten. Die Verhandlungen mit den Händlern führten weder Domenica noch die andere, bei ihnen wohnende Schwiegertochter, sondern die *Granda*: »Ihr zwei wisst ja nicht einmal, was draußen für ein Wetter ist, sie würden euch sofort übers Ohr hauen«, sagte Catlina selbstherrlich zu den beiden. Und dann zog sie los, den Esel mit Bündeln beladen, in Gesellschaft eines jüngeren Sohnes oder eines schon größeren Enkels.

Das Geld der Frauen verwaltete allein sie, Catlina, aus ihren Taschen drang ein heimliches, gedämpftes Klimpern. Stets ging sie selbst am Samstag auf den Dorfmarkt, um Mehl, Kochkessel, in Salz eingelegte Sardellen oder Holzschuhe zu kaufen. Die Schwiegertöchter blieben daheim und versorgten das Vieh und den Gemüsegarten.

Es war eine Stammeshierarchie mit Überresten antiker Matriarchate, die im Hause meiner Vorfahren herrschte. Als ich in den Siebzigerjahren als Studentin zeitgenössischer Literatur entgegen der Meinung der Professoren darauf beharrte, meine Abschlussarbeit über Hexen zu schreiben (ein Thema, das damals bei den Feministinnen in Mode kam, weshalb ich, hungrig nach Entdeckungen über mich selbst und über das Leben, es unbedingt wollte, während meine Dozenten ebenso strikt dagegen waren und einer von ihnen die Ansicht äußerte, die Hexen seien ein Phänomen ohne jede Bedeutung oder, in einer damals üblichen Phrase ausgedrückt, »ein Furunkel am Arsch der Geschichte«), entdeckte ich bei der mühseligen Transkription von Prozessakten aus einem spätmittelalterlichen, in schlechter gotischer Fraktur geschriebenen Latein ein Stück Vergangenheit, in der ich im rauchigen Halbdunkel mein Zuhause vor meiner Geburt zu erkennen glaubte. Ende des 19. Jahrhunderts waren die Familien ebenso groß wie im 15. Jahrhundert, und die Frauen waren dem Gesetz der Ältesten unterworfen. Wie in einem Harem vielleicht oder in einem chinesischen Haushalt, wo viele Ehefrauen unter der Knute der ersten zusammenlebten, herrschte in den Steinhäusern der Voralpensiedlungen die *Granda* über die Schwiegertöchter, und wenn sie stark war und die Kinder mit eiserner Hand zu lenken verstand, waren die jungen Männer ihr bewaffneter Arm. Sie war eine königliche Madame, eine Regentin, die sich vor den weiblichen Intrigen und der Rache des männlichen Stolzes in Acht nehmen musste. Diese Welt kannte keine komplexen, unlösbaren Demokratiefragen, sondern nur Macht und Unterwerfung, und nicht zufällig nannten die Schwiegertöchter die Schwiegermutter ehrerbietig *Madona*, was, auch wenn sie das nicht wussten, von *mea domina* kommt, meine Herrin.

Was ich damals, mit zwanzig, in den Akten meines Prozesses zu lesen vermeinte, war die Zerbrechlichkeit der Macht der Frauen, die nur innerhalb jener Steinmauern galt, in jenen Höhlen aus gestampfter Erde, zwischen Haushaltsutensilien, die der kollektive Albtraum in Zaubermittel verwandelte. Ob gut oder böse, die einstigen *Masche,* die Hexen – Bäuerinnen, Mütter, Hebammen, Kräutersammlerinnen oder einfach nur Frauen – waren alle einem Wind reiner Barbarei ausgesetzt, demselben, der auch noch in das Haus eindrang, in dem Domenica ihre Erstgeborene zur Welt brachte.

Die andere Schwiegertochter in der Familie hieß Rita, sie sprach wenig, hielt die Augen gesenkt und nickte zustimmend mit dem Kopf, ohne die blassen Lippen zu öffnen. Sie war durchsichtig wie kalte Morgenluft; Domenica hatte versucht, sich mit ihr anzufreunden, um einen jungen Menschen zu haben, mit dem sie reden konnte, doch Rita war zu ängstlich, sie wusste nicht, was Freundinnen sind, denn sie war unter den besitzergreifenden Fittichen einer dicken, eifersüchtigen Tante aufgewachsen und von dort, ohne je ein bisschen Freiheit zu atmen, unter die Herrschaft der *Granda* geraten.

Domenica hatte etwas Hitziges an sich, das Catlina nicht gefiel. Darüber hinaus waren Domenicas erste Kinder Mädchen, während Rita zwei Jungen geboren hatte, und auch deshalb, nicht nur wegen ihrer Fügsamkeit, hielt die Schwiegermutter große Stücke auf sie.

Schon in ihrer mageren, arbeitsreichen Kindheit wurde Ninin klar, dass sie einer verfolgten Spezies angehörte. Die Söhne von *Magna* Rita bekamen größere Portionen Polenta, und gab es nicht entrahmte Milch, gehörte sie ihnen. Domenicas Töchter hatten das Nachsehen, und wehe, sie beklagten sich. »Männer essen mehr«, hatte die Großmutter verfügt, und das galt für alle männlichen Wesen, auch die Kinder (doch später bekamen auch die Söhne von Domenica weniger zu essen als die von Rita). In der höhlenartigen Küche saßen die Männer unter dem langen Balken an dem wuchtigen Tisch, der schwarz war vom Rauch und von den vielen daran eingenommenen Mahlzeiten, die Frauen dagegen hockten auf dem Stein um den Kamin, die Kinder im Arm, die gefüttert werden mussten, oder verschlangen im Stehen ein paar Bissen, während sie die Speisen auftrugen; die kleinen Mädchen kauerten sich auf einen Hocker, den Teller auf den Knien. Nur Catlina saß am Tisch zwischen den Männern, teilte die Polenta auf dem Brett und wachte darüber, dass niemand seine Scheibe zu oft an dem Hering rieb oder sich sowohl Frischkäse als auch Milch nahm.

»Der Käse wird aus Milch gemacht«, wie ein Hackbeil sauste ihre schneidende Stimme auf die gierigen, schuldigen Finger herunter, »und wer Milch hat, bekommt keinen Käse, wer Käse hat, bekommt keine Milch.«

Dieser Kultur des Mangels blieb Ninin ihr Leben lang verpflichtet. Arm geboren, war ihr der Wohlstand immer fremd wie eine neue Mode von zweifelhaftem Geschmack, auch als sich in den Sechzigerjahren unsere Wohnung, wie viele andere in Italien, mit Gegenständen und Esswaren füllte, mit Dingen, die es vorher nicht gab und die bald unverzichtbar wurden. Auch als es im Lauf von zwei oder drei Jahren auf einmal eine nie gesehene Vielfalt an Konservendosen und tiefgekühlten Lebensmitteln gab und Haushaltsgeräte, Plastikschüsseln, das Fernsehen und die synthetischen Stoffe auftauchten, die in den ersten Nachkriegsjahren mit den Paketen aus Amerika kamen und plötzlich auch hier zu kaufen waren, blieb sie stets ihren Baumwollschürzen und dem abendlichen Milchkaffee treu. Sie schaute zwar Fernsehen, aber nur nach dem Abendessen, wenn abgespült und alle Hausarbeit erledigt war. Ihre große Freundin war die Waschmaschine: Sie behandelte sie mit dem Respekt, den man einer Person schuldet, die arbeitet und ihren Teil in der Hauswirtschaft übernimmt.

Die Nahrungsmittel verloren für Ninin niemals die Aura von etwas Kostbarem, das mehr wert ist als Gold, denn Gold kann man nicht essen. Als Frucht der Arbeit musste das Essen eigenhändig zubereitet werden; von anderen oder gar maschinell hergestellte Speisen waren suspekt. Wertvoll waren dagegen die leicht angebrannten Fleischküchlein, in denen sich glorreich alle Reste des Vortags vereinten, wertvoll die (immer verkochte) Pasta, auch aufgewärmt, die *panada*, eine Suppe aus Brühe mit altbackenem Brot, das überreife Obst, das mit dem Messer ausgeschnitten und dann mit etwas Zucker und Zitronenschale gekocht werden musste, und die kleinen hausgemachten Frischkäse in den löcherigen Weidenkörbchen, weich und weiß, die man mit der Gabel zerdrückte und mit einer reifen Tomate und einer Prise Salz aß. Heimlich, wie eine, die einer kaum geduldeten Geheimreligion anhängt, aß Ninin einen Essensrest auf, der schlecht zu werden begann, denn mit dem Essen ist es wie mit den Menschen, man muss es achten, auch in seinem Alter und Verfall.

Verschwendung war für sie ein Frevel, genauso, stelle ich mir vor, wie für eine Witwe aus Bangladesch, die viele Kinder zu ernähren hat. Pauschal als Konsumentin abgestempelt zu werden, wie heute allgemein üblich, hätte sie nie akzeptiert: Meine Großtante achtete darauf, nicht zu konsumieren. Als müsse man sich den Dingen auf Zehenspitzen nähern, ohne zu viele Spuren zu hinterlassen und vor allem ohne je, um keinen Preis, die Quelle auszuschöpfen. Sie war eine extreme Umweltschützerin ante litteram, nicht aus politischen Gründen, sondern aus genetischer Anlage: Was machen wir, wenn morgen kein Licht, kein Wasser, kein Holz, kein Brot, keine Sonne mehr da ist? »Dreh den Wasserhahn zu. Mach das Licht aus. Was tust du, liest immer noch, um diese Zeit? Du verbrauchst Strom!«

Mit schriller, uralter Stimme. Diese Stimme erinnert mich an eine Welt der Armut, die es nicht mehr gibt. Das Elend existiert noch in wer weiß wie vielen Teilen der Welt, vielleicht sogar schlimmer und primitiver als damals am steinernen Kamin in Catlinas Küche. Der Unterschied ist, dass diese Armut sich unterdessen überall in unserem komplizierten, gequälten Reichtum spiegelt. Ninin dagegen war in ihrer Kindheit rundum von Armut umgeben. Der Reichtum war so fern, dass sie ihn nicht einmal mit dem Feldstecher hätte entdecken können, falls sie einen gehabt hätte.

In der Nähe, in Reichweite gab es das ständige Ziehen im Magen, das man Hunger nennt.

Dabei gehörte ihre Familie nicht zu den allerärmsten. Sie besaßen Land, wenn es auch wenig einbrachte, oben im Gebirge verstreute Wiesen- und Waldstücke; um sie zu erreichen, musste man stundenlang bergauf oder bergab laufen, womöglich mit

Heu oder Holz beladen oder mit einem Sack Kastanien auf der Schulter. Und im Stall stand Vieh, das Milch gab, um Käse zu machen, den man verkaufen konnte. Dennoch lebten die Bergbewohner nicht besonders gut, selbst wenn sie ein paar Kühe und einige Morgen Land hatten. Bis zu achtzehn Personen umfasste meine Familie damals, die Großeltern, ihre Kinder und Enkel; es gab zu essen, aber satt wurde man selten, und das, was da war, wurde nicht gerecht verteilt, sondern ganz selbstverständlich je nach Macht und Privilegien. Das Brot war niemals weiß, sondern fast immer aus Mais, der mit Weizen oder Roggen und einem Teil Kleie vermischt wurde: kompakte, harte, bröckelnde Laibe. Es schmeckte gut, war für die Kinder der Ersatz für Süßigkeiten, die sie fast nie zu kosten bekamen, höchstens zu Ostern ein kleines Zuckerei oder zu Karneval ein Schmalzgebäck. Ein Stück Brot gab es nicht alle Tage, es war schon ein Fest.

Einmal schlüpft Ninin, vom frischen Brot angelockt, in den Keller und schneidet sich eine Scheibe ab, Schritte hinter ihr in der feuchten, nach Stein und Schimmel riechenden Dunkelheit lassen sie erstarren. Zwei Hände umklammern ihre Schultern, und Catlinas Stimme: »Was machst du hier, du Diebin?!«

Das gerade angebissene Stück Brot wird ihr entrissen und verschwindet in den Falten der Röcke ihrer Großmutter. Ninin spürt einen bitteren Geschmack im Mund.

Am Abend Polenta ohne alles.

»Warum gibst du der Kleinen keine Milch?«

»Weil sie gestohlen hat.«

»Aber sie ist doch noch ein Kind, einfach den Kindern das Brot wegnehmen!« Domenica wagt es, die Stimme zu erheben.

»Es war nicht ihr Brot! Halt den Mund, du, misch dich nicht ein, ich verlange Respekt!«

Wenn sie wütend wird, ist Catlina wie eine Schlange, die sich aufrichtet und spuckt, dies ist einer der ersten von Ninins schlaglichtartigen Gedanken, die Offenbarungen gleichen und im Kopf hängen bleiben, sodass man sich zeitlebens daran erinnert.

Domenica will etwas erwidern, doch ihr Mann schlägt mit der Faust auf den Tisch, um sie zum Schweigen zu bringen. Sie verschluckt ihre Wörter und beißt sich auf die Lippen. Bartolomeo, der *Pare Grand*, sieht sie an und zieht an seinem Schnauzbart, erst auf der einen, dann auf der anderen Seite. Seine Augen werden dunkler, lebhafter, ein hämisches Grinsen wie am Samstagabend verzerrt eine Sekunde lang seine starre Maske eines Patriarchen.

»Soll sie doch *l'aria d'l'uss* zu ihrer Polenta essen«, sagt Catlina mit einer wegwerfenden Handbewegung, bei der ihre sieben Röcke beben.

»*L'aria d'l'uss*«, die Zugluft an der Tür, diesen Ausdruck kennt Ninin gut, er ist in ihrer Familie gang und gäbe. Er spielt an auf die Leichtigkeit der Leere, im Gegensatz zur Schwere der Fülle; das mit der Zugluft an der Tür gewürzte Essen ist fade, trocken, nur größter Hunger macht es schmackhaft; doch bei dieser Mahlzeit, die keinen Ballast hinterlässt, malt sich der ungesättigte Magen traumhafte Bankette aus. Kinder sind für die wundervolle Wörtlichkeit der Metaphern empfänglich, und so nähert Ninin sich der Haustür mit ihrer kalten Scheibe harter Polenta, die zwischen den Fingern bröckelt, vielleicht schmeckt sie ja auf der Schwelle anders; und sei es nun aus Überzeugung oder einer Vorspiegelung des Hungers: Wenn sie sich konzentriert, kommt es ihr so vor, als schmecke die Polenta hier zwischen drinnen und draußen tatsächlich nach Butter und Käse, fast so, als sei sie angemacht.

Sie heißen Davito Gara, und die Ortschaft, in der sie wohnen, heißt *Ca' d'Gara*, die Häuser von Gara. Also sind sie die Familie Davito aus Gara, sie haben das Gebiet, wo sie wohnen, gezeichnet und sind davon gezeichnet worden.

Die Ortschaft liegt steil über dem Dorf Rocca Canavese auf sechs oder siebenhundert Meter, auf einer Anhöhe der Voralpen, wo Kastanien, Steineichen und Birken wachsen. Wir sind kaum dreißig Kilometer von Turin entfernt, doch es ist eine andere Welt. Das Canavese ist eine Gegend des Piemont mit ungewissen Grenzen, ungewisser Zugehörigkeit. Seine Geschichte reicht bis zu den alten, von den Römern besiegten keltischen Völkern zurück und weist die übliche Abfolge von Kriegen, Besetzungen und Unterdrückung auf, von den Langobarden über König Arduino von Ivrea, die kleinen lokalen Feudalherren, die Herrschaft der Savoyer bis hin zu den Eroberungsarmeen Napoleons. Doch für meine rauen, unwissenden Leute bestand die Geschichte nur aus Geburten, Todesfällen und Jahreszeiten, aus Kastanien- und Kartoffelernte, und da sie zu viele und zu arm waren, um alle von ihrem nicht sonderlich ergiebigen Ackerland zu leben, waren sie froh, als zunehmend kleine Fabriken auftauchten, vor allem Textilbetriebe, die sich vergrößerten und immer mehr Arbeit boten, hauptsächlich für die Frauen, die weniger kosteten, und so allmählich das häusliche Weben verdrängten. Unten in den großen und kleineren Städten gab es auch Gießereien und Metallindustrie, in Castellamonte wurden Keramiken, Kachelöfen und Terrakotta-Geschirr hergestellt, im Valchiusella gab es Bergwerke. Die größten Zäsuren waren die Wanderbewegungen: Man zog wenige Kilometer weiter in die Ebene, oder über das Gebirge, oder emigrierte in eine neue Welt auf der anderen Seite des Ozeans, für eine Saison oder auf unbestimmte Zeit. In jedem Fall war es eine Lebensveränderung.

Von Rocca, einem Dorf ohne besondere Sehenswürdigkeiten außer einer Kapelle mit mittelalterlichen Fresken im Malone-Tal – die Festung oder Burg, von der es den Namen hat, ist schon seit Jahrhunderten verfallen –, führt eine Straße, oder besser gesagt, ein breiter Weg hinauf zum über tausend Meter hohen Gipfel eines Berges, wo die Kapelle der Madonna della Neve steht, ein Ziel sommerlicher Prozessionen. Sie ist natürlich nicht die einzige Schneemadonna dieser Gegend und unserer Berge, es gibt noch viele weitere, stets auf den Gipfeln, da man offenbar meint, zur Madonna passten besonders gut die Einsamkeit und der Frost der weißen Winter dort oben auf den Höhen. Unterwegs zweigen immer wieder Seitenpfade ab, die in Dutzende von kleinen Ortschaften münden.

Die unsere, Ca' d'Gara, liegt direkt an der Hauptstraße in einer Kurve eingekeilt; zwei Häuserreihen rund um einen gestampften und gepflasterten Weg mit einem steinernen Brunnen in der Mitte. Wer hier vorbeikommt, kann mit einer Schöpfkelle aus verzinntem Kupfer, die an einer Kette am Brunnen baumelt, Wasser trinken, kühl im Sommer und eiskalt im Winter. Hier leben achtzig Personen, vielleicht hundert. Dazwischen Hunde und Ziegen und einige Esel, von den gleichen Ketten oder Gewohnheiten angetrieben; nur die Hühner mit ihrem törichten Ausdruck laufen mehr oder weniger frei herum. Katzen haben es hier oben schwer, müssen Vögeln und Mäusen auflauern, wenn sie nicht Vegetarier werden und sich mit dem Polentawasser begnügen wollen, das die Frauen ihnen vor die Tür stellen. Auch haben sie gelernt, den Menschen nicht sonderlich zu vertrauen, die die Katzen häufig verfolgen, weil sie sie mit den Hexen in Verbindung bringen. Nachts schleicht der Marder um die Hühnerställe, und die angeketteten Hunde bellen wütend und ohnmächtig. Nachts ist hier das Reich der Finsternis, es gibt kein Licht außer dem Mond. Geübt tastet man sich mit Händen und Füßen ins Bett vor, auf dem bekannten Weg. Das Bett raschelt, denn die Strohsäcke sind mit Maisstroh gefüllt, in dem Horden von hungrigen Flöhen nisten. Eltern und Kinder schlafen im selben Raum; die Geräusche erschrecken die Kleinen vielleicht, lenken die Aufmerksamkeit auf die unerforschten Geheimnisse der ehelichen

Nacht; doch der Schlaf der Kindheit ist gnädig und überwältigt sie oft schon, bevor *Mare* und *Pare* dazukommen.

Je nach Jahreszeit hat das Leben einen sehr unterschiedlichen Rhythmus. Im Sommer steht man vor dem Morgengrauen auf, geht aufs Feld und bleibt bis spät in der Nacht wach, um das bisschen Weizen und Roggen zu dreschen, den Mais zu entblättern. Im Winter isst man früh zu Abend, setzt sich in den Stall und betet dort in der Wärme des Viehs den Rosenkranz oder erzählt Geschichten. Das Licht der Lampe wird nur so schwach aufgedreht, dass es gerade zum Arbeiten reicht, Wolle kardätschen, Bohnen aushülsen, Holz schnitzen; ist das Quantum Petroleum erschöpft, bleibt man im Dunkeln sitzen. Die Geschichten sind immer die gleichen, sie handeln von Hexen, die sich in Tiere verwandeln, in Ziegen oder Katzen, und man erkennt sie daran, dass die entsprechende Frau, wenn die Katze verletzt wird oder die Ziege lahmt, am nächsten Tag übel zugerichtet oder hinkend erscheint. Sie handeln von grässlichen, seltsamen Toden, von verhängnisvollen Zaubereien, von sprechenden Tieren und Dummheiten.

Ninins Lieblingsgeschichte ist die vom Wolf und dem Fuchs, halb kahlen, hungrigen Bewohnern einer Welt, die nicht weniger Not leidet als ihre eigene, und darum verdienen sie, so räuberisch sie auch sind, eine gewisse Solidarität. Eines Tages beschließen diese beiden, vom Appetit und ihrer Diebesnatur getrieben, die *quaià*, die Dickmilch eines gewissen Pinìn zu verzehren, der gar nicht weit weg wohnt, dort hinter dieser Anhöhe oder vielleicht jener. Dürr, wie sie sind, haben sie keine Mühe, durch einen Lüftungsspalt in das *crotìn*, das halb in die Erde eingegrabene kleine Gebäude aus Trockensteinmauern hineinzuschlüpfen, wo Milch und Käse aufbewahrt werden. Sofort beginnen sie gierig, die Dickmilch zu schlabbern. Doch der schlaue Fuchs probiert ab und zu, ob er noch durch den Spalt passt, während der Wolf sich unbesorgt vollfrisst. Als dann, von den Geräuschen aufgestört, Pinìn mit einem Stock erscheint, schlüpft der Fuchs rechtzeitig hinaus, und der Wolf, dessen Bauch sich unmäßig aufgebläht hat, bleibt stecken und erntet eine Tracht Prügel. Doch der Fuchs ist nicht nur schlau, sondern auch boshaft: Während sein unglücklicher Komplize unter dem Knüppel heult, sieht er einen *cornàj*, einen Kornellkirschenbaum, und rollt sich in den reifen, roten Früchten, die heruntergefallen sind. Und als der Wolf es endlich schafft, Pinìns Zorn zu entkommen und zu flüchten, wer begegnet ihm da? Der über und über blutrot gefleckte Fuchs, der erbärmlich jammert: Aua, aua, Gevatter Wolf, mir geht's so schlecht! Ich kann nicht mehr laufen, so viel Prügel musste ich einstecken! Und der dumme, mitleidige Wolf lädt ihn sich auf den Rücken, während der Wolf singt: *Aria, aria per la pauta, na carmasa 'a 'n'a porta n'auta, aria aria per il pian, 'l malavi porta 'l san!* Luft, Luft für den Sumpf, ein Aas trägt das andre im Triumph, Luft, Luft für die Runden, der Kranke trägt den Gesunden!

Eine sehr lehrreiche Geschichte: Stehlen ist böse, aber Hunger ist hässlich; trau niemandem; und schließlich, ein guter Scherz ist mehr wert als Mitleid. Die Kinder, Ninin und ihre Schwestern, Cousins und Cousinen, amüsieren sich köstlich auf Kosten des armen, geprügelten und blutenden, aber unbelehrbar dummen Wolfs. Die naive Grausamkeit der Geschichte hat etwas Erfrischendes, zuletzt lacht man mit bitterem Mund, denn man fühlt sich ein bisschen bestohlen, ein bisschen wie der Schlagstock und ein bisschen wie der Wolf, aber zum Glück auch ein bisschen wie der Fuchs.

Und als ich diese Geschichten sechzig Jahre später wieder höre, schlägt mir daraus eine abgestandene und zugleich wilde Luft entgegen wie aus einem staubigen Speicher, Höhle voller Spinnweben, aber auch Luftreich unter den Dächern, wo die abgenagten Knochen und die schwarz gewordenen Lumpen der Vergangenheit lagern und von wo die Fantasie der Kindheit abhebt zum Flug in eine halb geträumte Zukunft. Diese nie gesehenen Farben, diese nie geatmeten Gerüche, die man sich nur im Widerhall der noch halb unbekannten Worte vorgestellt hat: Sind die nicht eigentlich am lebendigsten?

Dann gab es da noch die Geschichten von Gribuia in Frankreich, der das Haus anzündete, um die Asche zu verkaufen, und sich die Nase abschnitt, um das Gesicht zu ärgern, Geschichten, über die die Kinder sich wunderten, weil sie sich fragten, ob man tatsächlich Asche verkaufen konnte (war sie etwa mehr wert als das Haus? Wer würde sie kaufen? Was für eine Welt war diese verkehrte Welt von Gribuia?). Die Kinder lauschten und schwiegen. Durch die Wiederholung wurden die Geschichten vertraut wie Landschaften, Orte, an denen man ständig vorbeikommt, ohne je das Unbekannte daran zu vergessen, man befragt die Beschaffenheit des Bodens unter den Füßen, den Schatten, den der Berg am Nachmittag wirft, die Wetterbotschaften des Windes. Im Lauf der Zeit sollte jener ferne Gribuia von einer bizarren und unverständlichen Gestalt zum Maß der menschlichen Dummheit werden, der man überall begegnete. Ich denke gern, unser Gribuia sei nicht nur ein Echo des französischen Gribouille, sondern füge dem Volksmärchen, das George Sand und Madame de Ségur inspirierte, eine typisch hiesige Note hinzu: Diese Sache mit dem Naseabschneiden, um das Gesicht zu ärgern, ist die erste Äußerung von Unsinn bei uns zu Hause, an die ich mich erinnern kann. Kleine Sinnexplosionen, die den alltäglichen Diskurs durcheinanderbringen. Warum sich diesem notwendigen Luxus verweigern, umso mehr, da er nichts kostet?

Ansonsten gleicht das Wort in der Familie einem schmalen, steinigen Weg wie dem, der zur Schneemadonna hinaufführt, es dient dazu, knappe Befehle zu erteilen: Steh auf! Schweig! Arbeite! Gefühle, Angst, Staunen, Schmerz und Freude werden zwangsläufig durch Gemeinplätze ausgedrückt, durch Redewendungen. Man erwartet gewiss nicht, dass Geschwister oder Eltern und Kinder sich austauschen, sich voneinander erzählen oder sich einander anvertrauen. Individualität wird lebhaft entmutigt und so wenig ausgelebt, dass sie zumeist undenkbar wird. Für jeden, der auf die Welt kommt, gibt es ein Vorbild, nach dem er sich formen soll, die Söhne nach den Vätern, die Töchter nach den Müttern, ohne dabei die unausgesprochenen Grundsätze infrage zu stellen, die die Welt regieren: Respekt vor der Autorität, Hingabe bei der Landarbeit, Umsicht, Nüchternheit, Bescheidenheit für die Frauen, heimliche Ventile für die Männer, Demut gegenüber den Mächtigen und die Annahme des eigenen Schicksals für alle. Die alten Geschichten sind selbst Modelle, aber auch – geheimnisvoll in ihrer scheinbaren Zusammenhanglosigkeit – Fluchtweg und Erleichterung in der allgemeinen Begrenztheit.

Die Schule ist unten im Dorf, ein großer Raum, in dem sich sechzig Kinder zusammendrängen, geheizt von einem Ofen, für den jedes Kind als Brennstoff ein Holzscheit unter dem Arm mitbringt. Die Lehrerin, eine bemerkenswert energische und entschlossene Frau, unterrichtet drei Klassen, indem sie die Kleinsten vorne gruppiert und die Großen in die hintersten Reihen setzt. Während die Erstklässler im Chor *a, o, u* wiederholen, üben die aus der zweiten das Einmaleins, und die Ältesten gehen noch einmal Italien mit seinen Meeren, Bergen und Flüssen durch. Der Lärmpegel ist kaum erträglich, und die Stimmen kreuzen und überlagern sich zum Verrücktwerden, doch die Lehrerin dirigiert dieses misstönende Konzert wie ein erfahrener Orchesterdirigent, hantiert gewandt mit ihrem langen Stock, der bis zur letzten Reihe reicht und gnadenlos auf die Ohren der Unbotmäßigen heruntersaust, die in besonders schweren Fällen an die Tafel gerufen werden, um *zack!* einen harten Schlag auf die zusammengelegten Finger zu bekommen, der besonders im Winter auf den Frostbeulen und den *scravasse* schmerzt, den Schrunden der in der Kälte aufgeplatzten Haut.

Da sie sich dazu berufen fühlt, den Kindern eine Erziehung einzutrichtern, auch wenn sie so unbelehrbar sind wie der Stein, der sie hervorgebracht hat, und da der Schulbesuch nicht regelmäßig ist – im Winter kommen sie fast immer, auch wenn hoher Schnee liegt, aber sobald die gute Jahreszeit beginnt, werden die Großen auf die Weide oder zur Feldarbeit geschickt –, hat sie ihr persönliches Schulsystem erfunden, das darin besteht, jede Klasse mit sich selbst zu multiplizieren: Die erste besucht man ein Jahr lang, die zweite zwei Jahre lang, die dritte drei Jahre lang. Auf diese Weise bleibt doch etwas hängen in diesen kahl rasierten, verlausten Köpfen; besser den Winter über die Schulbank drücken, als ihn im Stall zu verbringen, wenigstens sind sie gezwungen, sich die Hände und das Gesicht zu waschen, und lernen Rechnen und ein paar Worte Italienisch, was bei ihnen daheim niemand spricht, und wenn sie dann vom Berg herunterkommen, werden sie von allen ausgelacht und ausgenützt.

Ninin gefällt die Lehrerin. So streng ihr Regime auch ist, gegenüber dem der *Granda* ist es wie frische Luft schnappen. In der Schule begegnet Ninin dem ihr bisher unbekannten Begriff der Gerechtigkeit, der sie überzeugt und zum Nachdenken anregt. Eines Tages bringt die Lehrerin einen Sack Kastanien mit in die Klasse, die auf dem Ofen geröstet werden; jedes Kind bekommt gleich viele. Alle essen hastig, verbrennen sich lieber die Zunge, weil die Kastanien noch heiß sind, bevor ihnen jemand etwas wegnehmen kann, doch im Grund wissen sie, dass das nicht passieren wird, nicht hier. Unparteiisch verteilt die Lehrerin Stockhiebe und Lob nach dem Motto ›keine Ungerechtigkeit und wenig Dank‹, das zu einem der geheiligten Grundsätze ihrer Schülerin werden wird.

Zu wissen, dass sie Bürgerin der Welt ist, in der sie lebt, zu fühlen, dass sogar ihre kleine Person eine Würde besitzt, ihre Pflicht mit erhobenem Kopf erfüllen kann statt unterwürfig und verschämt mit niedergeschlagenen Augen: Ninin gefällt die Schule. Sie geht hin, so oft sie nur kann, es macht ihr nichts aus, wenn sie in ihren Holzschuhen mit patschnassen Füßen unten ankommt und ihre tropfenden Kleider neben dem Ofen dampfen. Die Lehrerin vertraut ihr – wahrscheinlich sieht sie in ihren Kinderaugen einen ersten Schimmer jener eisernen Bereitschaft, für ihre Mitmenschen zu sorgen, die sich im Lauf des Lebens noch vervollkommnet – und ernennt sie zu ihrer Assistentin. Ninin macht sich vor allem nützlich, indem sie den Kleineren hilft, genau wie zu Hause.

In einer Winternacht weckt sie die Stimme ihrer Mutter von unten. Sie schreit nicht, sie spricht nicht einmal besonders laut, aber Ninin setzt sich abrupt mit klopfendem Herzen auf, sodass der Strohsack raschelt. Sie schiebt ihre kleine Schwester Maria beiseite, die an sie geschmiegt schläft, springt aus dem Bett, schlüpft nicht in die Holzschuhe, um keinen Lärm zu machen; barfuß läuft sie über den hölzernen Balkon, steigt die Treppe zum Hof hinunter und presst ihr Auge an den Spalt zwischen den Läden des niedrigen Fensters, das genau auf ihrer Höhe liegt.

In der Küche sehen sich Domenica und der alte Bartolomeo über den Tisch hinweg an; sie atmet heftig, rot im Gesicht, die Handflächen auf das Holz gestützt. Er, noch in den Mantel gehüllt, ist eine schwarze, drohende Masse. Es ist Samstag, er ist früh aus dem Wirtshaus heimgekommen, vor seinen Söhnen.

»Ich habe einen geheiratet, nicht zwei«, sagt Domenica mit halb erstickter Stimme; um sich das Sprechen zu erleichtern, presst sie die Rechte auf den aufgelösten Knoten ihres Halstuchs.

Dann dreht sie sich rasch um und flüchtet. Er macht einen Schritt in ihre Richtung, torkelt, streckt schwerfällig einen Arm aus. Die Tür geht auf, Ninin drückt sich an die Mauer zwischen

Bank und Fenster. Domenica hastet so schnell die Treppe hinauf, dass sie nicht einmal knarrt, in der Küche flucht der *Pare Grand* auf Gott und spuckt auf die Erde.

Ninin folgt ihrer Mutter ins Schlafzimmer. Domenica sieht ihre Tochter auf eine Art an, die der Kleinen Angst macht, als wollte sie sie um Hilfe bitten. Doch dann nimmt sie sie in den Arm, und sie schlafen eng umschlungen im Bett der Großen bis zum Morgen, als sich plötzlich Giuseppe mit seinem ganzen Gewicht auf den Strohsack fallen lässt und sie aufweckt.

Seitdem ist der Alte noch furchterregender, ein unvorhersehbarer, zorniger Gott, der einen kalten Schatten auf den Erdboden wirft. Ninin weicht seinem bloßen Anblick aus.

Jener Satz, »ich habe einen geheiratet, nicht zwei«, geht ihr im Kopf herum, er riecht nach Sünde und Bedrohung. An welchen seltsamen Abgrund ist die Mutter gedrängt worden, gezwungen, sich mit einem gefährlichen Sprung zu retten?

»Die Ehe ist die Vereinigung von Mann und Frau, um eine Familie zu gründen«, sagt die Lehrerin. »Du sollst Vater und Mutter ehren«, heißt es in den zehn Geboten. »Ich verlange Respekt!«, donnert die Großmutter, wenn jemand wagt, sich aufzulehnen.

Die Vorstellung, dass die Ungerechtigkeit und das Böse sich direkt an der Wurzel der Macht verflechten können, erfüllt Ninin mit schmerzlichem Staunen. Dennoch ist es so, sie weiß es seit jeher, und nun spürt sie es in den furchtsamen Gesten ihrer Mutter, in ihren niedergeschlagenen Augen, ihrem Herzklopfen, das in ihrem eigenen Brustkorb nachzuhallen scheint.

Die *Granda*, der nichts entgeht, ist noch feindseliger zu der jungen Schwiegertochter, wird noch schroffer und anspruchsvoller. An einem Feiertag, als sie im *Crotìn* die Käselaibe umdrehen, tritt Domenica der Schwiegermutter gegenüber und sagt: »Ich kann den Kopf hoch tragen, ich habe nie Schande über das Haus meines Mannes gebracht, der dein Sohn ist.«

Die Alte sieht sie mit hasserfüllten, tückisch funkelnden Augen finster an und kippt ihr einen Eimer Milch über die Füße.

»Schau, was du angerichtet hast«, sagt sie zu ihr, »das bedeutet, dass ihr heute Abend fastet, du und deine Töchter.«

Domenica begreift, dass sie sich geirrt hat, das war nicht die Beruhigung, die die Alte hören wollte. Sie hätte schweigen müssen. Vielleicht hätte sie sogar … sie wagt den Gedanken nicht zu Ende zu denken. Wenn die *Granda* vorher nicht ihre Freundin war, jetzt ist sie ihre Feindin. Domenica wird noch unruhiger, sie klammert sich an Michin, ihre Jüngste, trägt sie mit sich herum, so oft sie kann, als genügte die Anwesenheit eines Kindes, um sie vor der Gefahr zu bewahren, dabei ist bewiesen, dass es nicht genügt, denn Kinder sind immer überall in diesen engen Räumen, und die Dinge geschehen trotzdem.

Eines Tages um die Zeit, zu der gemolken wird, als Ninin hinten im Stall fast schon im Dunkeln Kastanien schält, da die Finger auch ohne Licht wissen, was zu tun ist, kommt der *Grand* herein und schließt die Tür hinter sich. Ein wenig gebeugt geht er vorwärts, seine weite schwarze Jacke verwandelt die Dämmerung in Nacht. *Magna* Rita, die dort unter der roten Kuh sitzt, zuckt zusammen, als er zu ihr tritt. Man hört einen kurzen, kratzenden Laut, ist es ein erstickter Schrei oder nur der dreibeinige Schemel, der bei einer ungeschickten Bewegung der Melkerin umgefallen ist?

Ninin spürt plötzlich ein Gefühl von Gefahr und eine dunkle Faszination, als vollzöge sich vor ihren Augen eines der diabolischen Ereignisse, die abends am Feuer erzählt werden. Am liebsten möchte sie davonlaufen, verschwinden, wagt aber keinen Schritt zu tun, denn sie fürchtet, wenn sie sich rührt, würde sie gesehen und das gleiche Schicksal erleiden wie die Frau dort, der

Mann ist über sie hergefallen, schüttelt sie wütend und schlägt wiederholt zu, wobei er sie an die Wand drängt. Sie, wie leblos, wehrt sich nicht, ihr Körper dient als Puffer für die röchelnde Raserei des *Grand*, hat er sie etwa umgebracht?

Die Kleine weint vielleicht, oder besser, sie winselt wie ein Hund. Ganz sicher macht sie sich vor Angst in die Hose, denn hinterher sind ihr Kleid und ihre Strümpfe nass.

Unerwartet dreht der *Grand* sich um, sucht mit seinem Blick im Schatten, sieht sie. Seine erzürnten Augen sind die eines sprungbereiten, viehischen Gottes. Seine Hände verheddern sich in den durcheinandergeratenen Stoffen, schieben die Frau weg, die vor ihm zusammengesackt ist. Die Kleine löst sich aus ihrer Erstarrung und rennt hinaus, schnell, verfolgt vom Schnalzen der Weidenrute nimmt sie für immer die Erinnerung an die halbtote Frau mit, *Magna* Rita, schlaff wie eine Stoffpuppe.

Ninin rennt bis zu dem Bildstock mit der Madonna entlang der Straße, die bergauf führt, bleibt keuchend stehen, sagt ein Ave-Maria und schaut sich dabei um, ob auch niemand hinter ihr herläuft. Sie kommt erst nach Hause, als es stockfinster ist und sie schon nach ihr suchen, die Großmutter verzeiht ihr nicht, aber ihr ist es egal, dass sie heute Abend nichts zu essen bekommt, es genügt ihr, sich an ihre Mutter zu schmiegen und glühend Unserer Lieben Frau zu danken, dass nicht sie im Stall war, dass heute Abend nicht Domenica mit Melken dran war und diesen seltsamen Tod sterben musste.

Rita lebt noch, aber es geht ihr schlecht. Jeden Tag belauert Ninin sie, um zu sehen, ob sie krank ist, ob sie blutet, ob sie stirbt. Die Frauen bluten, sie haben häufig seltsame Krankheiten, es gibt Wäsche, die den Bach rot färbt, und jedes Mal blutige Laken, wenn sie auf dem Markt ein Kind gekauft haben. Doch Rita überlebt, sie wird nur noch blasser und schweigsamer als gewöhnlich.

»Sie ist empfindsam, sie vermisst ihren Mann«, sagt die *Granda*.

Ritas Mann, *Barba* Nando, ist am Ende des Herbstes aufgebrochen, und man weiß nicht, wann er wiederkommt.

»Die Glückliche«, murmelt Domenica, die nicht vergessen hat, wie die Schwägerin ihre Freundschaftsangebote zurückgewiesen hat, »die Glückliche, die sich erlauben kann, empfindsam zu sein. Ich habe dazu keine Zeit.«

Es wird Frühling, und Giuseppe sagt, dass er ebenfalls aufbrechen will. In jeder Familie gibt es Männer, die sich aufmachen, vereinzelt auch einige Frauen; sie gehen zum Arbeiten nach Frankreich. Domenica hebt den Kopf und scheint etwas sagen zu wollen, schweigt aber.

Ninin hört ihre Eltern im Stall reden, im Gemüsegarten, sie diskutieren leise, damit die Alten sie nicht hören, Domenica läuft Giuseppe hinterher, packt ihn am Ärmel. »Nein, nein!«, sagt er. »Du bleibst hier.«

Sie folgt ihm und fleht: »Lass mich nicht allein«, er wiederholt: »Nein!«

Eines Tages aber reisen die Eltern doch zusammen ab, die Bündel geschultert, und Maria fragt weinend: »*Mare, Mare*, wo gehst du hin?«, und Michin, die seit Kurzem keine Windeln mehr trägt, weint sogar noch heftiger, weil sie gerade Zähne bekommt, und so darf Ninin nicht weinen, weil sie die Älteste ist.

»Pass auf deine Schwestern auf«, sagt ihre Mutter. »Pass auf dich auf.«

Sie streichelt ihr über die Haare und geht, die Holzschuhe versinken in der nassen Erde.

In der Schule hängt eine Landkarte an der Wand. Darauf ist auch Frankreich zu sehen, ein vom Rauch des Ofens angegrauter rosa

Fleck. Italien dagegen ist hellgrün. Die Lehrerin sagt, dass ihre Eltern, Onkel oder Geschwister für die Saison auswandern, sie gehen als Tagelöhner nach Frankreich, pflücken Trauben, Nüsse, Lavendel oder Blumen für die Parfümherstellung, arbeiten auf dem Feld, manche gehen auch in die Fabrik, sie machen das, weil es hier nicht genug Arbeit für alle gibt, um die Familie zu ernähren. Die Kinder, bei denen Angehörige ausgewandert sind, müssen vernünftig und brav sein, denn die Großen sehen sie, wie das Auge Gottes alles sieht, was der Mensch denkt und tut, genauso erkennen Mutter und Vater, auch wenn sie weit weg sind, im Herzen ihre Kinder.

Ein Glück, dass die Lehrerin ihr das gesagt hat, zu Hause erklärt es ihr niemand so deutlich. Am Anfang fällt es Ninin allerdings schwer zu begreifen, was Frankreich eigentlich ist, sie versucht, sich ihre Mutter auf einem grau-rosa Acker vorzustellen, und erschrickt. Wie kann die Erde diese Farbe haben? Sind die Felder so platt wie die Landkarte? Haben sie am Rand mit Braunstift gezogene Striche anstelle von Gräben und Steinmäuerchen?

Der Frühling ist feucht, es regnet viel, ist noch kalt, und die Kinder niesen. Sie hilft den Kleineren dabei, die Feder in der Hand zu halten, putzt Rotznasen, behält den Ofen im Auge, dass er nicht ausgeht. Auf dem Heimweg nimmt sie Maria bei der Hand, damit sie nicht bergauf rennt wie die Ziegen, und gemeinsam gehen sie mit gesenktem Blick den Weg entlang und schauen unter die Grasbüschel zu Füßen der Kastanienbäume, bei diesem Regen könnte es schon Pilze geben.

Nach einigen Tagen beginnen ihre Augen zu jucken, immer stärker, bis sie richtig brennen. Eines Abends beim Abendessen, vor aller Augen, rollen zwei große Tränen über ihre Backen, und ein ersticktes Stimmchen fragt: »Wann kommt *Mare* zurück? Wo ist sie?«

»Wo ist sie? Wo ist sie?«, äfft Catlina sie nach. »Woher soll ich das wissen? Vielleicht ist sie unterwegs verloren gegangen. Frag *l'aria d'l'uss*, die Zugluft an der Tür, wo sie ist. Anständige Frauen bleiben zu Hause.«

»Sie ist mit deinem Vater nach Frankreich gegangen, weißt du denn wirklich gar nichts?«, lacht *Barba* Giacu, den Mund voller Polenta.

Wenn die Großmutter den Kopf dreht, schüttet Rita Ninin noch eine Kelle voll Milchsuppe mit Kastanien auf den Teller. Es sind die letzten, und da es feucht gewesen ist, sind sie dunkel, wurmig, bitter.

»Auf, auf«, sagt Catlina, wenn sich jemand beklagt, »eine gute Kastanie bringt eine schlechte mit runter.«

Maria isst mit spitzen Lippen, rührt aufmerksam in der Schüssel.

»Was machst du da?«, fragen die anderen.

»Ich suche die gute Kastanie«, erwidert Maria. »Aber ich finde keine.«

Ninin steht auf und tritt an Tür. Die Sonne geht unter, und am Himmel sieht man einen grau-rosa Streifen: die Farbe von Frankreich, nur sauberer, ohne den Rauch des Ofens. Frankreich liegt dort drüben, das weiß sie, denn als die Eltern aufgebrochen sind, gingen sie in diese Richtung. Sie gingen auf die höchsten Berge zu, um dann auf der anderen Seite abzusteigen.

Und plötzlich versteht Ninin, dass hinter diesen Gipfeln weitere Gipfel folgen, hinter diesen Dörfern weitere Dörfer sind, hinter diesen Ziegen und Kühen und Weiden weitere Ziegen und Kühe und Weiden, bis ans Ende der Welt, was das Meer wäre. *Il mare. Mare*, dasselbe Wort, das sie benutzt, um ihre Mutter zu rufen. Wie seltsam die Wörter sind.

In ihrem Kopf setzen sich gelernte Kenntnisse und gehörte Worte allmählich zu einem Bild zusammen, die Landkarte stellt plötzlich eine Wirklichkeit dar, die Symbole tauchen ins Leben ein, geben ihm ihre Farbe. Sie stellt sich vor, wie ihre Mutter am Abend die grau-violetten Berge hinaufwandert, dem rosa Sonnenuntergang und dem rosafarbenen Frankreich entgegen. Sie sieht sie drüben hinuntergehen in ein Land, das gar nicht so verschieden ist von hier, aber das Leuchten der letzten Sonnenstrahlen auffängt, die die schönsten sind. Sie sieht ihre Mutter die Ziegen melken und im rötlichen Licht die Kartoffeln hacken, in einem Land, wo die Sonne ewig über dem Rand der Berge hängt. Bei ihrer Mutter, aber kleiner, ist auch ihr Vater, er trägt einen großen Korb Trauben auf der Schulter, Trauben, die nicht so herb sind wie die der *topia*, der Laube vor dem Haus, sondern weiß und süß.

Und die Luft, das wird ihr jetzt klar, die Luft, die über Frankreich weht, ist dieselbe, die auch hierherkommt, derselbe Himmel, dieselben Wolken. Die Erde ist dunkel und hart und bleibt, wo sie ist, aber die Luft bewegt sich, das hat ihr die Lehrerin gesagt, das sagen die Leute, vorgestern ist Bastian mit seinem Schlapphut auf dem Kopf heraufgekommen und hat zu ihr gesagt: »Geh heim, lauf, Kind, gleich kommt das Gewitter aus Frankreich.« Und danach hat es geregnet und gehagelt. Nun wird Ninin mit unendlicher Erleichterung, Fürsorglichkeit und Dankbarkeit klar, dass ihre Mutter gar nicht so weit weg ist, sie ist nicht verschwunden, wie Ninin manchmal fürchtet, sondern atmet die gleiche Luft wie sie, und vielleicht ist die Luft voller Botschaften, die Domenica ihren Töchtern schickt, vielleicht kann sie, wenn sie ganz, ganz aufmerksam lauscht, ihre Stimme hören, die direkt aus Frankreich kommt.

Und sie holt tief, aber möglichst geräuschlos Luft, um das Echo von Domenicas Stimme aus den Lavendelfeldern nicht zu verpassen.

Barba Nando, Ritas Mann, kommt am Sommeranfang zurück. Er hat in Frankreich mit einem Kumpel gestritten und Ärger bei der Arbeit gehabt; Monate zuvor haben sie ihm geschrieben, der Bruder und die Schwägerin seien nun auch weggegangen, und er denkt, dass seine Familie vielleicht froh ist, ihn zu sehen, weil zu Hause Männer für die Arbeit gebraucht werden.

Doch er wird mit ungewöhnlichem Ernst empfangen, fast mit einem Gefühl der Beunruhigung. Der *Grand* ist noch grimmiger und reizbarer als sonst, die Alte macht ein undurchdringliches Gesicht. *Barba* Giacu ist finster und angespannt. Rita, trotz der Hitze dick eingepackt, ist leichenblass.

Das Abendessen verläuft ungewöhnlich still, Nando wirft ein paar Sätze über seine Reise hin, über die Arbeiten, die er gemacht, den Lohn, den er bekommen hat. Seine Frau hat er kaum angesehen und gewiss nicht geküsst. Vor anderen Zärtlichkeiten auszutauschen ist nicht üblich, und nichts lässt vermuten, dass das Paar privat sehr liebevoll miteinander umgeht. Zuletzt verstummt auch der Heimgekehrte, von Müdigkeit oder vielleicht von der allgemeinen wortlosen Unruhe überwältigt.

Zu diesem Anlass wurde Wein aufgetischt, die Männer trinken schweigend.

Der Sturm bricht in der Nacht los, man hört Schreie, Schläge.

Vom Wein benebelt, ist Nando gesprächig, er redet ununterbrochen, brüllt, wiederholt Fragen, vor allem eine – »Wer? Wer? Wer?« –, die schließlich den Rhythmus der Schläge annimmt.

Ein spitzerer Schrei unterbricht die Abfolge. Die *Granda* tritt ins Zimmer: »Genug jetzt, du willst sie doch nicht umbringen.« Nando hebt den Arm, als wollte er auch sie schlagen, dann bricht er auf dem Fußboden zusammen und weint wie ein Kind.

»Auf, auf«, sagt die *Granda* schnippisch zu ihm, ihre verkrümmte Gestalt drohend zur vollen Größe von einem Meter fünfundfünfzig aufgerichtet, »mach dich nicht lächerlich.«

»Man muss den Doktor holen, schnell!«, sagt Tonieta, die Nachbarin. Das ganze Dorf ist aufgewacht und schaut zu.

Die *Granda* sieht sie verächtlich an, den Doktor holt man nur im allerschlimmsten Fall, und was ist denn so schlimm an einer Frau, die blutet. Sie beide reichen, und möglicherweise noch der Pfarrer, wenn das Gottes Wille ist.

Den Rest wissen die Kinder nicht, unter Androhung einer Ohrfeige hat man sie wieder ins Bett geschickt. Der Pfarrer wird nicht gebraucht, denn Rita stirbt auch diesmal nicht. Nach einigen Tagen arbeitet sie wieder, etwas krummer und steifer, weil sie sich beim Fallen eine Rippe angeknackst hat. Nando ist lange betrunken, die Arbeit leidet darunter, Giacu beklagt sich, er und *Pare* schaffen es nicht allein. Als Nando wieder nüchtern ist, hat er einen anderen Blick. Bei Herbstbeginn geht er wieder nach Frankreich.

Erst nach Wochen erfährt Ninin von Tonietas Tochter Maìn, ihrer entfernten, einige Jahre älteren Cousine, was vorgefallen ist: Rita wollte allein ein Kind kaufen, ohne ihrem Mann etwas davon zu sagen, aber Nando wollte dieses Kind nicht, deshalb hat er sie geschlagen.

»Ja, aber hat sie das Kind dann gekauft oder nicht?«, fragt Ninin.

»Nein«, sagt Maìn. Und fügt noch hinzu, was sie zu Hause gehört hat: »Es ist zum Glück gestorben.«

Da, zuletzt ist also doch jemand gestorben. In Gedanken stellt Ninin eine dunkle Verbindung zwischen jenem Monate zurückliegenden Abend im Stall und dem geheimnisvollen Schicksal dieses nicht gekauften Kindes her. Ist Rita vielleicht eine Hexe? Wollte der *Grand* sie an jenem Abend im Stall deswegen umbringen? Hat *Barba* Nando sie deswegen geschlagen? War sie es, die das Kind getötet hat?

Von nun an nähert sie sich der Tante mit einem sonderbaren

Unbehagen und einer Art Abscheu. Dieser wehrlosen Frau, unfähig, die Hände und die Stimme zu erheben, haftet ein böser Zauber an, aus dem sie nicht erlöst werden kann. Da sie bestraft wurde, muss sie schuldig sein, das sagen die Geschichten, die Ninin so oft gehört hat, die, in denen man die Hexe an den Zeichen der Schläge, den Verletzungen und Verstümmelungen erkennt. Also hat auch Rita eine Schuld, die unverzeihlichste, die furchtbarste, die darin besteht, stumm und widerstandslos zu leiden.

Der Sommer ist lang, Ninin verbringt ihn fast ganz im Freien. Bis abends hinter den Tieren her, aber Obacht, dass keines verloren geht, die Ziegen springen los und sind im Nu verschwunden. Dann setzt sie Michin auf den Boden, um der Ziege nachzulaufen, und wenn sie zurückkommt, ist Michin auf allen vieren im Gras davongekrabbelt, und man muss sie einholen, bevor sie in den Graben fällt, und in der Zwischenzeit hat sich eine andere Ziege losgemacht, und Maria ist gar keine Hilfe, sie geht ebenfalls verloren, spielt Verstecken, und so vergehen die Tage damit, in der stechenden Sonne oder im scharfen Wind voller Angst hierhin und dorthin zu laufen, und das Gebirge hinter dir bedrückt dich manchmal so sehr, dass es dir den Atem nimmt.

Zu Mittag gibt es eine Scheibe kalte Polenta und ein paar Feigen oder eine Handvoll *ramassin*, die kleinen, süßen Pflaumen, die zerdrückt und klebrig werden, wenn man sie im Leinenbeutel herumträgt. Und der ganze Tag ist eine ständige Suche nach etwas Essbarem, Blaubeeren und Erdbeeren und Brombeeren und *ciriboit*, die winzigen, leicht bitteren wilden Kirschen, die nur aus Kern bestehen, das Pflücken ist viel Arbeit, die Ausbeute gering, doch ihr bisschen Fruchtfleisch enthält einen Tropfen reinsten Aromas, das keine gezüchtete Frucht je besitzt.

Unvermeidlich wird sie in den heißen Stunden schläfrig, weil sie im Morgengrauen aufgestanden ist, also legt sie sich mit dem

Kopf auf dem Beutel in den Schatten und ermahnt Maria, wach zu bleiben, denn sie dürfen nur abwechselnd schlafen, nicht beide zugleich, aber Maria schläft ebenfalls ein, und beim Erwachen muss Ninin die Ziegen noch einmal suchen, voller Angst vor den Vipern barfuß über die Steine springen, die Abhänge hinunterrutschen und sich dabei die Beine am Dornengestrüpp zerkratzen.

Und einmal findet sie Michin beim Aufwachen einen Schritt von einer langen braunen Schlange entfernt, die die Kleine bissbereit anzischt, und schreit vor Schreck laut und fuchtelt mit dem Stock, bis die Schlange davongleitet und Michin in dem Aufruhr zu weinen anfängt und Ninin den zwei Jüngeren Kopfnüsse verpasst und alle ausschimpft, auch die Ziegen, die ausnahmsweise ganz ruhig waren, anstatt Alarm zu schlagen.

Und bei Gewitter muss man im peitschenden Regen heimrennen, mit der Angst vor Blitz und Donner, die die Luft zerreißen, und dabei atemlos ein Ave-Maria nach dem anderen murmeln, um den Blitz abzuwenden, denn wenn er einen trifft, ist man tot und ganz schwarz und verbrannt. Die Geschichten, die man im Winter im Stall und im Sommer draußen unter der Pergola abends beim Zusammensitzen hört, kommen einem in den Sinn und machen Angst, während man allein die Pfade und Höhen entlanglaufen muss unter dem Himmel, der einen nicht kennt, und es ist, als hörte man hinter sich Schritte, Stimmen und Keuchen. Und verstohlen dreht man sich um und hofft, dass die tausend Wesen, die um einen herum fauchen, den Schrecken nicht bemerken.

Auch macht man lange Umwege, um nicht an manchen abgelegenen Häusern vorbeizugehen, aus denen böse Männer kommen könnten wie dieser Pinot, von dem ihre Mutter gesagt hat, sie solle ihm nie nahekommen, oder eine fürchterliche Alte, die stinkt wie Aas und angeblich mehr trinkt als ein Mann und auf eine Art lacht, dass einem die Haare zu Berge stehen.

Doch die größte Angst ist die vor der Verantwortung. Ihr, dem achtjährigen kleinen Mädchen, sind die noch jüngeren und noch kopfloseren Geschwister anvertraut, die *masnà*, und diese unvernünftigen, unberechenbaren Tiere, als ob Ninin schon eine erwachsene Frau wäre – das ist sie aber nicht. Schon tausendmal ist sie diese Wege gegangen … aber obwohl sie sie kennt, sind sie ihr noch neu, eine Wolke am Himmel genügt, um das Aussehen zu verändern.

Wie gespalten muss sie innerlich sein zwischen der kindlichen Lust, zu staunen, zu spielen, sich den kleinen und nahen Dingen zu widmen, und der Notwendigkeit, auf die großen, fernen Dinge zu achten und sich nie ablenken zu lassen, und wie muss sie das schmerzen. Recht kurz sind ihre Kleinmädchenarme, um die Ziegenstricke zu halten und das Gewicht einer Schwester zu tragen und die andere an der Hand zu führen, dünn sind sie, und dennoch müssen sie stark sein wie Stützen, an die man sich klammern kann.

»Wo ist *Mare* denn?«, fragt Maria.

»Das weißt du nicht? In Frankreich ist sie.«

»Und wann kommt sie wieder?«

»Bald.«

»Das sagst du immer, aber sie kommt nie.«

»Hab Geduld, sie kommt bestimmt.«

»Wenn *Mare* nicht wiederkommt, geh ich heute Abend nicht nach Hause«, sagt Maria, die sich gestern von der *Granda* eine Ohrfeige gefangen hat, weil sie die Finger in den Rahm für die Butter getaucht hat.

»Mach keine Dummheiten«, sagt Ninin. »Pass auf, *Mare* hört dich, sie ist ja nur da hinten, sie hört alles.« Sie hebt den Arm und zeigt auf Frankreich hinter den Bergen. »Die Mutter weiß immer, was die Tochter tut, auch wenn sie weit weg ist.«

Die fünfjährige Maria überlegt.

»Aber dann«, sagt sie nach einer Weile, »wenn sie uns hört, hören wir sie ja auch.«

Ninin hält inne und denkt darüber nach und findet keine Gegenargumente. Denn sie denkt so häufig und so fest an ihre Mutter, dass es ihr wirklich so vorkommt, als hörte und sähe sie sie an jeder Ecke. Abends auf dem Heimweg, wenn sie die Tiere vor sich hertreiben, Maria mit Michin auf dem Rücken und Ninin mit einem großen, in Sackleinen gewickelten Bündel Gras auf dem Kopf und der Sichel am Gürtel, beginnt Maria halb aus Spaß, halb im Ernst zu erzählen, was *Mare* in diesem Augenblick macht.

»In einer großen Küche kocht sie auf einem prasselnden Feuer das Abendessen für *Pare*, der von der Arbeit zurück ist. Sie hat ein Kaninchen in den Topf getan und brät es in Butter an. Den Duft riecht man bis hierher«, sagt sie.

Ihr Lieblingsgericht ist geschmortes Kaninchen. Sie hat es nur einmal gegessen, ein winziges Stückchen, mehr Knochen zum Lutschen als Fleisch, aber sie erinnert sich noch sehr gut.

Jeden Abend bleibt Ninin ein wenig zwischen Tür und Angel stehen und atmet *l'aria d'l'uss*, die Zugluft, ihre Verbündete, ihr Schatz an Hoffnungen und Gewissheiten. Ihr flüstert sie zu: »Komm nach Hause, *Mare*, komm bald, ich warte auf dich, heute hat Maria ihr Kleid zerrissen, Michin hat Bauchweh, ich habe in Rechnen das Teilen gelernt, es ist wahr, ich habe einen Stein nach Martìn geworfen, aber er ist selbst schuld, er hat ein schlimmes Wort zu mir gesagt, *Mare*, sag mir, wann du wiederkommst.«

Ob Hitze oder Kälte kommt, Regen oder Sonnenschein, immer ist es ihre Mutter, die von der anderen Seite des Gebirges das Wetter schickt.

Gegen Ende des Herbstes kehrten die Migranten allmählich zurück, doch ihre Mutter war nie dabei. Sie hatten einen Brief bekommen, und *Barba* Giacu hatte ihn bei Tisch laut vorgelesen: »Lieber Vater liebe Mutter uns geht es gut dasselbe hoffen wir von euch allen, hier gibt es nichts zu lachen, aber man schlägt sich durch.« Von ihrer Rückkehr war nur andeutungsweise die Rede. Ninin und ihre Schwestern wurden gar nicht erwähnt, sie waren in dem »Euch allen« inbegriffen, so wie Domenica in dem »uns geht es gut«, eine Sparsamkeit, die Ninin hungriger denn je zurückließ. Unterschrieben war der Brief mit »Euer euch liebender Sohn Giuseppe«.

Der Umschlag wurde auf das Kaminsims gelegt, unter einen Stein, der aus der Wallfahrtskirche von Oropa stammte. Eines Morgens war Ninin früh aufgestanden, vor allen anderen, um nachzusehen, ob auf diesem karierten Blatt Papier wirklich nichts anderes stand. Doch der Himmel war noch dunkel, man konnte nichts lesen.

Jetzt geht Ninin abends zur Tür und betet. Sie betet zur Madonna, wie ihre Mutter es immer macht, sagt mit angehaltenem Atem ein Ave-Maria; gelingt es ihr, bedeutet es, dass ihre Mutter zurückkommt, dann versucht sie es mit zwei, ohne Luft zu holen, schafft es aber nicht. *Mare* kommt nicht wieder, das ist die Strafe für das eine Mal, als sie Brot gestohlen hat, für all die Male, an denen sie der Großmutter böse geantwortet hat, und die noch viel häufigeren Male, an denen sie Böses gedacht hat: Wenn doch die Räuber kämen und *Mare Granda* mitnähmen, würde sie doch auf dem Weg zum Brunnen ausrutschen und sich das Genick brechen!

(Aber wenn es einen Gott dort oben gibt, wenn es einen Himmel und eine Hölle gibt, dann ist *Mare Grandas* Platz in der Hölle! Diese Gewissheit bleibt für Ninin zeit ihres Lebens ein Glaubensartikel. Als alte Frau wird sie in herausforderndem Ton sagen: »Gib acht, Gott, enttäusche mich nicht, das ist ein grundsätzlich wichtiger Punkt.«)

Ninin betet und umklammert den Türrahmen mit geröteten Fingern. Das Messerchen, mit dem sie Kartoffeln und Kastanien schält, ist stumpf geworden, sie hat an Daumen und Zeigefinger Hornhaut bekommen.

»Mach endlich die Tür zu!«, schreit die *Granda.*

Der *Pare Grand* ist seit einiger Zeit noch finsterer. Eines Abends auf dem Heimweg vom Café ist er gestürzt und hat sich den Arm gebrochen. Er musste den Doktor bezahlen, und nun trägt er den Arm in der Schlinge und kann nicht auf dem Feld arbeiten.

»So ein Unglück!«, sagt die *Granda.*

Ninin hält den Kopf gesenkt, aber innerlich spürt sie schuldbewusst eine feine, gemeine Schadenfreude. Sie versteckt sie zwischen Kleid und Hemd, zwischen Hemd und Haut, wie die Kastanien, die sie aus dem Feuer klaut, indem sie sich die Finger verbrennt, eine für sich und eine für jede Schwester, und die man rasch und ungesehen verzehren muss, denn hier sind wir nicht in der Schule, hier gibt es keine Lehrerin, die alles gerecht verteilt.

»Wenn es eine Gerechtigkeit gibt«, denkt sie. Wenn irgendwo eine Gerechtigkeit ist, kann sie doch nicht nur in Catlinas harter Stimme sein, in *Pare Grands* Weidenrute, die in die Beine schneidet. »Wenn es eine Gerechtigkeit gibt«, denkt sie undeutlich, »dann muss sie auch meine sein, sie muss allen zu gleichen Teilen gehören.« Und sie denkt, jetzt kann ihre Mutter zurückkehren, ja, jetzt, da der Alte zusammengekauert am Feuer sitzt und so geschrumpft ist, dass er nicht mehr so viel Angst macht.

Allerheiligen kommt, und gleich darauf der Totensonntag, an dem man den Toten eine Scheibe Polenta, einen Teller *brusatà*, geröstete Kastanien, und ein Glas Wein hinstellt. Von dem unbewachten Essen angezogen, steht Maria nachts auf und vertilgt es. Leicht beschwipst schlüpft sie wieder ins Bett, sie hat auch den Wein getrunken und hält der schlafenden Ninin ein Stück Polenta unter die Nase. Ninin beißt verschreckt hinein, verschluckt sich, es ist doch das Essen für die Toten! Und wenn sie es übel nehmen und sie in der Nacht an den Füßen packen? Doch dann schläft sie trotz allem wieder ein, und als sie aufwacht, ist es Morgen, und nichts ist geschehen.

Als *Barba* Giacu die leeren Teller vorfindet, flucht er, die *Granda* schleudert anklagende Blicke um sich, aber die beiden Cousins – Bartolomeo, der Ältere, und Pietro, der Jüngere, der einen Riesenkopf hat und immer schläft – sagen, das waren die Toten, beide sind sehr beeindruckt, betrachten den Teller mit runden Augen, und da fängt der *Barba* zu lachen an, es ist selten, dass der *Barba* lacht, der einsame, verwitwete, von Vater und Mutter abhängige Mann, aber heute Morgen lacht er wie verrückt: »Ja, genau, die Toten sind gekommen, wir haben sie erwartet, und sie sind essen und trinken gekommen! Oho, ganz schön schlau, diese Toten!«

Zum Glück ist Maria gerade in einer dunklen Ecke, sonst würden sie das Glück in ihren listigen Augen leuchten sehen, und dann setzte es Prügel.

Im November kommen Nebel und Kälte, und für viele Tage taucht die Sonne nicht auf. Nicht ein roter Fleck am Himmel. Schwer ist die Luft, beißend, sie riecht nur nach Frost und Rauch. Aufrecht steht Ninin in der Tür, horcht in das Schweigen und ist verzweifelt.

Und dann, an einem Sonntagmorgen, während sie noch schläft, legen sich zwei kühle Hände auf ihren Kopf, und einen ungetrübten, staunenden Moment lang träumt sie, die rosige Luft des Himmels habe sie eingehüllt und hebe sie empor zu einer Reise, die niemals enden wird.

Dann öffnet sie die Augen und sieht das Lächeln ihrer Mutter. Sie betrachtet sie, die Wangen sind ein wenig runder als bei der Abreise, die Haare zerzaust wie bei jemandem, der auf dem

Karren geschlafen hat, der unter den Röcken gewölbte Bauch kündigt die Geburt ihres ersten Sohnes an, noch ein Bartolomeo, und die haselnussbraunen Augen schauen sie an.

Da endlich beginnt Ninin hemmungslos zu weinen.

Einige Jahre später trennen sie sich erneut, doch diesmal ist es Ninin, die fortgeht. Mit zwölf Jahren, als sie die zweite Wiederholung der dritten Klasse Grundschule beendet hat und das Einmaleins mühelos vorwärts und rückwärts aufsagen kann, ist Ninin bereit, in die Arithmetik und die Ökonomie des Erwachsenenalters einzutreten. In der Familie sind sie viele, zu viele, das wenige Land bringt nichts ein, es wird Zeit, dass die Größte sich ihr Brot selbst verdient. Daheim wird nun Maria Domenica im Haushalt helfen, sie ist schon neun Jahre alt und kann nähen, stopfen und waschen, und die Ziegen wird Michin auf die Weide bringen, die ja selbst eine *crava*, eine Ziege ist, so wie sie springt und die Hänge hinaufrennt, dass sie kaum zu bändigen ist. Nach Bartolomeo, genannt Mecio, ist noch ein Mädchen gekommen, Margherita, und der *Grand* hat auf all die Weiber geflucht, die ihm seine Schwiegertochter in die Welt setzt, und Ninin, ausgerechnet sie, so klein und spindeldürr, wie sie ist, hat ihm geantwortet, dass alle diese Weiber von morgens bis abends arbeiten, das Gras mähen, die Maiskolben entblättern und die Kühe melken, während er am Feuer sitzt und sich bedienen lässt. Der *Grand* ist schwarz geworden vor Zorn und hat seinen Stock herumgewirbelt, aber ohne sie zu treffen, denn sie ist einfach viel schneller. Dennoch ist Ninin an dem Abend nicht mehr ins Haus gekommen, zum Abendessen hat sie sich eine Handvoll Pflaumen und Feigen gepflückt und dann zur Vorsicht im Heu über dem Stall geschlafen. Am nächsten Tag hat sie zu ihrer Mutter gesagt, sie will sofort in die Fabrik arbeiten gehen, ohne bis zum Herbst zu warten.

Unten in Ciriè, in der Weberei, stellen sie Frauen und Mädchen ein, dort arbeiten die Töchter einer Bekannten, und jeden Samstagabend kommen sie mit dem Wochenlohn heim. Domenica würde Ninin gern noch eine Zeit lang bei sich behalten, doch sie besteht darauf, sieht sich schon mit dem Geld in der Hand, sie wird der Mutter Stoff für einen Mantel, den Schwestern Schuhe, Weißbrot und Süßigkeiten kaufen. Sie ist so fest entschlossen, dass die Vorstellung, Mutter und Schwestern zurückzulassen, ihr nichts ausmacht, ihretwegen will sie ja in die Fabrik. Und zu Maria, der die Tränen locker sitzen, sagt sie, sie solle nicht weinen, denn in ein paar Jahren kann auch sie in die Fabrik kommen, und sie werden auch Michin nachholen, dort unten wird es ihnen besser gehen, im Dorf gibt es nicht immer nur Polenta mit gestockter Milch zu essen, und außerdem werden sie weg sein von den Großeltern, werden lachen und scherzen können, so viel sie wollen, und nicht immer den Kopf senken müssen.

Und so bricht sie eines Morgens um vier Uhr früh zusammen mit den anderen Mädchen auf, die schon Arbeiterinnen sind, in der Hand ein Bündel mit etwas Wäsche und einer Tüte Mehl. Doch am Abend zuvor, als sie nach dem Essen draußen sitzen und ihre Mutter ihr im letzten Tageslicht einen Knopf am Hemd annäht und sie still daneben wartet, ein bisschen erschrocken über das, was ihr geschieht, versammeln sich die Leute von Ca' d'Gara auf der Straße, um sich zu verabschieden und die Neuigkeit zu schnuppern, die sie nun verkörpert. Sie kommen auch von außerhalb, aus anderen Siedlungen, sogar Maìn d'la Riva erscheint, die bei Ninins Erstkommunion ihre Patin war. Atemlos kommt sie an, gestützt von einem jungen Enkel, denn sie ist alt, und die Beine tragen sie kaum noch. Im Dunkel des Abends reden die Umstehenden über Ninin, ohne sie nach ihrer Meinung zu fragen, und eine Nachbarin sagt: »Ich bin gekommen, um dich zum letzten Mal zu grüßen, Kleine, denn so mager und abgezehrt wie du bist, wirst du nicht lebend aus der Fabrik zurückkommen«, und manche stimmen ihr zu, manche widersprechen. Ninin, die tatsächlich ein schmächtiges Mädchen ist oder jedenfalls so wirkt, weiß nicht, was sie antworten soll, und eigentlich ist es ihr auch egal, die Alten reden gerne von Tod und Unglück, es ist ihr täglich Brot. Auch ihre Mutter schweigt, drückt ihr aber fest den Arm, zieht sie stolz an sich, als wollte sie sagen, wenn der Tod sie anrührt, bekommt er es mit mir zu tun.

Es ist der Sommer 1903, und Ninin stirbt nicht. Im Gegenteil, die Fabrik erweist sich als Stärkungsmittel. Im folgenden Sommer, als sie ein paar Wochen zu Hause bleibt, um beim Heuen zu helfen, ist sie um zwei Fingerbreit gewachsen und hat vollere Backen. Blühend wird sie nie sein, aber es stimmt, dass man unten im Dorf mehr und besser isst. Und elf Stunden Arbeit in der Fabrik sind nichts Neues für sie, sie ist es gewöhnt, früh aufzustehen und sich von morgens bis abends abzustrampeln. Die Schwestern wollen alles wissen über ihr Leben, sie können es kaum erwarten nachzukommen.

Es ist ein bescheidener Traum, den sie haben, im Dorf Arbeit zu finden und alle drei gemeinsam in einem Zimmer zu schlafen – vielleicht sogar mit *Mare*, wenn sie sie überzeugen können und *Pare* es erlaubt. Doch es ist ein realisierbarer Traum, das ist der Vorteil, und dann ist Schluss mit dem Schlucken der schlechten Kastanien, mit der bösen Stimme der *Granda* und dem heiseren Husten des *Grand*. Und sogar mit den blutrünstigen Flöhen, die aus dem Strohsack kommen und weiterhin Nacht für Nacht wütend rote Pünktchen auf ihrer weißen Haut hinterlassen.

Von dem kaum begonnenen neuen Jahrhundert verlangen sie nichts als zusammen zu arbeiten. Und dank ihres unermüdlichen Zutuns und Hoffens wird dieser Traum wahr. Er wird ihr ganzes übriges Leben prägen, und später auch das ihrer Tochter – sie werden alle zusammen nur eine haben, nämlich meine Mutter –

und zuletzt auch meines. Wären diese Frauen nicht so gewesen, wie sie waren, wäre ich nicht da – oder ich wäre etwas anderes.

Ihre Tochter kommt viele Jahre später vom Meer her, aber es ist, als bereiteten sie sich schon jetzt, als kleine Mädchen, darauf vor, sie zu empfangen.

Das Kind aus Amerika

WIE WAR MEINE MUTTER mit acht Jahren, als sie hierher zurückkehrte, von woher sie kam, bevor sie geboren wurde? Dass sie ein rundes Gesichtchen mit dunklen Augen hatte, wusste ich von dem Passfoto: Sie ist frisch gekämmt, pausbäckig und hat einen schwarzen Bubikopf, mit ihren kindlich weichen Rundungen sieht sie aus wie eine Filzpuppe von Lenci. Unterschrieben hat sie mit ihrer krakeligen Schülerinnenschrift: Mariana Rastler. Nannte ihr Vater sie Mariana? Das Gesicht drückt nur Staunen aus, die glatte, zerbrechliche Unergründlichkeit der Kinder. Ich weiß, dass sie schüchtern war, dass sie wenig oder gar nichts sagte … Ich würde gern ihre Stimme hören, sie eine Sprache sprechen hören, die ich mir wie eine Mischung aus drei Idiomen vorstelle, amerikanisch, mexikanisch und diese andere Sprache, die auf dem Schiff niemand kennt.

Das Kinn in die Hände und die Arme auf die Reling gestützt, kneift Maria die Augen zusammen, um in die Ferne zu sehen. Dort unten auf dem Kai kommen und gehen Menschen und Karren, sind aber zu klein, um jemanden zu erkennen. Zwischen ihr und ihnen liegt ein breites Stück schwarzen Wassers, auf dem ein Netz zäher, schillernder Reflexe zittert. Es ist ein hellgelber Frühlingstag, die Sonne verfließt wässrig am Himmel.

Maria wischt sich die Nase am Ärmel ihres Mantels ab, weil

sie kein Taschentuch hat, Lina, die Kellnerin, die an Bord auf sie aufpasst, hat heute Morgen vergessen, ihr eines einzustecken, sie ist zerstreut, kann es kaum erwarten, an Land zu gehen, nachdem sie eine Nacht länger auf dem Schiff verbracht hat, um dem Kind Gesellschaft zu leisten.

Maria ist müde, heute Nacht war ihr Schlaf leicht, und sie ist oft aufgewacht, um durch den schweren kurzen Vorhang vor dem Bullauge zu spähen, ob es schon Tag ist.

Die Reise ist zu Ende. Sie liegt schon hinter ihr wie eine große, blau-goldene Brücke über den Ozean. Eine Lichtbrücke voller Visionen, mit dem Kreischen der Vögel am Himmel und der sanften Wellenbewegung des Schiffes, ähnlich wie beim Reiten auf dem Pony, einem riesigen Pony mit bebendem, metallischen Rücken; und die Kapelle, die abends spielt, das Parfüm der Damen, die unter den Sonnenschirmen beim Tee sitzen, der neue Geschmack der Oswego-Kekse. Das aufgewühlte Meer mit dem plötzlich hochspritzenden Wasser, die Uniformen der Bordoffiziere mit den glänzenden Knöpfen, die verchromten Klinken, der salzige Wind, das Klirren der Gläser in der dicken warmen Luft des Speisesaals. Überall rundum der Himmel, bald tief in vielen Schattierungen von Azur und mit Wolken gesprenkelt, bald platt und eintönig, unendlich blau. Abends fließen Himmel und Meer ineinander, man kann die Grenze nicht mehr unterscheiden, und manchmal fragt man sich beim Betrachten, ob man auf dem Wasser schwimmt oder in der Luft schwebt, und nachts kann man davon träumen, in dieser großen, schwarzen, feucht schimmernden Masse zu fliegen, die das Himmelmeer ist, der Meerhimmel. Frühmorgens, noch bevor es Zeit ist aufzustehen, sieht man dann durch das Bullauge die Sonne aufgehen wie eine sich ausbreitende, reifende, rot glühende Frucht. Und am hellen Tag sieht man, wenn man Glück hat, die Delfine springen, die glänzenden, gewölbten Rücken, die unvergleichlich schöne Kurven in die Luft zeichnen, sodass alle staunend sagen: »Oh, seht nur!«, und auch Maria öffnet den Mund, sagt aber nichts, ihre Verwunderung klingt still in ihr.

Der Pazifik, der Panamakanal, die lange Atlantiküberquerung liegen schon hinter ihr und beginnen zu verblassen.

Jetzt steht Maria still hier auf dem Schiff, vor der Stadt, mitten im Wasser. Sie ist allein unter Fremden. Nur wenige sind noch auf dem Schiff, sogar die, die sie kennt, flößen ihr wieder Scheu ein, das Dienstmädchen und der Friseur, der ihr gestern die Haare geschnitten hat. Jetzt am Ende der Reise ist es, als seien sie jemand anderes. Missis Rose und ihre Freundinnen sind schon fort. Es gibt nur noch Männer, die schnell übers Deck gehen, ohne sie anzusehen.

Es gelingt Maria nicht, die fernen Figürchen am Hafen zu erkennen. Sie sucht unter den dunklen Farben eine helle: ein helles Frauenkleid. Ein lila oder hellblaues oder auch naturfarbenes Kleid wie jene, die Missis Rose am Nachmittag trägt, wenn sie mit ihren Freundinnen Tee trinkt und sie sich unterhalten und lachen, aber nie zu laut, das Gesicht halb unter den großen Strohhüten verborgen.

Wenn sie sich ihre Mutter vorstellt, kleidet sie sie in die Gewänder von Missis Rose. Missis Rose ist gestern mit ihrem Mann und dem Dienstmädchen Anne und Miss Lora, ihrer Freundin, vom Schiff gegangen, und davor hat sie sie umarmt und gesagt: »*Good luck my little girl*«; mit einem Rascheln hellblauer Seide hat sie sich über sie gebeugt, und ihr Kuss ist wie eine Seifenblase im Wind zitternd an Marias Wange hängen geblieben und geplatzt, und Maria hat überraschend einen kleinen stechenden Schmerz empfunden bei dem Gedanken, dass Missis Rose fortging, dass sie sie nie mehr sehen würde, dass die Reise zu Ende war.

In welche Farbe ist ihre Mutter gekleidet? Trägt sie einen Hut? Wann kommt sie?

Unten am Kai erkennt sie nichts Weißes, auch kein Hellblau, Lila oder Beige.

Dann fällt ihr ein, dass ihre Mutter vielleicht schwarz trägt. Auch sie selbst wurde in der ersten Zeit, als sie zu *Magna* Neta gezogen ist, schwarz angezogen. Sie erinnert sich an den Geruch des vorher rosafarbenen Kleides, nachdem es lange in der Farbe gekocht worden war. Einige Monaten später hat *Magna* Neta dann gesagt: »Jetzt reicht es mit Schwarz, sonst machst du Lucy auch noch traurig«, und hat sie wieder die Kleider von vorher anziehen lassen, die inzwischen zu kurz und zu eng geworden waren. Auch dieser rote Mantel ist ihr ein wenig zu eng, voriges Jahr gehörte er Lucy, dann haben sie ihn ihr gegeben, denn sie brauchte doch etwas Anständiges für die Reise, und ihrer Cousine haben sie einen neuen gekauft. Sie fühlt sich irgendwie schuldig, Waisenkinder dürften kein Rot tragen. Und wenn nun ihre Mutter sie in Lucys Mantel gar nicht erkennt?

Sie betrachtet die Leute dort unten auf dem Kai von Genua. Gesichtslose dunkle Pünktchen, die sich bewegen, aneinanderstoßen. Sie spürt ein Kribbeln, das im Nacken beginnt, wie wenn bald jemand heiß Ersehntes kommt. Wo ist ihre Mutter? Sie schließt die Augen: Wenn sie sie wieder öffnet, wird ihre Mutter genau an dem Punkt stehen, auf den sich ihr Blick gerichtet hat. Doch als sie sie dann aufmacht, steht im Zentrum ihres Blickes nur ein leerer Karren mit einem Esel davor, der den Kopf schüttelt.

Innerlich sieht sie das Foto wieder, das am Küchenschrank hing, doch das Gesicht ist in der Erinnerung verblasst, und je länger sie es anstarrt, umso unsicherer wird es. Vor Angst, ihre Mutter nicht wiederzuerkennen, schnappt sie nach Luft, als wäre sie am Ertrinken.

Ciriè liegt in der Ebene, doch an klaren Tagen sieht man die Berge im Osten und im Norden. Es hat ein mittelalterliches Zentrum mit langen Bogengängen, und da es einst zum Lehen der Doria gehörte, besitzt es eine Villa aus dem 17. Jahrhundert mit einem schönen Garten *all'italiana* und vor allem eine prächtige, breite Platanenallee, die vom Bahnhof zur Kirche San Giovanni und der angrenzenden Grundschule führt. Dort beginnt eine Straße, die jetzt Via Rosmini heißt, aber damals hieß sie Via Conte Verde und verlor sich bald zwischen den Wiesen.

Das letzte Haus am Ende der Via Conte Verde, bevor das offene Land begann, gehörte meiner Familie mütterlicherseits; Großvater Giuseppe hatte es erworben, um dort mit seiner Frau Domenica und den Töchtern zu leben, die von Rocca nach Ciriè hinuntergezogen waren, um in der Fabrik zu arbeiten; diese zwei Zimmer waren jahrzehntelang der einzige Besitz der Davito Gara unten in der Ebene.

Hier wartet die arme Maria, *povra dona*, heute allein auf ihre Tochter. Ninin, die Älteste, sitzt am Webstuhl in der Fabrik, denn es ist ein Werktag, Freitag, und schon Michin hat für diesen gesegneten Ausflug nach Genua einen Tag unbezahlten Urlaub nehmen müssen, um zusammen mit ihrer jüngsten Schwester Margherita und deren Mann Ermanno die Kleine abzuholen. Undenkbar, dass sie alle beide die Arbeit versäumen könnten, Ninin hat gesagt: »Fahr du, du bist noch jünger und hast fast neue Schuhe.« »Aber nein, fahr du, du bist die Älteste«, hat Michin geantwortet, doch ihre Augen leuchteten schon bei dem Gedanken, nach Genua zu fahren, und Ninin hat erwidert: »Nein, ich bin keine, die sich vordrängt, fahr du mit Margherita, ich bleibe zu Hause.« Die arme Maria kann bestimmt nicht mit nach Genua, seit Jahren, seit sie aus Amerika zurück ist, geht sie nicht mehr auf die Straße und lässt sich das Dorf am Abend von den Schwestern erzählen, dennoch hätte sie sich gefreut, wenn sie sie wenigstens gefragt hätten, und sei es auch nur der Form halber.

Heute Morgen hat sie zum Anziehen länger gebraucht, das

Kleid war frisch gewaschen und gebügelt, es hatte die nachgiebige, von ihrem Körper geformte Weichheit eingebüßt, und ihre Hand war schwach und vergesslich, jeden Augenblick verlor sie den Halt, hielt auf halbem Weg inne, als sie sich die braunen Strümpfe am Bein glattstrich und die Druckknöpfe schloss.

Sie hat die immer gleichen Gesten gemacht, ganz langsam die Holztreppe hinuntersteigen, sich den Kaffee eingießen, den sie ihr zum Warmhalten auf den Ofenrand gestellt hatten, mit dem Schürhaken die Glut anfachen, den Aschenkasten ausleeren, ab und zu mit einem Holzscheit das Feuer nähren, weil es noch kalt und das Haus feucht ist. Sich an der Mauer, am Stuhl, an der Tür, an der Weinlaube festhaltend, ist sie dann hinaus und bis ans Ende des Gemüsegartens gegangen, wo sie sich gebückt und etwas Salat geerntet hat.

Ich sehe sie vor mir, ihre ins Gedächtnis eingeprägten Gesten, vertraut wie alles, was man seit frühester Kindheit kennt und was deshalb am schwersten zu beschreiben ist, diese Art, sich vorwärts zu schleppen und die Treppe hinunterzugehen, die mir als Kind wie ein Spiel vorkam, auf jeder Stufe stehen zu bleiben, wie um die Welt von jenem besonderen Standpunkt aus neu zu betrachten, vorsichtig einen Fuß hinunterzusetzen, die Hände um das Geländer geklammert, um dann mit dem Willen und dem Körpergewicht den anderen Fuß nachzuziehen, der kurz über den schwarzen Stein schleift und dann *plumps*, mit einem dumpfen Geräusch unten aufkommt. Sich bewegen heißt für sie, bei jedem Schritt den Widerstand jener Hälfte ihres Körpers überwinden zu müssen, die nie aus Kalifornien zurückgekehrt ist. Ihre linke Seite ist dort geblieben, ihr einer Arm, ihr eines Bein, der halbe Oberkörper und das halbe Gesicht sind nur noch totes Gewicht, damit muss sie leben.

Und der Kopf, wird um sie herum geflüstert, der Kopf ist auch nicht mehr, was er einmal war. Eine gedämpfte Atmosphäre von Mitleid und Scham umgibt sie, isoliert sie, versiegelt jedes Wort von ihr, jede Geste. Die arme Maria ist nicht mehr sie selbst. Von den Großen wie ein Kind behandelt, entdecke ich später, dass sie nur für uns Kinder eine Erwachsene war, nur wir nahmen sie ernst, wenn sie uns, stets schwarz gekleidet auf einem niedrigen Stuhl sitzend, Märchen oder Heiligengeschichten vorlas. Pinocchio oder Don Bosco, Alice oder Bernadette, für uns machte es keinen Unterschied, es war immer dasselbe Wunderland. Nichts ist seltsam und anders, wenn alles so ist. Wir wussten noch nicht, dass die Geschichten der Erwachsenen anderen Regeln folgen.

Im Wochenbett verlor sie ihre eine Hälfte, und die Familienlegende behauptet, dass die Hebamme daran schuld war, Mexikanerin und daher wenig sauber. Von Fatalismus geprägt wie alle wahren Legenden, sieht die Familienerzählung in der Hebamme ein Werkzeug des Schicksals, das Maria schon zwei Kinder genommen hatte, eines verlor sie nach dem Schrecken, einen Streit zwischen ihrem Mann Pietro und einem mit einem Messer bewaffneten Rivalen mit ansehen zu müssen, und eines starb bei einer Zangengeburt in einem sehr amerikanischen Krankenhaus. Darum hatte sie sich für eine Hausgeburt entschieden, und in der Tat war das Kind lebendig und gesund herausgekommen, sie aber hatte eine geheimnisvolle Krankheit ereilt, durch die sie für immer halb gelähmt blieb. In Wirklichkeit handelte es sich wahrscheinlich um einen Schlaganfall wenige Tage nach einer schwierigen Geburt.

Doch das Schicksal hatte sie schon mit neunundzwanzig Jahren ganz eingeholt; nur damit, dass sie der großen, unbestrittenen Kraft der fatalen Konvention nachgab, kann ich mir ihre Entscheidung erklären, mit einem Unbekannten nach Amerika zu gehen und die Schwestern und alles, was sie hatte, zurückzulassen. Sie war bei einer verarmten Turiner Adelsfamilie im Dienst, wo sie lernte, sachkundig die Spitzenkrägen zu bügeln und eine samtige, mit verquirltem Ei und Parmesankäse angereicherte Cremesuppe zuzubereiten. Vielleicht ging es ihr dort nicht gut? Dem Anschein nach behandelten sie sie menschlich. Sicher, ein Dienstmädchen war damals ein Dienstmädchen, duzte die Damen nicht und erwartete, dass man ihr Anordnungen gab und sie kontrollierte. Gewiss schlief sie in einem dieser kleinen, fensterlosen Zimmer mit Tür zur Küche, einer Dienstbotenkammer, wie es sie in den ehemaligen Wohnungen des soliden Bürgertums noch heute gibt, umgebaut zu Abstellkammern. Sie wohnte sehr zentral, vielleicht in der Via Pietro Micca, in einem Haus mit vornehmem Eingang, mit Spitzbögen an den Arkaden und gemeißelten Balustraden an den Treppen, in einer dunklen Wohnung mit zwei großen Zimmern zur Straße hin, während die anderen bescheidener am Innenbalkon aufgereiht waren. Wenn sie hinausging, befand sie sich sofort zwischen den Lichtern der Stadt, den Geschäften und Cafés. Hat sie es gewagt, manchmal mit einer unternehmungslustigen Freundin im Festtagskleid im Café Baratti eine heiße Schokolade zu trinken, oder hat sie nur sonntags das Haus verlassen, um den Zug der Linie Ciriè–Lanzo zu nehmen, der sie zu ihren Schwestern brachte?

Belastete ihr Leben sie? Als Dienstmädchen zu arbeiten war normal für eine Frau ihrer Herkunft und Generation. Auch daheim waren sie ja fast alle wie Dienstboten: des Ehemannes, der Schwiegermutter, der Alten der Familie … Maria ging es da besser: Sich in Turin als Dienstmädchen zu verdingen bedeutete, in einem Bett mit Matratze zu schlafen statt auf einem Strohsack, Tagliatelle zu essen statt Polenta, Schuhe zu tragen statt Holzpantoffeln und im Winter keine Frostbeulen zu bekommen.

Vielleicht wollte sie Kinder. Träumte von einem eigenen Haushalt mit eigenen Töpfen, eigenen Laken. Oder arbeitete in ihr die uralte Vorstellung, eine Frau sei unvollständig, wenn sie nicht heiratete? Wollte sie nicht arm und allein bleiben? Schämte sie sich insgeheim vielleicht dieser zwei Schwestern, die unbeugsam jeden abwiesen, der sie aus ihren frühesten Bindungen herausreißen wollte? Oder wollte sie der Familie helfen, träumte von einem Wohlstand, der sie vom Dienstmädchendasein und ihre Schwestern vom Webstuhl befreien würde, weshalb dieses Wort – »Amerika« – in ihren Ohren klang wie ein Lied? *Mamma mia* gib mir hundert Lire, ich will nach Amerika … War sie abenteuerlustig, meine schüchterne Großmutter mit den leuchtenden Augen?

Vielleicht war sie einfach fügsam, wie später ihre Tochter Maria, eine gute Esserin, ein gutmütiges Wesen, geneigt anzunehmen, was das Schicksal ihr bot, auch zu einem Unbekannten Ja zu sagen.

Er heißt Pietro, ist als Junge in die Vereinigten Staaten ausgewandert, hat jahrzehntelang als Grubenarbeiter in den Bergen rund um San Bernardino geschuftet, dann aufgehört und sich ein Haus gekauft, ein Stück Land mit Orangenbäumen darauf, ein paar Tiere. Jetzt, mit fünfundvierzig Jahren, ist er kurz in die Heimat zurückgekehrt, um einige Äcker zu verkaufen und sich eine Frau zu suchen. Man sagt, er habe sie auf dem Dorffest bemerkt; sie tanzte nicht, war nicht mehr die Jüngste und wollte nicht auffallen, lauter gute Gründe, um sie auszusuchen. Er hat sich über sie informiert, ist mit einem Vermittler bei den Schwestern vorstellig geworden und hat ihr einen Antrag gemacht.

»Überleg es dir gut«, sagt Michin zu ihr. »Gefällt er dir überhaupt?«

»Wir sind schon sitzengeblieben, du hast wenigstens die Wahl …«, sagt Ninin. Und sogleich zweifelnd: »Besitzt er was? Was ist er für ein Typ? Außerdem ist er alt, willst du einen Alten nehmen?«

»Ich bin auch nicht mehr jung«, sagt Maria. »Ich bin schon neunundzwanzig.«

»Aber Amerika ist sehr weit weg«, sagt Michin. »Hier weißt du, was du hast, du kennst die Luft, die du atmest. Und dort sprechen sie Amerikanisch! Du hast jetzt gut Italienisch gelernt, dort musst du wieder von vorn anfangen.«

»So viele wandern aus«, erwidert Maria. »Auch der junge Graf Francesco, der Neffe der Komtessen Lalla und Luigina, ist nach Amerika gegangen. Nach New York.«

»Wahrscheinlich, damit er seine Schulden nicht bezahlen muss«, kommentiert Michin. »Die mögen ja Komtessen sein, aber Geld haben sie kaum mehr als wir. Man braucht sich nur anzusehen, was sie dir schulden, nicht ein Mal zahlen sie dir den vollen Lohn aus. Immer ein Akonto, und wenn sie dir dann ein Paar Schuhe schenken, denken sie, damit seien sie aus dem Schneider, der Rest sei ein Kavaliersdelikt.«

»Aber das sind gute Schuhe, fast meine Größe«, sagt Maria und blickt auf die Schnürstiefelchen, die sie bis nach Kalifornien tragen werden.

»Francesco wäre dir lieber gewesen, nicht wahr?«, kichert Michin.

Maria errötet.

»Du wirst doch nicht schwach geworden sein?«, fällt Ninin über sie her.

»Wofür hältst du mich, was schaust du mich so an?«, sagt Maria, die schwarz glänzende Augen und Haare und ein reizendes, regelmäßiges, aber nunmehr unwiederbringlich altes Gesicht hat. Fast dreißig! Und noch so viel Angst bei der Idee, zu heiraten, in ihrem Alter!

Pietro, der hier Peru heißt und in Amerika Peter, mag mittlerweile zwar ein halber Ausländer sein, doch ist er ein wohlbekannter Typ von Mann: mit seinem gewichsten Schnurrbart und den Augen, die nie lachen unter den buschigen Brauen, ähnelt er ihrem Vater, den Onkeln. Er ist in Corio geboren, sie in Rocca, ihre Herkunftsorte liegen in Luftlinie wenige Kilometer auseinander und teilen die Sicht auf die Ebene, die Kastanienwälder, die Steinhäuser, das kümmerliche Leben. Vielleicht lässt genau das sie zögern, macht sie schweigsam, fast melancholisch.

Zuletzt gibt sie jenem großen, dicken Peru ihr Jawort, mehr aus Höflichkeit denn aus Überzeugung und auch, um ihre Verlegenheit vor jenem mächtigen Schnauzbart zu überwinden; und Peru ist es ohnehin gewöhnt, Geschäfte ohne viele Umstände abzuschließen, entweder ja oder nein, falls es Nein sein sollte, sucht er sich eben eine andere, also bringen wir es rasch über die Bühne, denn die Zeit ist knapp. Hinterher stoßen sie mit dem Süßwein an, den der *Parìn* mitgebracht hat, er hat sie einander vorgestellt (zu der Zeit gibt es sie noch, die Vermittler, ältere Männer oder Frauen, die alle im Dorf kennen und sich für unterschiedlichste Geschäfte als Makler anbieten; und mein Großvater hat sich bestimmt an einen von ihnen gewandt). Anschließend gehen die Männer in die Osteria und trinken noch weiter, und die Frauen bleiben verwundert, leicht beschwipst und aufgeregt zurück, ohne recht zu wissen, wie ihnen geschieht.

Am Abend weint Maria, weil Amerika so weit weg ist.

»Ich komm dich besuchen«, sagt Margherita zu ihr. »Ich nehme das Schiff und komme zu dir.«

Margherita ist erst fünfzehn Jahre alt und wird ein schönes Mädchen, jeder würde sie nehmen, sie aber bleibt Ermanno treu, der sie warten lässt, jedenfalls muss sie zum Heiraten nicht nach Amerika auswandern.

Maria trinkt die Flasche aus und schläft ein, die Arme auf dem Tisch. An dem Abend fährt sie nicht zu den Komtessen nach Turin zurück.

Einige Tage später erscheint Pietro mit dem goldenen Ring,

einem Kettchen und einer Marienmedaille für sie, auch aus Gold. Nun ist es abgemacht. Selbst wenn sie es sich anders überlegen wollte, gäbe es kein Zurück mehr.

Sie heiraten, und als Hochzeitsreise fahren sie hinauf nach Corio, nach Cat Rastler, dem Ortsteil, der nach seiner Familie benannt ist. An nächsten Tag läuft sie zu Fuß nach Ciriè, flüchtet sich weinend zu den Schwestern.

»Nun, nun«, sagt der Vater steinhart zu ihr, »stell dich nicht so an, eine verheiratete Frau muss bei ihrem Ehemann bleiben.«

Ninin und Michin wissen nicht, was sie sagen sollen, in Wirklichkeit wissen sie nichts über das Leben mit einem Mann, oder vielleicht wissen sie alles, sie schweben zwischen Alles oder Nichts in ihrem Limbus der unverheirateten Frauen, unfähig, mit ihr zu reden, sie bei sich zu behalten. Sie überlassen sie ihrem unvermeidlichen Schicksal, denn wo hat man je eine Braut gesehen, die ihren Mann am Tag nach der Hochzeit verlässt? Es wird vorbeigehen, alles geht vorbei, man gewöhnt sich an alles.

Doch hindert sie das nicht daran, ihn sofort in Ungnade fallen zu lassen, diesen Peru, der daran schuld war, dass ihre Schwester in Tränen aufgelöst davongelaufen ist.

Pietro kehrt nach Amerika zurück, wo er »die Papiere besorgt«, die sie für die Einreise braucht. Und sechs Monate später kommt Maria allein in Ellis Island an und fährt von dort nach der Quarantäne mit dem Zug weiter nach Kalifornien. Sie reist in Gesellschaft anderer piemontesischer Auswanderer, die ferne Bekannte von Pietro sind. Wochenlange Einsamkeit unter Fremden, der Auftakt zu ihrem Leben als Ehefrau. Einsam lebte sie mit diesem dicken Mann mit Schnauzbart und einem Blick wie Gottvater fünf Jahre lang, in denen sie zwei Kinder verlor und das dritte auf die Welt brachte, ein Mädchen. All das, um dann als halbe Frau dorthin zurückzukehren, wo sie immer hatte sein wollen: bei den Schwestern. Bei ihrer Rückkehr ist sie zum vierten

Mal schwanger, trägt einen Fötus in sich, der im fünften Monat stirbt und ihr Leben erneut gefährdet.

Jetzt, im Gemüsegarten, streicht sie mit der guten Hand mehrmals das Zuckertütenpapier glatt, das schon so oft gefaltet und wieder in die Küchenschublade gelegt wurde. Sie breitet es über die Knie, damit das Kleid nicht schmutzig wird, und putzt dann durch Übung geschickt mit einer Hand den Salat, zupft die hässlichen und harten Teile ab und wirft sie in die rostige Konservendose unter der Bank. Dann wickelt sie den fertigen Salat in das blaue Papier ein.

Wie wird es ihrer Tochter auf der Reise ergangen sein? Hat jemand sie mit Essen und Trinken versorgt, wie es sich gehört? (Sie erinnert sich noch an den Durst der langen, stickigen Nächte auf dem Schiff.)

»Aber Maria, du weinst ja, statt zu lachen? Heute ist doch ein Festtag!«

Die rechte Hälfte der armen Maria zuckt zusammen. Vor ihr sind die dicken Beine und rohrförmigen Fußgelenke ihrer Nachbarin Ginota aus der braunen Erde des Gartens gewachsen. Der Körper wie ein Sack Mais, unförmig und knubbelig, das gespannte rosige Gesicht, die kleinen Augen und die weißen Härchen des Altfrauenbarts, die vor Neugier zittern.

Die arme Maria kann die Ginota nicht mehr ausstehen, seit ihre Schwestern kurz nach ihrer Ankunft in aller Eile den Doktor holen mussten, weil sie blutete, und danach sprachen alle ganz leise, und man durfte nicht laut sagen, dass das Kind da war, aber tot; doch Ginota, die immer alles weiß, wusste es und sah sie an, als wäre diese Blutung ihre Schuld und Schande, herausgekommen aus dem tiefen Dunkel ihres empfindungslosen Körpers. Aus ihrer linken Hälfte, die kein Gesetz und keine Scham mehr kennt, die angezogen und gewaschen, durch die Türen geleitet, an Geländer gelehnt und über den Boden geschleift werden muss.

Sieht die arme Maria Ginota herankommen, hinkt sie auf das Haus zu, und wenn sie es nicht rechtzeitig schafft, beschränkt sie sich darauf, mit der guten Seite des Mundes auf den Boden zu spucken. Doch heute ist der Tag der Vergebung, heute fühlt die arme Maria plötzlich, dass sie mit jedem reden möchte, und sagt: »Meine Tochter, meine Kleine. Heute kommt meine Kleine.«

Und sie lächelt, ohne zu wissen, dass sie noch immer schön ist, mit diesem schiefen Lächeln und den pechschwarzen, funkelnden Augen, die gerade von Tränen gewaschen wurden.

Ich sehe Ermanno auf einer Holzbank sitzen, einer jener einfachen, unbequemen, wahrscheinlich in hässlichem Dunkelbraun lackierten Bänke ohne Lehne, die es schon lange nicht mehr zu geben scheint. Ich rieche den Geruch, den auch er gerochen haben muss, dieser Mann, den ich nie gesehen habe, ein junges, auf diesem frontalen, schattenlosen Foto aus den Zwanzigerjahren flaches Gesicht, ein Gesicht, das keine Kanten hat, die Augen freundlich halb geschlossen. Ruhig atmet er den Geruch des Hafens, nach salzig-nassen Tauen, nach öligem, teerschwarzen Wasser.

Es ist ein kühler Tag, doch in der Hafenkommandantur ist die Luft drückend und lau, sodass er sich die Stirn trocknet und die Krawatte lockert, an die er nicht gewöhnt ist, denn im Dorf trägt man sie nur zu Hochzeiten und Beerdigungen.

Die zwei Frauen sehe ich ihm gegenüber auf einer ähnlichen Bank sitzen, auf der anderen Seite des Korridors, den ab und zu ein geschäftiger Mann in Uniform durchquert. Mit seinen Augen betrachte ich die beiden, indem ich diesem Mann, der kein langes Leben haben wird, meine eigene Distanz und Sehnsucht zuschreibe.

Ermanno betrachtet seine Frau in dem grünen Kleid mit V-Ausschnitt, den neuen Schuhen, der gebrauchten, geschickt umgearbeiteten Jacke, die ihr passt wie angegossen. Er betrachtet Margheritas schwarze Haare, ihre leuchtenden Augen, die gebieterische Adlernase, den bloßen, weißen Hals, den roten Mund, aus dem jene warme, lebhafte Stimme kommt. Er sieht zu, wie seine schöne junge Frau mit Michin spricht, und denkt, sie wirken eher wie Mutter und Tochter denn wie Schwestern; Michin könnte eine Mutter aus dem Gebirge sein mit ihrem dicken braunen Rock, einer Rüschenbluse, die man vor zwanzig Jahren trug, den flachen, festen Schuhen, den rissigen Händen. Die Schwestern unterhalten sich mit gesenktem Kopf, er hört nichts und würde gern teilnehmen, säße gern zwischen ihnen in der wohligen Wärme ihrer Körper, die nach Seife und Lavendel vom Col di Nava duften, gemischt mit einem Hauch von Schweiß.

Stattdessen muss er allein dort auf seiner Bank sitzen, stocksteif und sprungbereit, wenn der Kapitän ihn ruft. Er fühlt sich als Oberhaupt der Familie, ist der einzige Mann, auf den die Schwestern seiner Frau zählen können, denn Michin und Ninin haben nicht geheiratet, und ihre Brüder haben mit Ach und Krach die dritte Klasse Grundschule absolviert, während die arme Maria ihren Mann samt allem, was sie besaß, verloren hat. Deshalb musste er das Gesuch schreiben, jedes einzelne Wort wägen und um Rat fragen, schließlich schreibt man ja nicht jeden Tag an den Duce, und dann auch den Behörden antworten, als sie endlich nach Monaten etwas von sich hören ließen.

Es wird Umschläge voller Dokumente gegeben haben, Briefe, die übers Meer gereist sind, Konsulate und Bürokraten, die Kontakte aufgenommen, geprüft und Stempel angebracht haben. In den USA wird jemand – ein Friedensrichter? – entschieden haben, dass man von dem Konto, das bis zur Volljährigkeit des Waisenkindes Maria Cat Rastler gesperrt war, das Geld für die

Schiffspassage abheben dürfe, ja. Und dann wird man dieses italienische Schiff gefunden haben, halb Handels- und halb Passagierdampfer, dessen Kapitän die Minderjährige anvertraut wurde.

Ermanno ist stolz auf seine Rolle in dieser Sache. Jetzt trägt er den Umschlag mit den Papieren in seiner linken Tasche; als seine Frau sah, wie er ihn einsteckte, hat sie ihn vorwurfsvoll angesehen, wie man es bei Kindern macht, ein Zeichen, das bedeutet: Nimm das Zeug raus, es bringt die Jacke aus der Form!, doch er hat so getan, als bemerke er es nicht, denn er ist ein Mann und lächelt über die durchaus berechtigten, aber beschränkten Sorgen der Frauen. Margheritas Mann ist ein seelenruhiger, theoretischer Faschist, der vielleicht niemals das Schwarzhemd getragen hat und nicht einmal fähig wäre, seinem Sohn, wenn er dann auf der Welt sein wird, ein Abführmittel zu verabreichen, sich aber von den faschistischen Ideen angezogen fühlt, die Erneuerung und Tradition, Kühnheit und Festigkeit miteinander verbinden. Und Ordnung, vor allem Ordnung, die für ein ruhiges, angenehmes Leben wesentlich ist. Genau wie die Ordnung auf seinem Schreibtisch über dem Sägewerk in der Via Vittorio Veneto in Ciriè, wo er rechnet und Register ausfüllt, die Zeitung liest, um sich auf dem Laufenden zu halten, und aus seinem Fenster im ersten Stock hinausschaut auf die Straße, wo Karren und ein paar Autos vorbeifahren, und ab und zu ertappt er sich dabei, wer weiß was zu denken, die *cornàj* anzustarren, die Kirschen, die an dem Baum neben dem Tor immer größer und röter werden, und dabei den Stimmen der Frauen zu lauschen, ohne sie zu unterscheiden, seine Mutter, seine Schwester, seine Frau, die auf der anderen Seite der Wand leben, Margheritas leichte Schritte, ihren Duft, manchmal die Beklommenheit ihres Schweigens in diesem Haus, das für sie fremd ist.

Er weiß, dass sie glücklicher wäre, wenn sie eine eigene Wohnung hätten, unabhängig von den Schwiegereltern. Doch was soll man tun, man darf Mama nicht so sehr verärgern. Seine Frau wird sich daran gewöhnen, und die Zeit wird Veränderungen bringen, darauf vertraut er, ohne sich zu fragen, welche und wie.

Und in ein paar Monaten werden sie ein Kind bekommen! Komisch, dass dieser Umstand ihm immer noch neu vorkommt, jedes Mal, wenn er seine Frau anschaut, mustert er mit vorsichtigem Stolz und einem Anflug von Unbehagen ihre Taille und ihre Hüften, sie sind nur ein klein wenig rundlich, und man sieht noch nichts, das denkt Ermanno jedenfalls gern, denn in einem gewissen Sinn fürchtet er sich vor diesem Kind, er bangt, dass es ihm Margheritas Aufmerksamkeit entzieht, ihn vertreibt von dem warmen, beschützten Platz, den er allein im häuslichen Leben einnimmt.

Wie lange warten sie schon? Er zieht die Taschenuhr seines Großvaters aus der Westentasche: über eine halbe Stunde. Er möchte aufstehen, die Ankündigungen in den Aushängekästen entlang der Wände studieren, hält sich aber zurück, um nicht wie ein gelangweilter Junge zu wirken, und begnügt sich damit, seine Haltung auf der harten Bank zu verändern.

»Frauen verstehen es besser zu warten als Männer«, denkt Ermanno und betrachtet seine schöne Margherita, die er gegen den Willen seiner Eltern geheiratet hat, eine kleine Schneiderin ohne einen Heller, und ihre reizlose Schwester Michin, die mit den Händen die alte schwarze, abgetragene Tasche umklammert, weil sie unbedingt ein Schokoladenbrötchen und eine Banane für die Kleine mitnehmen musste, obwohl er ihr gesagt hat: »Lass nur, in Genua kaufen wir dann Kuchen.«

Über die Kleine sprechen die beiden, die Köpfe zusammengesteckt, automatisch flüsternd an diesem Männerort, über die Kleine, deren Rückkehr gefaltet in seiner Tasche steckt, maschinengeschrieben auf Protokollpapier von dem Freund, der Sekretär des Bürgermeisters ist.

Schade, dass niemand daran gedacht hat, eine Kopie des Briefes an den Duce aufzubewahren. War es ein förmliches Gesuch in reiner Bürokratensprache, oder klang es eher wie ein volkstümlicher Roman? War vom grausamen Schicksal der Auswanderer die Rede, aus Not gezwungen, die Heimat und ihre Lieben zu verlassen, von der Ehefrau und Mutter, die sich, unwiderruflich von Siechtum betroffen, in die liebevolle Fürsorge ihrer Schwestern zurückbegeben hat, von der plötzlichen Krankheit des Familienoberhaupts, die das Töchterchen zum verlassenen Waisenkind im fremden Land machte? Sind in dem Gesuch die Lebensbedingungen schicklicher Armut der Schwestern meiner Großmutter zu »Mittellosigkeit und Elend« geworden? Sicher ist, dass hier in Italien niemand das Geld hatte, um nach Übersee zu reisen und die Kleine zurückzuholen, die nun in Amerika mutterseelenallein war.

Ninin behauptete später – ein Gedankensprung, der das kleine, individuelle Los mit dem großen, kollektiven Schicksal verband –, Ermanno habe in dem Gesuch von einer kleinen Italienerin gesprochen, deren Heimholung einen Tropfen unseres ausgewanderten Blutes in die Adern Italiens zurückbrächte, eine werdende Frau, Reproduktionskraft, zukünftige Gebärerin von Söhnen für die Nation … So kam meine Mutter nach Hause zurück, dank der maßgeblichen Bemühungen des italienischen Staates, noch kein Imperium, aber bereit, es zu werden.

Die in Ermannos blumigem Dokument vorausgesagten Kinder sind schließlich nur eines, ich. Ich bin gebürtige Italienerin und hätte als Amerikanerin geboren werden und die Sprache des wahren Imperiums sprechen können, das in den kommenden Jahrzehnten die Welt beherrschen wird. Wer weiß, wie mein Leben verlaufen wäre, wie ich gewesen wäre, wenn mein Großvater nicht gestorben und meine Mutter amerikanische Staatsbürgerin geblieben wäre. Die Leben, die wir hätten leben können, verzweigen sich im Geist wie endlose imaginäre Straßen; eine labyrinthische Landschaft, die es nicht gibt und die doch ein Teil von uns ist, bildet das leichteste und ausgedehnteste Material, aus dem wir gemacht sind, und bestimmt letztlich vielleicht die wirklichen Wege, die wir gehen werden in unserer beschränkten Zeit. Amerika und die Vereinigten Staaten sind ein Teil von mir, weil meine Großmutter und meine Mutter dort gelebt haben und weil eine Borges'sche Zwillingsschwester von mir, Bewohnerin des Landes der sich verzweigenden Pfade noch immer dort umgeht.

Fange ich deshalb mit fünfzehn Jahren an, alleine Englisch zu lernen, mithilfe eines Wörterbuchs, das Tante Margherita mir geliehen hat? Und beginne mit zwanzig, Wörterbuch und Bleistift in Reichweite, fleißig englische und amerikanische Romane und Gedichte zu lesen und die schwierigsten Wörter am Rand zu notieren? Und mache weiter, bis ich mich unbegrenzt an jener Literatur laben kann, in der ich mich viel mehr zu Hause fühle als in der unseren …

Als wäre die Sprache, die meine Mutter bei ihrer Rückkehr sprach, abgelegt und für mich aufgehoben worden: Sie, die sich mit der Realität der Rückkehr plagt, vergisst rasch das Amerikanische und beinahe auch ihr Leben in Amerika, das wie ein Film wird, etwas, das ein Kind erlebt hat, das ihr ähnelt, aber nicht wirklich ihr, nicht mehr. Mir fällt dann nach Jahrzehnten die Aufgabe zu, mich an diese Laute zu erinnern, die sie bei den aus ihrem Gedächtnis verschwundenen Menschen gelernt hat, in einer Schule, die es nicht mehr gibt.

Meine Mutter ist in Kalifornien geboren, wenn auch in einer der weniger attraktiven Gegenden zwischen dürren, von Bergen und, zur Zeit meines Großvaters, von Bergwerken umgebenen Ebenen. Die Herrlichkeiten des Golden State – die Sequoia-Haine und die weiten Felder von gelbem Mohn, die Felsen von Big Sur und die Anhöhen von Hollywood – hat sie in ihren ersten acht Lebensjahren nicht gesehen. Als wir später gemeinsam hinreisen, werde ich all das mit meinen und ihren Augen zugleich betrachten, werde es ihr zum Geschenk machen, denn ich habe es in der Erwartung dieses Moments lange aufbewahrt.

Amerika bleibt für mich ein geistiges Land, ein Ort vorgeburtlicher Sehnsüchte. Ein Gefühl, das man nicht mit dem Wunsch auszuwandern verwechseln darf. Ich bin sesshaft, dem Land der Rückkehr treu, meinem Piemont mit Bergkuppen und Dörfern, scheu und unduldsam. Als wäre mir durch die Erlebnisse meiner Mutter und Großmutter, von denen ich gar nichts wusste und die ich häppchenweise und so undramatisch und nebenbei wie möglich erfahren habe, die Botschaft zugekommen, dass es für mich notwendig ist, hierzubleiben und mein Haus zu hüten. Als könnte man die größten und wahrhaftigsten Reisen nur machen, indem man bleibt.

Das dunkle, außergewöhnliche Leben meiner Großmutter wird von den fünf Jahren Amerika für immer unterbrochen. Wie viele Fragen sind noch offen! Auch hier kommt der Wissensdurst zu spät, wenn die, die hätten erzählen können, nicht mehr da sind oder die Dinge vergessen haben. Die spärlichen Dokumente ihres Lebens finden sich unter den wenigen Familienpapieren: einige Fotos, ein paar Briefe von Pietro. Und dann bleibt mir nur noch das Internet; Virginia Woolf suchte die Wahrheit über die Frauen und die Literatur in den Regalen des British Museum und fand ein Dickicht von Meinungen, in dem die Spuren der Wahrheit verloren gegangen waren. Ich suche im Internet, wie alle in diesen Jahren, eine unendlich begrenztere Wahrheit, wer meine Großmutter und mein Großvater waren, und auch ich habe Mühe, zwischen Hunderten, ja Tausenden falscher Fährten, ähnlicher Namen und ungefährer Daten ihre Spuren zu finden. Was von meiner Großmutter bleibt, ist nur eine Eintragung in einem

Register, in dem ein eifriger Beamter mit unverhofftter Genauigkeit ihren Vornamen und ihren vollständigen Familiennamen vermerkt hat.

Auf Seite 517 des großen Buchs der Ankünfte in Ellis Island wird bezeugt, dass Maria Davito Gara Rastler am 24. Januar 1924 in New York an Land gegangen ist, eingetroffen mit dem Schiff *Colombo*, das am 11. Januar in Genua die Anker gelichtet hatte. Bemerkungen zu ihrer Person: 29 Jahre alt, verheiratet, Beruf Hausfrau, italienische Staatsbürgerin, geboren in Rocca Canavese, kann Italienisch lesen, kann auch schreiben und ist »aus dem Norden«. (Diese Anmerkung macht mich nachdenklich, dennoch ist ein Irrtum ausgeschlossen: In derselben Spalte des Registers, wo neben dem Namen meiner Großmutter der Vermerk »*North*« angebracht wurde, werden einige Immigranten aus Perugia als »*South*« qualifiziert. Kannten die Angestellten des Einwanderungsbüros von New York die Geografie Italiens so genau? Und was bedeutete die Unterscheidung zwischen Nord- und Süditalienern für sie?) Dem Register entnehme ich, dass »der nächste Verwandte im Herkunftsland der Fremden« ihr Vater Davito Gara Giuseppe aus Ciriè, Turin, ist und dass der Zielort der Fremden die Hausnummer 1736 der Leonard Street in San Bernardino CA ist, wo übrigens, wie aus den Akten hervorgeht, schon ihr Ehemann Peter Rastler wohnhaft ist, als amerikanischer Staatsangehöriger eingebürgert im Jahr 1906. Auf der folgenden Seite wird festgestellt, dass die Immigrantin weder polygam noch Anarchistin noch verkrüppelt oder behindert ist; dass sie bei guter Gesundheit ist, Größe 5 Fuß und 3 Zoll, Augen und Haare dunkelbraun, besondere Kennzeichen keine.

In der ersten Spalte wurde auf der meiner Großmutter entsprechenden Ordnungsnummer mit der Hand ein Kreuz gezeichnet. In der zweiten Spalte mit der Überschrift »*Head-Tax Status (This column for use of Government officials only)*« wurde neben ihrem Namen handschriftlich eine Nummer, »458129«, und ein Datum, »3/13/29«, eingetragen, gefolgt von den Initialen dessen, der diesen Vermerk angebracht hat. Könnte es das Datum ihrer Rückkehr nach Italien sein? Es würde perfekt passen: Am 13. März 1929, nach wenig mehr als fünf Jahren Aufenthalt auf amerikanischem Boden, schifft sich Maria für eine Rückreise ein, die die amerikanische Bürokratie weit weniger kümmert, eine flüchtige Randbemerkung genügt, und da es ja nun nicht mehr wichtig ist, weil es sich um jemanden handelt, der wieder geht, wird auch in der Spalte »*Crippled*« das »*No*« nicht mehr in »*Yes*« korrigiert.

Nebenbei erfahre ich auch, dass die *Colombo*, 1917 von der Palmers Shipbuilding & Iron Company in Newcastle, England, im Auftrag der Compagnia Sicula Americana gebaut, zuerst *San Gennaro* getauft und 1921 von der Transoceanica aus Genua übernommen und auf den Namen des Entdeckers von Amerika umgetauft wurde, dass sie 536 Fuß lang und 64 breit ist (163 x 19,50 Meter), zwei Schlote, zwei Masten und drei Decks hat und 2800 Passagiere transportieren kann, 100 in der ersten Klasse, 700 in der zweiten und 2000 in der dritten. Ein Auswandererschiff, wer weiß, wie viele Tausend Italiener es in seinen dreißig Lebensjahren der Entdeckung Amerikas entgegengefahren hat, bevor es 1947 abgewrackt wurde.

Ein Schiff, so viel größer als meine Großmutter. Und doch so klein, 2800 Passagiere und die Mannschaft, auf drei Decks zusammengepfercht, 536 Fuß Länge, und ich stelle mir ihre Füße in den alten Schnürstiefelchen der Komtesse vor, wie sie sich unbeholfen bewegen, beiseitetreten, um einen eiligen Matrosen vorbeizulassen, die Treppe in den Schiffsrumpf hinabsteigen bis in die dritte Klasse. Für die Ereignisse nach dem Aussteigen hat meine Fantasie keine so sicheren Anhaltspunkte, ich muss auf die Schilderungen von Auswanderern in Lektüren und Filmen zurückgreifen, ich kann sie sehen, wie sie in einer langen Schlange nach menschlichen Ausdünstungen riechender Leute in zerknitterten Kleidern – hat sie Läuse bekommen, dort im Unterdeck? – darauf wartet, von dem Angestellten befragt oder vom Arzt untersucht zu werden, sie wirkt besorgt, hat Angst, die Fragen nicht beantworten zu können, ihre Sachen zu verlieren, dass sie zurückgeschickt wird, dass sie nicht zurückgeschickt wird. Sie hätte gern den Mut von Michin oder den lebhaften Charme von Margherita, aber vor allem wäre sie gern bei ihnen, wäre doch wenigstens eine der Schwestern hier, am liebsten Ninin, die bisher ihre Stütze und Ersatzmutter war.

Dann folgt eine lange Zugreise durch einen unbekannten Kontinent, bis schließlich vor dem Fenster die San Bernardino Mountains auftauchen und die Reisegefährten zu ihr sagen: »Hier ist es, wir sind da!« Pietro erwartet sie am Bahnhof mit Pferd und Wagen, und trotz ihrer Beklommenheit freut sie sich, ihn zu sehen, denn sie fürchtete schon, dass diese Reise weder ein Ziel noch ein Ende habe.

Zu meinem Großvater Pietro, oder vielmehr Peter, liefert mir die postmoderne Version der Bibliothek von Babel einen Pass-Antrag: »Ich, Peter Rastler, treuer eingebürgerter Staatsangehöriger der Vereinigten Staaten, stelle hiermit beim State Department in Washington den Antrag auf einen Pass und schwöre feierlich, im Januar 1878 (an den Tag erinnerte er sich nicht oder den Angestellten interessierte es nicht) in Italien geboren zu sein, von meinem Vater Barney, verstorben.« Woher mag bloß der Name Barney kommen? Ich halte es für ziemlich unwahrscheinlich, dass mein in der Finsternis der Vergangenheit verschollener Urgroßvater Barnaba hieß, woher die Abkürzung Barney stammen könnte; eher handelt es sich um eine Verstümmelung von Bartolomeo, einem in unserer Gegend sehr verbreiteten Namen, oder von Bernardo. Die Geschichte, anhand der Informationssplitter aus dem Internet rekonstruiert, ist einfach: Bartolomeo oder Bernardo geht Ende des 19. Jahrhunderts nach Amerika und wird zu Barney; nachdem er sich niedergelassen hat, holt er seine Frau Anna und den Sohn Pietro nach, die in Colorado zu ihm stoßen, wo sie vier Jahre bleiben und wo mein Großvater vom Gerichtshof des La Plata Countys als amerikanischer Staatsangehöriger eingebürgert wird. Dann ziehen sie in jene Ecke von Kalifornien um, wo die Männer im Bergwerk arbeiten wie vermutlich schon in Colorado. Unterdessen haben Barney und Anna noch mehr Kinder bekommen, unter anderem einen Ferdinando, den meine Mutter als *Barba* Nando kennenlernen wird. Barney stirbt, und Peter, der bis dahin stumm gearbeitet und nie gegen das Kommando des Vaters aufbegehrt hat, kauft sich mit den Ersparnissen seines Bergarbeiterlebens eine kleine Ranch – ein Haus, Land, Vieh, ein Stück Orangenplantage – und beschließt, eine Frau zu suchen.

Deshalb beantragt er am 3. August 1921 einen Pass und erklärt, nie vorher einen besessen zu haben, die Vereinigten Staaten seit seiner Ankunft 1902 nie verlassen zu haben und dass er beabsichtigt, zurückzukehren, um dauerhaft hier zu leben und seine Bürgerpflichten zu erfüllen. Als Beruf gibt er »*rancher*« an, als Land, das er besuchen möchte, Italien und als Grund der Reise »*personal business*«. Die Überfahrt, vorgesehen im September 1921, wird um etwa zwei Jahre verschoben – vielleicht ist seine Mutter Anna unterdessen erkrankt und ihr Zustand hat Pietro veranlasst, die Reise zu verschieben, die er dann nach ihrem Tod antrat.

Das ist alles, was das Internet mir verrät.

Fand Virginia Woolf in ihrer Quelle der Wahrheit eine Vielfalt von Legenden, so finde ich in der meinen nur winzige, fossile Bruchstücke in der stumpfen Materie der Vergangenheit. Beide suchen wir schriftliche Zeugnisse, sie aber bewegt sich im üppigen Dickicht der Literatur, ich im versteinerten Wald der

Bürokratie. Dennoch schenkt das Internet auch mir ein irgendwie legendär anmutendes Rätsel. Neben dem Passantrag meines Großvaters findet sich eine leere Seite, auf die ein kleines Foto geklebt ist.

Ein Mann in Jackett und Krawatte, jung, glattes, bartloses Gesicht, hohe Stirn, gut frisierte Haare mit Scheitel links, angedeutetes Lächeln, freundlicher, träumerischer Ausdruck. Wenn das Pietro ist, muss ich mir die Geschichte meiner Großmutter von vorn erzählen, nicht mehr Pionierin wider Willen, sondern verliebte Frau, die dem Mann in die Ferne folgt … Aber wie passt das zu ihrer Flucht aus Corio? Schwierig, sich das schöne, sanfte Gesicht auf dem Foto als das des Mannes vorzustellen, vor dem Maria nach der ersten Nacht tränenüberströmt davonläuft. Dieser Unbekannte ist zu jung, zu städtisch und geradezu elegant, er kann nicht mein Großvater sein – nicht mit über vierzig, nach fünfundzwanzig Jahren im Bergwerk. Und wer ist es dann? Gewiss, die Stirn, die Augen, die Wangenknochen: Er ähnelt ein wenig meiner Mutter … Hätten die amerikanischen Beamten ihm je gestattet, ein zwanzig Jahre altes Foto für den Pass einzureichen? Und er, hätte er sich in zwanzig Jahren in den *Barba*, oder in Blaubart verwandelt, der seine Frau erschreckt? Doch warum sollte Blaubart eigentlich nicht gut aussehen?

Ich hege den Verdacht, dass die Wahrheit des Internets nicht wahrer ist als die Meinungen der Philosophen und Weisen, dafür aber noch zufälliger. Möglicherweise gehört dieses auf die Rückseite eines leeren Blattes geklebte Foto zu einem anderen Antrag, zeigt einen anderen Mann, dessen Namen auf der vorherigen Seite steht. Das Internet ist vielleicht nur darin objektiv: dass in der großen Suchmaschine des Universums die Daten ständig durcheinandergewirbelt werden wie Sandkörner von der Welle, um unseren ewigen Wunsch anzustacheln, sie wieder zu einem sinnvollen Muster zusammenzufügen.

Auch meine Großmutter ist allein nach Hause zurückgekehrt, wie ihre Tochter sechs Jahre später.

Pietro hat sie in den Zug nach New York gesetzt, dort hat sie das Schiff bestiegen. Sie hat einen großen Überseekoffer dabei, ihre Aussteuer und außerdem die in den Jahren in Amerika genähten Hemden. Ein Kleidchen aus den ersten Monaten ihrer Tochter. Unterwegs wird der Koffer leichter, einige Stücke werden verschenkt, wahrscheinlich, um sich zu revanchieren. Sicherlich haben ihr einige Leute geholfen, die Frauen beim Waschen und Anziehen, die Männer beim Tragen des Gepäcks. Da sie nur mühsam und am Stock gehen kann, ist sie völlig auf das Mitleid von Fremden angewiesen.

Es klingt unglaublich, kann aber nicht anders gewesen sein. Pietro hat einigen vertrauenswürdigen Personen Geld gegeben, hat sich auf sie verlassen, hat vielleicht im Voraus dafür bezahlt, dass seine Frau bestimmte Strecken im Auto oder mit einer Trage transportiert wird. Ihr die Tochter mitzugeben kommt nicht infrage. Wie sollte sie sie füttern und anziehen? Wie könnte sie vor allem auf sie aufpassen, damit sie nicht herunterfällt, sich nicht verirrt, nicht in Gefahr gerät?

Ich male mir die Rückreise aus. Haben sie ihr in Anbetracht ihres Zustands eine Einzelkabine gegeben, oder hat sie sich – wahrscheinlicher – im Schlafsaal dritter Klasse wiedergefunden, zwischen den Gerüchen und dem Lärm der anderen, in ihrer Krankheit fremden Blicken ausgesetzt? Ist es ihr ab und zu gelungen, sich bis aufs Hauptdeck zu schleppen, um aufs Meer zu blicken? Oder ist sie tagelang unter Deck geblieben, hat geduldig ausgeharrt und gebetet?

Vielleicht hat sich die arme Maria genau damals mit Gott, der Madonna und den Heiligen angefreundet. Sie kannte sie schon vorher, gewiss, wie alle, aber zu engen Vertrauten wurden sie vielleicht erst in der Zeit ihres Exils und ihres Leidens, als sie mit niemandem mehr reden konnte, als die Krankheit sie unaufhaltsam immer weiter von den anderen entfernte. Eine halbe Frau, die nicht mehr zur Arbeit und auch nicht mehr zur Ehefrau und Mutter taugte. Hat sie da begonnen, mit einem Mundwinkel Gebete zu murmeln, das halbe Gesicht im Schweigen gefroren, glatt und faltenlos wie in dem Alter, als es passiert ist?

Von ihrem Abenteuer – zweimal allein einen Kontinent und einen Ozean zu überqueren, das zweite Mal mit einer Körperhälfte, die nur noch Ballast ist, und einem schiefem Mund, der kaum das wenige Amerikanisch artikulieren kann, das sie gelernt hat – ist in der Familie nichts hängen geblieben, weder Geschichten noch Staunen. Sie ist zurückgekehrt, aber wie? Sie ist zurückgekehrt und Schluss. Dieses Schweigen ist der beredtste Beweis für ihre geringe Bedeutung. Die arme Maria besetzt einen Winkel des Zimmers und der Aufmerksamkeit. Sie steht am Rand, seit jeher nachgiebig und nun auch noch auf die Schlichtheit des Geistes reduziert; was mit ihr passiert, wird nicht erzählt. Ihr Leben ist eine schlammige Pfütze wie die, die sich unversehens im Gras mancher wilder Wiesen meiner Kindheit auftaten, da ist sie hineingefallen, und niemand hat sie je wieder gefunden. Nur die Kinder halten ab und zu inne und lauschen ihrer Stimme einer vergessenen Sirene, die Märchenbücher vorliest.

Jetzt sitzt sie hier auf der Bank vor dem Gemüsegarten, den Salat auf den Knien und das Buch neben sich. Ein kleines schwarzes Kirchenbüchlein, erbauliche Erzählungen mit Gebeten dazwischen. Bigott ist die arme Maria nicht; sie betet so, wie wir Kinder »Mickymaus« lesen werden, um sich in einer Zauberwelt wiederzufinden. Das Lesebändchen liegt im Kapitel über Therese von Lisieux, ihre Lieblingsheilige. Doch heute bleibt das Büchlein zu.

Die arme Maria betrachtet den frisch ergrünten Garten, die

fetten Triebe am Weinstock, der noch keinen Schatten spendet, die Gänseblümchen im Gras am Graben. Als sie sie zum letzten Mal gesehen hat, war ihre Tochter noch keine zwei Jahre alt. Das Kindergesichtchen entzieht sich ihrem Gedächtnis; sobald sie es innerlich mühsam zu sehen beginnt, löst es sich wieder auf. Sie fühlt sich schuldig, weil sie sich nicht an ihre Tochter erinnert, sie dort gelassen hat, und diese Schuld hüllt sie ein, ist größer als sie, wie eine dunkle Wolke, wie ihr schwarzes Kleid. Eine Mutter muss bei ihren Kindern bleiben, das ist die elementarste Pflicht, sogar die Tiere wissen das. Doch wenn eine Frau sich nicht bewegen, nichts tun kann, nur noch zur Last fällt … Sie wünschte sich nur eines, zu den Schwestern zurückzukehren. Er hat zu ihr gesagt: »Fahr nur, ich verkaufe alles, Haus und Grund, und dann komme ich nach.« Und dann kam die große Krise von 1929, sie begann in New York und breitete sich überall aus, und er schrieb: »Jetzt kann man nicht verkaufen, es ist kein Geld da, das Land ist nichts mehr wert, niemand kauft, man muss Geduld haben.«

In den Briefen erzählte er ihr von dem *Bebi*. »Ich habe ihr Bebihosen gekauft, sie stehen ihr echt gut, und gesagt, jetzt bist du Bebi-Boi, und am Morgen sagt sie zu mir Papa, Papa, bebiboi.«

Das *Bebi* wuchs heran, das Geld kam nicht. «Die aus Corio müssen dir mindestens dreitausend Lire geben«, schrieb Pietro, »wenn sie das Geld nicht haben, schick deinen Bruder Bartolomeo rauf, er soll wenigstens etwas Zeug holen.« Das Zeug, das die Verwandten aus Corio, die ihm noch den Preis eines Grundstücks schuldeten, Bartolomeo gaben, waren karge Produkte aus dem Gebirge, etwas Gemüse, Esskastanien, manchmal einen Karren Brennholz. Geld, sagten sie, hätten sie keines.

»Jetzt geht es allmählich aufwärts«, schrieb Pietro 1934 und fügte hinzu, bald werde er vielleicht die Orangenplantage, das Vieh und das Haus verkaufen können. Wenige Wochen später kam die Nachricht, dass Pietro innerhalb von drei Tagen an akuter Lungenentzündung gestorben war, dieser wuchtige Mann, der Fremde, der für sie immer der *Barba* geblieben war, auch als sie ihn nachts neben sich schnarchen hörte – von der Krankheit niedergestreckt wie von einem heimtückischen Stockschlag.

Nicht einmal ein Foto besitzt sie von ihrer Tochter. Sie hat ihn nie gebeten, ihr eins zu schicken, denn Fotos kosten, und Pietro achtete auf das Geld. Sie besitzt nur das Kleidchen, und beim Wechsel der Jahreszeiten, wenn die Decken herausgeholt oder wieder weggeräumt werden, richtet sie es jedes Mal so ein, dass sie neben dem Überseekoffer sitzt, und beugt sich herunter, um es zu streicheln.

Was weiß meine Großmutter noch von Kalifornien? Genau wie ihre Tochter hat auch sie nie die Sequoias oder die Felsen von Big Sur gesehen. Was weiß sie von den Seelöwen, die sich schwer an den Stränden wälzen, von den langen Wellen des Pazifik, von der Blüte, die im Frühling rot und violett die Berge entflammt? Und die prickelnde Luft der Wälder, rein, wie es nur die nie vom Menschen geatmete Luft sein kann … Ist davon je ein erfrischender Hauch bis zu ihr gelangt, während sie allein am Herd stand oder zum Melken im Stall war?

Ihr Kalifornien, das nicht das meiner Ferien war, habe ich in den Romanen von Willa Cather und Steinbeck gesucht, noch bevor ich wusste, was ich suchte. Ihr Kalifornien war ein Holzhäuschen in einem hauptsächlich von Mexikanern bewohnten Viertel. Die Leonard Street heißt längst anders, doch das Haus haben wir gesehen, die Cousine Catherine hat uns hingebracht, die in Ontario lebt, nicht sehr weit von San Bernardino.

Es ist 1982, und meine Mutter kehrt zum ersten Mal seit ihrer Heimkehr nach Amerika zurück. Catherine beherbergt uns in ihrem niedrigen, eckigen Häuschen, alles in allem ist es bescheiden, aber zwei- oder dreimal so groß wie eine unserer Wohnungen und mit einem riesigen Kühlschrank in der Küche ausgestattet. Auch Catherine selbst ist *king-size* und macht Witze darüber: Ich habe kein Kleid in meiner Größe gefunden, ich musste ein Zelt nehmen. Auf der Kühlschranktür fragt ein Magnet: »*Holy cow, are you eating again?*«. Und im Kühlschrank liegen gigantische Eisportionen und Formen mit *Zucchini-Cake*, ein Rezept, das meine Mutter mit Erfolg nach Italien importiert.

Hinter dem Haus ein großer, sonniger Hof mit Avocadobäumen, ein Gemüsegarten und kleine Holzschuppen für Werkzeug, alte Sachen, Gläser mit Eingemachtem. In Amerika scheint für alles Platz zu sein, und Sonne überall. Catherine ist Witwe und lebt allein, aber in bequemer Entfernung zu ihrem Sohn, mit fast achtzig fährt sie mit sicherer Hand einen großen, sahneweißen Chevrolet, mit dem sie ihre Freundinnen ein paarmal im Jahr nach Las Vegas kutschiert, um an den Automaten zu spielen. Ihre Einkäufe tätigt sie in einer Shopping-Mall wenige Meilen von daheim, eine Festung mitten im Nichts, ganz unwahrscheinliche Farben und Glas, und uns mutet dieser Ort im Jahr 1982, als Italien von Einkaufszentren noch gänzlich unberührt war, so exotisch an wie ein orientalischer Bazar.

Catherine spricht mit uns ein amerikanisiertes Piemontesisch, erzählt uns von der Zeit, als sie in der »Kannen-Fabrik« arbeitete und Obst *einkannte*, das heißt Pfirsiche, Aprikosen und Pflaumen in *cans* füllte, und schwenkt dabei vor unseren Augen eine Dose mit *Fruit Cocktail*. Catherine trägt blond gefärbte Haare und eine Sonnenbrille, spricht und lacht laut, eine echte Kalifornierin. Sie war es, die nach dem Krieg in Italien nach der Familie Rastler gesucht hat, die in den USA weit verzweigt ist, und dabei auf meine Mutter gestoßen ist. Die Rastlers waren offenbar Leute, die häufig auswanderten, denn in unsere Täler scheint dieser ungewöhnliche Name aus Deutschland gekommen zu sein. In meiner

Kindheit besucht uns Catherine mit ihrem Sohn in Italien, einem großen dicken Jungen, der mir riesig und fast erwachsen vorkommt, obwohl er erst elf Jahre alt ist (ich bin vier), entschieden kein Italiener. Es sind seltsame, braun gebrannte, grellbunt gekleidete Wesen, und sie sprechen mit schallender Stimme eine Sprache, die der unseren ähnelt, aber doch anders ist.

An jenem Tag im Sommer 1982 fährt Catherines Chevy nicht bis ins Zentrum von San Bernardino, sondern hält viel früher in einem Vorort, der nicht mehr ländlich ist, aber auch keinerlei Sehenswürdigkeiten zu bieten hat. Die historischen Bauten, auf die die Gemeinschaft stolz ist, darunter ein Opernhaus, bekommen wir nicht zu Gesicht; wir nähern uns diesem so untouristischen Ort nur flüchtig, beinahe ängstlich.

Das Haus, in dem meine Mutter Maria ihre ersten Jahre verbracht hat, steht noch, doch anstatt weiß ist es in einem hässlichen Olivgrün gestrichen und wirkt sehr klein, kleiner als das Haus der Cousine und bestimmt auch kleiner, als meine Mutter es in Erinnerung hat. Die jetzigen Bewohner sind offenbar ausgeflogen oder reagieren nicht auf das Klingeln. Die Aprikosenbäume gibt es nicht mehr, nur einen zertrampelten Rasen und die Reste eines ausgeschlachteten Autos, rostige, verstreute Teile, die jemand ohne viel Erfolg in Blumentöpfe umfunktioniert hat. Es ist ein Viertel mit ärmlichen Häuschen, mit kleinen Parzellen, die man beim besten Willen nicht als Gärten bezeichnen kann. Catherine führt uns zu einigen Bekannten, die seit der Kinderzeit meiner Mutter hier wohnen und sich vielleicht noch an sie erinnern könnten, doch die einzige Überlebende von damals, eine alte Mexikanerin, ist leider vollkommen gleichgültig gegenüber allem, was nicht der Fernsehschirm ist. Eine von Kindern belagerte Schwiegertochter empfängt uns, fordert uns auf, neben der Alten auf einer ziemlich durchgesessen wirkenden Couch Platz zu nehmen, und bietet uns Orangenlimonade an. Wir lehnen dankend ab und verlassen nach ein paar höflichen Worten, Catherine kopfschüttelnd, dieses Haus, das nach eingefleischter Trostlosigkeit und längst aufgegebenen Hoffnungen riecht.

An diesem geografischen Ort, wo wir uns nicht länger als eine halbe Stunde aufhalten, hat meine Großmutter die fünf ereignisreichsten und unglücklichsten Jahre ihres Lebens verbracht. Hier hatte sie einen Gemüsegarten, einen Obstgarten, Vieh, das versorgt werden musste, lauter ihr seit der Kindheit bekannte Arbeiten. Sie hatte einen Mann, dem sie gehorchen musste, auch hier nichts Neues, außer der Pflicht, an seiner Seite schlafen zu müssen, der sie sich gern entzogen hätte. (Das hat sie nach ihrer Rückkehr den Schwestern anvertraut. Ninin und Michin, beide unverheiratet, haben nicht weiter nachgefragt, außerdem wussten sie es sowieso schon. Über *diese Dinge* wurde in der Familie nie gesprochen. Ninin muss jedoch lange nachgedacht haben über *diese Dinge* und auch über anderes, und in ihren letzten Lebensjahren hat sie sich ihrer unterdessen erwachsenen, ebenfalls verheirateten Nichte Maria mitgeteilt, die wusste, wovon die Rede war. Anklagend hat sie beim Erzählen mit dem Finger auf den Abwesenden gedeutet, den seit Jahrzehnten verstorbenen *Barba* Peru. Sie wollte ihn in der Hölle sehen wie die *Granda*. In ihrem rauen, eher zurückhaltenden Herzen gab es, wenn es um die Verteidigung ihrer Frauen ging, Momente glanzvoller, barbarischer Gewalt.)

In jenen fünf Jahren hat meine Großmutter niemanden, mit dem sie in ihrer Sprache sprechen kann, außer dem schweigsamen Pietro, der den Mund nur zum Befehlen aufmacht, und sie muss sich überwinden, um ihn etwas zu fragen. Zwar wohnen auch ihr Schwager Nando und seine Frau Neta in der Nähe, doch die beiden Paare sehen sich wenig. Pietro ist selbst seinem Bruder gegenüber reserviert, und meine Großmutter ist schüchtern.

Trockene Hitze im Sommer, kalte Winter, dürre Erde.

Nachts heulen in der Ferne die hungrigen Kojoten auf der Jagd nach kleinen Tieren. San Bernardino ist eine der weniger anziehenden Ecken jenseits von Eden. In seiner Geschichte gibt es Indianerstämme und spanische Missionare, Mormonen und reiche Viehzüchter, Goldfieber, Bergwerke und Fabriken. Es ist ein Ort, an dem hart gearbeitet wird, und ein Kreuzweg, hier fahren die Züge durch, die Amerika *from coast to coast* durchqueren, und als die Eisenbahnlinien aufgegeben werden, führt die Route 66 vorbei.

Und im Staub dieses dürren Landes leuchten die grünen Flecken der Orangenplantagen. Die Orange kam Mitte des 19. Jahrhunderts aus dem nahen Los Angeles hierher und hat in dieser wasserarmen Erde Wurzeln geschlagen; die Washington Navel, kernlose Blondorangen, von der amerikanischen Regierung aus Brasilien importiert, waren bald sehr gefragt und haben den lokalen Pflanzern Glück gebracht. Doch für meine Großmutter waren und blieben die *golden fruits* Kaliforniens, die auf ihrer nicht weit entfernten Plantage wuchsen, stets die *portugai*, wie sie bei ihr zu Hause genannt wurden, wenn sie das Glück hatte, zu Weihnachten eine zu bekommen.

Pietros Betrieb war klein, er wird ein, zwei Helfer und ein paar Tagelöhner beschäftigt haben; außer den Kühen gab es vielleicht einen Esel oder ein Pferd und einen Wagen, um die Milch und das Gemüse zum Markt zu bringen.

Und sie, eingeschlossen in dem weißen Gehege, sie, die nie ausgeht, wo sollte sie auch hingehen?, die nicht einmal sprechen, sich verständlich machen kann.

Was mag sie gesehen haben von jenem Land auf der anderen Seite des Ozeans? Es wird doch etwas gegeben haben, das sie liebte, eine Ecke des Gemüsegartens, ein bestimmtes Licht am Morgen, den Geschmack der frisch gepflückten Orangen. Etwas, das das Heimweh milderte, die Ängste beruhigte, wodurch sie sich weniger allein fühlte. Der Blick aufs Gebirge, weiß im Winter und grün im Sommer, wird ihr ein Trost gewesen sein, fast wie Verwandte wiederzufinden. Ich hoffe, dass sie stolz war auf ihre helle Küche, ihr neues Geschirr. Vielleicht hat sie Blumen in ein Glas gestellt, beim Ausziehen ihre Gebete um die gleiche Zeit gesprochen, aber unhörbar, denn Pietro ist nicht gläubig, wir sind in Amerika, da spricht man nicht jeden Abend *'l bin* (das heißt, die Gebete, die bei uns zu Hause aus Vaterunser, Ave-Maria, Gloria und Salve Regina bestanden). Und sie wird wohl auch eine ganz eigene Sprache gehabt haben, die sie in dem kleinen, grenzenlosen, von der Außenwelt abgeschnittenen Land ihres Geistes gesprochen hat.

Da ist sie, die Kleine, ein roter Fleck zwischen den dunklen Kleidern und Uniformen. Die Schaluppe legt hinten an der Mole an, jetzt nimmt ein Matrose das rote Bündel auf den Arm und hebt es über den Bootsrand.

Ermanno drückt seiner Frau rasch den Arm, er ist fast so aufgeregt wie damals bei dem Radrennen, als man den ersten Fahrer um die weite Kurve hinter der Bahnschranke kommen sah und er die verantwortungsvolle Aufgabe hatte, die Zeit zu stoppen. Auch jetzt, als die Füße der Kleinen den Boden berühren, wirft er einen Blick auf die Taschenuhr, die er in der Hand hält, und hört im Geist die Stimme eines Sportreporters, die aufgeregt und präzis Datum und Stunde verkündet: »Es ist 14.42 am 12. April 1935.«

Um diese Zeit arbeitet Ninin nun nach der Mittagspause schon wieder fast zwei Stunden am Webstuhl. Jeden Morgen nimmt Ninin den Zug, der um 6 Uhr in Ciriè abfährt, und kommt um 6.20 Uhr in Caselle an; dann muss sie schnell laufen, denn die Tore öffnen um 6.30 Uhr, und sie legt Wert darauf, pünktlich zu sein.

In einem alten ledernen Schulranzen bringt sie sich eine Standardmahlzeit mit, passend für jede Jahreszeit: ein Brötchen vom Vortag, eine Literflasche Milchkaffee – Milch, verdünnt mit einem blassen, aufgewärmten Kaffee –, eine Viertelliterflasche Rotwein, ein rohes Ei. Zum Nachtisch einen Apfel oder ein Stück Käse. Apfel oder Käse reisen zwei-, manchmal sogar dreimal zwischen Wohnung und Fabrik hin und her, weil es beides nicht immer gibt, und in der Ökonomie des Begehrens bringen sie viel mehr, wenn man sie für den nächsten Tag aufhebt, als wenn man sie gleich isst.

Von 6.45 Uhr, wenn die Webstühle angeschaltet werden und das Geratter anschwillt, das ihren Arbeitstag begleitet, bis 12.15, wenn die Webstühle stillstehen, überwacht Ninin Litzen und Kämme, Spulen und Schiffchen; sie knotet gerissene Fäden zusammen, tauscht leere Spulen aus. Der Webstuhl darf so wenig wie möglich stillstehen, doch wenn ein Faden reißt, muss man die Arbeit sofort anhalten und ihn wieder zusammenknoten, um den Stoff nicht zu ruinieren. Um Viertel nach zwölf, nach kurzem Ächzen und Knirschen von Metall, explodiert eine ohrenbetäubende Stille, und Ninin löst sich aufatmend und schwankend vom Webstuhl. Und sogleich stürmt ein Schwarm hungriger Frauen in den Hof und füllt lärmend den großen Raum mit Bänken und Öfen, in dem jede ihr Mittagessen verzehrt. Geübt bohrt Ninin ein Loch in ihr Ei, schlürft mit zurückgeworfenem Kopf das Eiweiß, anschließend erweitert sie die Öffnung und tunkt das Brot in den Dotter. Sie trinkt einen Schluck Wein, dann gießt sie den Milchkaffee, der im Winter auf dem Ofen warmgehalten wird, in ein Aluminiumschüsselchen und macht sich mit dem Rest des Brötchens eine Suppe.

Um eins spielt das Webstuhl-Orchester weiter, und sie müssen bereitstehen, um es zu dirigieren. Sie stellen Decken und Teppiche her, dicke, schwere Stoffe. Die Webstühle sind größer und lauter als die in der Wäscheabteilung, wo Michin arbeitet und wo sie Bänder, Litzen und Kattun herstellen.

Um sechs Uhr abends schweigen die Webstühle erneut, aber nicht immer, nicht alle; wenn ein Auftrag fertig gemacht werden muss, surrt es in einem Teil der Fabrik weiter, und Ninin bleibt eine, zwei Stunden länger, je nachdem. Die Arbeiterinnen werden nach Akkord bezahlt, und Ninin nutzt gewöhnlich die Zeit bis zur letzten Minute aus, um die Arbeit zu Ende zu bringen, so viel Arbeit wie möglich. Heim kommt sie nach sieben, nach acht. Zum Glück fahren die Züge häufig, denn Fahrradfahren hat sie nie gelernt.

Heute waren in ihrem Ranzen weder Apfel noch Käse, denn heute Abend wird gefeiert und gegessen, wenn Ninin nur nicht zu nervös ist und ihr Magen sich nicht zuzieht, mittags hatte sie schon Mühe, ihr Schüsselchen Milchkaffee runterzuschlucken, und musste sich dazu zwingen, iss, Ninin, du musst doch arbeiten.

Auch der Kopf geht seine eigenen Wege, heute ist ein besonderer Tag, der Faden reißt öfter, der Vorarbeiter schreit, und diesmal kehrt sie ihm den Rücken; um ihn nicht zu hören, genügt es, ihn nicht zu sehen. Heute kommt die Kleine, die vorletzte ihrer Adoptivtöchter (die letzte bin dann ich). So nennt sie sie, philologisch verkehrt, aber in ihrer persönlichen Theologie stimmig, denn genau wie Joseph sozusagen der Adoptivvater von Jesus war, in dem Sinn, dass Jesus nicht sein Sohn war, er ihn aber aufgezogen hat, zieht Ninin ihre Brüder und Schwestern auf, ohne deren leibliche Mutter zu sein, und später dann die weiteren Generationen, meine Mutter und mich, ungefähr mit dem gleichen heiligen Eifer, mit dem sich Joseph dem Gottessohn widmete.

Es gibt keinen Grund anzunehmen, dass sie an jenem Tag im April 1935 anders war, als ich sie immer gesehen habe, mager und dunkelblau oder braun gekleidet, flache schwarze oder braune

Schuhe, und beim Nachhausekommen bindet sie sich als Erstes eine blau oder schwarz provenzalisch gemusterte, verwaschene Latzschürze um.

Nein, ein wenig anders muss sie gewesen sein, sie war ja erst vierundvierzig und trug noch nicht das Gebiss, das sie später verschönte, da es ihr regelmäßige Zähne schenkte, während ihre eigenen vorstanden wegen der Verformung ihres Gaumens durch die Kuh, die in frühester Kindheit ihre Amme war. Ob sie je gedacht hat, sie habe etwas mit Romulus und Remus gemein, die ebenfalls von einem nicht menschlichen weiblichen Wesen gesäugt wurden?

Und die Brille, trug sie schon die Brille mit Falschgoldrand? Was die Haare angeht, schütter, weil sie ihr wegen des Typhus schon mit zwanzig ausgefallen waren, da könnte ich wetten: straff wie die Fäden am Webstuhl, Mittelscheitel, und im Nacken einen *puciu*, mundartlich für Knoten, der in ihrem Fall nicht größer war als eine Mispel.

Die kleine Maria kommt zögernd heran, mit dem Gefühl der Unwirklichkeit, das einen erfasst, wenn etwas Wichtiges und Erwartetes endlich eintritt. Gewiss ist nur, dass sie unter ihren dünnen Sohlen nicht mehr die glatten Holzplanken spürt, sondern einen harten, fettigen, vom Teer klebrigen Boden. Verunsichert setzt sie mit ihren weißen Kniestrümpfchen und den ausgeschnittenen, schwarzen amerikanischen Lackschuhen einen Fuß vor den anderen, es sind ihre ersten Schritte an Land nach so viel Meer.

Sie geht aufrecht mit abgespreizten Armen, schwebend wie eine Seiltänzerin im Schweigen der Zuschauer.

Jeder Schritt bringt sie dem Mittelpunkt der kleinen Gruppe näher, wo ein junger Mann steht, gut gekleidet, mit Krawatte, und neben ihm zwei Frauen.

Maria sieht sie unentschieden an, ängstlich, ohne sie recht zu sehen. Und wenn sie sich irrt?

Sie bleibt stehen, während der Kapitän und die Offiziere ihr ermutigend zureden, hebt den Blick zu den zweien, die sich an ihre Handtaschen klammern, alle beide mit halb geöffnetem Mund und auf den Lippen stockendem Atem, plötzlich fällt das Zögern von ihr ab, und sie wendet sich an die junge, schöne Frau in dem grünen Kleid:

»*Are you my mother?*«, fragt sie.

Das Gemurmel rund herum schwillt aufgeregt an. Jetzt reden alle auf einmal, außer den beiden Frauen, die sich herunterbeugen, um ihr ins Gesicht zu sehen, sie besorgt mustern, sich nicht trauen, sie anzufassen, und sie nur mit Fingerspitzen streifen.

Dann räuspert sich der junge Mann, tritt einen Schritt vor, winkelt die Knie an, geht vor ihr in die Hocke und sagt in dieser komischen Haltung, die sie an die einmal im Zoo gesehenen Affen erinnert, laut und deutlich: »Ich bin dein Onkel Ermanno«, als wäre sie taub anstatt Ausländerin. Und er hält ihr seine Hand mit einem breiten Goldring daran hin.

Maria sieht ihn mit aufgerissenen Augen an. Um sie herum dröhnt ein Sprachgewirr. Der Kapitän spricht Französisch, der Barbier wendet sich auf Neapolitanisch an den Orchestergeiger, der aus Venetien kommt. Die Kellnerin Lina, die mehrere Jahre in Amerika gelebt hat, hat hier in Italien einen schönen florentinischen Akzent.

Maria streckt die Hand aus, die von der beringten Männerhand umfasst wird, dann muss sie sich von allen verabschieden, die sich hier versammelt haben, um zuzusehen, wie sie von ihrer Familie in Empfang genommen wird, sogar der Geiger, den sie nicht mag, weil er die Gewohnheit hat, sie mit gekrümmtem Zeige- und Mittelfinger in die Wange zu kneifen. Und natürlich der Kapitän, der sie einschüchtert, weil er dick und ernst ist wie ihr

Vater und eine dunkle Uniform mit vielen Knöpfen trägt. Jeden Abend vor dem Essen brachte Lina sie zu ihm in seine Kabine, er sah kurz auf und sagte: »*You ok little miss?*«, oder: »*Qué tal señorita, eres bien!*«, und sie nickte, während er weiterlas und in ein dickes Buch schrieb und sie geräuschlos davongingen.

Alle haben eine Menge zu erzählen über die Kleine, die aus Amerika kommt. Sie ist im Hafen von San Diego an Bord gegangen, hat den Panamakanal durchquert und in einer Kabine mit der Kellnerin Lina geschlafen, deren besonderer Obhut sie anvertraut war. Bei Tisch aß sie mit den Erwachsenen, Mrs. Trevanny hat sie so lieb gewonnen, ein reizendes Kind! Nie ist sie bockig, *such an easy child*! Sie liest gern und spricht drei Sprachen! Englisch und Spanisch, die dritte Sprache kennt niemand, nicht einmal der Kapitän, der aus Piombino stammt und Spanisch, Portugiesisch, Amerikanisch und Französisch spricht. Wie schade, wie traurig, es heißt, ihr Vater … ganz plötzlich, innerhalb von drei Tagen, der arme Mann! Und die Mutter krank!

Verloren in diesem Schwarm von Fremden, die alle durcheinanderreden – alle, außer den zwei verstummten Frauen –, geht Maria zwischen beweglichen Wänden aus Jacken und Mänteln, ohne zu wissen, wohin, und findet sich in einem Auto wieder; es erinnert sie an jenes, das sie von San Bernardino nach San Diego gebracht hat, der gleiche Geruch nach Auto, bloß neuer. Sofort drehen sich die Gespräche der Männer nur noch um das Auto, es besetzt ihre ganze Aufmerksamkeit, und bevor Ermanno die Tür seiner dunkelblauen Lancia-Augusta-Limousine öffnet, poliert er mit seiner Manschette verstohlen die Klinke, dann geht er um das Auto herum und plaudert sachverständig über Scheinwerfer und Reifen, öffnet die Kühlerhaube und zeigt den Motor, schließt sie wieder, säubert sich mit dem Taschentuch die Finger, schüttelt ausgestreckte Hände, hebt nachlässig und ein wenig schlaff den Arm in Richtung einer Uniform, öffnet die Fahrertür, setzt sich, zupft mit Daumen und Zeigefinger die Bügelfalte der Hose zurecht und schwenkt die Beine elegant ins Innere des Autos, in dem die zwei Frauen und die Kleine auf ihn warten.

Neben dem Fahrer nimmt der zweite Bordoffizier Platz, er kommt aus Acqui Terme, und Ermanno hat darauf bestanden, ihn mitzunehmen, Acqui liegt sowieso auf dem Weg, auch wenn die Frauen deshalb hinten sitzen müssen, mit der Kleinen zwischen ihnen und dem Koffer des Offiziers unter den Füßen.

Nun haben sie Genua hinter sich gelassen, und noch immer hat niemand Marias Frage beantwortet: »Bist du meine Mutter?«

Ninin geht rasch, und während es vom Kirchturm San Giovanni halb sieben schlägt, schließt sich die Tür der Bäckerei Reviglio hinter ihr, und das Ladenglöckchen macht *ding-dong*. Der Geruch nach Brot liegt in der Luft, dieser warme Geruch nach Hefe und Malz, und der Duft nach Butter der Hirseküchlein. Und nach Gewürzen, nach Schokolade, nach Lakritze.

Es gefällt mir zu denken, dass Ninin die Bäckerei-Konditorei Reviglio wenigstens an jenem Apriltag so sah wie ich als Kind. Mit ihren dunklen, bis zur Decke reichenden Boiserien, Reihen um Reihen von Gläsern mit Bonbons in allen Farben, Pastillen, eingewickelten Pralinen, auf der Theke Platten mit glasierten Beignets und Blätterteigtorten mit Seen aus Konfitüre, überreich an Köstlichkeiten, voller geheimer Ecken und Winkel, eine Zauberhöhle, ein Wunderland, Trompe-l'œil unendlicher Fantastereien. Die Naschlust – der erste und letzte Genuss im Leben – entfesselt sinnliche und sehnsüchtige Delirien, weckt dekadente Träume, die auf der Zunge zergehen wie diese *Richelieus*, die es nicht mehr gibt, kleine rosa oder elfenbeinfarbene oder hellgrüne Baisers, die beim Hineinbeißen knacken und zerbröseln wie Knöchelchen aus Zuckerschaum und dabei ihr geheimes Mark preisgeben, einen Tropfen flüssiger Süße im Innersten.

Es gefällt mir zu denken, dass sich Ninin an jenem Abend, wenigstens da, hat hinreißen lassen, Leckereien zu kaufen. Sie, die nie etwas wegwirft, vor allem kein Essen, die so tief im Mangel verwurzelte Gewohnheiten hat, dass der Überfluss, der in den Sechzigerjahren auch bei ihr zu Hause ausbricht, sie geradezu stört – jetzt sehe ich sie bei Reviglio herauskommen, die Arme beladen und die Einkaufstasche voll mit Päckchen aus jenem blassgelben Papier, in das Delikatessen eingewickelt werden, nach Maß geschnittene Blätter, die mit fliegenden Fingern zu einer Tüte gedreht, gefüllt und kunstvoll geschlossen werden.

Und daheim, wo die arme Maria, die auch mithelfen wollte, die Tischdecke ausgebreitet und den Ofen *in brando* gehalten hat, wird das Wasser für die gestern Abend – bis nach Mitternacht – selbst gemachten Agnolotti aufgestellt und der Braten mit ein wenig Brühe übergossen, damit er weitergart. Dann warten sie, plaudernd oder schweigend, treten alle paar Minuten ans Fenster, um auf die Straße zu schauen, bleiben stehen und lauschen, ob ein Motorengeräusch zu hören ist, was selten genug vorkommt in der Via Conte Verde.

Auf der Fahrt durchs Gebirge diskutieren die Männer über Autos und Reisen und die Geschichte der Kleinen. Leicht die Stimme senkend, wie jemand, der etwas Ernstes sagen will, erzählt Ermanno die Ereignisse, von denen der zweite Offizier schon andeutungsweise auf dem Schiff gehört hatte, rückt Details zurecht und schmückt Einzelheiten aus.

»Nach dem Tod meines Schwagers Pietro«, sagt er, »haben sein Bruder Ferdinando und dessen Frau das Kind aufgenommen und sich auch um den Verkauf des Anwesens gekümmert, und bestimmt«, hier wird die Stimme noch reservierter und vertraulicher, kaum vernehmbar über dem Stottern des Motors in den Kurven,

»bestimmt haben sie einen Gutteil in die eigene Tasche gesteckt, aber was soll man machen, wenn man so weit weg ist … Wenn jemand hätte hinfahren können, aber hier sind ja nur Frauen, und dann die Kosten, die Sprache … ich selbst, aus gesundheitlichen Gründen … Aber«, fährt Ermanno fort, den Blick auf die Straße und die Täler gerichtet, wo es schon zu grünen beginnt, »das Geld ist da, festgelegt bis zur Volljährigkeit, und wenn das Mädchen einundzwanzig wird, verfügt sie über das schöne Sümmchen von …«

Und hier übertönt ein Aufheulen des Augusta die Zahl, kleine Klangwellen, die für immer auf den Alpen zwischen Ligurien und Piemont zerrinnen, so wie auch jenes Geld zerronnen sein wird, wenn Maria es 1948 abhebt: aufgezehrt von einem langen Krieg und von der Abwertung, kann sie sich gerade noch ein Kleid dafür kaufen.

Ab und zu dreht Ermanno sich um und schielt nach den beiden Frauen mit dem Kind in der Mitte. Michin hat nicht einmal abgewartet, bis sie aus Genua draußen waren, um ihr klebriges Schokoladenbrötchen und die zerdrückte Banane auszupacken, ein Glück, denn die Idee mit der Konditorei hat Ermanno wieder vergessen in der Eile, vor dem Dunkelwerden heimzukommen. Maria, gehorsam und mit gutem Appetit begabt, hat alles brav aufgegessen und dann gespürt, wie ihr die Augen zufallen und sie in jeder Kurve hin und her schwankt zwischen diesen Schultern, die nach Lavendel aus Col di Nava duften.

In Acqui haben sie in einem Café Rast gemacht, der Offizier wollte um jeden Preis eine Runde ausgeben, die Männer haben einen Amaro getrunken, die Frauen eine Mandelmilch. Die Kleine hat geflüstert: »*Thank you*«, als sie ihr das Glas hinhielten, Ermanno konnte es kaum fassen, eine kleine Amerikanerin im Auto zu haben.

»Ach was, Amerikanerin«, sagt Margherita, »sie ist Italienerin wie wir.«

»Aber sie spricht doch nicht einmal Italienisch!«, sagt Ermanno. Dann dreht er sich um: »Wie hast du mit deinem Papa gesprochen?«, fragt er mitten im Café, während alle Leute rundherum zuschauen.

Maria schweigt errötend.

»Lass sie in Ruhe, sie ist müde«, sagt Margherita.

Maria versteckt sich zwischen dem grünen Kleid und dem braunen Rock.

Als sie ohne den Offizier, der am Ziel ist, weiterfahren, setzt sich Margherita nach vorn, und auf dem Rücksitz faltet Michin ihre Jacke zu einem Kissen für Maria, lässt sie hinlegen und nimmt ihre Füße auf die Knie.

»*Deurm, cita, deurm*«, sagt sie zu ihr, schlaf, Kindchen, schlaf.

Ganz zart fährt sie ihr mit der Hand über die Stirn, streicht die Haare zurück. Als wäre diese Hand der Heilige Geist, senkt sich auf Maria, nicht schlagartig, sondern langsam, gleitend, im Halbschlaf, das Verständnis für ihre Muttersprache.

Den Rest der Reise verschläft Maria, und der Schlaf löst den inneren Knoten, der ihre Zunge stumm und ihre Ohren taub machte. Satt auf dem Sitz liegend, die Füße im Schoß der *Magna*, kommen das Wissen, das Gedächtnis und das Vergessen in ihr an einen Wendepunkt, noch weiß sie es nicht, doch von diesem Moment an beginnt sie, sich als Teil der Welt zu fühlen, aus der sie stammt und die sie nie gesehen hat, der Welt, die jetzt in ihr wieder auftaucht wie die physischen Merkmale, durch die sie den beiden Frauen ähnelt, obwohl sie sie doch erst heute kennengelernt hat. Ab da beginnt Amerika, zur Erinnerung zu werden und zu verblassen.

Wovon träumt meine Mutter, während sie nach Hause zurückkehrt? Vielleicht von der blauen Bebi-Boi-Latzhose, dem sichtbaren Zeichen ihrer mutterlosen Kindheit? Anders als alle anderen kleinen Mädchen der Schule trägt sie nämlich keine duftigen Kleidchen mit Volants und keine langen Haare, aus Bequemlichkeit nimmt ihr Vater sie zum Barbier mit, und mit ihrem kurz geschnittenen, schwarzen weichen Schopf sieht sie wirklich wie ein Junge aus und leidet sehr darunter, wenn die anderen sie hänseln, vor allem Emery, die Hübscheste in der Klasse, die Maria insgeheim bewundert, hellblond mit Korkenzieherlocken wie Shirley Temple. Oder sie träumt von dem weißen Haus in San Bernardino mit den Aprikosenbäumen im Garten, auf die sie hinaufklettert, um die goldgelben Früchte zu pflücken und gleich rasch auf dem Ast zu verschlingen, damit ihr Vater es nicht sieht, der es ihr verboten hat aus Angst, sie könnte herunterfallen. Oder von den Zuckerstäbchen mit rot-grünen Spiralen, die ihr eine Nachbarin geschenkt hat, die hat *Sandi Clos* gebracht, hat sie gesagt, doch Marias Vater hat die Stäbchen in einem Glasgefäß oben auf das höchste Küchenregal gestellt, er will nicht, dass sie Süßigkeiten isst, damit sie keine Naschkatze wird, nur am Sonntag bekommt sie eines, aber er weiß nicht, dass der dauernde begehrliche Blick auf das unerreichbare bunte Zuckerwerk bei Maria ein *craving* auslöst, eine Sucht nach Süßem, die ihre Augen ein Leben lang vor den Schaufenstern der Konditoreien glitzern lässt.

Vielleicht träumt sie von alledem und noch von anderem und entfernt sich im Traum davon, nimmt Abschied. Und zugleich beginnt sie unbewusst, sich an das bisschen Italienisch zu erinnern, das sie aufgeschnappt hat, wenn ihr Vater ihr die Briefe von zu Hause vorlas, beginnt das schlimme Jahr bei *Barba* Nando und *Magna* Neta zu vergessen, die sie bei sich duldeten, ohne sie liebzuhaben, Amerika zu vergessen, auch seine Sprachen, Englisch und Spanisch.

Ihr Schlaf ist tief und durchlässig, nimmt Michins Worte auf, die eifersüchtig über sie wacht, sich aber dennoch gelegentlich vorbeugt, um ihrer Schwester etwas zuzuflüstern, dass sie heute zum ersten Mal das Meer aus der Nähe gesehen habe, während sie dort am Kai warteten, dass sie diese hohen, schmalen Häuser mit Fenstern wie schwarze Löcher betrachtet und gedacht habe, nein, in dieser Höhe und Enge könnte sie nie leben vor Angst, hinunterzuschauen und das weite Wasser vor sich zu sehen, das niemals stillsteht. Und die engen, stinkenden, schmutzigen Straßen voller drängelnder Leute, ein grausiges Durcheinander.

Nein, in Genua wollte sie nicht leben. Nicht, dass sie gar nichts von der Welt gesehen hätte, sie war an den Seen, in Turin, Mailand, der Wallfahrtskirche Oropa, sogar einmal in Frankreich, als Kind, als sie mit ihrem Vater übers Gebirge zum Heuen ins Val Roia gefahren ist. Aber nirgends gefällt es ihr so gut wie daheim. Die Kleine wird neben ihr in dem Bett schlafen, das sie aus Rocca heruntergebracht haben, in den Laken, die sie in diesem Winter gesäumt haben, und sie haben sogar ihr Monogramm hineingestickt, M.C.R., Maria Cat Rastler.

Maria schläft, die Stimme der Tante dringt zu ihr wie das Geräusch von an die Scheiben trommelndem Regen, beruhigt sie, sagt ihr, dass sie zu Hause ist. Sie erkennt die Laute der dritten Sprache, der Sprache, die auf dem Schiff niemand verstand, die sie mit ihrem Vater sprach und in der sich ihre Mutter an sie wandte, als sie noch bei ihr war, in einer Zeit vor der Erinnerung. Es ist der Dialekt der Berge zwischen Corio und Rocca, gesprochen in Dörfern und Siedlungen, die sich an Esskastanienwälder klammern, Orte, die sie nie gesehen, Luft, die sie nie geatmet hat, die aber jetzt in ihr, im Schlaf, Michins Worte wachrufen. Die gleichen Silben, der gleiche Tonfall wie bei ihrem Vater, ein klein wenig anders vielleicht, ein bisschen weniger hart und steinig in der Stimme der *Magna*, nicht so rau wie im Gebirge, verfeinert durch die Ebene und die Nähe zu Turin.

»*T'l'as deurmì bin, cita*?«, sagt Michin zu ihr, als sie die Augen öffnet. Hast du gut geschlafen?

»Du musst Italienisch mit ihr sprechen, wie soll die Kleine es sonst lernen?«, tadelt Ermanno sie.

Michin aber spricht unbeirrt weiter, als habe sie ihn nicht gehört.

Michin bleiben keine acht Jahre mehr zu leben. Sie stirbt 1943, mitten im Krieg. Von ihr besitze ich nur ein Foto, das sie ganz abbildet, dunkel gekleidet neben Ninin und Margherita. Die Aufnahme muss aus der Zeit stammen, als meine Großmutter Maria in Amerika war, denn sie ist nicht mit drauf. Ich habe Michin nie gesehen, doch ihre Züge, nach diesem Foto und einer Mischung von familiären Gesichtern zusammengesetzt, haben sich meinem Gedächtnis eingeprägt. Die dichten schwarzen Haare, das eckige Gesicht, die hohen Wangenknochen der Bergbewohner, die etwas plumpe Nase, die dunklen Augen und der große Mund verraten nichts von ihrem Charakter; wie die ganze Familie ist auch sie vor dem Fotografen und vor der Welt steif, eingeschlossen in einen Panzer aus Schüchternheit und Misstrauen. Den Davito-Mädchen wurde beigebracht, dass es ungehörig sei zu fühlen und sich auszudrücken, im besten Falle überflüssig, ein Luxus, eine Zeitverschwendung. Sie wissen, dass es sich für Frauen schickt, einen guten Charakter zu haben, das heißt, genügsam und nicht zu empfindlich zu sein; hört man die Alten, wäre es noch besser, einfach gar keinen Charakter zu haben. Deshalb behalten sie viele Dinge für sich, beugen den Kopf, verhärten den Blick. Untereinander verstehen sie sich, teilen eine Geheimsprache, die das Ungesagte vermittelt.

Nun zeigt Michin zwar dem Fotografen nichts von sich, doch zu Hause mit den Schwestern und auch am Webstuhl mit den Arbeitsgefährtinnen ist sie ganz anders. Sie lässt nichts über sich ergehen, sondern antwortet, lacht und singt. Schon als Kind spielte sie den Größeren Streiche, veränderte den Text der Gebete: »Heilige Maria, bitte für mich, *e per'i autri s'ai n'ai*«, und für die anderen, wenn noch was übrig ist. Michin bietet den Männern die Stirn, hält daheim immer zu ihrer Mutter und steckt, ohne mit der Wimper zu zucken, die heftigen Ohrfeigen des Vaters ein. »Die ist eine Garibaldinerin«, kommentiert Ninin, halb bewundernd und halb empört. In der Kindheit wird sie meiner Mutter die Liebste sein und die Gefürchtetste, Autorität und Spielgefährtin zugleich. Das *easy child* findet in der Garibaldinerin ihre ideale Anführerin. Schade, dass sie geht, als Maria gerade in die Pubertät kommt.

Die Liebste werden die *Magne* aus dem einen oder anderen Grund oder in unterschiedlichen Momenten des Lebens alle gewesen sein. Eine leistet Unterstützung, die andere tröstet. Eine geht, die andere bleibt.

Margherita, gleich nach Verlassen des Schiffs Marias Auserwählte, beantwortet zwanzig Jahre später deren Frage, die in Wirklichkeit eine Forderung ist: *Are you my mother?* Wenn sie beide in einem ganz anderen Lebensalter sein werden als heute, Maria mit den unvorhergesehenen Schwierigkeiten des Ehelebens beschäftigt und Margherita glücklich in einer zweiten Liebes- und Freundschaftsehe verheiratet, wird die Ältere für die Jüngere zu etwas Seltenem, einer verständnisvollen Mutter, die lächeln und Trost spenden kann. »*Piora ca t'pasa*«, sagt Margherita, zärtlich gelassene *mater consolatrix*, weine nur, es geht vorbei, und streichelt, strahlend in ihrer Schönheit einer reifen Frau, die gelockten Haare der Nichte, deren Tränen durch das dünne Seidenkleid auf ihren hohen, üppigen Busen tropfen. Aber nur eine Minute lang, denn wenn es Gefühlsausbrüche in der Familie gibt, dann nur kurz. Eine Minute Zärtlichkeit reicht für eine Woche, so wie der Apfel in Ninins Vespertasche.

Es wird nicht lange dauern. Margherita geht im Alter von sechzig Jahren, plötzlich, fast ohne sich zu verabschieden, zwei

Jahre nach dem Mann, der, wie sie in der letzten Zeit gerne sagte, sie leben gelehrt hat.

Und danach bleibt nur noch Ninin, die immer da war. Grantig, unermüdlich, *mapòn*, das heißt, kahler Maiskolben, wie bei uns die ausdruckslosen Wesen genannt werden, die weder lachen noch weinen können. Doch so stimmt es nicht, denn auch sie lächelt, und manchmal – sehr selten – lacht sie sogar, aber verschämt, hinter vorgehaltener Hand. Weinen, nein, das gestattet sie sich nicht, nicht, dass ich wüsste. Sie ist die Letzte, die jeden Morgen vor allen anderen aufsteht und, wenn sie Maria müde und sorgenvoll sieht, zu ihr sagt: »*Povra cita, su su, piora nen, dati'n'andi.*« Arme Kleine, weine nicht, gleich ist's vorbei.

Und Maria gehorcht, weil auch eine Sekunde Zärtlichkeit genügen kann.

Während ich von ihnen erzähle, überrasche ich mich bei dem Gedanken: Maria hat drei Mütter gehabt. Ich rechne nach, irgendetwas stimmt nicht. Ninin, Michin, Margherita. Wer fehlt, ist meine Großmutter, die echte Mutter. Diejenige, die sie auf die Welt gebracht hat nach zwei vergeblichen Schwangerschaften. Ich frage mich, wie meine Großmutter es mit nur einer Hand wohl bewerkstelligt hat, ihre Tochter auf den Arm zu nehmen, sie zu halten, ihr die Brust zu geben. Vielleicht hat ihr jemand geholfen, eine Mexikanerin mit vielen Kindern, die sich in diesen Dingen auskannte. Aber wie hat sie dem Kind die Windeln gewechselt und es gewaschen, als sie sich wahrscheinlich kaum auf den Beinen halten konnte, noch geschwächt und nicht an die Krankheit gewöhnt. Unter Schock, würde man heute sagen. Traumatisiert. Dennoch hat meine Großmutter sie gestillt, ihr Gesicht hat sich über die Wiege gebeugt, ihre Stimme hat Maria das Sprechen gelehrt.

Es schmerzt, sich eine behinderte Mutter vorzustellen, die

ihre kleine Tochter nicht in die Arme nehmen, ihr nicht die Schuhe zubinden und ihr kein ganzes Lächeln schenken kann, weil die Hälfte des Gesichts nicht lächelt. Dennoch muss meine Großmutter in jenen ersten einundzwanzig Lebensmonaten der Kleinen eine ausreichend gute Mutter gewesen sein, denn ihre Tochter Maria ist gesund herangewachsen, hat im richtigen Alter sprechen und laufen gelernt, und wie es scheint, stotterte sie nicht, machte nicht ins Bett und zeigte keine weiteren Symptome außer einer Schüchternheit, die sich später im Leben in stille, fast kontemplative Zurückhaltung verwandelt.

Und auch mein Großvater Pietro muss, obwohl zu seiner Frau so brutal, sie während ihrer Krankheit zu schwängern, seiner Tochter ein recht guter Vater gewesen sein. Fünf Jahre nur sie beide allein, er schweigsam, ein massiver Schatten, der die Haustür verdunkelt, und doch, abgesehen von den Zuckerstäbchen oben auf dem Schrank, die meiner Mutter als Kind Tantalusqualen verursachen, kommt keine weitere schmerzliche oder angstvolle Erinnerung hoch. Nur seine dauernde Strenge und diese schroffe Art, sie wie einen Jungen anzuziehen, sodass sie sich vor den Mitschülerinnen schämte, die Shirley Temple nacheiferten. Seltsamer Mann mit zwei Gesichtern, der als Ehemann meine Großmutter terrorisierte und als Vater mit plumpen, schwieligen Fingern die Latzhose meiner Mutter zuknöpfte …

Sie kommen am Abend, als das Wasser im Topf verdampft ist.

»Sie sind da, sie sind angekommen«, sagt Nina, Mecios Frau. Die Männer springen alle gemeinsam ruckartig auf, Mecio, Noto und etliche Cousins, die extra aus den Rastler-Häusern oberhalb von Corio gekommen sind. Auch Ginota, ihre Tochter und noch einige Nachbarn sind da. Die Männer gehen den letzten Schnaufern des Motors des Augusta entgegen, und beim Türenschlagen füllt Ninin hastig aus dem in den Herd eingelassenen Becken, wo ständig ein Heißwasservorrat simmert, den Topf auf, während die arme Maria ihr halb mit gezuckertem Wein gefülltes Glas packt und es auf einen Zug leer trinkt.

Zerzaust und verschlafen kommt Maria mit verrutschtem Krägelchen herein. Sie sieht das blassgelb gestrichene Zimmer, die strohgeflochtenen Stühle, eine Riesenmenge auf der Platte des Buffets aufgereihter Agnolotti. Sie sieht die ihr zugewandten Gesichter und die sich bewegenden Lippen, riecht den Bratenduft und den Geruch nach vielen Leuten auf engem Raum.

Sie sieht alles wie in Stille, obwohl alle durcheinanderreden.

Bevor sich der Lärm der Stimmen legt, wird sie zu der Frau hingeschoben, die stumm hinten am Tischende sitzt und weint, mit einem seltsam verzerrten, zitternden Lächeln auf dem Gesicht, das einer Maske gleicht.

Die arme Maria umschlingt ihre Tochter mit nur einem Arm und wäre am liebsten unsichtbar, um nicht gezwungenermaßen öffentlich zu zeigen, was sie empfindet. Die Kleine küsst sie pflichtschuldig auf die Wange und denkt, dass vielleicht genau diese hier ihre Mutter ist, weil sie Trauer trägt, also Witwe ist.

Wieder bekommt sie zu essen, und alle reden auf sie ein, stellen ihr Fragen, und sie antwortet je nachdem Ja oder Nein: »*T'ses contenta?*«, freust du dich?, wird sie gefragt und nickt, »*T'na voli 'ncora?*«, möchtest du noch mehr?, und sie schüttelt den Kopf, wie ihr Vater es ihr beigebracht hat (wenn man dir Bonbons anbietet, sagst du Nein, verstanden?).

Auch der Pfarrer ist da, der Prior von San Giuseppe, groß und hager in seiner schwarzen Soutane.

»Die Kleine wird getauft werden müssen«, sagt er, »denn die Mutter erinnert sich nicht, ob sie schon getauft ist«, und bei diesem bärtigen Vater, in einem Land von Ungläubigen, wer weiß? »Wir machen dann alles auf einmal«, sagt er, »Taufe und Firmung, das wird eine schöne, feierliche Zeremonie, um unserer lieben, unbefleckten Mutter Maria zu danken, dass sie das Kind, das ihren Namen trägt, in den Schoß ihrer katholischen Familie zurückgeführt hat.«

Die Frauen nicken, dieser Pfarrer ist nett, lächelt und redet wie einer, der studiert hat, er schüchtert sie ein, und sie wissen nicht, sollen sie ihn weiter drängen, noch Agnolotti zu nehmen, oder seine höfliche Weigerung akzeptieren.

»Warum tauft ihr sie nicht Maria Grazia, zum Dank für die Gnade, die die Madonna ihr erwiesen hat?«, schlägt der Prior vor.

Sie sind sofort einverstanden.

»Gnade, ja«, stottert die arme Maria dankbar, und ihre Augen glänzen vor Tränen, Wein und Rührung.

Ermanno erklärt der Kleinen, dass dieses Dorf, wo sie leben wird, Cirié heißt, während das Dorf, aus dem ihre Mutter stammt, Rocca heißt und das ihres Vaters Corio. Sie sieht ihn ernst an und nickt, bemüht sich, zu verstehen, und vergisst die Namen sofort. Unterdessen lauscht sie den Frauen, die Dialekt sprechen, und wundert sich, dass sie zu Hause ist.

Am Ende sitzt sie auf den Knien der Hagersten, der mit den vorstehenden Zähnen, und fragt sich, wieso sie bei so vielen Frauen, die ihre Mutter sind, ausgerechnet auf dem Schoß der hässlichsten landen musste.

»*Com'a la varda*«, lacht Michin, »*come s'a fusa 'l Bambin d'Varal!*«

Alle lachen darüber, wie Ninin ihre Nichte ansieht, so anbetend, als wäre die Kleine das Jesuskind vom Heiligen Berg von Varallo.

Maria schweigt noch immer, zu befangen wegen all der fremden Gesichter.

Doch wenn sie etwas herausbrächte, würde sie nun sagen: »*T'ses ti mia mama?*«, bist du meine Mama?, nicht mehr auf Amerikanisch, sondern in ihrer Muttersprache.

Oder vielleicht würde sie gar nichts mehr sagen. Langsam fallen Maria die Augen zu, sie ist müde und durcheinander, aber satt zwischen diesen vier Frauen, die ihre neue Familie sind; keine von ihnen ist so gut angezogen wie Missis Rose, und sie hat noch nicht begriffen, welche nun ihre Mutter ist, doch im Einschlafen fühlt sie, dass es nicht so wichtig ist, jede von den vieren ist ihr recht, oder noch besser alle vier zusammen.

Bald kommt der Schnee

AUF IHREM FAHRRAD BIEGT Maria Grazia in die Straße ein, in der sie wohnt. Ihre Hände sind trotz der dicken Wollhandschuhe gefühllos vor Kälte und ihre Lippen rissig von der Winterluft.

Hals über Kopf ist sie die Straße von Caselle nach Ciriè entlanggesaust, zwischen Wiesen und Pappelreihen, schwarz in der Ferne liegenden Bauernhöfen und verdunkelten Häusern in frostigen Gemüsegärten. Alles ist menschenleer bis auf einige Arbeiterinnen wie sie, die auf alten Schrotträdern unterwegs sind. Es hat Alarm gegeben, nichts wie weg, mit klappernden Reifen. Schnell, schnell, denn es ist ein wolkenloser, klarer Abend, wer weiß, wie gut man die Erde von dort oben sieht. Heute funkelt die Dunkelheit wie ein scharfer Kristallsplitter, die spitzen, schwarzen Zähne der Berge bohren sich ins Blau des Himmels.

Mit quietschenden Bremsen fährt sie in den Hof, springt vom Fahrrad und saust die Treppe hinauf in den zweiten Stock. Dort warten zwei Türen auf sie, jede mit Schlüssel im Schloss. Einen Augenblick zögert sie, dann geht sie links hinein.

Es ist ein großes Zimmer, von dem mit einer Zwischenwand eine kleine Küche abgeteilt wurde. Nach Osten, im Wohnzimmer, das sich abends in das Schlafzimmer für Maria Grazia und ihre Mutter verwandelt, gibt es zwei Fenster zum Hof, in dem ordentlich gestapelte Zementrohre liegen, und zu dem Viertel, das »der Park« genannt wird, mit Reihenhäusern und immergrünen

Bäumen, Zedern, Magnolien, sogar einigen Palmen. Doch jetzt sieht man nichts, die Fensterläden, mit schwerem Tuch verkleidet, um keine Ritzen zu lassen, sind sorgfältig geschlossen. In der kleinen, nach Westen gelegenen Küche ist die Finsternis noch dichter, und ein Geruch nach Suppe und Asche hängt in der Luft. Das Feuer ist fast erloschen, auf dem Abzugsgitter nur noch ein schwacher rötlicher Schimmer.

Wie viele Stunden wartet die arme Maria schon im Dunkeln? Für sie allein Strom zu vergeuden, findet sie unnötig. Plötzlich verbreitet die Vierzig-Watt-Birne heimlich eine kriegerische Helle. Im Dämmerlicht sieht Maria Grazia ihre Mutter neben dem Ofen, eine schräg gegen die Stuhllehne gesunkene Stoffpuppe, der Kopf hängt zur einen Schulter, gleich entgleitet das Buch ihrer guten Hand, der rechten. Als Maria Grazia sich nähert, öffnet das Bündel die Augen, zuckt zusammen, erkennt sie und schenkt ihr mit der rechten Seite des Mundes ihr schiefes Lächeln.

Das Mädchen zieht den Mantel aus, hängt ihn an den hölzernen Haken und geht als Erstes zum Küchenschrank. Das dürfte sie nicht, sie weiß es, doch bevor sie sich bremsen kann, hat sie ihn bereits geöffnet und schaut hinein, ermutigt von Ninins Stimme, die zu ihr sagt: »Iss nur, iss, Kleine, du hast es am nötigsten.«

Im Schrank liegt ein schon fast auf die Hälfte geschrumpfter Laib Brot in einem weißen Leinensäckchen, schwarzes Brot, das beim Aufschneiden zerbröckelt und ranzig riecht, aber immerhin, es ist das einzige Brot, das man zu dieser Zeit bekommt. Und in einer angeschlagenen Schüssel liegen die Äpfel, harte, verschrumpelte, aber süße kleine Äpfel aus dem Gebirge, die letzten, die vom Oktober noch übrig sind.

Sie schneidet sich eine Scheibe Brot ab, beißt gierig in ein Äpfelchen, das kaum größer ist als eine Walnuss. Hastig schlingt sie die Brocken hinunter, sie verschwinden wie in einem Strudel, noch bevor sie den ranzigen Geschmack und die gipsartige Konsistenz wahrnehmen kann, die am Gaumen haftet.

Die Scheibe Brot ist sofort weg, und von dem Apfel bleiben nur die harten Spelzen zwischen den Zähnen, auch die Kerne hat sie verschluckt. Sie überlegt unwillkürlich, ob sie weiteressen soll, hält sich aber heldenhaft zurück, denn von den Äpfeln sind nur noch vier oder fünf da, und das halbe Brot muss bis morgen Abend reichen.

Jetzt beugt sich ihre Mutter über den Ofen und stochert mit dem Schürhaken in der Glut. Sie schiebt dünne Ästchen hinein, immer nur eins, abwechselnd mit zusammengeknülltem Zeitungspapier und getrockneten Bohnenhülsen. Das Feuer schwelt träge, doch schließlich flammt es wieder auf.

»Es ist kalt«, sagt sie dann, während sie sich halb umdreht und ihr die gesunde Gesichtshälfte zuwendet. »Du frierst, gell? Komm und wärme dich auf.«

Maria Grazia zieht den Schemel zum Ofen, setzt sich und streckt die Hände zur Wärme hin. Die arme Maria nimmt alle beide in die gesunde Hand und drückt sie sich an die Brust. Die Tochter lässt sie machen, denn sie hat der Mutter nichts zu bieten als diese Nachgiebigkeit, und die Mutter hat ihr vielleicht nichts zu bieten als die Wärme ihre Körpers, durch das schwarze Wollkleid, den schwarzen Pullover, die schwarzen Strümpfe hindurch, neben dem schwarzen Ofen.

»Arme Kleine«, sagt die Mutter. »*Ommi mi*, könnte ich doch arbeiten, könnte ich doch an deiner Stelle gehen.«

Ungeduldig lässt Maria den gewohnten Klagegesang über sich ergehen, es ist ihr gleichgültig, dass sie kalte Hände hat und arbeiten muss, sie will aufspringen, reden, im Halbdunkel der Zimmer den Klang der Stimmen hören, vom Tag erzählen, sich für morgen rüsten. Deshalb befreit sie sich nach ein paar Minuten ganz sacht aus dem Griff und steht auf.

»Ich gehe zu *Magna* Michin«, sagt sie.

Sie tritt auf den Treppenabsatz hinaus, wo es immer finster ist, Tag und Nacht, weil das Fenster mit einer doppelten Schicht von blauem Zuckerpapier bedeckt ist, seit die Verdunkelung angeordnet wurde. Vor der Tür zum Zimmer der *Magna* hält sie kurz inne und lauscht. Dann dreht sie leise den Schlüssel und geht hinein.

Die Tante schläft nicht.

»Beeil dich«, sagt sie, »komm rein und mach die Tür zu, es ist kalt.«

Die Worte sind typisch für sie und auch der Ton, nur das Timbre der Stimme ist anders. Tief, ein wenig pfeifend. Sie gibt sich ganz locker, als spräche sie einfach nur zum Spaß so und nicht, weil ihr die Stimme versagt, als äffte sie eine sehr wohlerzogene Person nach, die ihre Krankheit nicht stören will und diese Atmosphäre der Besinnlichkeit genießt, die dadurch im Haus entsteht.

In Michins Zimmer riecht es nach Medikamenten und Seife, denn jeden Tag, wenn Ninin und die Kleine zur Arbeit gegangen sind, stützt sie die Ellbogen aufs Bett und zieht sich hoch, mit Gewalt, obwohl sie sich wünschte, liegen zu bleiben und keinen Finger zu rühren, aber der Wille muss siegen. Hygiene muss sein, man darf nicht die anderen und sich selbst anekeln.

Sie setzt die Füße auf die kalten Fliesen, wickelt sich fest in ihr Hemd und dann in einen mottenzerfressenen alten Mantel, der ihr als Morgenrock dient, und macht Toilette. Sie geht den Nachttopf ausleeren, denn die lästigsten Aufgaben erledigt man am besten zuerst; der Nachttopf ist schwer und stinkt, und es besteht die Gefahr, ihn zu verschütten auf dem Weg zum Abort, der sich am Ende des umlaufenden Balkons befindet und mit einer Brettertür mit vielen Ritzen verschlossen ist. Bestärkt durch diesen ersten kleinen Erfolg, kehrt sie zurück und wäscht sich systematisch, indem sie die anderen Körperteile, die sie gerade nicht wäscht, gut bedeckt hält, denn es ist kalt im Zimmer, die Kälte ist so dicht, dass sie kompakt wirkt und auf die Brust drückt; sich hindurchzukämpfen ist mühsam. Manchmal stellt sie sich vor, sie sei in Russland, bei meterhohem Schnee, wie es, sagt man, den Soldaten dort passiert. Michin hat eine lebhafte Fantasie, gebt ihr eine Idee, ein Wunschbild, einen Reisebericht, und sie klammert sich daran, hievt sich mit aller Kraft, die ihr noch in den Armen bleibt, in das Bild hinein.

Sie denkt an den weißen Tod, dann schimpft sie sich einen Dummkopf und muss beinahe lachen. Ihr Tod wird nicht weiß sein. Rot wird er sein, wie das Blut, das ihr Hemd nass macht.

Worüber würde Michin nicht lachen. Schon als Kind, wenn sie abends im Stall die schauerlichsten, blutrünstigsten Geschichten von lahmenden Hexen und kleinen Kindern, die gegessen wurden, erzählen hörte, fand sie, obwohl es sie vor Schreck gruselte wie alle anderen Kinder, stets auch die komische Seite daran.

Lachen kostet nichts. Es ist ein Luxus, den sich alle leisten können, und sie war seit jeher gesucht und beliebt wegen ihrer Begabung, die anderen zum Lachen zu bringen. »Beim Lachen hat man immer einen vollen Bauch«, sagte ihre Mutter. Und einmal, als sie an einem Samstagabend im Sommer zu Fuß von Ciriè nach Rocca gingen, sagte sie: »Wenn man gute Laune hat, fühlt man sich wie in der Kutsche.«

Doch auch zum Lachen, wie zur Nutzung jeglicher Begabung, braucht man ein wenig Kraft. Und davon hat sie jetzt immer weniger. Als sie mit Waschen fertig ist, wirft sie sich der Länge nach wieder ins Bett, mit Mantel und allem, und deckt sich auf der Suche nach Wärme bis zum Kinn zu.

Sie ruht sich aus, wie die Soldaten nach der Schlacht, wie eine Frau nach der Geburt. Wie die Erde im Winter. Auch wenn ihre Schlacht und ihre Geburt nur diese Flecken auf dem Hemd sind.

So müde zu sein, bei solchen Resultaten, das ist ja lächerlich, aber auch bitter.

Am Anfang fiel es ihr schwer, untätig herumzuliegen, obwohl so viel zu tun ist. Sie wechselte zwischen Hausarbeit und Bett ab. Dann allmählich begann das Bett, sie beharrlicher zu rufen, mit schmeichelnder, unwiderstehlicher Stimme. Sie sagte sich, sie müsse ihre Kräfte für die Fabrik aufheben, für die wenigen Stunden, die noch bleiben. In diesen Herbstmonaten und dann im Winter steht Michin zweimal in der Woche vor sechs Uhr auf, um in die Fabrik zu gehen und sich an den Webstuhl zu setzen. Sie arbeitet in der Wäscheabteilung und webt Leinen für Hemden. Auch die Arbeit ist rationiert, wie das Brot und die Butter. Ein Grund mehr, nichts zu vergeuden.

Seit Monaten wird davon geredet, auf einen Tag in der Woche zu reduzieren. Sogar von Schließung wird gesprochen. Alle haben Angst, auch noch dieses bisschen Geld zu verlieren. Bei Magnoni, wo Ninin arbeitet, halten sie zum Glück noch durch. Klar, dort produzieren sie jetzt Decken für die Soldaten, graugrünes Tuch für Uniformen und *Paletots*, an Kunden fehlt es nicht.

Auch Michin fürchtete, ihren Posten zu verlieren. Das geht rasch, vor allem, wenn man zurückbleibt, langsamer wird, Hilfe braucht. Die Krankheit zu zeigen ist keine gute Politik. Man muss sie verbergen, so gut man kann.

Jetzt allerdings – jetzt, wo der Februar halb vorbei ist und das graue Morgenlicht leichter durch die Jalousien fällt und die immer noch beißende Kälte um die Mittagszeit milder wird und in dem Glas neben dem Bett ein Sträußchen Schneeglöckchen steht – jetzt, heute, hat Michin keine Angst mehr.

Sie hat keine Angst, dass sie sie bei der Arbeit tadeln, fürchtet nicht, dass die Wäschefabrik schließt, fürchtet sich nicht einmal vor dem Himmel, den Bomben erleuchten, als würde schon das Dorffest gefeiert.

Wenn Ninin und Maria Grazia auf dem Heimweg sind und man diesen dumpfen Donner hört, der die Fensterscheiben zittern lässt, während sie mit geballten Fäusten zu Hause im Dunkeln wartet und lauscht, um herauszufinden, nach welcher Seite sie fliegen, in welcher Höhe, ob es sich wirklich um Flugzeuge handelt oder um ein Gewitter oder um ihr Blut, das in den Ohren dröhnt: Das sind – waren – die schlimmsten Momente.

Und dann natürlich gab es noch die andere große Angst, die vor der engen Pforte, der bitteren Pille, die sie erwartet. Was wird sein, was wird in jenem Augenblick sein? Wann wird es so weit sein? Ist es nahe, wie sie oft meint, oder noch weit weg, mehr als eine Jahreszeit oder sogar zwei, wie sie ebenso oft und hartnäckig hofft?

Ab und zu sagte sie sich, dass die Angst nur ein böser Traum sei, und hatte den Eindruck, aufzuwachen und sich zwischen den bekannten Dingen wiederzufinden. Gleich darauf aber zweifelte sie, ob vielleicht die wenigen Dingen, das bisschen Raum, das ihr blieb, der Traum wären und die Angst dagegen die echte Wahrheit. »Nur Mut«, sagt ihre Schwester Ninin jeden Tag zu ihr, »bestimmt operieren sie dich bald, und dann geht es dir besser, wirst schon sehen.« Und eine Weile hat sie es geglaubt. Solange sie die Kraft hatte. Auch um zu glauben, braucht man Energie.

Doch jetzt hat eine neue Ära begonnen.

Die Angst ist unbemerkt davongeglitten, und heute ist sie nicht mehr da. Eine träumerische, strenge Ruhe ist an ihre Stelle getreten, ein Abstand von allen Dingen.

Ihr ist, als sei plötzlich alles ruhig, und nun, da der schlimmste Winter überstanden ist, liege Schnee in der Luft, sie riecht ihn vom Bett aus in dem geschlossenen Zimmer. Der Schnee bringt immer Stille mit, Schweigen, an diesem Punkt des Jahres ist er eine letzte, schwebende Pause vor dem taktlosen Frühlingslicht. Sie wird ihn genießen, diesen letzten Schnee, es kommt ihr vor, als habe sie ihn selbst vom Februarhimmel herabbeschworen. Sie wartet auf ihn, ihr scheint, als wartete sie auf nichts anderes als den Schnee.

»Also hat Ninin doch recht«, sagt sie sich, während sie ihre Hände unter den Achseln wärmt, die Arme unter der Decke an die Brust gedrückt, um die Wärme festzuhalten, »also bin ich doch böse. Sie sind mir egal, ich habe keine Angst mehr, dass sie sterben, dass eine Bombe, die auf eine Fabrik, eine Kaserne, ein militärisches Ziel gerichtet ist, vom Weg abkommt und unser Leben zerstört, das weder militärisch noch strategisch ist, so wie das Unglück oftmals die Falschen trifft, weil es blind ist, nicht weiß, wohin es geht, und die Menschen denken, sie könnten es lenken, aber sie irren sich. Ich denke nicht mehr an meine Schwestern. Selbst meine Nichte, das Kostbarste in meinem Leben, bedeutet mir nichts mehr. Bis gestern litt ich ihretwegen, das schönste Alter im Krieg leben zu müssen, und während ich hier lag, grübelte ich darüber nach, wie ich zwei Eier auftreiben könnte, ein halbes Kilo Reis zusätzlich, denn mit fünfzehn Jahren ist der Hunger schlimm. Noch gestern dachte ich, sobald das Wetter besser wird, raffe ich mich auf und fahre mit dem Fahrrad nach Rocca, hole ein Säckchen Kartoffeln und etwas Butter, die Cousins werden ja Butter zu verkaufen haben, ein Bündel Holz lass ich mir auch geben, das binde ich hinten am Sattel fest. Doch heute ist das nicht nur undenkbar, sondern Rocca kommt mir vor wie eine andere Welt.

Eine so ferne Welt, dass man nicht mit dem Fahrrad hinfahren kann.

Aber vielleicht ist es ja gar nicht so weit, ich sehe es nämlich hier direkt vor mir, am Fußende des Bettes. Und schau nur wie seltsam, mir ist, als wäre ich in Ca' d'Gara, auf der Wiese vor dem Haus, an einem Sommernachmittag; die Sonne steht über dem Gipfel und beginnt langsam zu sinken, und das frisch gemähte

Heu sticht unter meinen Füßen. Es ist ein klarer Tag, man sieht weit, die Ebene ist endlos, und hinten ahnt man die Großstadt, gleich einem tief liegenden, leicht flimmernden Nebel am Ausgang des Tals. Und ich rieche das Heu, höre die Stimme meiner Mutter, die mich ruft, habe aber noch gar keine Lust, nach Hause zu gehen, ich will hier bleiben, die Wiese hinunterrutschen und spüren, wie das Gras durch das Kleid hindurch sticht und kitzelt, mir in die Haare fährt, will mein bergab rollendes Gewicht fühlen und lachen, als wäre das ganze Leben nur ein Spiel, soll meine Mutter mich ruhig rufen, ich antworte nicht, ich bin wirklich böse, da hat Ninin recht.

Ich lasse mich rollen und vergesse alles, meine Schwestern, Maria Grazia, sogar den Schmerz im Bauch. In unserer Familie hatten wir schon immer ein Loch anstelle des Bauchs, sagten wir als junge Mädchen zum Spaß, weil wir flach waren, weder Bauch noch Busen hatten, flach wie ein Waschbrett. Sogar ausgehöhlt, wie das Brett, wenn es in der Mitte eine Vertiefung hat vom vielen Wäschereiben. Wie seltsam, aus diesem Loch unaufhörlich die Stimme des Schmerzes zu vernehmen.«

Doch auch die ist heute wie gedämpft und weiter weg.

Es ist etwas, das in ihrem Kopf passiert, Michin weiß es genau, denn der Schmerz ist immer da, unermüdlich, stärker als alles. Sie selbst ist es, die immer regloser, schwerer und entrückter daliegt und mit ihren einsamen, ruhigen Gedanken auch von ihm Abstand nimmt.

Sie schläft ein und träumt, dass das kleine Mädchen auf der abschüssigen Wiese vor dem Haus der Mutter weiterhin keine Antwort gibt, und dann löst sich die Mutter endlich aus dem schwarzen Rechteck der Tür und geht ihr entgegen, die Augen abgeschirmt vor der untergehenden Sonne. Und die kleine Michin läuft lachend davon, fang mich doch, fang mich!

Im harten Lehm der Generationen, die mir vorausgegangen sind, gibt es eine subtile, aber kräftige, komische Ader, sie zieht sich durch alles, hält allem stand, auch dem Tod und dem Unglück, und taucht immer wieder auf. Woher diese Lachlust stammt bei Leuten, die wenig Grund zu lachen hatten, erkläre ich mir nur mit dem Gedanken, dass es ein Urbedürfnis ist, über das eigene Elend zu lachen, ein Wunsch, der ewig neu entsteht, nicht anders als der, etwas aufzubauen, zu besitzen oder zu wissen.

Es gibt einen Humor, der für mich unlösbar mit dieser grünen und regnerischen, abgelegenen Landschaft zwischen Hügeln und Gebirge verbunden ist, mit ihrer Geschichte von Armut und Strenge. Ich werde ihn mit der Luft meiner Kindheit einatmen, werde ihn in den Augen Ninins, meiner Mutter und der alten Großtanten väterlicherseits funkeln sehen, wenn sie abends um den Tisch sitzen und die Suppe verdauen, die Hände über den großen, zufriedenen Bäuchen gefaltet, werde ihn wie eine Salve respektloser Knallfrösche in den Unterhaltungen meines Vaters mit seinen Freunden in der Bar knattern hören und ihn dann in mir wiederfinden, so tief verwurzelt, dass er mir gar nicht bewusst wird, außer wenn es mir ganz elend geht und ich ihn vermisse.

Die meiste Zeit schweigt dieser komische Humor, versteckt in den verschlossenen Gesichtern und dem erdverbundenen Leben; in den ungeahntesten Augenblicken kommt er dann plötzlich zum Vorschein. Sachlich und roh wie die Existenz im Alltag, und doch leicht durch sein unbesiegbares, fast metaphysisches Streben nach jener höchsten Komik, die der Nonsens ist. Spitzbübisch richtet er die gewöhnlich gesenkten Köpfe wieder auf. Wenn er sich in jemandem konzentriert, was vielleicht einmal in jeder Generation vorkommt, kann er über das Sichtbare hinaus Einblicke in die Wirklichkeit eröffnen und vom Mangel des Alltags stumpfe Augen zum Leuchten bringen.

So hat mir meine Mutter Michin geschildert, und so sehe ich

sie: Ihr Blick geht über die abgenutzte Folie des Realen hinaus, sie hat die Augen einer Bergbewohnerin, genervt vom Nebel, der sich zu häufig hier in der Ebene ballt. Sie ist diese eine in ihrer Generation und Familie, die das Lachen geerbt hat, sie ist die Trägerin, gibt die Gabe weiter, die durch die Generationen bei mir, Michins unbekannter Großnichte, ankommt.

Niemand entgeht Michin. Weder ihre Schwestern, ihre Kolleginnen aus der Fabrik, ihr Vorarbeiter, noch der Bürgermeister, der Pfarrer, der Apotheker, diejenigen, die zu den Versammlungen gehen und den römischen Gruß machen. Über alle hat sie etwas zu sagen, womöglich nur eine Nichtigkeit, die einfache Wiederholung eines aufgeschnappten Satzes, aber mit einem Akzent, einer Neigung des Kopfes, einem Augenrollen – und schlagartig schrumpft der Gegenstand ihrer Satire für die Zuhörer, wird entlarvt in seiner Banalität, seiner allzu menschlichen Dummheit.

Früher, als sie klein war und im Haus des Vaters und der Großeltern lebte, durfte man nicht lachen oder den Atem für Klatsch, Kommentare und Scherze verschwenden. Es war verboten, eine schwere Sünde. »Mach keinen Lärm, schweig, du Dummkopf! Was habt ihr Frauen bloß immer zu keifen? Gleich kannst du was erleben! Schäm dich!«

Doch zum Glück zog auch sie dann, wie Ninin und Maria, mit zwölf Jahren hinunter nach Ciriè, um wie ihre älteren Schwestern in der Weberei zu arbeiten; sie wohnten mit zwei Cousinen dritten Grades zusammen, aber nachts hatten sie ein Zimmer für sich allein, und endlich schlief Michin am Abend redend und lachend zufrieden ein. Außerdem gab es hier wenigstens regelmäßig und genug zu essen, man arbeitete, aber man ging nie mit leerem Magen zu Bett. Am Wochenende kehrte man nach Hause zurück, wenn die Zeit es erlaubte. Man brach am Samstagabend nach der Arbeit auf, mit einer Tasche voll Sachen – Zucker, Kaffee, Streichhölzer, Reis, Knöpfe –, und ging zu Fuß gut zwölf Kilometer, zuerst in der Ebene, dann bergauf, quer über den grünen, geraden Hügel der Vaude und noch weiter, singend, um sich Mut zu machen, vor allem, nachdem es dunkel geworden war, und auf der Piazza von Rocca lief man, wenn sie noch offen war, rasch in die Kirche, um sich zu bekreuzigen, dann schnell noch das letzte Stück bergauf, einander zurufend, los, beeil dich, es ist schon spät, wir sind da, und es war Nacht, und in der Tür stand die Mutter und wartete auf sie.

Dann, 1914, kurz vor Kriegsbeginn, zieht auch ihre Mutter Domenica mit dem kleinen Sohn Giuseppe, genannt Noto, und der Jüngsten, Margherita, ins Dorf. »Jetzt, wo ich bei meinen Töchtern bin, fühle ich mich wie im Himmel«, sagt die Mutter abends, wenn sie Arm in Arm bis zur Piazza spazieren oder zu Hause sitzen und nähen. Mit ihren Töchtern wird Domenica beinahe wieder jung, sie lacht, plaudert, die Mädchen umringen sie wie Verliebte eine Edelfrau, die zu selten ihre Gunst gewährt, streiten sich manchmal um den Ehrenplatz neben ihr.

Die himmlische Vollkommenheit wird gestört, als der Vater beschließt, ebenfalls ins Tal zu ziehen; er kommt mit Mecio, dem ältesten Sohn, und erwirbt mit dem Geld der oben verkauften Felder die zwei Zimmer in der Via Conte Verde, in denen die Familie dann über dreißig Jahre lang lebt. Er findet Anstellung in einem Sägewerk, wo er die Stämme abhobelt, aus denen Möbel, Fußböden oder Eisenbahnschwellen werden. Wie oben am Berg kehrt abends, wenn der Vater heimkommt, auch unten im Dorf wieder Stille ein in der Wohnung. Eine angespannte, achtsame, ängstliche Stille. Die Anwesenheit des Vaters gleicht immer einem unvermeidlichen Naturereignis, wie Frost, Hagel und Blitz. Niemand wehrt sich, alle versuchen, sich zu schützen.

In einer Winternacht 1916 geht ein Nachbarhaus in Flammen auf, alle laufen im Nachthemd hinaus, mit den Kindern und den

Alten, schütten Eimer voll Wasser darauf, bereit, davonzurennen, falls sich der Brand ausweitet. Das Feuer wird gelöscht, doch Domenica erwischt eine schlimme Erkältung, die in eine Lungenentzündung ausartet, sie bekommt hohes Fieber, von dem sie nicht mehr aufsteht. Mit neunundvierzig Jahren war meine Urgroßmutter schon alt und verbraucht, hatte keine Reserven mehr zum Weiterleben. Wie die Mutter in Virginia Woolfs Roman, Mrs Ramsay, wenn auch in einem anderen Zusammenhang.

Falls die beiden Größeren, Ninin und Maria, je überlegt haben zu heiraten, so verzichten sie an diesem Punkt darauf, Ninin ohne Bedauern, Maria ohne Widerrede, denn sie protestiert fast nie. Ninin, die Älteste, ist fünfundzwanzig, die Jüngste, Margherita, noch nicht einmal acht, und Noto ist elf Jahre alt. Man kann sie nicht ohne eine Frau im Haus mit dem Vater allein lassen.

Mecio, der älteste Sohn, wird Ende 1918 eingezogen und muss noch einige Monate in den Krieg, aus dem er glücklicherweise unversehrt zurückkehrt. Maria findet eine Anstellung als Dienstmädchen bei einer Familie in Turin, kommt am Sonntag mit dem Zug nach Hause, bleibt nur wenige Stunden. Margherita lernt Schneiderin.

Maria heiratet Pietro und geht nach Übersee.

Dann heiratet Mecio eine Nina, die ebenfalls in der Weberei arbeitet, und zieht in ein Haus in der Nähe, kaum zwei Straßen entfernt; doch wenn einer heiratet, ist es ein bisschen so, als ginge auch er nach Amerika, überlegt Michin, weil wir hier in der Stadt sind und nicht mehr da oben am Berg, wo alle zusammenwohnten, Väter und Mütter und Kinder und Enkel, verheiratet oder nicht, aber alle unter einem Dach, ob sie sich mochten oder nicht, und häufig vergifteten die bösen Gefühle auch das Leben derer, die sich mochten. »Besser so«, denkt Michin, der die Schwägerin nicht sonderlich sympathisch ist.

Zurück bleiben die drei Schwestern mit dem kleinen Noto.

Margherita findet eine Anstellung in einem schönen Stoffgeschäft mit Maßschneiderei an der Hauptstraße des Ortes, wird in kurzer Zeit eine erfahrene Schneiderin, auch für Herrenhosen; sie schneidet zu, heftet und näht im Hinterzimmer und verdient recht gut. Jeden Morgen geht sie die alten, strengen und einladenden Arkaden entlang, wo man vor Regen und Matsch geschützt ist und die beleuchteten Schaufenster betrachten kann, die blank polierten Ladentische, die Hüte der Modistinnen und die Leisten der Schuster. Hier konzentriert sich aller Luxus, den Ciriè zu bieten hat, hier fühlt sich Margherita in der Stadt, und das Geräusch der Schritte, die ununterbrochen auf dem Pflaster unter den Arkaden widerhallen, verursacht ihr ein bisschen Herzklopfen, als könnte das Schicksal, elegant gekleidet, gerade hier auf sie zukommen oder sie zumindest streifen.

Die Kunden beäugen die kleine Schneiderin, und manche erlauben sich einen Scherz: »Nehmen Sie bei mir Maß, Signorina?«

Zuerst ist sie verwirrt und versteckt sich rasch hinter dem Vorhang, doch mit der Zeit lernt sie, lächelnd zu antworten: »Das übernimmt der Chef, *Monsù*, das ist nicht meine Aufgabe.«

Wenn aber der Chef etwas anderes zu tun hat und sie Maß nehmen muss, und wenn der Kunde indiskret wird, dann sticht ihn eine warnende Stecknadel an einer Stelle, wo keine Sonne hinkommt. »Oh, entschuldigen Sie vielmals!«, sagt Margherita. »Ich habe Ihnen hoffentlich nicht wehgetan. Aber halten Sie jetzt bitte schön still, ich möchte nicht, dass es mir noch mal passiert!«

Ein junger Mann kommt häufiger als die anderen, er lässt sich eine halbe Garderobe schneidern. Er bittet sie nicht, bei ihm Maß zu nehmen, aber während der Anproben unterhält er sich freundlich mit ihr, fragt sie aus, wo sie wohnt, was sie besonders mag, tanzt sie gern? Er heißt Ermanno Chiesa, hat ein feines, rundes Gesicht, zieht sich erlesen an, sein Kragen ist immer blütenrein, am Handgelenk goldene Manschettenknöpfe, Krawattennadel mit Perle. Er plaudert gern; ginge es nach ihm, würde er stundenlang im Hinterzimmer des Geschäfts sitzen, ihr beim Nähen zuschauen, die Hände auf den Knauf seines Spazierstocks gestützt, und dies und das erzählen. Er ist taktvoll und gut informiert, liest die Zeitung, ist in der Welt herumgekommen: Er war in der Schweiz und an der Côte d'Azur, an Orten, wo die Luft gut und das Leben süß ist. Seine Gesundheit gestattet ihm keine Strapazen, als Junge war er schmächtig. Beim Wehrdienst haben sie ihn ausgemustert.

Zwischen ihm und Margherita beginnt eine lange, träge Verlobungszeit; bequem für ihn, für Margherita weniger: Werden sie denn überhaupt nie heiraten? Margherita spart für die Mitgift, bereitet die Aussteuer vor, wie alle Bräute. Aber den Löwenanteil ihres Gehalts gibt sie den Schwestern für die Haushaltskosten.

Jeden Samstagabend passt der Vater die Mädchen auf dem Heimweg an der Straße ab, um sich das Geld vom Lohn geben zu lassen. Dann geht er ins Wirtshaus und kehrt spät, manchmal erst im Morgengrauen, betrunken zurück. In einer Winternacht 1926 bleibt er aus. Früh am Morgen kommt jemand und sagt, sie haben ihn im Graben liegend gefunden, hinter der Piazza, in der Nähe eines übel beleumundeten Hauses. Fassungslos ziehen die Töchter sich an, verknöpfen sich vor Schreck.

Es ist Februar, Karnevalszeit. Sie werden aufs Polizeirevier gerufen und gehen blass und verschämt hin, mit starr geradeaus gerichtetem Blick. Unterwegs sagt Michin kein Wort. Ninins Mund ist so schmal, dass die Lippen nur noch einem gespannten Faden gleichen. Da sie beide ledig sind, schildert der Offizier ihnen nicht die Todesumstände und entlässt sie in schroffem, aber väterlichen Ton. Später spricht er mit den Brüdern und enthüllt ihnen ein wesentliches Detail der hässlichen Geschichte: Giuseppe ist vor einem Bordell ermordet worden. Man weiß ja, dass ein

Witwer bestimmte Bedürfnisse hat, und wenn Frauen im Spiel sind, und Wein … ein Streit, eine Auseinandersetzung, hatte der Vater Feinde?

Die Söhne wissen von nichts, und falls sie jemanden verdächtigen, behalten sie es für sich. In der Familie gilt die Auffassung, dass man besser nichts mit den Behörden zu tun hat. Das Schlimmste ist ja schon passiert. Gegen den Tod ist kein Kraut gewachsen.

Bestürzt und ungläubig erfahren die Schwestern, dass Giuseppe mit einem Messer erstochen wurde. Der Augenblick der Aufrichtigkeit ist kurz. Gleich danach machen die Brüder ein Zeichen zu schweigen.

Der Leichnam wird von einigen Männern der Bruderschaft vom heiligen Schweißtuch hergerichtet, zu der auch der Selige gehörte, seinen Prozessionsgenossen zu Fronleichnam und St. Joseph. Die Uniform der Bruderschaft besteht aus einem schwarzen Umhang mit einem weißen Band um den Hals; darunter trägt man den guten Anzug, die dunkle *muda*. An dem Band baumelt im Rhythmus der Schritte die geweihte Medaille. Beim Marsch sind die Mienen undurchdringlich, ernst und düster, die Augen auf das Pflaster der Hauptstraße gesenkt, die Stimmen beten im Chor das Ave-Maria und das Vaterunser, und die Hände sind regungslos, eine ums Gelenk der anderen gelegt, und alle beide fest auf die Leiste gedrückt, wie um die Schamgegend zu bedecken. Im Halbschatten der Arkaden stehen zu beiden Seiten Menschen Spalier und beten mit, und an den mit Damast und Samt behangenen Balkonen blühen Geranien.

Doch bei Giuseppe Davito Garas Beerdigung gibt es weder Standarten noch Behänge, obwohl der Rhythmus der Schritte der gleiche ist wie bei der Prozession, ebenso wie der Geruch, der aus dem Weihrauchfass des Pfarrers kommt. Die Schwestern möchten im Erdboden versinken, weil die Leute sie auf eine bestimmte Art anstarren, mit Neugier, in die sich Schadenfreude mischt. Ninin denkt an die letzten Stunden ihres Vaters an diesem Ort, an den sie nie einen Fuß setzen wird, unter Frauen, an die sie nie das Wort richten wird: Wie viel wird sie beten und Buße tun müssen, um ihn vom Fluch seines schlimmen Todes zu befreien, der auch sie und die Schwestern befleckt? Margherita geht mit hocherhobenem Kopf, schluckt, damit man sie nicht weinen sieht, die Augen starr geradeaus gerichtet, um nicht wahrzunehmen, was sie schon weiß: die Abwesenheit Ermannos.

Bei dieser Gelegenheit denkt Michin über die Sitten und Gebräuche der Männer nach, über ihren Gang ins Bordell am Samstagabend und in die Kirche am Sonntag. Die Frauen sind doch einfacher, denkt sie, bestimmte Bedürfnisse haben sie nicht. Aber vielleicht nur deshalb, weil sie so kurz gehalten werden und man das, was man nicht tun darf, nicht einmal denken kann. Sogar schwierig, es sich vorstellen … wohin sollte eine Frau zum Sündigen denn überhaupt gehen? Sie ist ja schon selbst die Sünde! Deshalb ist alles ihre Schuld. Bestimmte Begierden hat sie nie empfunden. Falls sie ihr je in den Sinn gekommen wären, hätte es genügt, sich an die Geburten ihrer Mutter zu erinnern, an die erstickten Schreie im Stall und die blutigen Laken, die hinterher gewaschen werden mussten. Und zum Glück war es Brauch, dass die Frauen dem Neugeborenen zwei Jahre und länger die Brust gaben, so wurden sie, solange sie stillten, nicht noch einmal schwanger.

Ihr war die Liebe immer wie ein Märchen vorgekommen, wie die Geschichten in den Fortsetzungsromanen, die man zur Zerstreuung liest oder um zu träumen, die aber mit dem wahren Leben, dem ihrem, nichts zu tun haben. Im wahren Leben gibt es die Arbeit, den Haushalt und die Schwestern, die Nöte und kleinen Freuden des Alltags, man braucht sich den Kummer nicht extra zu suchen, er klopft sowieso an deine Tür, so wie jetzt.

Hübsche junge Männer haben immer ihr Misstrauen geweckt, sie betrachtet sie skeptisch, was verbergen sie hinter den glatt rasierten Wangen, dem betörenden Lächeln und dem Duft nach Kölnisch Wasser? Als Kind hat sie so viele Geschichten von Hexen gehört, die tagsüber Frauen sind und sich nachts in Ziegen oder schwarze Katzen verwandeln; dennoch scheint ihr, dass es wohl eher die Männer sind, die sich häufig verwandeln; mit Vorliebe in Bestien und Teufel.

(Aber nun sind Jahre vergangen, sie hat weder geheiratet noch Kinder gekriegt, und doch hat sie wieder mit blutigen Laken zu tun. Man kann wahrhaftig nie sicher sein im Leben. Wenn etwas dein Schicksal ist, holt es dich überall ein.)

Was in jener Karnevalsnacht wirklich passiert ist, wird man nie erfahren. Vielleicht hat der Messerstich den Vater in jenem Haus erwischt, und er hat sich dann auf die Straße geschleppt oder wurde hinausgeworfen. Aber vielleicht ist er auch draußen angegriffen und in der verwinkelten Gasse erstochen worden, in der Höhle eines Hausflurs, in dem sich die Finsternis ballt, im Eingang zu einem Innenhof, wo vielleicht nur die Kühe mit einem Muhen auf seinen Schrei geantwortet haben. Bestimmt ist Giuseppe ein paar Dutzend Meter weit getorkelt, betrunken und verletzt, auf der verzweifelten Suche nach einem Samariter, der ihm helfen würde. Doch im Dorf wohnen wenige Samariter, und die hatten an jenem Abend offenbar anderes zu tun. Giuseppe wurde am frühen Morgen im Graben gefunden, mit angetrocknetem Blut und Erbrochenem besudelt, ohne einen Heller, kalt und starr wie die Steine im Bach. Wie waren seine letzten Augenblicke? Hat er Gott um Vergebung gebeten? Ist er verblutet oder in jener Handbreit eiskaltem Wasser ertrunken, das nicht einmal gereicht hätte, um ihn zu waschen? Das wird man nie genau wissen. Falls eine Autopsie vorgenommen wurde, werden den Töchtern die Ergebnisse nicht mitgeteilt. Wer hat ihn ausgeraubt, sein Mörder oder ein zufällig vorbeikommender Leichenfledderer? Wurde er von einem aus dem Dorf umgebracht, der wie er den samstäglichen Lohn für Wein und Frauen ausgab, vielleicht einem von denen, die am Abend vor der Beerdigung an seinem Sarg den Rosenkranz gebetet und ihn mit rhythmischen Schritten zum Friedhof begleitet haben? Oder hatte er das Pech, sich mit einem gewalttätigen Schläger der Kampfgruppen anzulegen, der den alten *Parìn* ohne Zögern aus dem Weg geräumt hat? Das würde die sonderbare Tatsache erklären, dass niemand etwas gesehen oder gehört hat …

Und an den Tagen der Schande und Trauer, bevor die strenge Fastenzeit beginnt, auch noch jeden Abend Krawall und betrunkenes Grölen auf der Straße. Ninin ist, als erschiene der Teufel in Person jeden Tag unterm Fenster, um die große Trommel zu rühren.

Es folgt eine Untersuchung, aber ohne Ergebnis: In jener Nacht herrschte Hochbetrieb im Bordell, die Frauen haben nichts bemerkt, sie sind ihrer Arbeit nachgegangen, der Wein floss in Strömen, es war ein Fest, sie haben nichts damit zu tun, die Chefin steht unter dem Schutz des faschistischen Sekretärs, der Mecio und Noto mühelos davon überzeugt, dass es sich nicht lohnt, zu viel Aufhebens zu machen. Es gibt keinen Prozess. Besser so. Das wäre unerträglich gewesen. Die Schwestern hätten wegziehen müssen, in ein anderes Dorf. Hätten die zwei Zimmer verkaufen, sich, unerfahren im Verhandeln, von gierigen Interessenten übers Ohr hauen lassen und neu anfangen müssen, ohne zu wissen, wo. Gerechtigkeit ist ein frommer Wunsch, den sie sich nicht leisten können.

Noch jahrelang sagt man im Dorf halblaut oder nur mit den Augen, dass Giuseppe eines bösen Todes gestorben ist. Allerdings nie vor den Töchtern, die so tun, als wüssten sie es nicht;

Ninin so wütend in ihrem Stolz, dass sie sich fast selbst überzeugt, und Michin mit wachsender Unduldsamkeit, als spielte sie eine Rolle, an die sie immer weniger glaubt.

»Was denken die anderen Frauen denn«, bricht es der Schwester gegenüber aus ihr heraus, »dass ihre Männer nicht in dieses Haus gehen? Lauter Unschuldslämmer, lauter Heilige in diesem Dorf!«

»Pssst!«, fährt Ninin sie an. »Dass dich ja keiner hört!«

Mit der Zeit werden sie sagen, Giuseppes Tod sei ein Unglück gewesen, was unbestreitbar ist. Er sei unerwartet gestorben. Der Allmächtige habe ihn für seine Sünden bestraft (Ninin, in zornigen Momenten).

Margherita denkt einige Tage lang daran, die Verlobung mit Ermanno zu lösen. Sie schlägt es ihm vor. Sie gibt ihn frei. Er küsst ihre Hand mit den kleinen Schwielen einer Schneiderin und dem Fingerhut auf dem Zeigefinger und versichert ihr, dass er kein Feigling ist. Er wird an ihrer Seite bleiben. Darüber, warum er nicht zur Beerdigung gekommen ist, wird nicht gesprochen.

Seitdem können die Schwestern, allen voran Ninin, den Karneval nicht mehr ausstehen.

Noto wird Arbeiter bei Fiat und radelt jeden Tag zwischen Cirié und Turin hin und her, insgesamt vierzig Kilometer. Es ist eine gute Stelle, er ist zufrieden. Maria schreibt aus Amerika kurze Briefe, die ihre Einsamkeit erahnen lassen. Ermanno lässt sich die Briefmarken aus den USA für seine Sammlung geben. Eines Tages schreibt Pietro, Marias Mann: Ein kleines Mädchen ist auf die Welt gekommen, nach zwei Fehlgeburten endlich ein gesundes, kräftiges *Bebi*, doch auch diesmal ist etwas schiefgegangen, Maria ist krank geworden und kann nicht mehr aufstehen. Sie ist gelähmt, der Arzt sagt, sie wird nicht mehr wie vorher, wird nicht mehr arbeiten können. Die Schwestern machen sich Sorgen, sie schreiben ihr »kommt nach Hause, verkauft alles und kommt her, dann sind wir wenigstens zusammen«. Es vergehen fast zwei Jahre, bis Maria, die arme Maria, zurückkehrt und mit fünfunddreißig Jahren ihr neues Leben als Invalide am Ofen beginnt.

Noto *redet* mit einem Mädchen, ebenfalls einer Maria. Wie viele Marias in dieser Geschichte. In den Familienerinnerungen ist der Name so allgegenwärtig, dass er zuletzt zum gemeinsamen Nenner für alle Frauen wird, jede Frau ohne nähere Bezeichnung könnte einfach eine Maria sein, wie die Mutter Gottes und aller Menschen, das ewig Weibliche.

Eine Komplikation für das Erzählen, wenn man der Wirklichkeit treu bleiben will. Wie soll man die verschiedenen Marien unterscheiden?

Besonders diese Maria, die bei einem Floristen arbeitet, ein schönes, feines, wohlerzogenes Mädchen ist und Ninin gut gefällt. Eines Tages sieht sie sie mit geröteten Augen. Sie fragt, was los ist, und da das Mädchen sie schon fast als verständnisvolle, ältere, einflussreiche Schwägerin betrachtet, vertraut sie sich ihr an. Als Noto an dem Abend von der Arbeit heimkommt, empfängt Ninin ihn mit einem »*Ciau, papalino*«, ciao Papi, und vereint in diesem Gruß den Vorwurf, dass er sich schlecht benommen hat, die Freude über die sich ankündigende Nichte und die unumstößliche Aufforderung, schleunigst seine Pflicht zu tun. Noto und Maria heiraten.

Ermanno dagegen schwankt immer noch unentschlossen. Seine Familie, die Chiesa, besitzt ein Sägewerk und erhofft sich eine wohlhabendere Schwiegertochter; und er ist es sowieso gewöhnt, Dinge aufzuschieben, sich Zeit zu lassen, er ist jung und ein wenig zerstreut, ein wenig Philosoph, überzeugt, dass ein Mann seine Entscheidungen nicht überstürzen, sondern abwägen soll, innehalten und den Augenblick genießen. Er ist ein freundlicher, gemäßigter Hedonist – »ein parfümierter Faschist«, wird Ninin später sagen, als man über die Faschisten reden kann, weil der Faschismus gestürzt ist –, der eine Zeit lang mit der Idee spielt, eine Parteikarriere anzustreben. Aber um Karriere zu machen, muss man sich anstrengen, und er stellt sich sein Leben nicht als Fron vor, sondern eher wie die Lounge eines großen Hotels oder eine moderne Bahnhofshalle, in der man versunken umherwandert, die Proportionen und die Details bewundert, eine Zigarette raucht, ein Gläschen trinkt, dem Kommen und Gehen der Menschen zuschaut und sich eine ebenso angenehme wie unbestimmte Zukunft ausmalt.

Unterdessen besucht er fast jeden Abend seine Verlobte und deren Schwestern in ihrer Wohnung in der Via Conte Verde, bringt ein wenig Kaffee oder Zucker mit, an Festtagen süße Teilchen; er plaudert gerne mit ihnen.

»Er ist ein bisschen *giacufumna*«, lästert Michin. »Still, dass dich ja keiner hört!«, sagt Ninin empört. Ihn, der immer tadellos ist und sich für ein Muster an abgeklärter Männlichkeit hält, mit einem weibischen Mann gleichzusetzen, einem dieser Erbsenzähler, die mit der Schürze durchs Haus laufen und in den Töpfen rühren! In der Tat wird Margherita entdecken, dass Ermanno ein ewiger Sohn ist, verhätschelt und verwöhnt mit Frühstück ans Bett, und als seine Frau muss sie sich wappnen, denn sie steht allein gegen Schwiegermutter und Schwägerin auf einsamem Posten. Sie heiraten 1934, nach sechs- oder siebenjähriger Verlobung. Die junge Ehefrau zieht ins Haus der Familie Chiesa, wo sie sich fremd fühlt und sich weder mit Stecknadeln noch, aus Liebe zu ihm, mit frechen Antworten vor Übergriffen schützen kann.

Unterdessen ist Pietro in Kalifornien gestorben, und die Familie bemüht sich, das Kind nach Italien zu holen. Als es schließlich eintrifft, ist es, als hätten die zwei Älteren plötzlich eine Tochter bekommen, schon fix und fertig und nicht mehr ganz klein (und die echte Mutter sieht und hört es trotz der Umnachtung ihres Geistes und ist eifersüchtig – einmal wird sie aus Protest sogar von zu Hause fortlaufen, mit ihrem lahmen Bein im Schlepp kommt sie bis zur Piazza San Giovanni, bevor sie sie einholen und zurückbringen).

Umgeben von nüchterner und kantiger, aber überquellender, greifbarer Liebe wächst die Kleine heran. Ninin, die Grantlerin, die die gesamte Familie aufgezogen und sich auf dem Feld den Rang eines Marschalls erworben hat, wird ihr gegenüber wehrlos, wie ein Hund, der bellt, aber nicht beißt. Michin dagegen lässt ihr nichts durchgehen, macht sie ständig nieder, und doch verbündet sich Maria Grazia instinktiv vor allem mit ihr, denn rund um diese Frau mit der sonoren Stimme, die gerne singt und in einem Atemzug von der Strenge zum Scherz übergeht, vibriert die Luft immer spielerisch.

Michin nennt sie *sumia*, Affe, und *cul neir*, schwarzer Hintern. Wenn sie sie je bei einem Blick in den Spiegel ertappt, kreischt sie fröhlich: »Glaub's ja nicht, wenn dir jemand sagt, du seist hübsch! Die Leute wollen dich bloß hänseln!«

Besonders ätzend ist ihre Gewohnheit, nach einem kleinen Fehler im Haushalt (ein schlecht angenähter Knopf, eine vernachlässigte Aufgabe) den zukünftigen Ehemann der Nichte zu bedauern: »Der arme Mann, der dich mal nimmt, für den geht die Sonne auf!«

Dann fühlt sich Maria Grazia doppelt beleidigt: Ist es möglich, dass die Tante wirklich glaubt, sie werde eine schlechte Ehefrau, wegen eines Knopfes? Weil sie erneut vergessen hat, das Wasser für die Suppe aufzusetzen? Und wozu muss sie überhaupt diesen Mann beschwören, den es an ihrem Horizont noch gar nicht gibt, einen Fremden, dessen bloße Erwähnung sie erschreckt?

Im Gegensatz zur Nachsicht der Ältesten (Ninins Liebe hat

etwas vom begnadeten Alter der Elisabeth, die kein Wunder mehr erwartete) ist Michin ein ständiger Ansporn. Gemeinsam hören Tante und Nichte Radio und lernen die neuesten Schlager, gehen manchmal am Sonntagnachmittag ins Kino (»Rausgeworfenes Geld!«, knurrt Ninin bissig). Nebeneinandersitzend lutschen sie schwarze Veilchenpastillen und sehen sich Propagandafilme des Regimes an, Komödien, historische Dramen mit Clara Calamai oder Amedeo Nazzari. Sie schwärmen für die Göttlichen der Dreißigerjahre, Greta Garbo und Marlene Dietrich, und für die Filme mit den weißen Telefonen, so modern und raffiniert im Vergleich zu ihnen beiden, wie sie da in ihren billigen Wollmänteln auf den harten Stühlen im Parkett sitzen.

Doch am lustigsten ist es, wenn Michin mit ihrer schönen, harmonischen Stimme singt und die pompösen oder kindisch unbeschwerten Worte mit Grimassen und Trillern begleitet, die albernen Refrains, die das faschistische Imperium bejubeln (*Faccetta nera, aspetta e spera* – Schwarzes Gesichtchen, warte und hoffe) oder auf abgeschmackte, exotische Wünsche anspielen (*Creola, dalla bruna aureola* – Kreolin mit der braunen Aureole) und Italien von dem ablenken, was andernorts passiert oder auch hier vor aller Augen, und vom näher rückenden Krieg.

Manchmal streiten sich die zwei Ältesten ihretwegen, Ninin schreit: »Lass sie in Ruhe, sie ist doch noch ein Kind!«, und Michin schlägt zurück: »Ich rühre sie schon nicht an, deine Göttin!« Unweigerlich ergreift Maria Grazia für Michin Partei, sie hat ja recht, ihr Nachlässigkeit oder Unfähigkeit vorzuwerfen, sie hat recht! Doch sie sagt nichts, sie traut sich nicht, sondern erschrickt wie alle Kinder bei solchen Zankereien der Erwachsenen, die aber zum Glück ebenso schnell erlöschen, wie sie aufflammen.

Maria Grazia kommt allmählich in die Pubertät, fast ohne es zu merken.

1939 ziehen sie um. Sie verkaufen die zwei Zimmer in der Via

Conte Verde, und der Erlös muss unter den sechs Geschwistern aufgeteilt werden; für das, was den drei ledigen Schwestern Ninin, Michin und Maria bleibt, finden sie nichts zu kaufen. Schulden zu machen kommt nicht infrage, wie soll man sie je zurückzahlen? Also mieten sie zuerst eine Wohnung an der Hauptstraße, dem Corso Vittorio Emanuele mit seinen Arkaden, und dann nach einigen Monaten zwei Zimmer in der Via Vittorio Veneto, wo sie jetzt leben, und diese Wohnung ist zwar teuer, hat aber den doppelten Vorteil, dass sie an das Haus der Chiesa angrenzt, wo Margherita lebt, und dass ihre hellen Fenster auf das sogenannte Parkviertel hinausgehen, den einstigen Park der Villa Doria, die nun Stolz und Rathaus der Stadt ist. In Parzellen aufgeteilt, hat der Park dennoch seine Bestimmung als Grünanlage mit Bäumen bewahrt, weil dort Villen und Reihenhäuschen mit Garten gebaut wurden; ein Blick nach Osten genügt, um seine Augen an blau schimmernden Tannen, roten Ahornbäumen und glänzenden Magnolien zu weiden.

Unterdessen hat der Krieg begonnen. Das Essen wird rationiert, es gibt Lebensmittelkarten. Von einer Familie, die in einer der Villen im Park wohnt, haben sie ein altes Radio gekauft, damit kann man sogar »Radio London« hören. Ende 1942 stirbt Ermanno an Tuberkulose und lässt Margherita mit ihrem siebenjährigen Sohn Giulio als Witwe zurück. Ein paar Wochen nach der Beerdigung kommt die Karte mit dem Einberufungsbefehl. »Zu spät«, kommentiert Michin, »auch der Tod muss sich bescheiden, er kann ihn ja nicht zweimal holen.«

Seit Jahren blutet Michin stärker, als sie sollte. Frauensachen, über die man in der Öffentlichkeit nicht spricht und häufig auch nicht privat, unter Schwestern. Solange es sie nicht zu sehr beeinträchtigt, hat sie die Sache für sich behalten, ohne einen Arzt zu bemühen. Doch nun fühlt sie sich wirklich schwach, die Schmerzen zermürben sie. Der Arzt sagt, man muss operieren. Also gut.

»Bald wirst du operiert, danach geht es dir besser, wirst sehen, es ist eine Frage von Tagen«, sagt Ninin zu ihr.

Bald wird es schneien.

Im Zimmer der Kranken ist es kälter als drüben. Hier steht kein Ofen, wer hat je im Schlafzimmer einen Ofen gesehen? Als die Hausbesitzer mehr als zwanzig Jahre später eine Heizung einbauen, empört sich Ninin: »Ach, diese Trottel, so eine Verschwendung, wozu braucht man so viel Wärme, wenn man schläft? Das tut überhaupt nicht gut!«. Und wenn man nicht schläft, steht man auf, haucht auf die Finger und los, an die Arbeit, nur nichtsnutzige Menschen trödeln im Bett herum!

»Im Bett wärmt man sich mit Decken und Federkissen, mit der Wärme der Haut, mit dem Atem.« So sagt Ninin, und so ist es für sie immer gewesen. Der einzige Luxus ist die *boule*, die Wärmflasche, die nur den Kranken zusteht.

Die *boule* ist aus Kupfer, ein großes, abgeflachtes Ei mit einem Schraubverschluss, ebenfalls aus Kupfer, der mit einem Ring geöffnet und geschlossen wird, man füllt sie mit heißem Wasser, dreht am Ring, bis der Verschluss gut zu ist, und fasst sie zum Transport mit den Schürzenzipfeln an, und falls das nicht genügt, nimmt man noch ein Tuch zu Hilfe. Dieses glühende Ei legt man unter die Decken, wo es eine warme Kuhle bildet und einsinkt wie ein heißer Stein im Schnee, während der Rest des Bettes vollkommen kalt bleibt. Wenn man dann ins Bett schlüpft, schiebt man es vorsichtig mit dicken Wollsocken zum Fußende und nimmt die Wärme durch die Sohlen auf; dann bleibt man eine Weile so liegen, der Körper geteilt zwischen Frost und Feuer, der Kopf im Exil auf den arktischen Steppen der Kissen, der Atem vereist und die großen Zehen glühend, und wartet darauf, dass sich die Wärme verteilt, die Temperatur vereinheitlicht und der Schlaf kommt.

Als Maria Grazia das Zimmer betritt, zieht Michin, die auf sie gewartet und sie schon im Haus gehört hat, die im Geist gesehen hat, wie sie in die Küche ging und den Vorratsschrank öffnete, einen schweren Arm unter der Decke hervor und tastet nach dem Schalter, der zwischen Bett und Nachttisch baumelt.

Ihr Bett ist aus massivem, dunklem Holz, mit geschnitzten Blumengirlanden am Kopfende. Daneben das genau gleiche Bett, in dem *Magna* Ninin schläft, zwischen zwei Nachttischen mit grauer Marmorplatte, und oben an der Wand wacht über ihren Schlaf in einem gewellten Rahmen ein verblasster Druck, der Jesus als Kind zeigt, wie er zusammen mit dem heiligen Joseph zimmert, während die Madonna ihnen von der Haustüre aus zusieht. Der bläulich grüne Hintergrund soll wahrscheinlich ein bewaldetes Palästina darstellen, sieht aber eher aus wie das Val di Lanzo. Die Gesichter von Jesus, Joseph und Maria sind glatt und rosig, von überirdischer Güte, ein Ausdruck, den nur Heilige haben können, denn wenn hier jemand mit so einem Gesicht ins Haus käme, würde Michin zu lachen anfangen, und Ninin wäre gekränkt, weil sie glaubte, man wolle sie veralbern. Im Schlafzimmer stehen auch ein großer dreitüriger Schrank und eine Kommode. Und dann noch zwei strohgeflochtene Stühle, auf die die Schwestern abends ihre Kleider legen, damit sie am nächsten Morgen griffbereit sind.

Maria Grazia dagegen schläft auf der anderen Seite des Treppenabsatzes im Wohnzimmer auf einem Feldbett und ihre Mutter auf einem alten Sofa, das ein bisschen zu kurz für sie ist, weshalb sie sich am Abend, wenn sie es satt hat, mit angewinkelten Beinen dazuliegen, einen Schemel für die Füße heranzieht.

Schließlich finden Michins Finger den Schalter am Ende der elektrischen Leitung, und die schmale Glühbirne der Bettlampe verbreitet ein gelbliches Licht.

Maria Grazia macht einen Schritt ins Zimmer, und ganz hinten erscheint ihr Michin in dieser Beleuchtung: das bleiche Gesicht eine knochige Maske, die Augen zwei schwarze Löcher und der Mund ein bläulicher Strich. Die Hände skelettartig auf der dunklen Decke.

Unwillkürlich stößt sie vor Schreck einen Klagelaut aus.

Mit sichtlicher Mühe richtet sich Michin ein wenig auf.

»Los«, sagt sie, »komm rein und mach die Tür zu, es ist kalt«, und ihre Nichte kneift die Augen zusammen, während sie innerlich fleht, die *Magna* möge wieder so werden wie immer, ihre Michin, die sie am Hafen von Genua abholte. Diejenige, die scherzt und lauthals singt: *Che cosa importa a me, se non son bella? Tengo l'amante che fa il pittore, lui mi dipingerà-à-à come una stella!* Was juckt's mich, dass ich keine Schönheit bin? Mein Geliebter ist Maler, der malt mich wie einen Stern!, und Ninin sieht sie schief an, denn bestimmte Wörter (Geliebter!) vor dem Kind auszusprechen gehört sich nicht.

»Was ist denn mit dir los? Bist du dem bösen Wolf begegnet?«, sagt Michin mit dieser kratzigen, tonlosen Stimme. »Komm rein und mach zu, mich friert.«

Maria Grazia schließt die Tür und geht auf die Kranke zu, ohne sie anzusehen, die Augen fest auf die Schneeglöckchen gerichtet, die im Glas auf dem Nachttisch verwelken.

Maria Grazia weiß, dass *Magna* Michin krank ist, das geht ja schon eine ganze Weile so, Ninin sagt ständig zu ihr: »Sei so gut und lass sie in Ruhe, man darf sie nicht ermüden, bete ein Vaterunser, ein Ave-Maria und ein Ehre sei dem Vater für sie«, während Michin ihr heimlich zuzwinkert und sich dann von der Fabrik erzählen lässt, wer was gesagt hat, wann die Secondina heiratet, worüber die Catlinetten vorgestern gestritten haben und ob sie Maria Grazia die Suppe auf dem Ofen aufgewärmt oder sie ihr wieder kalt hingestellt haben.

Maria Grazia weiß, dass Ninin sich Sorgen macht, doch wann macht Ninin sich keine Sorgen? Michin ist krank. Krankheiten heilen. Winter gehen vorbei. Kriege enden. Maria Grazia schüttelt alles Böse ab, in Gedanken ist sie schon weit voraus, ohne es zu wissen, ist sie schon beim Frühling, beim Kriegsende, bei der Zeit, in der es wieder Weißbrot und Obst und sonntags Siedfleisch geben und in der es Michin wieder gut gehen wird.

Vorauseilend, später, das glückliche Morgen ist der einzige Ort, an dem man sein kann, dorthin strebt jeder Augenblick jeden Tages. Wenn sie fest in die Pedale tritt und mit ihrem Herzklopfen, *bum-bum-bum*, das ferne Echo der Bomben begleitet, auch dann eilt sie schon voraus, ist anderswo, sitzt schon bei Tisch und sagt: »So eine Angst heute Abend, die Engländer sind nah herangekommen, in der Gegend von San Maurizio hat es einen fürchterlichen Blitz gegeben, einen Moment lang leuchtete der ganze Himmel weiß hinter den schwarzen Ästen der Bäume.«

»Arme Kleine«, murmelt ihre Mutter, tastet automatisch in der Tasche nach dem Rosenkranz und berührt das Kreuz.

Maria Grazia hat sich allerdings nie arm gefühlt. Sogar die Angst war bis jetzt ein Reichtum, ein Überschuss, ein Mehr. Ein Ruck in den Beinen, der dich wie eine Rakete die Straße entlangsausen lässt, ein in der Brust vibrierender Rhythmus, ein Gefühl, so lebendig zu sein wie noch nie, lebendiger als alles, als die Bäume, die Straße, der Himmel. Der lebendige Mittelpunkt der Welt.

Doch jetzt, hier drinnen, zu Hause, während der Himmel schweigt und es bald Zeit zum Abendessen ist, jetzt, in diesem Moment öffnet sich ein Leck in der Festigkeit ihres jungen Fleisches, in den Schichten von Unduldsamkeit und Unglauben im Hinblick auf alles Schlimme, die sie noch ganz umhüllen wie ein Wiegenkind, und die Angst strömt herein.

Während sie das Zimmer durchquert, Schritt für Schritt auf

das Bett zugeht, schwebt Maria Grazia im unermesslichen Raum eines Wortes.

Timùr.

Timor, die Furcht, und Tumor, wie sich die beiden Wörter ähneln, schwierig, sie auseinanderzuhalten.

Michin hat einen Tumor. *Un timùr.*

Deswegen ist sie so, das ist es, ja.

Ein Tumor, sie weiß es, ist etwas, das du in dir hast, er wächst innen, von außen sieht man nichts. Doch jetzt hat Maria Grazia ihn gesehen. Wie eine Totenmaske hat er sich über Michins Gesicht gelegt und die geliebten Züge mit einem Totenkopf vertauscht.

Und während sie ans Bett tritt und sie sprechen hört und einsilbig ihre Fragen beantwortet, empfindet sie zum ersten Mal ein neues, schreckliches Gefühl für Michin, sie fühlt sich abgestoßen, will sie anklagen, sich auflehnen, weil sich unter dem gewohnten Gesicht diese entsetzlichen gelben Knochen verbergen. Das ist nicht ihre Michin, das ist eine andere, die ihr Angst macht. Die Vorahnung des Schmerzes rumort in ihren Ohren, eine Sturmflut, die bevorsteht und sie zu überrollen droht, zu gewaltig für ihre Leidensfähigkeit. Sie möchte davonlaufen, wie im Traum, wenn du wegrennen willst, aber nicht kannst, weil die Beine dir nicht gehorchen. Plötzlich fühlt sie sich klein und schutzlos, großes Selbstmitleid überkommt sie, zugleich mit einem großen Schuldgefühl, denn es ist Michin, die leidet, nicht sie. Michin will sterben.

Die Leute sterben, ihr Vater ist ohne Vorwarnung gegangen und hat sie allein bei Fremden zurückgelassen, Onkel Ermanno ist vor kaum drei Monaten gestorben. Ermanno war ihr Vormund, er war ein Mann, der lächelte – der einzige, den sie je kennengelernt hat. Wenn sie ihr Zeugnis heimbrachte, gab er ihr zwei Lire zur Belohnung, denn Maria Grazia war eine gute Schülerin. Vor einigen Jahren, vor dem Krieg, als es noch Schokolade gab, hat er ihr ein großes Osterei geschenkt, sie hatte diese Schokoladeneier im Schaufenster bei Reviglio gesehen, aber nie gedacht, sie könnte eines geschenkt bekommen, ganz für sich allein. Ermanno ist tot, er wird ihr nichts mehr schenken, Margherita trägt Schwarz. Die Leute sterben, auch wenn du sie lieb hast, sie sterben trotzdem. Sie haben kein Mitleid. Es ist, wie im Krieg zu sterben. Der Krieg ist überall, in ganz Europa, in der ganzen Welt. Aber auch Michin? Ist das nötig? Warum ausgerechnet sie?

Im eiskalten Zimmer, wo der Atem weiß aus ihrem Mund kommt, steht Maria Grazia allein im Halbdunkel. Ihr ist zum Ersticken, sie bekommt keine Luft. Was soll aus ihr werden? Michin ist böse, es ist böse, dass sie sterben will. Und was macht Ninin, einfach zuschauen? Niemand tut etwas, niemand wird sie vor dem Krieg retten, vor den Bomben, sie wird allein übrig bleiben, aber dann will sie lieber auch sterben. Michin ist nicht mehr da, Michin ist schon gegangen, sie will nicht bei ihr bleiben, sie macht sich nichts aus ihr, sie wird gehen. Vielleicht, wenn es ihr gelingt, heftig genug zu weinen, aus vollem Hals zu schreien, überlegt es sich Michin noch einmal und kommt zurück.

»Darf man erfahren, was heute Abend mit dir los ist?«, fragt Michin. »Ist die Katze gestorben?«

Es ist nur eine Redensart, sie haben keine Katze, doch wenn sie eine hätten, wäre sie bestimmt tot, bei der herrschenden Knappheit hätte ihr Ninin schon den Hals umgedreht, um sie zu braten.

Doch bei dem Bild der toten Katze öffnen sich die Schleusen des Schmerzes, als hätten sie nur darauf gewartet, und Maria Grazia bricht in verzweifeltes Schluchzen aus. Sie hört die Stimme ihrer Mutter, die wiederholt: »Arme Kleine, armes Kind«, und weint noch heftiger, immer heftiger.

Michin breitet die Arme aus und nimmt sie an ihrem in Hemden und dicke Wollschals gewickelten Busen auf, und so weint

Maria Grazia weiter, halb auf dem Bett liegend, in dieser tröstlichen lauen Wärme, in diesem vertrauten Geruch, vom Schluchzen geschüttelt, und Michins Atem riecht nach Medizin. Das Weinen folgt seinem eigenen Rhythmus, es kommt und geht in bald langen, bald kurzen und gewaltsamen Wellen. »Nun, nun, weine nur, das geht vorüber«, murmelt Michin.

Und obwohl sie schwach ist, obwohl sie lieber in ihrer ruhigen Trägheit verharren würde, fängt sie doch leise mit spöttischer Stimme zu singen an: »*Come pioveva! Così piangeva!*« So, wie es regnete! So weinte sie!

Wie oft haben sie diesen Schlager zusammen gesungen, beim Wäscheabnehmen, wenn sie mit ausgestreckten Armen die Laken falteten: *C'eravamo tanto amati, per un anno e forse più, c'eravamo poi lasciati, non ricordo come fu* … Wir haben uns so geliebt, ein Jahr und vielleicht mehr, wir haben uns dann getrennt, es ist schon lange her …

Bis die Dunkelheit aufreißt und Maria Grazia wieder gleichmäßig atmet. Sie trocknet sich die Augen und stellt fest, dass sie trotz allem noch großen Hunger hat.

Der Hunger, den meine Mutter im Krieg gelitten hat. Die Zuckerstäbchen im Glas oben auf dem Schrank. Die Aprikosen Kaliforniens und die Suppe aus Pasta und Kartoffeln mit den Getreidemotten, die zwischen den mageren Fettaugen an der Oberfläche schwimmen und mit dem Löffelrand weggeschoben werden. Und Michin, die sagt: »Nun, nun, nicht so zimperlich, was dich nicht umbringt, macht dich stark.« Obgleich in meiner Familie kein Vergangenheitskult betrieben wurde, sind diese Erinnerungen meiner Mutter von den ersten Jahren an auch zu meinen geworden. Wer hat sich als Kind nicht gewünscht, die Tränen seiner Mutter zu trocknen, ihren Hunger zu stillen? Die Mutter als Kind ist die intimste und unerreichbarste, so viele Kinder wir dann auch im Leben bekommen mögen.

Bei Traurigkeit, bei Nöten und Ängsten sucht meine Mutter später Trost im Essen, ein dick mit Schinken belegtes Brötchen ist ihre Medizin, wenn ihr Mann größeres Unheil anrichtet, und Kaffee und Croissant und eine Tafel Schokolade der Treibstoff, um morgens heil in den neuen Tag zu kommen und die Schwermut hinter sich zu lassen. Eine einfache Kur, die große Wirkung zeigen wird.

Und ich, wollte ich vielleicht für meine Mutter sorgen und ihren Kriegshunger besänftigen, als ich mir mit elf Jahren selbst das Kochen beibrachte und es bis heute genieße, für diejenigen zu kochen, die ich gern habe, und den unbezwinglichen Drang verspüre, hungrige Hunde, Katzen und Tiere aller Art zu füttern?

Entschiedene Schritte auf der Treppe, eine Tür, die sich auf der anderen Seite des Treppenabsatzes öffnet. Das ist Ninin, die spät von der Arbeit heimkommt, mit dem Zug um dreiviertel acht.

»Reiß dich zusammen«, befiehlt Michin drängend. »Die Suppe! Hast du die Suppe aufgestellt?«

Langsam schüttelt Maria Grazia den Kopf.

»Schäm dich! Das kann doch nicht wahr sein! Jeden Abend!«, sagt Michin. »Geh sofort die Kartoffeln schälen, los, aber schnell!«

Die abendliche Suppe: fünf bis sechs Abende von sieben besteht sie aus Pasta von schlechter Qualität und wurmstichigen Kartoffeln, gewürzt mit Salz und einem Stich Butter am Ende des Kochvorgangs. Ein Essen, das ihr das ganze Leben verhasst bleiben wird und nach Kriegsende nie wieder auf den Tisch kommt. Theoretisch müsste Maria Grazia daran denken, sobald sie nach Hause kommt, die Kartoffeln zu schälen und sie in Würfel zu schneiden und das Wasser aufzustellen, aber sie vergisst es fast immer, und wenn dann Ninin nach elf oder zwölf Stunden in der Fabrik zurückkommt, muss sie auch noch kochen.

Ninin bringt auch der Kranken den dampfenden Teller, der ihre Brille beschlägt.

Michin taucht aus den Decken und dem Halbschlaf auf, in den sie sich geflüchtet hat, und sofort spürt sie den Schmerz stärker. Sie stützt sich auf die Ellbogen, während die Schwester ihr das Kissen im Nacken zurechtrückt. Ninin stellt ihr ein bemaltes Holztablett auf die Beine, das sie gewöhnlich benutzen, wenn Gäste da sind, um ihnen in den Tässchen mit Goldrand vom Markt in Ciriè den Kaffee zu servieren. Jetzt dagegen steht auf dem Tablett ein Teller Suppe, daneben ein Löffel, eine gefaltete Serviette, ein Stück Brot und ein halbes Glas Wein.

Ninin zieht sich einen Stuhl ans Bett und sieht der Schwester beim Essen zu.

»Maria hat schon wieder vergessen, die Suppe aufzustellen, *la plandra*«, sagt Michin, auf den Löffel pustend.

»Lass sie, das macht doch nichts, arme Kleine«, sagt Ninin. »Du hast sie ausgeschimpft, sie kam weinend herunter.«

»Ach ja«, murrt Michin, »man darf sie nicht schimpfen, deine Göttin.«

Dieses Gespräch führen sie mehr oder weniger jeden Abend, doch heute spürt Ninin im Ton ihrer Schwester eine Anstrengung und Abwesenheit, die noch gestern nicht da waren, jedenfalls nicht so.

Mit ihren kurzsichtigen Augen schaut sie sie genau an, und das Herz wird ihr bleischwer.

»Die Luft riecht nach Schnee, nicht wahr?«, sagt Michin.

»Ja, morgen schneit es.«

»Mir«, sagt Michin, den Kopf halb zur Wand gedreht, »mir ist nicht danach zumute, morgen arbeiten zu gehen.«

»Besser so«, erwidert Ninin nach kurzem Zögern. »Bleib lieber zu Hause. Es ist kalt, der Winter ist zurückgekommen.«

»Es tut mir leid«, sagt Michin, zur Wand gedreht.

»Für das bisschen Geld, das sie dir zahlen!«, schreit Ninin plötzlich erregt und wütend. »Bleib zu Hause, das ist besser! Für das bisschen Geld!«

Nach diesem Ausbruch bleibt sie verwirrt sitzen, faltet die Hände und drückt sie fest zusammen, steht auf, setzt sich wieder, steht wieder auf, schiebt den Stuhl weg.

»Hast du große Schmerzen?«, fragt sie.

Michin schüttelt verneinend den Kopf. Sie sieht so gelassen aus, so abwesend, dass man ihr beinahe glauben möchte.

»Isst du nichts mehr?«

»Nein. Den Rest soll die Kleine aufessen.«

Und Ninin hebt das Tablett mit dem halb vollen Teller hoch und geht wieder hinunter, ohne zu weinen, denn der Abend hat eben erst begonnen, und sie muss noch bügeln und nähen.

Einige Tage später wird Michin operiert. Sie schneiden sie auf und machen gleich wieder zu, erzählt Ninin später, als spräche sie von der Tür eines baufälligen Hauses, in dem nur noch Gespenster wohnen; man meint, den Arzt zu sehen, wie er durch die blutige Bresche, die das Skalpell geöffnet hat, in die Finsternis späht und die Waffen streckt angesichts des übermächtigen, bedrohlichen Ausmaßes der Krankheit und alles hastig wieder vernäht, damit nichts herausquellen kann.

Auf einer Trage schicken sie sie wieder heim, im Hof nimmt eine große, kräftige Nonne sie auf den Arm und trägt sie hinauf bis in ihr Bett.

»Arme Ninin«, sagt sie am Abend zu ihrer Schwester, mit spröden Lippen, die sich mühsam bewegen, »ich lass dich mit einer Invaliden und einem Kind zurück.«

Am nächsten Tag stirbt sie. Ihre Beerdigung ist weiß von Schnee.

Und der Krieg geht weiter. Die Männer sind schon lange verschwunden, sind an der Front oder arbeiten für die Deutschen. Mecio ist arbeitslos geworden, weil es keine Wolle für die Deckenherstellung mehr gibt und die Fabrik ihre Tore geschlossen hat; er ist zum Arbeiten nach Deutschland gegangen, dort bezahlen sie ihn wenigstens. Doch in Deutschland zerbersten die Städte unter den Angriffen der Alliierten, und sobald er kann, kehrt Mecio nach Italien zurück, lieber arbeitslos als tot. Sein Bruder Noto arbeitet bei Fiat, einem kriegswichtigen Unternehmen, darum wird er nicht einberufen, was aber nicht bedeutet, dass der Krieg ihn in Ruhe ließe, denn die Fabrik ist ein militärisches Ziel, und die Flugzeuge, die Maria nachts vorbeidröhnen hört, sind vielleicht genau dorthin unterwegs.

Der Waffenstillstand kommt, und dann die faschistische Republik von Salò, im Gebirge sind Partisanen, die Deutschen üben Vergeltung, man flüstert von schrecklichen Dingen, die geschehen. Ninin will nichts davon wissen, was bringt das, nur dass man sich noch mehr grämt, noch mehr Angst hat. Sie kann einstweilen noch einige Tage pro Woche arbeiten, ein bisschen Lohn bringt sie nach Hause. Genug, um mit ihren drei Lebensmittelkarten einen Viertelliter Öl, ein Pfund Butter und ein paar Kilo Brot zu kaufen. Auf dem Schwarzmarkt findet man auch andere Sachen, sogar Fleisch, aber dafür braucht man Geld.

Aus Turin treffen die Evakuierten ein, eine Frau mit zwei kleinen Töchtern, auch ein Vater mit einem größeren Sohn ist dabei, doch die sieht man weniger häufig, die Männer verstecken sich noch, sie kommen nur nachts zum Schlafen. Sie bringen sie in dem abgeteilten Zimmer unter, das als Küche und Wohnraum dient, und ziehen zu dritt ins Schlafzimmer.

Eines Abends, als man Übergriffe befürchtet und sie sich alle im Keller der Familie Chiesa versteckt haben, hört man zuerst Schüsse und Geschrei, dann schwere Schritte auf der Straße, es sind viele, eine Truppe, sie gehen ins Haus, in das der Chiesas und das daneben, das ihre, man hört gewaltsam geöffnete Türen schlagen, *pam! pam!*, im Erdgeschoss, im ersten Stock, im zweiten. Beunruhigt springen die Frauen auf, sie wissen nicht, was sie tun sollen. Es ist ihre Wohnung, alles, was sie haben, ist dort. Was wollen die Besatzer machen, plündern, Brände legen?

»Ich gehe nachsehen«, sagt Margherita. »Einer muss ja gehen.«

Und bevor sie sie zurückhalten können, läuft sie hinauf, tritt hinaus, überall Soldaten, eine Kolonne von Deutschen auf dem Rückzug, über Nebenstraßen kommen sie aus Turin und marschieren Richtung Gebirge und Grenze. Ihr Weg ist mit Schießereien gepflastert, die dann zu Grabsteinen werden. Etwa hundert Meter vorher hat ein Junge allein das Feuer auf die Deutschen eröffnet, jetzt liegt er auf der Straße gleich hinter dem Bahnübergang. Sein Foto auf einem hässlichen Säulenstumpf an der Ecke wird später die Kinder neugierig machen, die heute noch nicht geboren sind (die aus den Fünfziger- und Sechzigerjahren, denn spätere Generationen werden nicht mehr auf der Straße spielen): ein junges Gesicht mit schönen vollen Lippen, die Gebirgsjägermütze keck in die Stirn geschoben, und vor den glatten Wangen ein Strauß vergilbter Plastikrosen und Plastiklilien. Wer war er, warum liegt er da und blickt uns an? Er wird zu einer dunklen Gottheit der Straße, ein in der Sonne und im Staub verblasstes Geheimnis. Es heißt, dass er nicht sofort tot war, dass er stundenlang röchelnd allein dort lag und sich keiner nähern konnte, weil die Deutschen einen Posten zurückgelassen hatten, der mit dem Gewehr im Anschlag aufpasste, dass ihm niemand zu Hilfe eilte.

Was mag Margherita zu den Soldaten auf Rückzug gesagt haben, und in welcher Sprache? Sicher, der geschlagene Feind hatte viel von seinem Übermut eingebüßt; und es waren einfache

Soldaten, die Offiziere steuerten die Villen im Parkviertel an, die mehr bürgerlichen Komfort versprachen. Jedenfalls kehrt sie nach wenigen Minuten zurück und sagt: »Ihr könnt nach Hause gehen«, und die Schwestern folgen ihr, da sie die Soldaten mit Gesten davon überzeugt hat, nur das Zimmer zu besetzen, das kürzlich den Evakuierten zugewiesen worden war (die im Keller übernachten werden), und die Bewohnerinnen in ihren Betten schlafen zu lassen, als ob das möglich wäre. Es ist eine Nacht der bangen Waffenruhe mit Deutschland, die Frauen hinter der abgeschlossenen, lächerlich klapprigen Tür, die ab und zu bebt, wenn der Deutsche, der auf dem Treppenabsatz liegt, sich lärmend im Schlaf umdreht. Sie brauchen eine Weile, bis sie das Geräusch der grob auf die Fliesen geknallten Gewehrkolben und der Soldatenstiefel auf ihrem Fußboden vergessen.

Am nächsten Morgen gehen Margherita und Maria Grazia zum Brotkaufen zu Reviglio, besser immer zu zweit sein, nie allein bleiben. Es ist winterlich kalt. In der Stadt herrscht Belagerungszustand, Italien ist befreit, aber die Besatzer sind noch da. Es ist der 1. Mai 1945. Die Leute reden wenig und nur halblaut. Nach ihrer Rückkehr bereiten die Frauen ein Omelett aus den Eiern, die die Deutschen unterwegs bei einem Bauernhof requiriert haben, und nach dem Essen ziehen sie ab, nehmen mit, was sie finden, das Auto des Commendator Cellini, Besitzer der Fabrik für Zementrohre unten im Hof, und die Fahrräder derjenigen, die es nicht geschafft haben, sie rechtzeitig zu verstecken (Maria Grazias Rad bleibt unangetastet unter einem Haufen Reisig auf dem Dachboden).

Als von den Deutschen nur noch die staubigen Spuren auf der Steintreppe und das Blut des toten Jungen unten auf der Straße zu sehen sind, geht Ninin in die Kirche und zündet der Madonna eine Kerze an, denn sie ist nicht nur Maria, die Mutter Gottes, sondern gleichzeitig auch die Schwester Michin, die Mutter Domenica und sogar der Vater, dessen schlimmer Tod im Augenblick keine Rolle spielt. Die Madonna und Gott sind für Ninin mittlerweile multiple Wesen, sie schließen alle geliebten Menschen ein, die nicht mehr da sind und die nun, in Kriegszeiten, mit vereinten Kräften liebevoll über die Lebenden wachen und sie beschützen.

Der Krieg ist vorbei, heißt es, aber der Hunger nicht. Eines Sonntags, als Maria Grazia um neun Uhr die Messe besucht hat, kommt sie nach Hause, wo Ninin schon aufgeregt auf sie wartet: »Beeil dich, wir müssen zum Lagerhaus, um Getreide zu holen, die anderen sind alle schon weg, schnell!« Die Türen des Lagerhauses der Ernährungsbehörde stehen weit offen, gewisse Leute haben sich Getreide genommen, und wie viel!

»Zentnerweise werden sie es weggeschleppt haben, und später verkaufen sie es auf dem Schwarzmarkt«, schimpft Ninin vor sich hin und beginnt im Gedränge der Leute, die kommen und gehen, eilig die mitgebrachten Taschen und Kopfkissenbezüge zu füllen.

Später wird man sich für diese böse Tat selbst anzeigen müssen, und Ninin, stets ängstlich, wenn sie ein Gesetz nicht achtet, das ihr seinerseits gar keine besondere Achtung erweist, tut es gewissenhaft – wobei sie eine geringere Menge angibt, wie alle. Die Gesetzesbrecher werden nicht bestraft und dürfen ihr Getreide zu Reviglio bringen, um Brot daraus backen zu lassen. Als Folge wird ihre Ration auf den Lebensmittelkarten gekürzt, doch das kümmert Ninin nicht, denn Margheritas Schwägerin arbeitet jetzt in dem Büro, das die Karten ausgibt, und im Durcheinander der letzten Zeiten haben schon ein paar Karten mehr den Weg zu ihnen gefunden.

Das mit dem Getreide aus dem Ernährungsamt gebackene Brot bleibt in der Erinnerung mit der kleinsten Tochter der Evakuierten verbunden, sie ist kaum zwei Jahre alt, und als sie den Duft dieser frisch gebackenen Brötchen riecht, kommt sie die

Treppe herauf, setzt sich auf die Stufe, lutscht mit hoffnungsvoller Miene am Daumen und verkündet mit ihren noch experimentellen Konsonanten, sie habe »*same di pane manco*«. Für sie, die nur den Kriegszustand kennt, ist dieses Vollkornbrot, das nach Getreide duftet und nicht schwarz und übelriechend ist wie das der Lebensmittelkarten, echtes, gutes Brot und daher *manco*, das heißt *bianco*, Weißbrot. Danach hat sie Hunger: Es ist ihr erster Bissen Frieden.

Maria Grazia, das Kind, hat der Krieg nur gestreift, sie hat seinen kalten Atem gespürt, aber nicht seine eisige Berührung auf der Haut. Wie ihre Mutter und die Tanten erfleht und gehofft haben, umgab sie ein Schutzwall, eine schützende Verschwörung. 1945 ist Maria Grazia achtzehn Jahre alt, ein Mädchen mit klaren, ernsten, verschwiegenen Augen; sie hat ein regelmäßiges Gesicht mit einem Anflug von Schatten auf den abgemagerten Wangen und einem angedeuteten Grübchen am Kinn, die Haare sind je nach Foto eine lockige Wolke oder eine Kaskade, die auf die Schultern schäumt. Sie ähnelt, in einer frühreiferen, eckigeren Version, bestimmten präraffaelitischen Frauen mit vollen Lippen und versunkenem Blick, sinnliche und zugleich keusche Bilder, streng und weich, Symbol aller unerschlossenen Geheimnisse des Weiblichen.

Natürlich ist sie sich ihrer selbst nicht bewusst, misstraut ihrem Äußeren (Michin: »Glaub's ja nicht, wenn dir jemand sagt, dass du hübsch bist! Die Leute wollen dich bloß hänseln!«), und wenn sie je ein wenig Eitelkeit verspürte, würde sie es nie zugeben und sich dafür schämen. Was ist Schönheit überhaupt? »*Dui dì d'mur bel*«, nach Ninins lapidarer Definition: zwei Fingerbreit schöne Schnauze. Schönheit kann man nicht essen, sie dauert nicht, sie täuscht. Sie ist etwas Animalisches, eine aus Fleisch gemachte Maske, die die Jugend anlockt und summen lässt wie die bunten Blumen die Bienen.

Der Krieg hat Maria Grazia nicht erlaubt, die schüchterne Lehrzeit der Gefühle zu absolvieren, die zu ihrer Zeit den ehrbaren Mädchen zugestanden wurde: Spaziergänge, sonntägliche Ausflüge, Bälle, Dorfkirmes. All dies war aufgehoben, auf eine unsichere Zukunft verschoben, und wenn es auch einige Ausflüge, einige Feste gab, so fehlte doch das Rohmaterial, es fehlten die jungen Männer, die eingezogen oder verschollen oder im Widerstand, aber jedenfalls abwesend waren.

»Ich war dumm«, sagte sie viele Jahre später, »ich wusste nichts, ich war wirklich *fola*.«

»*Fola*«, was für ein schönes Wort, es schmeckt nach Einfachheit des Geistes, nach Fabel, aber auch nach *follia*, nach Verrücktheit.

Während in Italien das Kriegsende gefeiert wird, kehren allmählich die jungen Männer zurück, die so lange von zu Hause fort waren. Viele werden lange für die Reise brauchen, es wird Monate dauern, bevor sie Mütter, Schwestern und Verlobte, die auf sie warten, wiedersehen können. Maria Grazia wartet auf niemanden, in ihrer männerlosen Familie gibt es keine Soldaten, denen man Briefe schreiben und um die man bangen könnte; das bedeutet nur, dass sie noch nicht weiß, auf wen sie wartet. Wer von den Zurückkehrenden mag ihr bestimmt sein?

Und sie sind anders als vor dem Krieg, diese jungen Männer. Ihre Mutter hat einen dicken alten Mann mit Schnauzbart geheiratet, vor dem sie sich befangen fühlte und Angst hatte; diese Art von Mann gibt es jetzt nicht mehr. Es gibt magere, nervöse, glatt rasierte junge Männer, die filterlose Zigaretten rauchen und die Tänze der Amerikaner tanzen; sie wollen sich amüsieren, die verlorene Zeit aufholen, offen sehen sie die Frauen an; doch auch die Frauen sind anders, tragen kurze, ausgestellte Röcke, lachen laut, rauchen ebenfalls. Und sind wahlberechtigt.

Maria Grazia wird am 2. Juni 1946 nicht zur Wahl gehen,

weil sie noch nicht einundzwanzig ist. Ninin wird hingehen und für die Monarchie stimmen, denn den König und die Königin hat es immer gegeben, wie Gott und die Madonna, wie Vater und Mutter, nur Atheisten und Kommunisten können sich eine verkehrte Welt ohne Gott und König vorstellen. Als die Republik gewinnt, beruhigt sich Ninin nach kurzer Empörung und Besorgnis und bemerkt kaum einen Unterschied, auch wenn in ihrem Wortschatz das Wort »Republik« immer für Chaos stehen wird, den ungehörigen, lauten Wunsch, nach seiner Fasson selig zu werden, anstatt an seinem Platz zu bleiben.

Maria Grazia, die sich nicht traut, in den Spiegel zu schauen vor Angst, der eigenen Schönheit auf den Leim zu gehen, ist bereit, sich in den Spiegel der »schönen Schnauze« der anderen zu vergucken. In jenem Sommer 1945, dem ersten Sommer ohne Krieg, ist die schöne Schnauze ihres zukünftigen Verlobten gerade zwischen Deutschland und Italien unterwegs, und sie weiß es noch nicht, aber sie wartet auf ihn.

Bald kehrt der Mann zurück, für den sie, nach Michins prophetischen Worten, wie der Sonnenaufgang sein wird. Sie hatte recht, ohne jede Ironie. Meine Mutter wird für meinen Vater ein Glücksfall und ein Beweis seiner Geschicklichkeit sein, der schönste Würfel- oder Bocciawurf in seinem Leben als Spieler.

Wolkenhimmel

❖

SO RUFT IHN SEIN LEHRER in der Grundschule. Was ihm diesen Spitznamen einträgt, ist der bewölkte Blick seiner haselnussbraunen Augen, die eine ständige Ungeduld verraten und vor Groll und finsterer Empörung blitzen, wenn der Lehrer ihm die Demütigungen antut, die schlechten Schülern vorbehalten sind.

Da sind sie, die zwei Gegner, sie messen sich, er im schwarzen Kittel mit steifem Kragen und blauer Schleife in der Bank, der Lehrer mit gespreizten Beinen vor der Tafel aufgepflanzt. In der Rechten hält er den Stock, mit dem er beredt auf die Handfläche der Linken schlägt, *zack, zack*, ein Vorgeschmack auf barsche Hiebe auf die Finger und die Ohren, ein Klang, der die ganze Klasse schaudern lässt.

Der Lehrer mustert ihn von oben herab, er bändigt ihn, wie man ein wildes Tierchen mit einfachen Reflexen bändigt. Und in der Tat spricht aus den Augen von Wolkenhimmel die Herausforderung eines furchtsamen, fluchtbereiten Tieres, das sich jedoch vorher groß aufplustert, um dem anderen Angst zu machen. Der Lehrer, ein angriffsbereiter Stier, senkt den Kopf mit der hohen, kahlen Stirn, und plötzlich verwandelt sich der Junge, setzt ein ergebenes, verständnisinniges Lächeln auf, ein Lächeln frei von Schuld oder Ursünde, heidnisch und strahlend. Von einem plötzlichen Wind leer gefegt, hellen sich die Wolkenhimmel auf, leuchten schelmisch und blau. Angesichts dieses engelhaften kleinen Fauns ist der Lehrer wie gelähmt, errötet vor Freude, die so unbeabsichtigt ist wie die Liebe.

Soll er sie dem kleinen Strolch nun geben oder nicht, die Hiebe? Soll er ihn schlagen oder ihm verzeihen? Der Einladung jener Augen folgen, die ihn anschauen, als wollten sie ihn in eine schwebende, schwerelose Welt entführen, wie zwischen die Wolken auf dem Deckengemälde in einer Kirche?

Und dann noch einmal eine Verwandlung: Geschwind wie im Traum blitzt in dem goldenen Blick ein Zerrspiegel auf, und der Lehrer erkennt sich darin, klein, komisch und entstellt.

Zack!, saust der Stock herunter.

»Er ist intelligent, aber er gibt sich keine Mühe«, sagt der Lehrer zur Mutter, wie Millionen andere Lehrer über Millionen andere Schüler. Und er ist unzufrieden mit der Armseligkeit seines Wortschatzes, der Banalität seiner Bemerkung.

Meine Großmutter, eine schmächtige, schwarz gekleidete Frau, schenkt ihm ein schüchternes Lächeln, dem ihres Sohnes so ähnlich, obgleich anders. Demütig und schnell wie eine Eidechse sieht sie ihn von unten herauf an, erfasst mit einem Blick die rote Nase, die Ringe unter den Augen, das schwarze, nicht gerade frisch gewaschene Hemd. Wir sind mitten im Faschismus, der Lehrer ist Junggeselle und gleicht diesen Mangel durch ein Übermaß an politischem Eifer aus, den er vor allem abends im Wirtshaus vor einer Flasche Wein zum Ausdruck bringt.

»Ihr Sohn wäre ein begabter Junge«, setzt er noch hinzu. »Er ist flink, anpassungsfähig, hat aber keine Ausdauer, strengt sich nicht an. Er ist ein Taugenichts, ein Lügner! Ein verschlagener, dreister Lümmel!«

Er möchte noch mehr sagen, sich besser ausdrücken, doch ihm fehlen die Worte.

Und sie schweigt respektvoll mit ihrem entschuldigenden Lächeln. Wie ein Schwamm saugt sie die ganze Schuld, den ganzen

Tadel auf. Sie betrachtet seine Schuhe, sie müssten mal geputzt werden.

»Hier braucht es eine Führung, eine feste Hand!«, erhitzt sich der Lehrer. Wie alle im Dorf weiß er genau, dass im Haus des Jungen kein Vater da ist, weil der in Frankreich arbeitet, und dass der Rest der Familie aus Frauen besteht, darum kann er furchtlos auftrumpfen.

»Er könnte es durchaus zu etwas bringen, das Zeug dazu hätte er ...« Der Lehrer macht eine Pause, ja, wozu könnte er es denn überhaupt bringen, dieser Bauernsohn? Wäre die Frau, die er vor sich hat, eine parfümierte Dame mit gepflegten Händen, würde er ihr zu Privatstunden raten, zu einem Nachhilfelehrer, der diese liederliche Empfindsamkeit gerade biegt und bremst, indem er sie für das Lernen nutzt, aber die hier ist eine einfache Frau mit schwarzer Erde unter den Fingernägeln, die kein Geld für Nachhilfestunden hat, deshalb bleibt ihm nichts, als zu sagen: »Ein tüchtiger Bauer oder ein geschickter Handwerker könnte er werden, aber ohne Führung, ohne eine starke Hand werdet ihr euch mit einem Tagedieb abfinden müssen, wenn es nicht noch schlimmer kommt!«

Sie schweigt und lächelt.

»Ihr Frauen verwöhnt ihn! Gebt ihn in die Obhut eures Schwagers, der würde es schaffen, ihm ein Handwerk beizubringen. Der Junge braucht ein männliches Vorbild!«

Ermutigend wartet meine Großmutter auf den Rest, als wollte sie sagen: »Sprich weiter, ich höre!« Der Lehrer schnauft, ihm ist, als hätte er eine Schwachsinnige vor sich. Sie wiederum kann den Blick nicht von dem Tick des Lehrers abwenden, sich mit der Faust auf die andere, flach ausgestreckte Hand zu schlagen, in seinem Redeeifer wird die Geste immer hektischer.

Die Augen meiner Großmutter sind mild und weit geöffnet, bereit, jedes Unglück zu sehen, alles und allen zu verzeihen, doch mit der Genauigkeit eines Radars erkennen sie auch die geringsten Anzeichen für jenen kleinsten gemeinsamen Nenner der Menschen: das Lächerliche. Ihr grauer Blick verunsichert den Lehrer, er argwöhnt, dass diese Frau von einer gewissen unangenehmen Episode weiß, in der der Alte dem Jungen auf den Leim gegangen ist: Da er ihn mehrmals beauftragt hat, unauffällig vom Weinhändler eine Flasche mitzubringen, ist dem Jungen der Kamm geschwollen. Deswegen war er so willig bei der Sache, so diensteifrig!

Der Lehrer fängt sich wieder, nimmt Haltung an. Mit dem Taschentuch trocknet er sich die Stirn, faltete es in aller Ruhe wieder zusammen.

»Folgen Sie meinem Rat, gute Frau, straffen Sie die Zügel! Für dieses Jahr«, schließt er und zündet sich eine Zigarette an, »wird er jedenfalls versetzt werden, er schafft es mit Ach und Krach, wie immer. Was will man mehr? Jeder tut, was er kann, es gibt natürliche Grenzen«, sagt er zu sich selbst, damit sie es hört, während sie schon, erleichtert und dankbar, schräg wie ein Krebs in aller Eile auf die Tür zusteuert.

Viel weiß ich nicht über die Familie meines Vaters, doch eines steht fest: Der weibliche Teil ist der Schwerpunkt, um den sich der Alltag dreht. Auch hier sind es, wie in der Familie meiner Mutter, mehrere Schwestern, die die Einheit der Familie zusammenhalten, in geografischer wie existenzieller Hinsicht die Geschicke leiten.

Er heißt Angelo, doch für die Spielgefährten wird er als Kind und auch als Erwachsener immer Gilin sein, während er für die Frauen seines Lebens Angelo bleibt, selbst als die Freude, dieses Wort auszusprechen, »Àangelo«, sich im Mund seiner Frau in den erstickten Schrei einer ungehaltenen Xanthippe verwandelt hat: »Angelòo!«

Seine Familie stammt aus den Vaude, einer Gegend mit flachen, lang gestreckten grünen Hügeln am Eingang des Canavese, und zieht irgendwann in die Ebene Richtung Turin, nach Ciriè, das von den Vaude nur wenige Kilometer entfernt ist. Angelos Mutter heißt Maria – in jeder Familie gibt es pro Generation mindestens eine Maria – und ist die dritte von fünf Schwestern, die nie weit auseinander leben, sondern im Gegenteil immer näher zusammenrücken. In meinen ersten Lebensjahren wohnen sie alle an der Provinzstraße, die von Ciriè westwärts zu dem Fluss Stura führt, ihn überquert und dann in die Straße einmündet, die an dem ehemals königlichen Gutshof La Mandria entlang verläuft, von wo man nach Venaria kommt und dann nach Turin. Sie wohnen kurz vor der Gemeindegrenze von Ciriè, fast noch auf dem Land, die Häuser sind an der Provinzstraße aufgereiht, mit einem Hof aus gestampfter Erde oder Kies davor, einem Gemüsegarten oder einem Stück Rasen dazwischen und einer offenen Seite zu den bestellten oder grasbewachsenen Feldern hin. Auf einer Strecke von zwei- bis dreihundert Metern wohnen dicht an dicht die Schwestern Mattioda mit Kindern, Ehemännern und Enkeln. Es gibt in der Familie auch einen Bruder, Pietro, der sich ebenfalls nicht weit weg niedergelassen hat und der, vielleicht um sich den matriarchalischen Sitten und Gebräuchen seiner Sippe anzupassen, drei Töchter haben wird.

Meine Großmutter Maria, die mittlere Schwester, ist die einzig Dünne. Die anderen vier sind rund, dick, sogar massig, und tragen ihr Fett mit Anmut, sind stolz darauf, auch wenn es im Alter zu einer drückenden Last wird, die sie an die Erde bindet. »Von einer Frau sagt man, dass sie schön fett ist«, sagen sie gutmütig, »und nie schön mager.« Maria dagegen ist schmächtig, flink, ziemlich dünn, die arme Schwester unter den reichen, sie ist Bäuerin, zieht sich schlampig an, erledigt niedrige Arbeiten.

Doch zu der Zeit, als mein Vater aufwuchs, vor dem Zweiten

Weltkrieg, wohnten sowohl Maria und ihre zwei Söhne Giovanni und Angelo als auch die beiden angesehensten der Schwestern, Apollonia und Giulia, noch in der Stadt. Diese zwei haben eine Ausbildung, einen Beruf und sind sozial aufgestiegen: Apollonia ist Hebamme, und Giulia, die ein Diplom als Grundschullehrerin besitzt, aber nie unterrichtet hat, arbeitet als Angestellte bei der Landwirtschaftsgenossenschaft. Sie leben in einem Reihenhaus am südlichen Ende der Allee, die ursprünglich für die Kutschen der im 17. Jahrhundert erbauten Villa Doria diente und heute den alten Stadtkern mit dem Bahnhof verbindet. Ihre Fenster im zweiten Stock gehen auf die letzten Platanen hinaus, dorthin, wo der Brunnen mit der Liktorenstele dem roten Bahnhofsgebäude gegenübersteht. Am Sonntag kann man aus diesen Fenstern die ganze Stadt beim Spaziergang sehen, ohne das Haus zu verlassen. Im Winter dagegen, wenn die Bäume kahl werden und der Himmel klar ist, erscheinen zwischen den Ästen die weiß-blauen Berge über den Umfassungsmauern der herrschaftlichen Villen, die die Allee säumen. Meine Großmutter lebt im selben Haus, aber im Erdgeschoss, in zwei Zimmern, und von dort blickt man nur auf den Hof.

Apollonia und Giulia haben immer zusammengewohnt, erst als Mädchen, und dann erneut, seit Giulia nach kurzer Ehe verwitwet ist. Die jüngere Schwester, allein und in Trauer, ist zur Ältesten und deren Mann Giovanni gezogen. Er ist der Schwager, von dem der Lehrer meint, er solle dem jungen, nicht sehr vielversprechenden Wolkenhimmel das Rückgrat stärken. Doch Giovanni ist ein mürrischer, wortkarger Mann, der keine Sympathien für Maria und noch viel weniger für ihre zwei Söhne hegt. Obwohl er am Institut für junge Handwerker, das nur männliche Schüler besuchen, an der Drehbank unterrichtet, ist Giovanni mehr ein Typ für Frauen, wenn sie nur ruhige Gewohnheitsmenschen sind; in taktvoller, stiller Eintracht lebt er mit seiner Frau und seiner Schwägern Giulia, die beide schwer und solide sind wie die Möbel im Wohnzimmer, während Maria etwas Unordentliches und Wildes an sich hat, das bei ihm Feindseligkeit weckt. Giovanni und Maria, verschwägert und auch Nachbarn, sind verfeindet, ohne es sich je zu sagen, doch alle wissen das, es ist eine dieser unausgesprochenen Wahrheiten, auf denen die Familienbande beruhen, die nicht weniger häufig aus Feindschaft wie aus Liebe bestehen; er sieht sie unter seinen grau melierten, buschigen Augenbrauen finster an, sie macht sich davon und lächelt hinter seinem Rücken.

Von fünf Schwestern sind vier (die fetten) Schmerzensmütter. Delfina, die älteste, früh verwitwete, hat nur einen taubstummen Sohn. Von den drei Töchtern Margheritas, die Ghitin genannt wird, ist eine schwer behindert und wird in jugendlichem Alter sterben. Apollonia und Giulia haben keine Kinder, worunter sie leiden.

Apollonia, genannt Polonia, die zweitgeborene, ist die rundlichste von allen, und in ihrem Körper ohne Kanten wohnt die herausragendste Persönlichkeit der Familie. Zu der Zeit, als sie frisch verheiratet und noch keine Autorität im Ort war, arbeitete sie in der Fabrik, wo sie vor Schreck ein Kind verloren hat – so lautet jedenfalls die Familienlegende. In der Spinnerei gibt es Riemen, die den Maschinen »Wasser geben«, das heißt, die Energieversorgung läuft über das Wasser der Mühle. Diese handbreiten Riemen laufen an der Decke der Halle entlang, kommen an jeder Maschine ungeschützt von oben herunter und sind ständig in schwindelerregender Bewegung. Eines Tages verfangen sich die Haare einer Arbeiterin in dem Riemen, und die Frau wird schreiend über ihre Maschine hochgehoben. Was aus dieser Arbeiterin wurde, vermerkt die Familienchronik nicht, sie schildert nur die Folgen dieses Unfalls für Polonia, die daneben steht und fühlt, dass ihr die Sinne schwinden; mit Blutungen wird sie ins Krankenhaus eingeliefert, aber es ist nichts zu machen, das Kind ist verloren.

Dann teilen sie ihr mit, bei ihrer Konstitution Kinder zu bekommen sei schwierig bis unmöglich, eine zweite Schwangerschaft könne sie das Leben kosten; und da sie sich unwiderstehlich von der Mutterschaft angezogen fühlt, beginnt sie, sich für andere Gebärende zu interessieren und den Hebammen zu helfen. Irgendjemand, vielleicht ein Arzt, ermuntert sie: »Warum werden Sie nicht Hebamme? Sie eignen sich gut! Es wird Ihre Art sein, viele Kinder auf die Welt zu bringen!« Und so findet Polonia ihre Berufung und ihre Karriere, sie studiert, macht das Diplom und holt die Kinder der anderen Frauen, da sie selbst keine kriegen kann. Sie holt sie und übergibt sie, vielleicht macht sie sie sogar selbst mit ihren rosigen Händen und den geheimnisvollen Instrumenten, die sie in ihrer großen schwarzen Tasche verwahrt. Sie ist eine kleine, runde Fruchtbarkeitsgöttin, die mit festem und schonendem Griff das entstehende Leben aus dem schwarzen Bauch der Erde herauszieht und es heil und gesund in die Welt der Lebenden bringt. Wenn die aufgeregten, blassen Ehemänner, deren Frauen kurz vor der Geburt stehen, sie rufen, begegnen sie ihr mit Ehrfurcht und Respekt, umschmeicheln sie mit Geschenken, denn sie wissen, alles – der richtige Rhythmus des Herzens, die vollkommene Form der winzigen Finger, sogar der Haarschopf, den das Baby auf dem Köpfchen haben wird oder auch nicht –, alles hängt von ihr ab, von ihrem Wohlwollen und ihrem Wissen.

Und Polonia übt ihren Beruf glücklich und stolz aus. Zu jeder Zeit kann man sie mit dem Fahrrad über Land strampeln sehen, ein runder schwarzer Punkt auf zwei schmalen Rädern. Auf Schotterstraßen hastet sie an den Gräben entlang, beseelt von ihrer Mission. Wer kann, holt sie mit dem Auto ab, manche, bei denen es mehr pressiert, die mehr Angst oder mehr Geld haben, sogar mit dem Taxi. Sanft lächelnd beugt sie sich mit ihren kleinen, strahlenden Augen über die Gebärende, und die Kinder sehen sie vom Bauch aus und fühlen sich angezogen, sie kommen ohne Mucken heraus, sie umfasst sie geschickt, kleine runzelige Pobacken schmiegen sich fest in ihre Handfläche. Wie viele Nabelschnüre hat sie schon durchschnitten? Bei wie vielen Leuten, die mittlerweile erwachsen durchs Dorf gehen, erinnert sie sich noch an die gerötete Haut und das Grübchen im Kopf, über dem weichen Nacken?

Bei den faschistischen Aufmärschen steht Polonia immer auf der Piazza neben dem Bürgermeister, dem Arzt und dem Apotheker. Während die Männer über Ruhm und Imperium sprechen, betrachtet sie die faschistische Jugend, die Balilla und die Kleinen Italienerinnen, und kennt sie alle, die leichten Geburten und die, die sie nach stundenlangen Wehen an den Füßen packen musste, die Stillkinder und die, die am Fläschchen nuckelten, die, die mit Keksen und die, die mit Brot und Ohrfeigen aufgezogen wurden. Mit jedem Kind im Dorf verbindet sie ein ganz eigenes Wissen und ein Gefühl von Stolz, Freude und Schmerz, das niemand sonst kennen oder teilen kann, doch alle begreifen es irgendwie und ehren sie dafür.

Giulia ist die jüngste Schwester und der Liebling der Familie, die gebildetste, Leserin von Frauenzeitschriften und Expertin für Benimmfragen. Sie kam zu einer Zeit ins heiratsfähige Alter, als junge Männer knapp waren, gleich nach dem Ersten Weltkrieg, und begnügte sich mit einem ausgemusterten, schwindsüchtigen Jüngling, der ihr keine Kinder schenkte und nach kaum drei Jahren Ehe starb.

Belastet es sie, Witwe zu sein? Bestimmt hatte sie von einem eigenen Haus geträumt, von Kindern, die sie erziehen und kleiden würde, von einem Fensterbrett ganz für sie allein, von dem aus sie ihre frisch gestärkten Sonntagsblusen zur Schau stellen würde. Doch vielleicht war das eheliche Zwischenspiel zu kurz, um sich wirklich daran zu gewöhnen, sodass ihr das Zusammenleben mit den Schwestern wie eine Rückkehr zu einer bekannteren und natürlicheren Lebensform vorkam. Giulia war nicht so sehr Witwe als vielmehr eine ewige Signorina, ein verspieltes und verwöhntes Mädchen, die sich mit der Pinzette die Augenbrauen zupft und lange, rosafarbene Seidenunterhosen und Mieder mit tausend Schleifchen unter der züchtigen dunklen Kleidung trägt, die *comme il faut* den Kaffee zu servieren und Respektspersonen mit einem anmutigen Neigen des Kopfes zu grüßen versteht. Sie schwärmt für hochwertige Wäsche, für Spitzen und Bänder; und auch für Romane, Liala, Delly, D'Annunzio, Pitigrilli, Contessa Lara, die sie bis spät abends liest, die Haare endlich befreit von Kämmchen und Haarnadeln, die über den Kopfkissenbezug verstreut sind, auf den sie vor ihrer kurzen Ehe ihr Brautmonogramm gestickt hat.

Jeden Tag fährt sie morgens und nachmittags mit dem Fahrrad in die Agrargenossenschaft, wo sie sich an ihren perfekt aufgeräumten Schreibtisch setzt, die Feder in das Tintenfass aus geschliffenem Glas taucht und mit ihrer gleichmäßigen Schönschrift große Registerseiten füllt. Die Männer wenden sich voll Achtung an sie, und sie zählt Beträge zusammen, schreibt Quittungen aus und blickt sie wohlwollend und ein wenig kokett lächelnd über ihrem Doppelkinn an. Dann schwingt sie sich wieder in den Sattel und radelt nach Hause, wo das Mittag- oder Abendessen, das Radio, ein paar heikle Flickarbeiten und die Lektüre von *Vita femminile* auf sie warten, eine Zeitschrift für Frauen und Signorine mit hochherzigen Gefühlen und raschelnden Kleidern. Das Putzen im Haus erledigt Maria, die Bäuerin, für ein kleines Gehalt.

Im engen, dunklen Hausflur verbringen die Fahrräder der

zwei Schwestern aneinandergelehnt die Nacht und ruhen sich von den Mühen des Tages aus. Die schwarzledernen Sättel, von den runden Hintern der Besitzerinnen poliert, sind weich wie eine Handfläche. Die Gepäckträger sind geräumig und solide wie Quersäcke eines Arbeitspferds. Wenn auf der Treppe jahrzehntelang Schritte die Mitte der Steinstufen abgetreten haben, so hat oben in der Wohnung der Schlaf weiche Kuhlen in die Betten der Schwestern gegraben. Ihre Wohnung ist ein Frauenhaushalt, in dem der Ehemann und Schwager Giovanni lebt wie ein Pensionär oder Kostgänger, der Rhythmus vorgegeben von den Mahlzeiten, den gehaltvollen, schmackhaften Gerichten von Polonia und den nachmittäglichen Imbissen von Giulia, die naschhaft ist wie ein Kind. Sie führen ein gemächliches, arbeitsames, beruhigendes, von kleinen Genüssen durchsetztes Leben. Wenn die Kinderlosigkeit nicht wäre, hätten sie alles.

Zum Ausgleich haben sie jedoch den Neffen.

In der Familie hat nur Maria wundersamerweise zwei gesunde, schöne Söhne geboren, Giovanni und Angelo, und der zweite ist der hübschere von beiden. Polonia und Giulia finden in Angelo das legitime Objekt für ihre unbefriedigte Mutterliebe. Er wächst mehr als Neffe der Schwestern Mattioda denn als Sohn seiner Eltern auf. Maria, seine Mutter, akzeptiert es und macht sich klein, als wüsste sie, dass ihre Schwestern ihm Wertvolleres zu bieten haben als das, was sie ihm bieten könnte, und vielleicht ahnt sie, dass der Sohn die Unterstützung der Tanten einmal brauchen wird.

Marias Mann Lorenzo arbeitet in Frankreich, und sie lebt allein mit den zwei Jungen von den Überweisungen, die er schickt, und von dem bisschen Geld, das die wenigen Äcker abwerfen, die sie besitzt. Maria ist die geborene Bäuerin, sie ist die einzige der fünf Schwestern, die die Tradition der Alten aufrechterhält, die barfuß zwischen den Furchen geht, deren Hände wie dafür gemacht sind, Erde, Gras und Bäume zu berühren; ihr Gesicht weist als einziges diese Falten auf, die nur die Bauern haben, da sie ihr Leben an der Luft und an der Sonne verbringen. Ruhelos läuft Maria vom Gemüsegarten ins Dorf, kommt zerzaust und mit Tomaten und Salat beladen an und geht gleich wieder los, um für Polonia und Giulia Aufträge und Einkäufe zu erledigen. Sie macht für die Schwestern die Hausarbeit, putzt ihre Fußböden und schlägt ihre Wäsche zusammen mit der eigenen auf den Stein am Bach, wo sich die Wäscherinnen treffen. Angesichts der Ergebenheit, mit der sie diese niedrigen Arbeiten übernimmt, behandeln sie sie ein bisschen wie ihre Dienstbotin und sparen nicht mit offener oder verhüllter Kritik an ihrer Unordnung oder daran, dass sie es immer so eilig hat wie der Wind. Obgleich Schwestern, gehören sie verschiedenen sozialen Schichten an, sowohl in Einkommen, Gewohnheiten und Hoffnungen als auch in der Weltanschauung. Maria ist Bäuerin geblieben, doch ihre Schwestern Polonia und Giulia sind längst Teil des Kleinbürgertums, dessen Bequemlichkeiten, Geschmack und Manieren sie übernommen haben.

Diese Maria hat etwas mit meiner anderen Großmutter Maria, *povra dona*, gemein, die ins Haus verbannt ist und ihre linke Hälfte nachzieht. Beide verkörpern die schwache Seite der Familie, verletzliche, fast stumme Kreaturen und dennoch wie eingemauert in ihre ganz persönliche Kraft; selbst wenn sie sprechen, sagen sie wenig oder nichts über sich und betrachten die Welt mit undurchdringlichen, weit aufgerissenen Augen. Aber im Unterschied zu der Behinderten kann sich diese Maria frei bewegen, verfügt über die Kraft eines kleinen, unruhigen Körpers und hat die Erde als Verbündete. Der Gemüsegarten ist ihr Reich, die Bäume sind ihre Freunde, zwischen Gras und Zichorie findet sie Frieden.

Ihre Blumensträuße haben sich mir für immer eingeprägt, sind eines der Geheimnisse meiner Kindheit. Meine Großmutter pflückt sie nicht wie andere Leute Blume für Blume und sortiert dabei Unkraut und welke Blüten aus. Meine Großmutter reißt Hände voll Grün ab, Margeriten, Klee, Brennnesseln, dürre Blätter, alles zusammen, und steckt den ganzen wilden Bund, so wie er ist, in eine rostige Konservendose, die in einer Küchenecke landet. Kein Bukett, sondern ein Stück Wiese.

»Wie unordentlich sie ist«, bemerken die Schwestern, Leserinnen von Rosen- und Hyazinthenkatalogen, kopfschüttelnd, »sie wählt nicht aus, sie unterscheidet nicht.«

Fast als wolle sie das Gleichgewicht der Natur nicht einmal zu Hause stören, indem sie trennt, was die Erde zusammengefügt hat. Mit der Zeit werden diese Sträuße für mich zum Wahrzeichen ihrer minimalen, schweigenden Rebellion: Mit zäher Ausdauer bleibt sie sich selbst treu und anders, als die Welt es will und billigt.

Wenn sie nicht auf dem Feld arbeitet und keine Wäsche wäscht, läuft die Bäuerin Maria unermüdlich durchs Dorf, sieht und grüßt alle, kennt jede Ladenschwelle, jeden Stein auf der Straße, jeden Knoten in der Rinde der Platanen auf der Allee, die zum Friedhof führt, dem Ort, wo die wichtigsten und interessantesten mondänen Zeremonien stattfinden, die Beerdigungen. Nachdem der teure Verstorbene zwischen Rosenkränzen und Stoßgebeten begraben worden ist, eilt Maria, die Botin, rasch nach Hause zu den Schwestern und unterhält sie mit den Neuigkeiten, erzählt, wer da war und wer fehlte, ahmt die Mimik von diesem oder jener nach, imitiert die Stimmen, die Gesten, erfasst Eigenheiten und Manien mit unvermutetem schauspielerischen Talent. Die Schwestern kichern glücklich und vornehm, wie Damen in der Opernloge. Das sind die Augenblicke ihres Triumphs.

Meine Großmutter Maria mit ihren traurigen grauen Augen

ist eine jener Frauen, die die zweideutige Gabe des Lachens besitzen. Wie Michin, die liebste *Magna* meiner Mutter. Michin war schlagfertig und spöttisch, stets bereit zu hänseln und zu sticheln; die Bäuerin Maria dagegen verlässt sich eher auf die Gestik, und wie alle großen Mimen zieht sie die Menschen mit unbarmherziger Barmherzigkeit ins Lächerliche. Zusammen würden die beiden, falls sie je ihre Begabungen vereinten, wahrscheinlich die gesamte breite Skala des Komischen abdecken.

Von ihren zwei Söhnen schlägt der erste dem Vater nach, grob, handfest, mit tiefer Stimme, der zweite ähnelt ihr, ist aus feinerem, glatterem Holz geschnitzt. Angelo wächst unter den warmen, weichen Fittichen seiner Tanten auf, ignoriert das missbilligende Grunzen von Onkel Giovanni und die Wutanfälle des Vaters, der sowieso meistens abwesend ist. Er wird zu einem Schuster in die Lehre geschickt und nach Turin, um bei einem Schuhmacher zu arbeiten. Die Arbeit geht ihm nie in Fleisch und Blut über und auch nicht in den Kopf, er bewegt sich lieber, wie seine Mutter, von raschen Sohlen getragen, aber im Unterschied zu seiner Mutter mit leeren Händen. Pflichten und feste Zeiten sind ihm gleich, er läuft der Neuigkeit hinterher, der Freiheit. Damals genügten den jungen Burschen einfache, harmlose Zerstreuungen: Obst stehlen in Nachbars Garten, dem Pfarrer nachspionieren, der es mit seiner Haushälterin treibt, Scheibenschießen, am Fahrrad des alten, brutalen Lehrers die Kette abmontieren, um ihn fallen zu sehen, wenn er betrunken heimfahren will. Alles ist Spiel, und Spielen ist Angelos Leidenschaft, seine Berufung. Karten, Boccia, Würfel, eine Welt von Kind-Männern, die im Zauber ihrer Selbsttäuschung gefangen sind.

Er und seine Freunde sind in den Wirtshäusern des Ortes und der Umgebung bekannt. Am Monatsende macht eine der beiden *Magne*, gewöhnlich Polonia, in der kleinen Stadt die Runde, steigt an jedem Ausschank oder Café vom Fahrrad, um den Wirt zu fragen, ob ihr Neffe noch eine Rechnung offen gelassen hat. Die Schwestern achten auf den guten Namen und wollen keine Schulden in der Familie. Polonia zieht das große Portemonnaie aus der schwarzledernen Tasche und zählt das Geld, das friedfertige Gesicht von einem Lächeln gekräuselt, und häufig schaut eine Frau aus dem Hinterzimmer, um sie zu begrüßen und ihr vom letzten Baby zu berichten, und der Wirt gibt ihr einen Nachlass oder schenkt ihr ein Tütchen frisch gerösteten Kaffee. Polonia strahlt Zufriedenheit und Ruhe aus, eine gelassene Toleranz; sie ist eine Frau von Welt, ist in die intimen Geheimnisse des halben Ortes eingeweiht, hat die Freuden und die Schmerzen gesehen, ungewollte Kinder, verlorene Kinder und kranke Kinder, handgreifliche Ehemänner und grollende Frauen, Ruin und Verrat; was sind dagegen schon die kleinen Verfehlungen ihres schönen, leichtlebigen Neffen, um den sie gewiss viele Frauen beneiden? Auf diesen Reparationstouren drückt ihr Gesicht nichts als Nachsicht aus, eine unerschütterliche, vertrauensvolle, ansteckende Nachsicht.

»Er ist der Neffe von Polonia, der Hebamme, der Neffe der Mattioda«, heißt es von ihm, und das genügt.

Mittlerweile ist Angelos Vater aus Frankreich zurückgekommen, bei Ausbruch des Krieges haben sie ihn fortgeschickt, weil Italiener und Franzosen nun Feinde sind. Zu Hause hat er nicht viel zu tun, außer Frau und Sohn herumzukommandieren (den jüngeren, denn der ältere ist als Soldat eingezogen worden), er pflegt den kleinen Weinberg, der ihm oben auf den Vaude geblieben ist, geht morgens weg und kommt abends zurück, betrunken und unsicher auf den Beinen. Er ist zuckerkrank, und manchmal geht es ihm schlecht, und er stürzt zu Boden, dann muss man jemanden rufen, um ihn aufzurichten; er ist gewiss keine Säule, auf die Maria sich stützen kann, aber er ist ein Mann, und als solcher gebührt ihm das Vorrecht, Gesetze zu machen und zu töten. Weil sie es gewagt hat, ein Stückchen Fleisch zu stibitzen, erschießt er eine Katze, die Maria mit Abfällen fütterte, aber Maria ist nicht danach zumute, sie in der Pfanne zu braten, darum begräbt sie sie heimlich weinend im Garten. Angelo maßregelt er mit Donnerstimme und harter Hand, aber zu langsam, um ihm wirklich wehzutun.

Im Sommer 1943 kommt der Einberufungsbefehl. Vorher war Giovanni, sein Bruder, zum Feldzug nach Griechenland geschickt worden, jetzt trifft es Angelo. Gleich nach dem 8. September umstellen die Deutschen mit Maschinenpistolen und Gewehren die Kaserne in Asti, wo er seit kaum einer Woche stationiert ist, und fordern die verwirrten, erschrockenen Rekruten auf, sich zu ergeben. (Die Offiziere sind fast alle gleich in den Stunden nach der Ankündigung des Waffenstillstands verschwunden, die am 8. abends im Radio ausgestrahlt wurde.)

So beginnt für Gilin das Abenteuer der Gefangenschaft, die wichtigste und längste Reise seines Lebens, sagen wir ruhig, die einzige. Er ist achtzehn Jahre alt, wird neunzehn im Oktober, in Deutschland.

Von diesem Aufenthalt in Deutschland weiß man recht wenig. Wie überhaupt von den wichtigen Ereignissen seiner Existenz, seinen wahrsten Gefühlen, seinen Triumphen und Niederlagen, seinen Liebesbeziehungen und Schmerzen.

Gilin ist ein verschwiegener, geheimnisvoller Mann. Nicht, dass er nichts redete, doch beim Sprechen erfindet er, wechselt oft das Thema und beendet seine Sätze selten. Er ist ein Lügner, das wissen längst alle, doch lügt er nicht nur aus Bequemlichkeit oder Notwendigkeit (obwohl auch das, sogar oft). Er würde auch ohne Grund und Nutzen lügen, aus Freude, aus Schönheit, aus Trotz, aus Eingebung. Vielleicht ist er ein Lügner, weil ihm der Unterschied zwischen Wahrheit und Erfindung nicht klar ist oder ihn langweilt. Vielleicht ist er einfach ein halber Künstler, ein Naiver, wahrscheinlich gefällt er deswegen den Frauen, die ihn weiterlieben, auch wenn sie aufgehört haben, ihm zu glauben.

Von seiner Mutter hat er das Lachen geerbt, die Mimik, die Sanftmut. Dem Krieg zieht er den Frieden vor, dem Kampf die Flucht. Er versteht es, sich freundlich, gewinnend, gutmütig, ernst zu zeigen; für fünf Minuten kann er alles sein. Seine Augen schlagen Breschen in die Schwere der Realität. Es gibt in ihm ein immerwährendes, nicht gehaltenes Versprechen von Leichtigkeit und offenen Räumen. Fantasievoll und wahrscheinlich auch ein bisschen begabt, überlegt er in einem bestimmten Moment seines Lebens, Maler zu werden, doch dann vertrocknen die Farben in den offenen und nie wieder zugeschraubten Tuben, ohne je auf der Leinwand anzukommen.

Wolkenhimmel besitzt keine Ausdauer. Bei jeder Widrigkeit verdüstert er sich, Wörter und Gesten werden abgehackt, rätselhaft, ausgehöhlt von Ungeduld und schlechter Laune. Wo immer er sich befindet, wird ihm bald der Boden unter den Füßen zu heiß. An jedem Ort träumt er davon, anderswo zu sein. Seine Transportmittel (Fahrrad, dann Motorrad, dann Auto) sind, wie die Läufe für den Hasen, Teile seines Körpers, unverzichtbar. Glücklich ist er nur, wenn er sich, Zigarette im Mundwinkel und Ellbogen aus dem Fenster gestreckt, einfach ins Blaue hinein bewegt. Seine einzige Dimension ist eine streunende Gegenwart. Er hätte als Hund auf die Welt kommen müssen, als Wolke, als Zigeuner.

Was man weiß: Sie brachten ihn an einen nicht genauer bezeichneten Ort in Norddeutschland. Er arbeitete als Schuster, dann in der Landwirtschaft bei Bauern, die ihm beinahe genug zu essen gaben, beinahe gut zu ihm waren, obwohl sie Deutsche waren; danach kam er als Arbeiter in eine Zuckerfabrik. Das Leben war hart, o ja, sehr hart. Man hungerte, ab und zu schmuggelte jemand Brot herein, fast immer die Frauen, aber auch andere Gefangene, die als Bäcker arbeiteten und es bei der Rückkehr ins Lager unter den Jacken versteckten. Und dann gab es makabre Episoden, die aus Scham, oder wahrscheinlicher aus der Gewohnheit, die Sätze nicht zu beenden, in der Schwebe bleiben: Mordgewehre, zerfetzende Bomben, einer, der auf dem Fluchtversuch aus dem Lager in einem Abwasserkanal ertrinkt. »In der Scheiße sterben, um einem Scheißleben zu entgehen, der Krieg ist eine große Scheiße.« *Scheiße, Kartoffel, Kameraden, Achtung, Raus! Ta-ta-ta-ta-ta!* Das Maschinengewehr.

Und hier leuchtet erschüttertes Staunen in seinen Augen, verschwommene Erinnerungen an Macht und Grausamkeit, ferne Pracht und nahes Entsetzen tauchen im Gedächtnis auf: »Ach, die Deutschen! Böse waren sie, sehr böse! (feuchter Hundeblick, blitzt auf, verschwindet). Du weißt nicht, wie unsäglich böse sie waren! *Ta-ta-ta-ta!* Ach, was ich alles gesehen habe! Jedenfalls wussten die Deutschen, wie man sich Respekt verschafft, nicht so wie wir.«

Seine Frau, verärgert: »Den Krieg haben sie aber verloren. Zum Glück.«

Er: »Die Schweine!«

Das ist seine Art, das Unsägliche auszusprechen, sich an das zu erinnern, woran man sich nicht erinnern kann. Und dann plötzlich, mit einer Mischung aus Bewunderung, Respektlosigkeit, Sentimentalität und Spott: *»Deutschland, Deutschland über alles!«*

Sie (verdreht die Augen zum Himmel): »Mit dir kann man nicht reden!«

Er (steht auf): »Ich gehe.«

Hunderttausende italienische Soldaten werden in jenem Herbst 1943 von den Deutschen verschleppt. Er verliert sich in der Menge. Er ist nur einer von vielen, ein kleiner Soldat, der nie ein Gewehr in der Hand gehalten hat und das auch nie lernen wird, denn er hat noch gar nicht geschossen, da wird er schon entwaffnet, und wahrscheinlich gibt er die Waffe, die nie die seine geworden ist, erleichtert ab.

Rekruten wie er dachten, sie ziehen in den Krieg, und sangen, um sich Mut zu machen, tranken Grappa, pfiffen den Mädchen nach und versuchten, nicht an daheim zu denken. Er ist nur einer der vielen Nicht-Helden, spricht einen italienischen Dialekt, trägt eine kleine Marienmedaille um den Hals und hofft, dass die Gebete seiner Mutter erhört werden und ihn lebendig zurückbringen. Wie in den Wirtshäusern und auf den Straßen des Dorfes bewegt er sich in einer reinen Männerwelt, fast alle sind älter als er, man muss sie bewundern, erdulden, ihre Freundschaft suchen, doch hier gibt es nicht die Weichheit einer Frau, die ihm als Puffer dient, um die Stöße zu mildern. Seine Lehrzeit als Soldat hat kaum begonnen, da verwandelt sie sich schon in etwas Unvorhergesehenes: Man zieht nicht mehr in den Krieg, doch wohin dann?

Die Deutschen sind bis an die Zähne bewaffnet und haben einen wilden Blick, sie sind supermännlich mit ihren Bajonetten und Gewehren und Panzern, und die kleinen gefangenen Soldaten sind nur noch zerbrechliche, wehrlose Körper unter den Uniformen, sie sind fügsam und gehorsam wie Frauen, die Krieger mit eiserner Faust um die Taille gepackt haben und in einen tödlichen Tanz hineinziehen. Die Deutschen geben Befehle, nicht wie die Befehle eines Feldwebels, der dich bestraft, sondern Befehle von Deutschen, die aus nächster Nähe auf dich schießen. Man muss marschieren, *los, marsch!*, und wehe, einer bleibt stehen, dann setzt es Schläge auf den Kopf mit dem Gewehrkolben, und die Gefangenen werden mit Gewalt in die schon überquellenden Züge gepfercht. Solange sie in Italien sind, gibt es um sie herum noch Hoffnung, sie finden sie auf den Gesichtern der Frauen, die sich an den Bahnhöfen drängen, um sie zu sehen, die ihnen Brot und Obst zuwerfen und die Briefe einsammeln, die sie nach Hause schicken wollen. Dann aber passieren sie die Grenze, wer weiß, wo, wer weiß, wann sie ankommen werden.

Die Reisen dauern Wochen, die wie Jahre wirken. Wie alle anderen schläft Gilin im Stehen, an der Wagonwand schwankend, oder im Sitzen, zwischen den Kameraden eingezwängt, denn es ist kein Platz, um sich auszustrecken, er verrichtet seine Bedürfnisse in einen Blecheimer, der dann aus der einen Augenblick halb geöffneten Tür ausgeleert wird, und Vorsicht, ihn nicht sich selbst oder den fluchenden anderen über die Füße zu kippen. Er isst, was er hat, er hungert. Vor allem leidet er Durst. Am Morgen versucht er, bei den ersten zu sein, die den nach Rost schmeckenden Raureif von den Metallscharnieren des Wagons lecken. Bald wird es sehr kalt, auch wenn erst Oktober ist, denn sie sind im Norden, und selbst in der entsetzlichen Enge genügt die animalische Wärme nicht, der Atem ballt sich zu weißen Wolken, und die Zähne klappern. Die seltenen Male, die sie aussteigen dürfen, muss er rasch die Hose herunterlassen und alles dort an den Gleisen erledigen, denn man hat nur eine Minute Zeit, während die deutschen Frauen und Kinder die italienischen Verräter verächtlich betrachten, sie beleidigen und mit Steinen nach ihnen werfen. Wo sind sie, was für ein Land ist das, in dem die Eisenbahnen keine Fahrpläne und keine Bestimmungsorte haben und die Züge so lange auf freier Strecke halten, wo man nur in der Ferne die Hunde heulen hört und die rhythmischen Schritte der Wache, die an den Gleisen auf und ab geht? Was denkt Gilin, während er da drinnen im Gestank seines ungewaschenen Körpers zwischen vielen anderen ungewaschenen Körpern eingeschlossen ist und das Magenknurren und Grummeln der Bäuche, die Gebete, die Flüche, das Jammern und das Schweigen hört? Denkt er an das Essen, das er nicht hat, an die Wollpullover zu Hause in der Kommode, an Polonias geschmortes Kaninchen (ein unerträglicher Gedanke), an die Kameraden, die er schon sterben sah, an seine schmerzenden Füße, an die Madonna, an das Gesicht seiner Mutter, an den Kakao, den sie in der Kaserne erhielten, an den Tod, der eines Tages kommen wird ... Er weint, die Tränen rinnen ihm über das schmutzige Gesicht, und er schämt sich nicht, worüber soll sich ein Mann noch schämen, nachdem er vor allen in einen Eimer gekackt und sich die Hosen beschmutzt hat? Und er ist ja noch ein Junge, von Frauen mit Butterbrot und Zucker aufgezogen. Doch hier ist niemand, der sein Weinen beachtet, daher kann er sich nach einer Weile die Tränen auch wieder trocknen.

Die Reisen, die das Dritte Reich den Deportierten und Internierten bietet, sind extrem funktional und erfüllen ihren Zweck perfekt: Wenn die Passagiere am Ziel aussteigen, sind sie bereit für das, was sie erwartet. Sie sind nicht ein paar Hundert Kilometer, sondern Lichtjahre von zu Hause entfernt, haben unterwegs die Staatsangehörigkeit, die Sprache, die Gewohnheiten, die Verwandtschaft und, was am meisten zählt, das Zeitgefühl verloren. Gestern, heute, morgen gibt es nicht mehr, es gibt nur eine absolute Gegenwart ohne Erinnerungen oder Pläne, ohne Hoffnungen, die über den Augenblick hinausgehen.

Wahrscheinlich kommt Gilin besser zurecht als andere, mit dieser absoluten Gegenwart. Ohne gestern und morgen zu leben, das passt zu ihm.

Den Soldaten hat man als Alternative zur Gefangenschaft angeboten, nach Italien zurückzukehren, um für den Duce und seine Republik von Salò zu kämpfen. Fast alle haben sich geweigert, auch er, ohne recht zu wissen, warum, außer dass es am besten ist, mit der Masse zu gehen, im Haufen zu bleiben: Wer sich daraus löst, sich in eine einsame Richtung bewegt, ist verloren. Man hat ja gesehen, was mit denen passiert, die zu flüchten versuchen oder beim Marsch zurückbleiben: eine Kugel zwischen die Schulterblätter oder in den Hinterkopf. Die Vorstellung, sich vom Rudel zu entfernen, sichtbar zu werden, eine menschliche Zielscheibe, die sich vor dem grauen Hintergrund des Lagers abhebt, ist absolut entsetzlich. Am Rand des Lagers, entlang der Umfassungsmauer, sind einige Meter Niemandsland, umzäunt von Stacheldraht; das ist der Todesstreifen. Die Posten auf den Wachtürmen haben den Befehl, auf jeden zu schießen, der seinen Fuß hineinsetzt, ohne sich die Mühe zu machen, vorher »*Achtung, Scheiß-Italiener*« zu rufen.

Übrigens ermuntert Mutter Germania sie sowieso nicht, kämpfen zu gehen. Sie braucht eher Sklaven, die sie in den Bergwerken und Fabriken bis zum Tod ausnützen kann, als Krieger von zweifelhafter Loyalität. Die Offiziere werden gefragt, ob sie bereit sind zu arbeiten oder nicht, den Soldaten erspart man die Qual der Wahl. In einer ungeheizten Halle näht Gilin das Leder mit Händen, die von den Frostbeulen brennen. Um zwölf Uhr ist Mittagspause, die Deutschen gehen essen, die italienischen, polnischen und russischen Gefangenen kratzen sich die Läuse und rauchen eine Zigarette, wenn sie eine haben. Eine Deutsche mittleren Alters macht ihm ein Zeichen, genau ihm, eine Kiste zu nehmen und ans Ende des Raums zu tragen, und auf der Kiste liegt unauffällig eine Scheibe Brot mit Margarine. Er starrt sie hoffnungsvoll und entsetzt an. Sie erwidert seinen Blick nicht, entlässt ihn schroff. Das Brot schmeckt wunderbar, er kaut gierig, mit vor Eifer blutendem Zahnfleisch. Von da an wartet er mittags auf die Deutsche, die manchmal kommt und manchmal nicht, und wenn er von Weitem ihre grauen Haare sieht, bekommt er

Herzklopfen, und sein Mund füllt sich mit Speichel. Ihre blitzartigen Begegnungen sind so spannungsgeladen wie eine heimliche Liebe; für dieses Stück Brot mit Margarine riskieren sie beide Gefängnis, vielleicht sogar das Leben.

Bei der Arbeit werden sie von einem bösartigen alten Deutschen bewacht, der sie mit Fußtritten traktiert und sie beschimpft, die *Scheiß-Italiener*, und vom Hunger geschwächt haben sie kaum noch die Kraft, ihn zu hassen, und stecken mit blöder Miene Tritte und Beschimpfungen ein. Der Alte heißt Hans, leidet an Arthritis, und an seiner linken Hand fehlen drei Finger. Die Lageraufpasser sind alle körperbeschädigt oder alt oder beides, so wie Hans; die tauglichen Männer sind an der Front.

Eines Tages beschuldigt Hans ihn, nicht schnell genug zu arbeiten, und wirft ihn mit einem Stoß zu Boden. Anstatt aufzustehen, setzt Gilin sich auf und fängt zu weinen an. Hans fixiert ihn wie versteinert, immer mehr Verachtung im Gesicht; dann packt er ihn an der Jacke und beginnt ihn zu ohrfeigen.

Klatsch! »Bist du ein Mann?«, fragt Hans.

Klatsch! »Du bist kein Mann!«, antwortet Hans.

Der Alte schnaubt vor Wut, verliert den Kopf, tritt ihn wie wild. Gilin denkt, seine letzte Stunde sei gekommen, hier wird er sterben, er, der kein Mann ist, unter den Stiefeln von Hans, mit eingeschlagenem Kopf in der Lagerhalle der Schuhfabrik, und während er sich auf dem Boden windet in dem Versuch, sein Gesicht zu schützen, schreit er, der andere solle aufhören: »*Pare! Pare dami nen! Gut Mensch! Gut! Gut!* Basta! Basta!«

Hans hält inne. Er ist feuerrot, ringt asthmatisch nach Luft. Er presst sich die Hände auf die Brust.

Langsam öffnet Gilin die Augen, setzt sich auf, betastet sich: sein Backenknochen ist geschwollen, eine Lippe gespalten.

Hans sieht ihn mit verzerrtem Gesicht an, zitternd und keuchend, gleich wird er etwas Schreckliches tun, in Tränen ausbrechen oder die Pistole ziehen und ihn erschießen. Da legt Gilin, mit vor Angst in Aufruhr geratenen Eingeweiden, den Kopf auf die Schulter, hebt den Arm und streichelt ihn vorsichtig.

Er hat seinen Henker *Pare* genannt, vielleicht einfach ein bedingter Reflex bei Schlägen (auch sein Vater schlug hart zu, wenn er ihn zu fassen bekam).

Dann hilft er ihm, sich auf die Bank zu setzen, wartet, bis seine Atemnot vergeht.

Von da an wechselt Hans zwischen Schlägen und Freundlichkeiten ab, gelegentlich erlaubt er ihm auszuruhen und hält ihm lange, bittere, zornige Reden, die Gilin nicht versteht und auf die er nichts antwortet, er beschränkt sich darauf, den Alten im Auge zu behalten, ihn anzulächeln und die Zigarette zu rauchen, die Hans ihm anbietet. Während er lange Züge nimmt, überlegt er, wie er ihm später noch mehr Zigaretten abluchsen kann. Er denkt, was er ihm antun würde, wenn er könnte, diesem Schwein von einem Deutschen ohne Finger, er würde ihm die Pistole an die Schläfe halten und ihn seine Scheiße fressen lassen, bevor er abdrückt. Ein oder zwei Mal bietet Hans ihm Kaffee mit Schnaps aus einer Feldflasche an, die er in der Tasche hat, und da lächelt Gilin, dem sich der Kopf dreht von dem bisschen Alkohol auf leeren Magen, sieht ihn an wie ein Verliebter und sagt: »*Gut Mensch! Gut Freund!*«, mit glänzenden Augen.

Die Pritschen in der Baracke sind voller Wanzen. Die Männer reden von morgens bis abends vom Essen, das ist ihr einziges Interesse. Sie erinnern sich an die Küche der Frauen daheim, die traditionellen Gerichte, und wiederholen Rezepte wie Gebete, Zaubersprüche, Liebesgedichte. Einen gibt es, der Ratten fängt und röstet, was schrecklich stinkt. Ein anderer stiehlt gnadenlos, verlangt von den Schwächeren einen Teil ihrer Kartoffelration. Gilin kämpft nicht, er gibt sofort nach, doch dann erobert er sich seine Kartoffeln wieder, indem er sie gegen die Zigaretten von Hans eintauscht. In seiner Baracke gibt es einige Bäcker, die am Abend unter den Jacken versteckt Brotlaibe mitbringen, und er schafft es fast immer, eine Scheibe zu ergattern. Nachts, wenn er wach liegt, sich kratzt, an der zu kurzen Decke zieht, die die Schultern freilässt, wenn sie die Füße bedeckt, und umgekehrt, seufzt er ein wenig im Gedanken an das weiche Bett und den reich gedeckten Tisch bei sich daheim, ein wenig flucht er tonlos zwischen den Zähnen: »Schwein! Feigling! Verdammtes Arschloch!«

Wer ist das Schwein? Hans? Mussolini? Der Führer? Ein Barackengenosse? Egal. »Schwein!« Bis die Verwünschungen im Schlaf verebben, beinahe sanft werden, und die Lagernacht ihn zudeckt, zitternd, wie er ist, und ihn fortträgt.

Immer träumt er von bestimmten Orten seiner Heimat, Gräben, Wiesen, dem Schlafzimmer, das er mit dem Bruder teilte, oder einem bestimmten Kleid seiner Mutter. Er träumt von den Gerüchen, den Aromen von Polonias Küche, dem Duft des Heus auf den Feldern. Von der Straße von Vauda mit dem lang gestreckten Hügel und den Bäumen. Oft rennt er im Traum, läuft davon, fürchtet sich, ohne zu wissen, wovor, denkt, er könne sich noch retten, ist in der Angst langer Fluchten gefangen. Vom Lager träumt er nie.

Seit er im Lager ist, ist er Italiener geworden. Vorher war Italien für ihn bloß ein Wort, ein fader Begriff wie viele andere, die der Lehrer in der Schule und der Bürgermeister bei den Versammlungen im Munde führten; doch jetzt, da die Italiener sich von den Deutschen in Reih und Glied aufstellen und mit Fußtritten traktieren lassen, ist es klar, dass auch er Italiener ist, auch wenn er lieber Deutscher wäre. Das Wort »Italien« wird zu einer Beleidigung, zu einer zweiten Haut, einem Kloß im Hals, den er gern ausspucken würde, aber es geht nicht. Plötzlich sind auch sein Zuhause und seine Angehörigen, *Pare*, *Mare*, sein Bruder und die *Magne*, alle sind sie jetzt Italiener und leben dort unten zwischen den Hügeln, weit weg, wie auf dem Mond.

Er hat die Erlaubnis bekommen, nach Hause zu schreiben, wenige Sätze und seine Gefangenennummer. Monate später trifft ein Paket ein, an ihn adressiert in der zittrigen, eckigen Schrift seiner Mutter. Er drückt es an die Brust, vergeblich bemüht, es unter der Jacke zu verbergen. Er wirft den Barackengenossen misstrauische, harte Blicke zu, damit sie wissen, dass er sein Eigentum verteidigen wird. In dem Paket ist Reis, etwas Tabak (die zwei Tüten sind gerissen, und Reis und Tabak haben sich vermischt), ein Paar von *Magna* Giulia gestrickte, graue Wollsocken, Schokolade und eine Postkarte.

Eines Abends bombardieren die Alliierten die Schuhfabrik, in der Stiefel für die Soldaten hergestellt werden. Am Morgen kommen sechs aus seiner Baracke nicht zurück, sie sind unter den Bomben geblieben. Er hatte zum Glück Frühschicht, zur Zeit des Bombenangriffs war er schon gegangen.

Man organisiert Hilfstrupps, die Gefangenen werden losgeschickt, um in den Trümmern zu graben, den einen oder anderen ziehen sie noch lebend heraus, häufiger aber Leichen und Leichenteile. Gilin gräbt, mit schmerzenden Muskeln, das Gesicht grau vor Staub, er gräbt und hebt mit dem Spaten Backsteine und Schutt hoch, Maschinenteile und Lederstücke. Dann taucht eine Form aus den Trümmern auf, ein Männerarm, Gilin stößt einen erstickten Schrei aus, packt ihn und zieht, der Arm kommt widerstandslos heraus, ganz allein, ohne den Rest des Körpers, zu dem er gehört. Aus dem Gleichgewicht geraten, schwankt er, fällt plump auf den Hintern, immer noch diese geschwärzte Hand drückend, und ruft Gott an, so als kennte er ihn gut, ruft ihn laut und vergeblich, mehrmals, bis eine Wache ihm einen Tritt versetzt, und da wirft Gilin die Hand mit dem abgerissenen Arm von sich, öffnet den Mund, atmet tief die nach pulverisierten Backsteinen und verbranntem Fleisch stinkende Luft ein und fällt in Ohnmacht.

Krank wacht er wieder auf, Übelkeit und Fieber, Delirium. Sie bringen ihn in die Krankenstation, wo er zitternd und stöhnend und Galle spuckend einige Tage liegt. Gegen alle Erwartungen erholt er sich wieder. Er ist abgemagert bis auf die Knochen, blass, die Augen sind größer geworden. Das Lächeln hat einem leeren, abwesenden Ausdruck Platz gemacht. Ein Pfarrer freundet sich mit ihm an, bringt ihm zu essen, hält ihm lange Vorträge, von denen Gilin sich einlullen lässt. Es ist einer aus dem Süden, und man versteht nicht alles, wenn er redet, doch wenn er auf Lateinisch die Gebete spricht, schließt Gilin die Augen, und es kommt ihm vor, als säße er wieder in der sonntäglichen Messe, mit dem Kopf, der auf die Kirchenbank gesunken ist. Er langweilt sich auf angenehme Weise. Er weiß, dass der Pfarrer ihm jedes Mal, wenn er weint oder lächelt, etwas geben wird, und sei es auch nur einen Segen, wenn er nichts anderes hat.

Es ist Frühling. Die Felder sind schwarz vom Regen und die Äste kahl und glänzend, aber die Luft riecht nach Frühling. Ein langer, geduldiger Appell in der beißenden Kälte, sie stehen stundenlang, bis ihnen ganz gleich ist, wohin man sie schickt, wenn nur dieses regungslose Warten aufhört und einige weitere Stunden vergangen sind, die sie dem Moment näher bringen, in dem sie umfallen und schlafen.

Gilin und ein paar andere folgen schließlich einer grobknochigen Frau mit grauen Haaren, die unter dem Kopftuch hervorschauen. Lange gehen sie auf matschigen Straßen und fluchen halblaut, denn sie sind müde und wissen nicht, dass sie vom Schicksal begünstigt sind.

Die vor ihnen hat man in die Stahlwerke geschickt, in denen das Feuerherz der Kriegsindustrie des Dritten Reiches glüht; andere nach ihnen werden in Hitlers Geheimlabore abkommandiert, verschwinden im Bauch eines Berges, der Bomben gebiert und Gefangene frisst. Eine weitere Gruppe endet in den Bergwerken Schlesiens, um zehn Stunden pro Tag in den unterirdischen Schächten zu graben. Verfluchte Orte, von denen fast niemand zurückkehrt, um zu erzählen, und wo die von der Arbeit erschöpften Sklaven tot umfallen oder torkelnd in die Duschen gebracht und dann in Massengräbern verscharrt werden, ersetzt durch neue Sklaven, die wenige Monate oder Wochen durchhalten.

Gilin dagegen hat Glück gehabt, sein Glück heißt Lotte, sie ist Witwe und hat im Krieg zwei Söhne verloren. Nun steht sie allein einem großen, reichen Gutshof vor, der von Frauen und Alten bewohnt ist, und hat sich für ihre Kohl- und Zuckerrübenfelder ein Dutzend Internierte zuweisen lassen. Vor allem die Jüngeren tun ihr leid, und mittags lässt sie sie im Stroh ausruhen und gibt ihnen Kartoffeln mit Speck, manchmal ein Stückchen Fleisch. Sie erlaubt ihnen, sich zu waschen, verteilt Kleider, die ihre Söhne nicht mehr tragen werden.

Die Aufpasser, die die Gefangenen morgens und abends auf dem Marsch hin und zurück zu den Baracken bewachen, werden immer älter, Siebzigjährige mit Arthritis, verbittert von der für ihr Alter übermäßigen Anstrengung, so zu tun, als glaubten sie an einen immer zweifelhafteren Sieg. Bei so blinden und lahmen Leuten ist es nicht schwer, sich auf dem Rückweg kurz abzuseilen, um Rote Beete und Rüben für das Abendessen zu stehlen. Gilin und seine Genossen bringen wieder ein bisschen Fleisch auf die Knochen.

Und dann sind sie plötzlich nicht mehr interniert, man erklärt sie zu Zivilisten. Keine Wachen mehr, die sie begleiten, jetzt gehen sie aufs Feld und kommen allein zurück, sie sind frei, können diesen oder jenen Weg nehmen, Hauptsache, sie melden sich pünktlich zur Stelle. Sogar so frei, die paar Mark, die sie ergattern können, im Wirtshaus zu vertrinken, sie, die Fremdarbeiter, in fast wertlosem *Lagergeld* bezahlt.

Immer häufiger gibt es Alarm, und alle rennen wie verrückt gewordene Insekten, auch die Internierten, die allerdings nicht in den einzigen Luftschutzbunker des Lagers hineindürfen, der ist den Deutschen vorbehalten. Eines Nachts wird der Bunker von den Bomben aufgerissen wie eine Konservendose, und die Gefangenen arbeiten zwischen dem Rauch und dem Staub, um die Leichen der getöteten Wachen herauszuziehen. Diesmal wird Gilin nicht ohnmächtig.

Doch am nächsten Tag fühlt er sich verloren, als er erfährt, dass auch der Gutshof bombardiert wurde, Lotte und die Ihren sind tot, *addio* Frau mit den groben Knochen und den hellen Augen, deutsche Mutter, *addio* Kartoffeln mit Speck und Mittagsschläfchen im Stroh.

Er wird in die Zuckerfabrik geschickt, der Krieg wütet weiter, aber die Überlebenden essen, sie wollen Zucker. Der eklige Geruch der Zuckerrüben haftet an ihm, doch Zucker ist nahrhaft, man schafft es immer, eine Handvoll davon zu stehlen. Es heißt, dass Deutschland dabei ist, den Krieg zu verlieren. Es heißt, die Amerikaner kommen, sie sind in Frankreich gelandet, sie sind in Italien und rücken von Süden nach Norden vor, aber noch sieht man sie nicht.

Und draußen, in diesem riesigen Lager, das Deutschland im Krieg ist, gibt es auch Frauen, junge Polinnen und Ukrainerinnen, bei Razzien festgenommen und zum Arbeiten in die Fabriken geschickt, Mädchen von achtzehn, zwanzig Jahren, die trotz allem Lust haben zu lachen und zu lieben, die noch Frauen sind, weil der Krieg für sie noch jung ist. Die eine oder andere hat ihn bestimmt angeschaut, den hübschen Italiener, schmächtig und abgemagert, aber mit dunklen, glänzenden Augen und immer noch dichten Haaren. Vielleicht hat ihm eine den Hof gemacht, und er hat sich in einen dunklen Winkel der Lagerhalle ziehen lassen nach Übergabe eines halben Brotlaibs oder einer Schachtel Zigaretten.

Es ist Gilins zweiter Frühling in Deutschland. Er sieht die Knospen an den Ästen. Über dem Kopf den weiten Himmel des Nordens, Wolkenhimmel, die ab und zu blau aufreißen, rund herum die braunen, fetten Felder, dahinter in der Stadt die hohen, schmalen Speicherhäuser aus rotem Backstein, an einem Meeresarm aufgereiht, jenseits dessen eine grüne Insel liegt.

Die Ostsee mit ihren graugrünen Wellen regt ihn zu vagen Reiseträumen an. Er zieht die Schuhe aus und geht am Strand entlang, die Füße im eiskalten Wasser, Sand zwischen den Zehen. Es ist sein erstes Meer, in Italien gibt es so viel Meer, doch er hat es noch nie gesehen. Er hat in den Gebirgsflüssen schwimmen oder eher planschen gelernt, in den kalten, klaren Gumpen des Malone über Corio. Das flüssige Element erschreckt ihn nicht, es lockt ihn. Er zieht sich nackt aus und geht hinein, fühlt eine unerklärliche, schier schmerzliche Freude. Was jenseits des Meeres ist, interessiert ihn nicht, falls da etwas ist. Es ist das Meer an sich, das ihm diese kalte, stechende, reine Freude schenkt, den Eindruck, in etwas unermesslich Mächtiges einzutauchen, eine Kraft, die man nicht lange ertragen kann, weshalb man herausspringt, um sich aufzuwärmen, während die Haut brennt wie unter tausend kleinen Nadeln.

Der Krieg ist bald zu Ende, der Krieg endet, aber die Bomben fallen dichter denn je.

Und danach wird die Szene plötzlich noch verwirrender, falls das möglich ist. Die Russen kommen in die Stadt mit den roten

Speicherhäusern, die in Trümmern liegt, hier und da taucht im trockenen, träge in der Luft schwebenden Backsteinstaub ein Fetzen von Alltagsleben auf, seltsam und schrecklich: ein Bilderrahmen, die Beine eines Stuhls. Ein Topf. Ein Schulheft. Ein halb nacktes Mädchen, neben einen Graben geworfen, die blonden Haare schlammverschmiert. Die Russen, diesmal nicht als Gefangene, sondern als bewaffnete Soldaten und Sieger, mit den raubgierigen Augen der Ausgeplünderten, die schänden und plündern wollen.

Mit der Ankunft der Russen wird alles kompliziert, man weiß nicht mehr, wem man gehorchen, wen man fürchten soll. Man möchte sich ergeben, aber wem? Deutschland hat verloren, der Krieg ist aus, nicht aber die Gefangenschaft. Nun sind es die Deutschen, die fliehen, man kann leere Häuser betreten und alles an sich raffen, was geht, man kann ihre Hühner schlachten und sich eine Brühe kochen, aus den deutschen Hühnern.

Doch dann wird man in ein anderes Lager verlegt, und dann in noch eines, und die Zeit vergeht, und man kann nicht nach Hause. Im Lager ist es schmutzig, es gibt wenig zu essen, wie gewohnt, aber fast gar keine Wachen, und in dieser neuen, seltsamen Freiheit trifft Gilin noch mehr Italiener, und gemeinsam essen sie, was sie gestohlen oder außerhalb des Lagers eingetauscht haben, trinken und reden und unterbrechen sich nur, um einander den Arm zu drücken und auf die Schultern zu klopfen, wie Brüder, die sich nach Jahren wiederfinden.

Zufällig begegnet er Hans, dem alten Schwein, der nun versucht, als Pole durchzugehen, um seine Haut zu retten, doch er erkennt ihn und verpfeift ihn bei seinen neuen Freunden, erzählt von den Fausthieben und Fußtritten, nicht von den Zigaretten, und die anderen beschließen, kurzen Prozess zu machen. An jenem Abend wird Hans in ein Wäldchen gezerrt und verprügelt, bis er aufhört zu jammern. Gilin verpasst ihm eine Ohrfeige, dann zieht er sich zurück und schaut zu, sein Traum, Hans Scheiße fressen zu lassen und ihn dann zu erschießen, ist verflogen, jetzt erschrickt Gilin, schreit: »Basta, basta, lasst ihn los!« Er hämmert sich mit den Fäusten an den Kopf, doch die anderen werden wütend, daraufhin läuft er davon und versteckt sich, denn er fürchtet, nachdem sie Hans massakriert haben, könnten sie auch ihn totschlagen.

Einige Tage bleibt er in der Baracke unter der Decke liegen, er ist krank. Und nicht nur ihm geht es schlecht, manche sind gestorben, weil sie zu viel gegessen haben, bis die Eingeweide geplatzt sind nach der langen Zeit der Unterernährung.

Eines Morgens mitten im Sommer verlässt er schließlich mit ein paar Freunden (neuen Freunden, die Gruppe, die Hans liquidiert hat, hat sich aufgelöst) in aller Frühe das Lager, entschlossen, nach Hause zurückzukehren, allein, und wenn es sein muss, zu Fuß. Wie viele andere, die in der gleichen Lage sind, irren sie wochenlang durch jenes Mitteleuropa, wo ein einziges Chaos herrscht, verfehlen die Richtung und folgen den unvorhersehbaren Routen der Züge, die sich zwischen alten und neuen Grenzen, zerstörten Brücken und Besatzungstruppen durchschlagen, so gut sie können. Anfang Juli 1945 aufgebrochen, kommt er gegen Mitte August nach Hause.

Als seine Mutter ihn sieht, wird sie blass, ihr bleibt die Sprache weg, und sie weint stumm, stundenlang. Giulia fühlt sich der Ohnmacht nahe, sie müssen ihr das Riechfläschchen unter die Nase halten. Polonia hätte beinahe ein Kind halb geboren liegen gelassen, hastig durchschneidet sie die Nabelschnur und springt aufs Fahrrad, hundert Kilo Leichtigkeit sausen in Höchstgeschwindigkeit über die Felder.

Alle sagen, dass Maria, die Mutter, Glück gehabt hat. Giovanni, ihr anderer Sohn, ist lebend aus Griechenland zurückgekommen – im Unterschied zu den vielen, die nie wiedergesehen wurden, ganz abgesehen von den Sachen, die man vom Hörensagen weiß! – und hat in einem Versteck das Ende des schweinischen Krieges abgewartet. Zuerst wollte er sich den Partisanen im Gebirge anschließen, ist aber nach vierzehn Tagen zurückgekommen und hat gesagt, dass er genug habe von Waffen und davon, auf Menschen zu schießen; von da an hat er in einem Sägewerk unten an der Straße nach Devesi seinen Schreinerberuf ausgeübt und sich – da er nicht zu Hause wohnen kann aus Angst, dass sie ihn abholen – nachts zwischen den Holzstößen ein Feldbett aufgeschlagen, und am Tag, wenn irgendein Vertreter der faschistischen Republik auftaucht, verstecken die Kollegen ihn unter einem Haufen Sägespäne. So ist Giovanni den Razzien entgangen, und nun ist Angelo aus Deutschland heimgekehrt. Zuletzt hat die Madonna alle beide gerettet. Zeit ihres Lebens wird Maria während der Mariennovenen im Mai den Hauptaltar von San Giovanni mit Lilien aus ihrem Garten bedecken und ihrer gipsernen Namensvetterin mit dem blauen Mantel und dem goldenen Heiligenschein Kerzen anzünden.

Der Vater trinkt sich einen denkwürdigen Rausch an und gibt für alle eine Runde aus. Die euphorischen Tanten überschlagen sich vor Freigebigkeit. Sie wollen, dass er zunimmt, der Neffe, kaufen auf dem Schwarzmarkt frische Butter, Fleisch und Eier für ihn. Er ist wieder zum Kind geworden, zum Kronprinzen mit zu großen Augen und locker sitzenden Tränen und Kleidern, die an ihm schlottern, weil er so mager ist. Polonia kann sich kaum zurückhalten, ihn nach jeder Mahlzeit auf den Arm zu nehmen und sein Gewicht zu kontrollieren. Und diesmal beschränkt sie sich nicht darauf, die Wirtshäuser abzuklappern, um seine Schulden zu bezahlen, sondern sie eröffnet ihm einen Kredit im Caffè Centrale, soll er sich nur amüsieren, arme Seele, nach allem, was er durchgemacht hat.

Auf ihre in den ersten Tagen drängenden Fragen nach seinem Krieg, wie es gewesen ist und wo er war, antwortet er unzusammenhängend, wie üblich; mit einem Augenzwinkern gibt er ihnen zu verstehen, dass es so eine Sache war, etwas, das man nicht aussprechen kann.

»Streng dich nicht an«, sagen sie dann, »still, Angelino, Gilin. Iss, trink, lächle. *Sagrinti nen.*«

Sagrinesse: sich Sorgen machen, sich quälen, leiden.

Jedes Mal, wenn Gilin sich verfinstert, trösten sie ihn mitleidig, die Hände voller Geschenke: *»Sagrinti nen! Pòr cit, sagrinti nen!«* Sorge dich nicht! Armes Kind, sorge dich nicht!

Ist es so gewesen?

Jetzt, da seine Tochter sich im Bannkreis des Dämons der Vergangenheit bewegt, ist es leider zu spät. Gilin, vorausgesetzt, man könnte verlässliche Auskünfte von ihm erhalten, spricht nicht mehr.

Über die Orte seiner Gefangenschaft gibt es nur bruchstückhafte Informationen: Ich weiß, dass er nördlich von Berlin in Meeresnähe verschleppt wurde, aber nichts Genaueres.

An einem Sommertag bin ich an der Ostseeküste, nachdem ich die grüne, angenehme Straße gefahren bin, die von Berlin zum Meer und zur Insel Rügen führt. Ich will meinen Urlaub nicht großspurig als Recherche bezeichnen, ich bin zufällig hier, weil ich die unermesslich weiten und wandelbaren Himmel des Nordens immer geliebt habe. Unterwegs habe ich jedoch das Konzentrationslager Sachsenhausen besucht, das in ein Museum umgewandelt wurde. Vor meiner Abreise habe ich Tagebücher und Erzählungen gelesen und Interviews gehört, mir scheint, dass ich die Lager mittlerweile kenne und mich nichts mehr unvorbereitet emotional treffen kann, aber schon bei meiner Ankunft merke ich, dass ich mich irre. Sachsenhausen ist ein ausgedehnter

Friedhof, der einst von Lebenden bewohnt war, eine Geometrie des Schreckens, die man schweigend verlässt, ohne zu wagen, die anderen anzusehen.

War Gilins Gefangenenlager so ähnlich?

An einem klaren, leuchtenden Augustmorgen an der Ostsee lese ich im Reiseführer, dass das Städtchen Stralsund während des Krieges schwer bombardiert wurde, obwohl man das heute nicht meinen würde, so ordentlich und hübsch, wie es ist, mit seinen gut restaurierten oder höchstwahrscheinlich wiederaufgebauten historischen Gebäuden. Danach rufe ich wie fast jeden Tag meine Mutter an, die gestern meinen Vater im Altersheim besucht hat.

»Ich habe ihn gefragt, wo in Deutschland er als Gefangener war«, sagt sie mit der dringenden Stimme dessen, der eine Neuigkeit mitteilen will.

»Und er?«

»Er hat gesagt: ›Stralsund!‹«

Leicht verstört betrachte ich nun die hohen Speicherhäuser vor mir, aus rotem Backstein, direkt am Meer, in der sonnigen, kleinen Stadt Stralsund.

Hat er dieses Wort vorher nie ausgesprochen, weil er es nicht wollte, sich nicht erinnerte, keine Lust hatte, oder haben wir ihn nie gefragt?

Welch unerwartetes Zusammentreffen, Gilin, zwischen meiner Gegenwart und deiner Vergangenheit. Es ist seltsam, gib es zu, dich hier zu finden, wo ich bin, dich an dem Ort zu finden, wo man dich sucht. Es passt nicht zu dir, pünktlich zu einer Verabredung zu erscheinen, du vergisst sie ja lieber, die Verabredungen. Oh, es ist nicht viel, Stralsund ist nur ein Wort, aber ein so reales, treffendes, konkretes Wort, wie es nur selten über deine Lippen kam. Vielleicht ist daran nichts Wunderbares und auch nichts Überraschendes, bestimmt handelt es sich um reinen Zufall, aber dieser Name, Stralsund, den du gestern entschieden ausgesprochen hast, während ich genau hier war und du im Kreis der dösenden Alten im Gärtchen unter dem Gewürzstrauch saßest, könnte mir fast wie eine sommerliche Blendung vorkommen, die mich für einen Moment beinahe die Orientierung und das Gleichgewicht verlieren lässt in dem Spiel von Licht und Schatten der nordischen Wälder vor der graugrünen Ostsee, die dein erstes Meer war.

Lange habe ich mir die Geschichte deiner Gefangenschaft vorgestellt, mindestens zwei Jahre, so lange, wie sie für dich wirklich gedauert hat. Es war die Zeit meines Lebens, in der ich dir am nächsten war. Auf deinen Spuren, wenige Schritte von dir entfernt, allerdings ohne dich je einzuholen – aber näher als in jedem anderen Augenblick.

Wie auch immer es gewesen sein mag, Gilin kann es weder bestätigen noch bestreiten, da er nicht mehr spricht.

Ein Schlaganfall hat ihm Wort und Gedanken abgeschnitten, wie eine Bombe, die eine Brücke sprengt, eine lebenswichtige Verbindung, ohne jede Chance, sie wieder aufzubauen. Die Brücke am Kwai ist eingestürzt. Von dem Film weiß ich nur noch, dass ich ihn als Kind mit ihm gesehen habe, und zusammen haben wir geübt, den Marsch zu pfeifen, beide falsch. In meiner Vorstellung ist der Kwai ein gelber Tropenfluss voller Gefahren, an einem auf der Landkarte unauffindbaren Ort gelegen.

Nun sind wir, die Sprechenden, hier auf dieser Seite und fuchteln mit den Armen, ohne ihn erreichen zu können, und er steht allein am anderen Ufer. Versteht er unsere Botschaften? Er macht Zeichen, stößt Laute aus, will etwas sagen, aber was?

Ein Geheimnis.

Ein Schlaganfall im Einklang mit seiner Persönlichkeit.

Ein paar Silben bringt er zwar heraus, einen Namen, ein Verb, und wiederholt diese wenigen, offenkundig ungenügenden Laute beharrlich, wirft sie mit Nachdruck, manchmal voll Wut in den

Abgrund zwischen uns. Er regt sich auf, strengt sich an, versucht, den trüben, tosenden Kwai mit diesen lächerlichen Sinnsteinchen aufzufüllen.

In der ersten Zeit nach dem Schlaganfall war sein sinnloser Kampf mit den Wörtern auch für die Angehörigen schier unerträglich. Dann gewöhnt man sich allmählich daran, wie die Krankenschwestern und das Dienstpersonal. Am Anfang möchte man ihm unwillkürlich helfen, versucht zu interpretieren: Was heißt »Briefmarke«, zwanghaft wiederholt zusammen mit dem Namen eines Freundes, der außerdem vor mindestens zehn Jahren gestorben ist und mit dem er seit zwanzig Jahren keinen Kontakt hatte? Will er ihm einen Brief schreiben, ihn anrufen, wissen, wie es ihm geht? Erinnert er sich nicht, dass er auf seine Beerdigung gegangen ist? Ins Krankenhaus nie, denn Kranke und Krankheiten haben ihn schon immer traurig gestimmt, er war zu empfindsam, zog es vor, sich fernzuhalten.

»Gut«, sagt man zu ihm. »Wir werden Pinot anrufen und ihn von dir grüßen.«

Das genügt nicht, um ihn zu beruhigen.

»Was willst du? Ihn sehen? Das geht nicht, in deiner Lage. Und auch er …«

Nach zwanzig Minuten Tortur hält man es nicht mehr aus und eröffnet ihm: »Pinot ist tot. Du kannst ihm weder eine Postkarte schicken noch ihn besuchen, er ist nicht mehr da.«

Zuerst mit gedämpfter Stimme, wie immer, wenn man vom Tod spricht, vor allem in einer bestimmten Umgebung, wo man im Hintergrund schon das Schleifen der Sense zu vernehmen meint. Dann immer lauter und deutlicher, bis zu dem verzweifelten Schrei: »Er ist tot! Weißt du das nicht mehr? *Kaputt!*«

Kaputt trifft ins Schwarze. Aus seinen Augen spricht Trauer, er hat verstanden.

»Wann?«, fragt er.

»Vor zehn Jahren.«

Gesten schmerzlicher Überraschung. Kopfschütteln. Dann:

»Sigaretta.«

(Manche Wörter sind ihm geblieben.)

Und nachdem sie angezündet und Pinot vergessen ist, fängt es mit einem anderen Wort von vorne an.

Nach einer Weile gewöhnt man sich daran.

Gilin und sein Leben. Zwei Fremde, hautnah in denselben Sack gepackt. Solange gute Zeiten herrschen, verstehen sie sich prächtig, dann beginnen sie sich zu stören, werden Feinde, bekriegen sich.

Mehr als einmal fällt er hin, nachdem er die fünfzig überschritten hat, mit einem Stechen in der Brust, die Arme vorgereckt, das Gesicht in einem unterdrückten Schrei verzerrt, in der Pose eines ins Herz getroffenen Helden aus dem Ersten Weltkrieg – hier aber nicht von einem Maschinengewehr oder Schrapnellsplittern, sondern von einem durchbrechenden Geschwür. Mit der Zeit verschlimmert sich die Lage, die Krankheiten überfallen ihn hinterrücks, Magensäure und Blutzuckerwerte verbünden sich gegen ihn, verstopfte Adern und unheimliche innere Blutungen, überraschende Sterblichkeitserscheinungen, auf die er so reagiert, wie er es versteht: mit List, indem er so tut, als sei nichts, mit Ablenkungsmanövern. Er fordert das Glück heraus, das ihm immer hold war, ihm immer einen Ausweg gezeigt hat. Doch man lebt nicht vom Glück allein, vor allem, wenn das Alter kommt und die Gewandtheit geht. Vor seinen Leiden und seinem Körper zu flüchten erweist sich als schwieriger, als aus dem Haus zu stürmen, wie er es gewöhnlich tut, wenn Tanten, Mutter und Ehefrau ihm auf die Nerven gehen.

Also versucht er zu vergessen, was eine andere Art davonzulaufen ist.

Aus seinem immer bedrückteren und wirkungsloseren Vergessen, durchsetzt mit Krankenhausaufenthalten und halbkomatösen Zuständen, wecken ihn gelegentlich die Drohungen eines mitleidlosen Arztes oder die Blitzbesuche seiner Tochter, die zornig hereinplatzt, Untersuchungsergebnisse schwenkt und Zuckerdosen in den Abfall ausleert, was ihn vielleicht an den alten Hans gemahnt und deshalb zeitweilig fügsam macht.

Dann ergibt er sich blass, tut Buße, vergießt ein paar Tränen, schluckt ein paar Tabletten und wartet, dass seine Frau das Haus verlässt, um die Kekse aus dem Küchenschrank zu stibitzen. In der Wiederholung dieses Kreislaufs, gepaart mit weiteren natürlichen Verfallserscheinungen, ersetzen nach und nach künstliche Herzklappen die, die in seinem Herzen nicht mehr funktionieren, hier staut sich das Blut, hier fließt es unangebracht ab, der eine oder andere Knochen bricht, die Wörter fallen ihm nicht mehr ein …

Und doch hat ihn das Glück noch nicht ganz verlassen. Er ist aus recht hartem Holz geschnitzt. Wenige wären in seinem Alter bei seiner Krankengeschichte noch lebendig. Weisere und vernünftigere Leute, methodische Menschen, die zu rauchen aufgehört, bittere Arzneien geschluckt und auf die Freuden des Lebens verzichtet haben, sind schon nach langem Leiden gestorben. Viel verdienstvollere Leute mussten sich mit bedauerlichen Unfällen oder Lücken im Gesundheitssystem herumschlagen, mit falschen Diagnosen, bürokratischen Verzögerungen, defekten Maschinen. Bei ihm ging immer alles glatt, sofortige Einweisungen ins Krankenhaus, untadelige Chirurgen, perfekt gelungene Röntgenaufnahmen. Die Schwestern mögen ihn, das Dienstpersonal verwöhnt ihn.

Jetzt ist er wieder interniert, diesmal im Altersheim. Er lebt zwischen Bett und Rollstuhl, der im Sommer in einem schattigen Gärtchen und im Winter in einem großen sonnigen Zimmer geparkt ist, zwischen einem Ficus und einem Schaukasten mit den Fotos von dem Ausflug zum Vatikan vor einigen Jahren. Er sieht fern oder starrt vielleicht an die Wand. Rund um ihn ein Dutzend andere, weggetretene Alte, die wieder in ihrer inneren Zeit versunken sind.

Seine Frau und seltener seine Tochter kommen ihn besuchen. Bei ihrem Erscheinen weint er, um ihnen zu bedeuten, wie unglücklich er in seiner ungerechten Gefangenschaft ist. Die Besucherinnen bleiben fast ungerührt, entweder weil sie das Theatralische an seinen Tränen ahnen, oder weil sie hartherzig sind, wie er behauptete, als er noch etwas behaupten konnte. Er weint, und derweil äugt er nach der Tasche, aus der man dann eilig ein Butterbrötchen mit Sardellenfilets oder Salami herauszieht. Schlagartig verstummt das Schluchzen und macht einem Appetit wie im Lager Platz. Auch hier, scheint es, gibt es Leute, die nett zu ihm sind, obwohl sie zum Feind gehören, und auch hier geben sie ihm beinahe genug zu essen, aber weniger, viel weniger, als er möchte.

»Gut siehst du aus«, sagt seine Frau Maria zu ihm. »Du hast abgenommen, hast klare Augen, deine Hände sind abgeschwollen.«

Er mustert sie finster und kaut.

»Du hast eine frische Farbe«, bemerkt sie. »Vorher warst du ganz gelb im Gesicht.«

Mit Blicken versucht er, ihr sein Leiden zu vermitteln, doch ist er auch empfänglich für Komplimente, und sobald er das Brötchen vertilgt hat, mit von Krümeln übersäter Pyjamajacke, überkommt ihn der Drang, ihr einige Heldentaten vorzuführen. Er steht auf, rudert mit den Armen, bleibt gefährlich schwankend auf seinen abgemagerten Beinen stehen und klammert sich an den Rollator, mit dem er ein paar Schritte geht.

Ein Wunder!

Seine Frau ist beeindruckt, aber auch beunruhigt. Unterdessen ist auch sie in dem Alter, in dem die Zerbrechlichkeit der Knochen keine abstrakte Erkenntnis mehr ist, sondern eine ständige Wahrnehmung aus dem eigenen Inneren.

Die Krankenschwester eilt herbei, um ihn wieder hinzusetzen. Sie ist eine schöne junge Frau um die fünfundzwanzig, ein freigiebiges Wesen mit sanfter, sonorer Stimme und einer Masse dichter, glänzend dunkler Haare, die unter der Haube hervorquellen.

»Sei brav, *Aàngelo*«, sagt sie und rückt ihn im Rollstuhl zurecht, »mein lieber Angelino.«

Sie streicht ihm über den Kopf und küsst ihn schwungvoll oben auf seine Glatze.

Schlagartig sind alle Wolken weggefegt, und ein paradiesisches Lächeln verklärt sein Gesicht. Er ist immer noch derselbe, *Cieli bigi*, Wolkenhimmel, in einem begnadeten Moment, nur die Zeit hat seine Merkmale ein wenig verändert. Nun kommen die Frauen der Familie, seine und meine Vorfahrinnen, in seinen Gesichtszügen zum Vorschein, sie zeigen sich in den vor der Brust gefalteten Händen, in den feuchten Augenwinkeln seiner braunen Augen. So, wie er jetzt ist, in den Klauen des Alters, zur Bewegungslosigkeit auf einem Stuhl verurteilt, schwankend zwischen den locker sitzenden Tränen eines Kindes und dem enorm breiten, zahnlosen Lächeln, das sein rundes Gesicht durchschneidet, ähnelt er, ohne es zu wissen, seiner Mutter Maria, *Magna* Giulia und vor allem der fetten Polonia, wenn sie lachte, während ihr die Tränen über die Wangen liefen, wie man sie in ihren letzten Jahren manchmal sehen konnte.

Der Osten und der Westen meiner Kindheit

❖

ES HEISST, ONKEL GIOVANNI habe sich nach meiner Geburt sehr verändert, ein Unterschied wie Tag und Nacht.

Es heißt, er habe sich von meinen ersten Lebenswochen an über die Wiege gebeugt wie die Drei Könige über das Kind im Stall von Bethlehem. Er habe den Atem angehalten, damit meine noch nicht scharf sehenden Babyaugen nicht beschlagen. Mit ausgestreckten Armen habe er mich herumgetragen, rot vor Anstrengung, meine Ruhe nicht zu stören und meine Kleidchen nicht zu zerknittern, und mich hochgehalten wie eine Monstranz über dem Altar.

Er war ein ernster, griesgrämiger Mann, mein Großonkel *Barba* Giovanni, mit hoher Stirn, Bürstenschnitt, Lippen, die nie lachten, und einem nicht zu schmalen, nicht zu dichten, stets perfekt gepflegten Schnauzbart. Er war groß und dünn, ohne hager zu sein, und kleidete sich altmodisch wie vor dem Krieg, obwohl der Krieg seit Jahren vorbei war. Er trug graue oder braune Anzüge, Hemden mit steifem Kragen und eine Weste aus vorne stumpfem, hinten glattem, glänzendem Stoff in den gleichen, glanzlosen Farben der Anzüge. Nur im Sommer und nur zu Hause konnte man ihn manchmal im *Désabillé* sehen, wie Tante Giulia sich ausdrückte, das heißt in Hemdsärmeln.

Als ich auf die Welt kam, lebte er mit seiner Frau Polonia und seiner Schwägerin Giulia nahe am Bahnhof in der Wohnung im zweiten Stock, die auf die breite Allee hinausging. Er lebte ein geordnetes, von Gewohnheiten bestimmtes Leben. Früh am Morgen, wenn es im Winter noch dunkel war, überquerte er den Platz am Ende der Allee und bestieg dort, wo die Straße aus Turin sich gabelt und ein Zweig in den Ort, der andere Richtung Val di Lanzo führt, die Lokalbahn Ciriè–Lanzo, so genannt nach den Namen der beiden Hauptorte, die an ihrer Strecke lagen, obwohl sie offiziell Turin–Ceres hieß.

Es war eine kleine Eisenbahnlinie, auf der Züge mit harten Holzbänken verkehrten. Die Fensterscheiben vibrierten im Rhythmus der Räder, und es zog mächtig. Jeden Tag setzte er sich aufrecht mit unbewegtem Gesicht auf eine dieser Holzbänke und stellte die schwarzlederne Aktentasche neben sich, die in einem gut verschlossenen Blechtöpfchen sein von Polonia zubereitetes Mittagessen enthielt, noch heiß in Zeitungspapier eingewickelt.

Die Zeitung ist *Vita Femminile,* eine erbauliche Publikation für Mütter und Signorine mit Briefen, Rezepten, Benimm-Ratschlägen, Vorlagen für Schals und Stickereien. Oder die sehr bekannte *Domenica del Corriere*, eine wöchentliche Illustrierte, die auf der letzten Seite die Nachricht der Woche bringt, die größte Katastrophe, die größte Heldentat oder die größte Kuriosität. Oder auch *Il Risveglio*, das Lokalblatt, das die Bürgerschaft über Hochzeiten und Todesfälle auf dem Laufenden hält. Das sind die Lektüren, die die drei Mitglieder der Familie teilen und sich in einer genauen Ordnung weitergeben, *La Domenica* und *Il Risveglio* bekommt zuerst er, der gern in den noch raschelnden und unberührten Seiten blättert, *Vita Femminile* geht zuerst an die Frauen und dann, wenn die Nummer veraltet und durch eine neue ersetzt ist, an ihn.

Aber im Zug liest Giovanni nicht, die Lektüre ist dem Abend

nach dem Essen und den Feiertagen vorbehalten. Im Zug sitzt er kerzengerade, starrt streng vor sich hin und erwidert die Grüße von Bekannten mit einem Kopfnicken. Selten wechselt er ein paar Worte mit einem anderen Reisenden, meistens aber hüllt er sich in missmutiges Schweigen, schaut aus dem Fenster, in Gedanken vertieft, die denen, die ihn ansehen, großartig vorkommen. Er hat den Ruf, menschenscheu zu sein. Seine Antworten sind kurz und wenig ermutigend. Ein paar Worte über das Wetter oder die Ereignisse der Lokalberichterstattung, dann Schweigen. Die Männer rund um ihn unterhalten sich, spielen Karten, rauchen Zigarren, dösen an Wintermorgen in ihre Mäntel gehüllt und ziehen an Sommerabenden bei der Rückkehr lärmend ihre Flachmänner heraus.

Stoisch erträgt er sie.

Für die etwa zwanzig Kilometer von Ciriè nach Turin braucht der Zug eine gute halbe Stunde, er hält überall: in San Maurizio, Caselle, Borgaro, wo andere Pendler zusteigen. Giovanni fährt bis zur Endhaltestelle, dem kleinen Bahnhof am Corso Giulio Cesare, der später verfiel und aufgegeben wurde; doch in jenen Jahren ist er sehr belebt, das ganze Val di Lanzo kommt dort an, Leute, die in Turin studieren und arbeiten und dann abends in ihre Dörfer zurückkehren, jeden Tag außer sonntags, wenn der Verkehr, zumindest im Sommer, andersherum fließt, morgens von der Stadt zu den Dörfern des Tals, auf der Suche nach Kühle, Gebirgsbächen, Wiesen und Osterien, und abends, wenn es Zeit ist heimzufahren, zurück in die Stadt.

Vom Corso Giulio Cesare biegt Giovanni sofort rechts ab, um den riesigen, stets lauten Bazar unter freiem Himmel an der Porta Palazzo zu umgehen, und geht durch die kleinen Trödlerstraßen, dann ein Stück durch die Cottolengo-Anlage, Wege zwischen hohen, verschwiegenen Mauern, hinter denen sich lautlos die Nonnen bewegen, die ihr Leben den Armen, Kranken und

Elenden geweiht haben. Er kommt am Corso Regina Margherita auf der Höhe des Rondò della Forca heraus, wo einst, heißt es, die Erhängten vom Galgen baumelten. Er überquert den Platz und biegt links in den Corso Valdocco ab, der nach einigen Blocks zum Corso Palestro wird, einer würdevollen, baumbestandenen Straße, wo im Haus Nummer 14 das Handwerker-Kollegium untergebracht ist, ein Institut, das vor über hundert Jahren gegründet wurde, um Waisenknaben oder Findlinge aufzunehmen und ihnen ein Handwerk beizubringen.

Am Ende seines immer gleichen Weges durch die Orte der sozialen Barmherzigkeit des 19. Jahrhunderts und der heiligen Pfarrer Turins, Cottolengo, Don Bosco und Don Murialdo, betritt Giovanni das strenge Gebäude des Kollegiums, eine geschlossene Schachtel mit großen, hohen Fenstern und ewig von Schritten widerhallenden Fluren. Er geht bis zu einer Kammer, wo er seine Mappe abstellt, die Jacke auszieht und gegen einen braunen Kittel tauscht, über den er eine zerkratzte, fettfleckige, lederne Arbeitsschürze bindet. Abends macht er die gleichen Gesten in umgekehrter Reihenfolge, zieht die Jacke wieder an und umfasst fest den Griff der klobigen, schwarzen Mappe, die jetzt leichter ist, da der Henkelmann darinnen geleert, gespült und sorgfältig abgetrocknet wurde.

Sein Tag spielt sich in einem rein männlichen Universum ab, unter Jungen zwischen zwölf und neunzehn Jahren, denen er das Bearbeiten von Metall an der Drehbank beibringt.

Ist er ein guter Lehrer? Liebt er seine Arbeit? Wie denken seine Schüler über ihn?

Er wird eine raue, manchmal bedrückende Bezugsperson für sie gewesen sein, so wie diese Mauern aus dem 19. Jahrhundert an einem Wintertag sein konnten, kalt und unzugänglich. Doch gleichzeitig auch solide, beschützend und ohne Überraschungen. Sicherlich respektieren sie ihn und fürchten seinen umwölkten

Blick, die zusammengepressten Lippen, den knochigen Finger, mit dem er auf Nachlässigkeiten und schlecht gemachte Arbeit zeigt. Von ihm erwarten sie nicht, dass er sie schlägt oder an den Ohren zieht, denn seine Reizbarkeit drückt sich nur in kurzen Schimpfworten, zornigem Murmeln und funkelnden Blicken aus. Beleidigt verzieht er das Gesicht, furchterregend wie ein zürnender Mars, aber er wird nicht handgreiflich und hebt nur selten die Stimme.

Und am Abend kehrt er zu seinen Frauen nach Hause zurück, wo es stets nach Küche und Talkumpuder duftet und eine vage Aufregung wegen einer neuen Geburt zu spüren ist – ein Schlaglicht in einem Meer von Kindern, die darauf warten, auf die Welt zu kommen. Wenn im Dorf über ihn gesprochen wird, nennen sie ihn den Mann von Polonia, der Hebamme, diesen Bazzoli, der die Mattioda geheiratet hat, oder den Schwager von Giulia aus der Landwirtschaftsgenossenschaft.

Er und Polonia führen eine ruhige, gelungene Ehe, bitter ist nur, dass sie keine Kinder haben. Wenn seine Frau diesen Mangel ausgleicht, indem sie sich auf Gemeindeebene als Unternehmerin für Geburtshilfe betätigt, so hat er nur seine Schüler, die kleinen Handwerker, und vielleicht gewinnt er sogar den einen oder anderen ein bisschen lieb; aber keiner von ihnen findet Eingang in sein Leben, keiner besucht ihn, so wie ihre nunmehr erwachsenen ehemaligen Säuglinge Polonia mit Kindern und Enkeln besuchen, die ebenfalls Polonia auf die Welt geholt hat, denn über Generationen werden die Kinder zu Hause geboren, von den erfahrenen Händen der Hebamme in Empfang genommen und auf den Po geklopft.

Schon in den Zwanzigerjahren haben Giovanni und Polonia deren jüngere Schwester Giulia aufgenommen, die mit siebenundzwanzig Jahren Witwe wurde. Es gehört sich nicht, dass eine junge Witwe allein lebt, auch wenn es sich um eine arbeitende

Frau handelt, vor allem in diesem Fall. Eine Angestellte, die wie sie jeden Tag mit Männern zu tun hat – Bauern, die mit dem Fuhrwerk voller Säcke ankommen, Großhändlern mit Lieferwagen, Unterhändlern mit gewandtem Auftreten und Kopierstift in der Brusttasche und Parteifunktionären mit Eigentümergehabe –, tut gut daran, abends an einen sicheren Ort zurückzukehren, geschützt vor Geiern und Gerüchten.

In den ersten Jahren geht die Schwägerin Giulia mit ihren im Haus verstreuten Haarnadeln und den Romanen, in denen als Buchzeichen Bonbonpapiere liegen, Giovanni vielleicht etwas auf die Nerven. Doch dann begreift er, dass die zwei Schwestern zusammen das Haus erfüllen, alle Ritzen abdichten, wie eine allein es niemals könnte. Polonia lächelt bei Giulias Geplauder, ihre frohen und schwermütigen Regungen beschäftigen sie und ersetzen ihr teilweise das Kind, das nicht gekommen ist. Am Abend sitzen er und Polonia nicht allein vor dem Suppenteller. Außerdem ist es sehr bequem, zwei Hausfrauen zu haben: Die Tischdecken sind immer schneeweiß, die Servietten ordentlich gefaltet, hinter der Türe warten seine akkurat nebeneinanderstehenden Pantoffeln auf seine Rückkehr.

Die Schwestern wiederum, mit der von Mitleid durchsetzten Ehrerbietung, mit der die Frauen ihrer Generation die Männer behandeln (Herren der Welt, aber nicht in der Lage, sich einen Knopf anzunähen, und schon bei leichtem Fieber völlig hilflos), machen ihm in ihrer Zweisamkeit Platz. Ohne Aufhebens tolerieren sie seinen griesgrämigen, brummigen Charakter, entwickeln routinemäßig einen gutmütig-spöttischen Umgang mit ihm, von dem er abhängiger wird als sie, wie von einem Beruhigungsmittel.

Am Abend kann man ihn in der Küche sitzen sehen, wie er hilft, die Wolle aufzuwickeln, streng und ausdruckslos, die Ellbogen eng an die Seiten gedrückt, die Arme im rechten Winkel, die Hände halten den Strang gespannt. Oder wie er Schoten in die Emailschüssel enthülst, die bei jeder hineinfallenden Bohne mit einem leichten Ton antwortet, oder wie er mit aufgekrempelten Ärmeln und frisch am Wetzstein geschliffenen Messerchen Obst zum Einmachen schält. Bei jeder Arbeit kann man sich auf seine Präzision und Pedanterie verlassen. Er ist ihr Vertrauensmann. Manchmal, wenn man sie alle drei zusammen sieht, gleicht Giovanni einer weiteren Mattioda-Schwester *en travesti*, in Verkleidung.

Wie sehr er in dieser kleinen weiblichen Welt beheimatet ist, spiegelt sich in seinem gewohnten Ausruf: »*Ammi mi povra dona!*« Wie in einer Opernarie, einem Drama aus dem 19. Jahrhundert, seufzt man in unserer Familie laut: *Ahimè, povera donna che son io!* Ach, ich arme Frau! Und das tut vor allem er, *Barba* Giuanin.

Vor dem im Winter beschlagenen Fenster stehend, die Arme hinter dem Rücken verschränkt, oder auf dem winzigen Stühlchen sitzend, das er beim Schuhputzen benutzt, die Augen über der erhobenen Bürste ins Unendliche der Wand gerichtet, sagt Onkel Giovanni: »*Ammi mi povra dona!*«, traurig, wie nur eine Frau es sein kann, und bringt mir so das weibliche Einmaleins des Klagens bei.

Andere Male entschlüpft ihm der Satz beim Zeitunglesen als bitterer, empörter Kommentar zum Tagesgeschehen. Oder um sich zu distanzieren, wenn er, ohne sich einzumischen, Klatsch und Tratsch aus der Nachbarschaft hört. *Ammimipovradona*, ein einziges, untrennbares Wort, wird, von seiner Bassstimme geflüstert oder geknurrt, Teil meines Wortschatzes und ist in der Erinnerung eins mit seinem Schnurrbärtchen, seinen Westen, seinen glatten Wangen, die nach Rasierseife riechen.

Im Jahr 1890 geboren, war er bei meiner Geburt zweiundsechzig Jahre alt.

Onkel Giovanni tritt schon alt aus der Vergangenheit hervor, mit grau meliertem Bürstenschnitt. Einige Gegenstände von ihm sind mir im Gedächtnis geblieben: eine silberne Tabaksdose für eine Prise starken Schnupftabaks, der die Nase frei macht und dabei heftige Niesanfälle auslöst, eine winzige Kanone aus gedrehtem Metall, ein langer, vergilbter Elfenbeinkonus, Teil eines Elefantenstoßzahns. Als junger Mann war er anscheinend in Abessinien gewesen, wohin ihn sein Bruder, der Pfarrer Don Giacomo, gerufen hatte, um mit den *moru,* den *sarvaj* zu arbeiten. Mit den Schwarzen, den Wilden. Doch Afrika war nichts für ihn; er war bald nach Italien zurückgekehrt, um zwischen seinen Frauen Wurzeln zu schlagen, den Mattioda-Schwestern. Polonia und Giulia, wie ich sie von einem Jugendfoto her kenne. Lächelnde Augen über den appetitlich gerundeten Wangen, die ausufernden Körper in weite Kleider mit breiten farbigen Streifen gehüllt, die vom mächtigen Busen schnurgerade herunterfallen. Giovanni hat sie gewählt, um hinter diesen beruhigenden Bollwerken aus Fleisch Schutz zu suchen wie in einer Festung. Onkel Giovanni kann Menschen kaum ausstehen, doch zwei Gruppierungen hasst er besonders: Verwandte und Kinder.

Am unerträglichsten von den Verwandten findet er die Bäuerin Maria. Unvorhersehbar geht sie aus und ein, kommt ohne anzuklopfen mit verschmierten Schuhen und schwarzen Fingernägeln vom Garten ins Haus. Maria, die es immer eilig hat, die nie stillhält, die lacht und Grimassen schneidet, die alles mit einem Schulterzucken abschüttelt, macht sich vor seiner ungeheuren Missbilligung klein und schlüpft davon wie eine Eidechse zwischen den Steinen. Giovanni würde ihr am liebsten den Schwanz abreißen, aber sie verschwindet rasch, bevor er sich ihr nähern kann. Maria hebt ihren hellen Blick zu dem Schwager auf – erschrocken? rebellisch? augenzwinkernd? –, und eine Sekunde später ist sie nicht mehr da. Doch sie kommt immer zurück. Sie kommt plötzlich aus den Mauerritzen, materialisiert sich in den Abendschatten, grau in grau, in der Hand ein Töpfchen, ein Bündel, einen Bund erdige Karotten, und in ihren Taschen klimpern verlorene Knöpfe und rostige Nägel. Für ihn, der einen militärischen Sinn für Ordnung und persönliche und häusliche Sauberkeit hat, sind ihre Ungepflegtheit und Unordnung tief verletzend. Maria mit ihrem bäuerlichen Fatalismus, ihrer nervösen Demut, ihrem ätzenden Humor, die sogar ihren fetten Schwestern zum Trotz mager zu bleiben scheint, um nicht wie sie das Gewicht und die Solidität des neuen Wohlstands auf sich zu nehmen, Maria ist für ihn so, als würde sie die ganze Familie um zwei bis drei Generationen zurückwerfen, in jene dunkle Zeit, als Frauen, Männer und Vieh gemeinsam auf dem Stroh schliefen, ohne Anstand oder Scham.

Die Schwestern behandeln Maria mit der gönnerhaften, ein wenig verächtlichen Toleranz, die man den einfachen Leuten vorbehält, denen, die schließlich alle bedienen; Giovanni dagegen erklärt ihr einen dumpfen Grabenkrieg, der erst mit dem Tod des einen oder des anderen oder beider Feinde enden wird.

Maria bringt zwei Söhne zur Welt, und die Schwestern wählen den zweiten, um ihn zum Mittelpunkt ihrer Zuneigung zu machen. Vielleicht hat sich zu Anfang auch Giovanni ein bisschen von Angelo verführen lassen, der bis ins Alter von drei Jahren Kleidchen trägt, wie damals üblich, und die *Magne* gehen mit ihm zum Fotografen, damit er den Kleinen in einem dünnen Baumwollhängerchen ablichtet, das die Grübchen an seinen Knien frei lässt. In diesem Kleid mit weißem Kragen, eine Schleife im Haar und ausgeschnittene Schuhchen à la Daisy Duck ist er ein Puppenkind, hat die gleichen lebhaften Augen wie seine Mutter, nur dunkler, und an seinem Lächeln sieht man, er weiß, dass er geliebt wird.

Als er jedoch größer wird, löst Angelo, genannt *Cieli bigi*,

Wolkenhimmel, bei den Tanten und bei Giovanni unterschiedliche Reaktionen aus. Die Frauen sind bereit, all seinen Launen nachzugeben, und voller Nachsicht für das, was Giulia »seine kleinen Streiche« nennt, während Giovanni immer mehr auf Distanz geht, ohne aber direkt einzugreifen. Er sieht den Neffen so verwöhnt heranwachsen wie das Pferd eines Obersten. Ein Pferd, das Zügel und eine gelegentliche Abreibung bräuchte, doch stattdessen halten ihm die Frauen ständig Zucker auf der Handfläche hin. Es gibt Streit und Gemurre im Haus; Giovanni beschuldigt den Neffen, ein *fagnano* zu sein, ein Faulpelz, ein Lügner, und die *Magne* beschuldigen Giovanni, er sei gemein und ungerecht zu dem *pòr cit*, dem armen Jungen. Wieso arm? Hier tauschen die beiden Schwestern einen Blick, der alles sagt, was man nicht laut sagen darf. Arm, weil er das Pech hatte, nicht bei ihnen, sondern bei diesen Eltern auf die Welt zu kommen, einer barfüßigen, wilden Bäuerin und einem Bergbauern, der noch Holzschuhe trägt. Polonia und Giulia tun nichts, als dieses ursprüngliche Unglück wiedergutzumachen, immer wieder aufs Neue.

Giovanni weiß, dass sie ihm beide gewohnheitsmäßig Geld zustecken, doch da sie verdienen – und Polonia mehr als er, so gesucht, wie sie im Dorf und in der Umgebung ist –, kann er nichts sagen. Das bringt ihn noch mehr auf.

»Der wird euch noch ruinieren!«, prophezeit er, während er beleidigt nasses Zeitungspapier auspresst und zu großen Kugeln zusammenknüllt, die auf dem Dachboden zum Trocknen ausgelegt und dann im Ofen verbrannt werden, eine Sparmaßnahme aus Kriegszeiten, die auch danach noch einige Jahre bestehen bleibt. »Ihr füttert ihn wie ein piepsendes Küken, das den Schnabel immer weiter aufsperrt, bis es euch eines Tages noch auffrisst!«

Als Angelo zum Militärdienst eingezogen, von den Deutschen gefangen genommen und in Deutschland interniert wird, die Nachrichten auf sich warten lassen und nach einer Postkarte nichts mehr kommt, wünscht sich Giovanni, Angelo möge nicht mehr zurückkehren, das wäre sicher besser für alle.

»Wenn ihn doch eine Deutsche nähme, eine Polin, eine Russin«, fügt er in Richtung Polonia und Giulia hinzu, die sich die Ohren zuhalten, um nichts zu hören.

Eines Tages äußert er diesen frommen Wunsch auch seiner Schwägerin Maria gegenüber, allerdings ohne den barmherzigen Zusatz über eine nordische Samariterin. Ohne mit der Wimper zu zucken, sieht sie ihm starr in die Augen, dann senkt sie den Blick zu Boden (sie sind auf der Hauptstraße des Dorfes, er ist Öl kaufen gegangen, die Flasche mit dem Korken schaut aus der Einkaufstasche heraus, sie hält ihre Schürze, unter der etwas zappelt, an die Brust gedrückt) und scheint gedankenverloren die Pflastersteine zu zählen.

»Gottes Wille geschehe«, murmelt sie nach einem Moment, »was wir wollen, zählt nicht.«

Dann macht sie auf dem Absatz kehrt und geht, die Zipfel der Schürze an sich gedrückt, in der es immer hektischer zuckt.

»Hast du geweint?«, fragt Polonia sie später. »Du hast gerötete Augen.«

»Ach, nichts. Gina hat mir ein Kaninchen gegeben, aber ich habe ihm auf dem Heimweg eine Pfote gebrochen.«

»Und deswegen weinst du?«, sagt Polonia. »Bring es her, das koche ich am Sonntag.«

»Armes Tierchen«, seufzt Giulia. »Am Sonntag kommt der Pfarrer, meinst du, da reicht ein Kaninchen?«

Giovanni sitzt stumm am Tisch, er hat während des Essens kein Wort gesagt.

Doch Angelo kommt zurück und beginnt, mit einem Mädchen aus dem Dorf zu »reden«, mit einer Maria Grazia, einer Nichte von dieser Ninin Davito, die bei Magnoni arbeitet.

Wenn zu jener Zeit ein junger Mann und eine junge Frau »zusammen reden«, ist schon alles entschieden, beinahe offiziell; die Mütter zählen noch einmal die Laken der Aussteuer, die Väter bauen, wenn sie Haus und Grund haben, noch ein Zimmer an für das Paar. Maria Grazia jedoch hat ihren Vater in Amerika verloren, das Land haben diesseits wie jenseits des Ozeans der Tod und der Krieg verschlungen, und ihre Mutter ist halbseitig gelähmt. Sie hat nichts und niemand, außer den Tanten, die sie aufgezogen haben, praktisch ist es jetzt nur noch eine, Ninin, da Michin 1943 am Tumor gestorben ist und Margherita, Witwe mit einem noch kleinen Sohn, andere Sorgen hat.

So begleitet Ninin sie zu dem, was in einem anderen Milieu das offizielle Verlobungsessen wäre, das bei Polonia, Giovanni und Giulia stattfindet. Die junge Verlobte ist zu befangen, um zu essen, lächelt errötend und sitzt stocksteif da vor Angst, die Ellbogen auf den Tisch zu stützen und nicht richtig mit dem Messer umzugehen. Ninin ist beeindruckt von der Menge der aufgetragenen Speisen und empört über die Essgewohnheiten der zukünftigen Verwandten.

»*Cojòn*, diese Trottel, schieben sich eine ganze Scheibe Schinken in den Mund!«, erzählt sie der armen Maria, die mit ihrem Büchlein mit Heiligengeschichten zu Hause geblieben ist. Sie hier essen zu einer Scheibe Schinken einen Laib Brot, praktisch ein Abendessen. Und außerdem wüssten sie gar nicht, wo sie den Schinken herkriegen sollten, in diesen Zeiten.

Das Essen ist aber gut verlaufen. Polonia und Giulia waren herzlich, freundschaftlich, gerade entgegenkommend genug, um die zukünftige Braut ihres Wohlwollens zu versichern. Maria, die Mutter des Verlobten, saß die ganze Zeit still und stumm am Ende des Tisches, lächelte aber die Gäste jedes Mal an, wenn sich ihre Blicke begegneten. Lorenzo, Angelos Vater, begann nach ein paar Gläsern Wein, die Schönheit und Frische der Braut zu loben, während sie wie auf Kohlen dabeisaß, Polonias Mann ihn mit Blicken durchbohrte und Angelo finster wurde. Zum Glück hat Polonia dann eine Geschichte mit glücklichem Ausgang über Sieben-Monats-Zwillinge erzählt, und alle waren wieder guter Laune. Es gab sogar Gebäck zum Nachtisch, echte süße Beignets mit Creme, und echten Espresso.

Seiner Familie hat das Mädchen gefallen. Dass sie nichts hat, macht nichts.

»Das wäre ja noch schöner«, sagt Ninin, »er ist ja kein Prinz! Ein armer Schlucker ist er. Was hätte er denn, wenn diese Tanten nicht wären? Einen versoffenen Vater und einen Steinhaufen in den Vaude.«

Der Steinhaufen ist ein karger kleiner Weinberg mit ein paar verwilderten Obstbäumen darauf.

Doch eines Abends sieht meine Mutter, die noch nicht meine Mutter ist, einen Schatten hinter dem Torpfosten hervortreten, als sie von der Fabrik nach Hause kommt. Leicht beunruhigt steigt sie vom Fahrrad und schließt es an.

»Grazia!«, ruft der Schatten halblaut.

Ohne es zu wissen, hatte meine Mutter das erwartet. Am liebsten möchte sie weglaufen, hinauf zu ihrem Abendessen und einem Abend wie alle anderen.

»Ich muss mit dir reden«, sagt Angelos Mutter bedrückt und hängt sich bei ihr ein.

Schweigend gehen sie die dunkle Straße entlang, die in das Villenviertel mit den umzäunten Gärten führt. Es riecht nach Herbst, nach verbranntem Laub, nach feuchter Erde.

Was sagt meine Großmutter zu ihr? Es muss schwierig sein für eine Frau, die das Reden nicht gewöhnt ist, etwas zu sagen, was sie nicht sagen möchte. Wie auch immer ihr Versuch ausgeht, meine Großmutter weiß, dass sie die Verliererin sein wird.

Bestimmt hat sie ihr gesagt, dass sie ein braves Mädchen ist, dass sie schön ist und jeder sie gern nähme. Dass er nicht bösartig ist, dass er ein gutes Herz hat. Dass sie leicht einen anderen mit einer besseren Arbeit finden könnte, sogar einen, der studiert hat. Dass schon der Lehrer in der Schule immer sagte, dass Angelo intelligent sei, sich aber nicht anstrenge.

Und dann, als die fertigen Sätze alle waren, hat sie zu Boden geschaut, auf ihre ausgetretenen Schuhe, die sich Schritt für Schritt auf dem Schotter vorwärtsbewegen. Sie hat gespürt, wie der Arm des Mädchens auf dem ihren schwer wurde, Widerstand leistete. Sie hat ihre Hände genommen, hat sie ihr mit dem Atem gewärmt, weil sie eiskalt sind.

Sie hatte Gewissensbisse, weil sie sie dort in der Kälte festhielt.

Sie sind um die Ecke gebogen, sind schon halb zurückgegangen. Die Bäuerin Maria muss sich beeilen, ihr bleibt wenig Zeit.

Unter der Straßenlaterne bleibt sie stehen, sieht meiner Mutter eindringlich in die Augen, mit diesem Blick muss sie ihr alles sagen. Beider Atem bildet Wölkchen in der Dunkelheit.

»Er«, sagt meine Großmutter. »*Chiel, chiel*«, sie weiß nicht weiter.

»*Chiel a l'è parei*«, so ist er eben, sagt sie zuletzt und breitet resigniert die Arme aus, überlässt es der Geste, den Satz zu beenden.

»So ist er eben«, wiederholt sie und lächelt zur Entschuldigung, dass sie sich nicht besser ausdrücken konnte.

»Arme Grazia«, sagt sie dann und streichelt sie, leidet unter ihrer Verlegenheit. Angesichts des Schweigens meiner Mutter empfindet meine Großmutter Mitleid und ein Gefühl von Fatalismus, wie so häufig, wenn sie mit Schulterzucken reagiert nach dem Motto: Was willst du da machen?

Die quietschenden Bremsen eines Fahrrads schrecken die beiden auf. Meine Mutter macht sich aus dem Griff los und dreht sich zu ihrem Haus um.

»Geh nur«, sagt meine Großmutter, «geh, es ist spät. Denk darüber nach. Verzeih mir. Verzeih mir.«

Meine Mutter weiß nicht, ob sie sie um Verzeihung bittet, weil sie sie vor dem Abendessen aufgehalten hat, weil sie ihr Zweifel an Angelo nahelegen will oder weil sie ihn geboren hat. Sie ist ein wenig verstört, aber nicht zu sehr. Trotz ihres fügsamen und nachdenklichen Charakters ist sie wie alle jungen Leute überzeugt, dass die Alten ihr nichts darüber beibringen können, wie man sein Leben leben soll, denn die Alten sind müde und blicken in die Vergangenheit und haben nicht mehr die Kraft, die sie in sich fühlt. Plötzlich tut ihr diese kleine dunkle Frau leid, deren Augen im Schein der Straßenlaterne glänzen und die immer aussieht, als wolle sie davonlaufen wie ein Hund, der Fußtritte fürchtet.

»Machen Sie sich keine Sorgen«, sagt meine Mutter. »Ich bin mir sicher, weil ich ihn lieb habe.«

Meine Großmutter drückt ihr noch einmal fest die Hände und seufzt, dann, rasch, wie sie gekommen ist, verschwindet sie im Abend.

Maria Grazia und Angelo reden viereinhalb Jahre miteinander, ohne sich je viel zu sagen. Sie treffen sich zwei- bis dreimal in der Woche, gehen zusammen aus, ins Kino, manchmal zum Tanzen, halten sich an der Hand, tauschen heimlich ein paar Küsse. Er verspricht, dass er alles regeln wird, sie werden ein Auto und viel Spaß haben. Sie sind ein schönes Paar. Angelo ist ein James Dean aus der Provinz, frecher Blick und rebellische Tolle, über der Brust offenes Hemd und weite Hosen mit Abnähern, sie hat noch ihre präraffaelitische Mähne, die ihr offen auf die Schultern fällt, und ihre staunenden Augen, doch inzwischen ist sie eine jener Frauen geworden, nach der sich die Männer auf der Straße umdrehen, wozu auch die wachsende Verfügbarkeit von Lebensmitteln in der Nachkriegszeit und die Glockenröcke der Fünfzigerjahre ihren Teil beigetragen haben. Er kauft sich eine Sonnenbrille wie die amerikanischen Schauspieler und prunkt damit am steinigen Strand der Stura, wo die jungen Männer unter der Brücke zum Baden gehen mit ihren bleichen, vom Unterhemd gezeichneten Oberkörpern. Dort gibt es damals Gumpen, die tief genug sind, um ein paar Züge zu schwimmen, nach Regenfällen kann man sogar von der Brücke hineinspringen, eine Heldentat, die den Tanten die Milch stocken lässt, als sie davon erfahren, umso mehr, als Angelo sich bei seinem einzigen Sprung am Kopf verletzt und erschrocken und blutend wieder auftaucht. Maria steht am Flussufer dabei und beißt sich auf die Finger. Die Mädchen baden nicht, weil sie keinen Badeanzug besitzen, sie beschränken sich darauf, ihre Fußgelenke zu benetzen, indem sie die Röcke heben und einen mehr oder minder kühnen Teil ihrer Beine zeigen. (Die Jungen besitzen ebenfalls keine Badehose, sie plantschen in der Unterhose oder in alten aufgekrempelten Hosen.) Sie lässt sich versprechen, dass er nie mehr springen wird. Es ist eines der wenigen Versprechen, die Angelo in seinem Leben einhält. Von der Brücke springt er nicht mehr. Aber er badet weiterhin in der Stura und nimmt später ohne Wissen der Mutter und der anderen Frauen im Haus auch seine kleine Tochter mit, bis der Fluss von den Abwässern der IPCA in allen Regenbogenfarben zu schillern beginnt.

Dann findet Gilin dank Polonias Beziehungen einen Posten als Arbeiter in der Papierfabrik. Grazia arbeitet weiter in der Weberei, doch Giulia erzählt ihr, dass sie in der Gemeinde Angestellte suchen, und überredet sie, sich zu bewerben. Nach fünf Jahren Nachkriegszeit beginnt endlich eine neue Ära, es ist etwas mehr Geld da, vor allem den jungen Leuten scheint der Krieg nun weit weg zu sein. Es ist 1950, und man beginnt aufzuatmen.

Im Mai 1950 heiraten sie und fahren auf Hochzeitsreise mit

dem Zug nach Venedig. Sie reist genau so, wie sie vor den Altar getreten ist, in einem Kostüm aus schwerer, stumpfer, olivgrüner Seide, denn die verstiegene Idee, ein Vermögen auszugeben für ein Kleid, das man nur einmal im Leben trägt, hat sich noch nicht durchgesetzt: Das Hochzeitskleid ist eine Investition, der Festtagsstaat der folgenden zehn Jahre. In Venedig bleiben sie allerdings nur drei Tage anstatt sechs, wie vorgesehen, denn am Abend des dritten Tages lässt er sie im Hotel allein und geht seiner eigenen Wege. Er kommt spät zurück, als sie schon schläft, und am nächsten Morgen sagt er unruhig und finster zu ihr, jetzt könnten sie auch heimfahren, Venedig hätten sie doch gesehen, oder? Hier ist alles teuer, und das Geld ist fast aufgebraucht. Nachgiebig und leicht zufriedenzustellen, ärgert sie sich nicht allzu sehr, dass er sich auf ihrer Hochzeitsreise langweilt; man weiß ja, dass es die Männer nicht sonderlich interessiert zu bummeln, Kirchen, Paläste und Aussichten zu bewundern und die Tauben auf der Piazza San Marco mit Brotkrümeln zu füttern. Wo das Geld geblieben ist, fragt sie nicht, sie weiß nicht, wie viel die *Magne* ihm mitgegeben haben, und außerdem ist Venedig wirklich teuer, das Getränk im Caffè Florian hat so viel gekostet wie ein Mittagessen. Sie steigen wieder in den Zug und sehen die Stationen des Hinwegs in umgekehrter Reihenfolge vorbeiziehen: Padua, Verona, Desenzano, Mailand und schließlich Turin, wo sie in die Lokalbahn der Ciriè–Lanzo umsteigen. Maria möchte vorher am liebsten bei jedem Halt aussteigen, die Reise hat sie neugierig gemacht, sie brennt darauf, unbekannte Orte zu sehen, verschiebt diesen Wunsch aber wie so viel anderes auf ein Morgen, das vielleicht kommen wird. Angelo erholt sich rasch von seiner momentanen Niedergeschlagenheit und ist bald wieder übermütig, bereit, sie zu umarmen und bei jeder Gelegenheit zum Lachen zu bringen. Nun sind sie Mann und Frau, ein einziges Wesen vor aller Augen, angefangen bei dem Pfarrer, der sie getraut hat und sie schon nach wenigen Monaten im Dunkel des Beichtstuhls in Verlegenheit bringt mit der Frage, warum sich denn noch kein Kind angekündigt habe.

Das Ehepaar zieht in die Wohnung im zweiten Stock in der Via Vittorio Veneto mit Blick auf einen Hof mit Bäumen, den keine Zementrohre mehr zieren, sondern die großen Ballonflaschen eines Weinhändlers, der dort sein Lager eingerichtet hat. Nach dem Krieg sind die zwei Zimmern zum Treppenabsatz, in denen Maria Grazia mit ihrer Mutter und den Tanten gelebt hat, zu zwei Wohnungen mit je vier Räumen und Bad ausgebaut worden. Eine davon belegt meine Familie, die andere ist an ein junges Paar vermietet, er ein aus dem Süden ins Piemont versetzter Wachtmeister, sie Hausfrau.

Angelo lebt nun mit drei Frauen, seiner jungen Ehefrau, deren Mutter (die ihm wahrscheinlich so harmlos und vernachlässigbar vorkam wie seine eigene) und Ninin, der außergewöhnlichsten Persönlichkeit im Haus. Ninin gleicht in keiner Weise seinen Tanten Giulia und Polonia, sondern eher Onkel Giovanni. Sie hat sogar ein schmales Oberlippenbärtchen, so wie er. Mit ihr in diesen vier ineinandergehenden Zimmern zu wohnen, wo der Balkon, der sie verbindet, der einzige unabhängige Raum ist, ähnelt ein bisschen dem Leben in einer Kaserne, in der Ninins schallende Stimme morgens um sechs den Weckruf der Trompete ersetzt. Doch Angelo lässt sich nicht so leicht einfangen. Er ist Spezialist im Flüchten, Entweichen und Verschwinden. Wenn Ninin zu einer Beschimpfung ansetzt, ist er schon aus dem Haus, bevor sie ihren Satz beendet hat.

Obwohl Ninin die Bäuerin Maria nicht so gut leiden kann, ist sie sich doch in einem Punkt mit ihr einig: So ist er eben. Aber ihr Ton ist anders, wenn sie diese Worte ausspricht: nicht entschuldigend, sondern anklagend.

So, aber wie?

»Man muss ihn verstehen, er war schließlich in Gefangenschaft«, sagt meine Mutter.

»Was heißt das schon, viele waren in Gefangenschaft!«, erwidert Ninin, nicht geneigt, die mangelnde Ernsthaftigkeit des angeheirateten Neffen zu entschuldigen. Sie erinnert sich sehr gut, dass er schon vor dem Krieg *so* war, als Polonia Mattioda die Runde durch die Kneipen machte, um seine Schulden zu bezahlen.

Doch aus Liebe zu meiner Mutter insistiert Ninin nicht. Sie schweigt. Sie reagiert sich bei der armen Maria ab, die mit ihrem schiefen Lächeln zuhört und wer weiß was versteht. Gilin ist ein Liederjan, ein dummes Gör, ein Skandal! Er zieht die Schuhe aus und schmeißt einen dahin und einen dorthin! Und wann er heimkommt! Und das Kino, die Freunde, und seine Arbeitsscheu!

In Wirklichkeit geht Gilin jeden Tag zur Arbeit in die Papierfabrik, wenn auch nicht ganz freiwillig – ohne die Trompetenstöße am Morgen würde er vielleicht im Bett bleiben –, und bringt seinen Lohn nach Hause. Maria Grazia oder Grazia – wie sie inzwischen fast alle nennen außer Ninin, für die sie immer und ausschließlich Maria bleibt – ist dagegen in der Gemeinde angestellt worden, fühlt sich dort aber nicht wohl, die Tätigkeit gefällt ihr nicht, die Kolleginnen sind boshafte Klatschbasen, und sie trauert der Fabrik und ihrer Webstuhlfreundin Alfonsina nach. Häufig kommt sie mit geröteten Augen nach Hause. Ninin sorgt sich um sie, wie schade, so eine gute Stelle, aber man kann nicht mit ansehen, wie sie sich so verzehrt, was tun? Margherita bietet ihr die Lösung an: Vor einigen Jahren hat sie ein kleines Lebensmittelgeschäft eröffnet, doch da sie jetzt noch einmal heiratet, will sie es weggeben, sie wird es ihr überschreiben.

Mit zweiundvierzig, Witwe mit einem fünfzehnjährigen Sohn, hat Margherita sich einen siebenundvierzigjährigen Witwer genommen, der zwei Töchter hat, eine davon noch ein Kind.

Es klingt wie eine Vernunftentscheidung, die zwei durch Trauerfälle zerbrochene Familien zusammenführt, doch für Margherita sind die Jahre mit dem zweiten Mann die schönsten. Er heißt Pasquale, aber nach dem Krieg ist ihm sein Partisanenname Carletto geblieben. Er ist groß und handfest, hat eine hohe Stirn und graue Schläfen, und obwohl er Kommunist ist, weckt er bei den anderen Vertrauen und Respekt, sogar bei Ninin, für die Kommunisten gefährliche Umstürzler sind und bleiben. Doch Carletto geht sonntags zur Messe, war gleich nach dem Krieg Bürgermeister von Ciriè, trägt elegante zweireihige Jacketts und hat einen guten Posten als Abteilungsleiter bei IPCA, der Fabrik für Farben und Lacke unten nahe an der Stura, wo zuerst verhalten, dann im großen Stil ein Programm zur Flussverschönerung durchgeführt wird, indem man die roten, gelben und blauen Rückstände aus der Produktion in das Gewässer leitet.

Margherita und Carletto wohnen mit ihren Kindern in der Via Vittorio Veneto Nr. 13, in der geräumigen Wohnung, die Margheritas erster Mann Ermanno ihr hinterlassen hat, gleich neben ihren Schwestern und dem Paar Grazia-Angelo, die in Nr. 15 wohnen. Das kleine Lebensmittelgeschäft, das Margherita an ihre Nichte abgibt, liegt fünfzig Meter weiter in der Via Remmert und tritt zur gleichen Zeit ins Leben meiner Familie wie ich. Ich bin noch in ihrem Bauch, in einer warmen, nicht vom Ultraschall geschändeten Dunkelheit, ein Fragezeichen in Gottes Hand, oder weltlicher gesprochen, in Polonias Händen, als meine Mutter mit ungeheurer Erleichterung ihre alte Arbeit aufgibt und mit banger Vorfreude auf das Kommende ihr Lädchen in Besitz nimmt. Daher verbringe ich den Winter vor meiner Geburt zwischen Säcken voll Pasta Agnesi und Orangenkörben, während meine Mutter immer mehr zunimmt und die Tanten sie ermuntern: »Iss, Kind, isst, du brauchst es.« Sie lässt es sich nicht zweimal sagen, auch weil die Erinnerung an den Hunger im Krieg noch nicht verblasst ist; inmitten all dieser Lebensmittel, die das Auge und die anderen Sinne reizen, verbündet sich der Hunger von gestern mit dem von heute und treibt sie dazu, dick mit Salami und Käsescheiben belegte Brötchen und saftige, frisch aus Sizilien eingetroffene Blutorangen zu verschlingen.

Giovannis Unduldsamkeit gegenüber seinem Neffen weitet sich auf dessen neue Familie aus. Meiner Mutter, die sich von ihrer angeheirateten Tante Hebamme untersuchen lässt, teilt er mit, er beabsichtige, sich einen Schäferhund anzuschaffen und ihn auf die Verwandten loszulassen. Von da an klopft meine Mutter immer ein wenig ängstlich an die Tür und hofft, dass eine der Tanten ihr öffnen möge.

Ende März legt sich Maria Grazia dann eines Tages um die Mittagszeit ins Bett, und noch vor dem Abend bin ich da, ein rosiges Mädchen mit dunklem Flaum auf dem Kopf, jedem beliebigen Neugeborenen ähnlich, nur dass ich mit platt gedrückter Nase herausgekommen bin, die sich zur großen Erleichterung aller wieder aufrichtet, noch bevor ich eine Woche alt bin. Nach einem Monat werde ich in der Pfarrkirche getauft und trage zu diesem Anlass ein blütenweißes, handbesticktes Kleidchen und ein Häubchen, mit echten Burano-Spitzen gesäumt, die Tante Giulia in dem vornehmen Geschäft »Alla Fonte Dei Pizzi« in Turin gekauft hat. In einem eleganten, grauen Anzug wohnt Giovanni mit feucht verschleiertem Blick meiner Taufe bei.

Anscheinend leistet er keinerlei Widerstand, lässt sich vom ersten Augenblick an vollkommen gehen. Als hätte er mich seit Jahren erwartet, und endlich bin ich da. Unter all den vielen Kindern, die seine Frau auf die Welt gebracht hat, bin ich dasjenige, das für ihn bestimmt ist, für ihn persönlich.

Ein Mädchen, es konnte nicht anders sein.

(In denselben Jahren werden zwei Cousins von mir geboren,

Söhne anderer Neffen von Polonia und Giulia. Giovanni bemerkt es nicht einmal. Er zeigt keinerlei Interesse für sie, und nicht nur das, als sie groß genug sind, um ihn mit ihrem Toben und Geschrei zu stören, zögert er nicht, ihnen mit dem Stock zu drohen.)

Ich bin das große Ereignis seines Alters. Mit mir wird er Onkel, Großvater und Mutter und gestattet sich am Ende seines Lebens alle Freuden und Sorgen, um die er die Frauen vielleicht all die Jahre beneidet hatte. Er versteckt sich nicht. Es ist ihm gleich, dass man über ihn lächelt, über das Urteil der Welt ist er hoch erhaben.

Seine Frau Polonia erzählt, dass er nun abends, wenn sie von der Arbeit kommt, als Erstes fragt: »Hast du sie heute gesehen, die Kleine?«

»Kein Wort für mich«, sagt Polonia lachend. »Die Kleine, es gibt nur die Kleine.«

Schon in meinem allerersten Frühling trägt er mich an den langen Mai- und Juniabenden auf dem Arm spazieren, er kommt mich abholen, und man sieht ihn schrecklich konzentriert mit seinem weißen Bündel über die Straße gehen, als wäre das kurze Stück von uns bis zur Platanenallee ein Kriegspfad voller Gefahren. Dann wandern wir langsam unter den Bäumen auf und ab bis zu dem kleinen Platz vor der Grundschule, wo es zu dieser Jahreszeit betäubend nach Lindenblüten duftet.

Die Nachmittage verbringe ich in dem kleinen, dreieckigen Gemüsegarten, der sich, zwischen zwei Straßen eingekeilt, hinter Mutters Laden öffnet. Dort stellen sie mich in den Schatten einiger Götterbäume und einer Ligusterhecke, und die arme Maria, meine Großmutter mütterlicherseits, setzt sich mit ihrem schwarzen Büchlein mit Heiligenlegenden neben mich. Am Ende meines ersten Sommers habe ich Farbe bekommen, Arme und Beine sind braun gebrannt von diesen Nachmittagen im Freien.

Mit zwei Jahren, als ich laufen gelernt habe und es kein Halten mehr gibt, passiert ein denkwürdiges Missgeschick. Während Onkel Giovanni einen Bekannten begrüßt, klettere ich auf den Rand des kleinen Brunnens mit der Liktorenstele und falle hinein.

Die Tanten sehen ihn aschfahl und nach zwei Stockwerken atemlos mit dem nassen, quengeligen Kind im Arm heimkommen und leisten nach dem ersten Schrecken die notwendige Hilfe. Ich werde umgezogen und beruhige mich sofort, er aber ist außer sich, spricht unzusammenhängend, reißt sich die Haare aus (die wenigen, die er noch hat); das Gläschen Cognac, das seine Frau ihm als äußerste Notfallmaßnahme eingeschenkt hat, zittert in seiner Hand, und die Flüssigkeit spritzt auf die Weste.

Im Lauf der Zeit wird diese Geschichte, bevor sie in Vergessenheit gerät, legendär und für würdig erachtet, auf der letzten Seite der Zeitung *Domenica del Corriere* illustriert zu werden: Ich mit Gesicht nach unten im Brunnen, aus dem wehenden rosa Kleidchen schauen das weiße Höschen und die strampelnden Beine heraus, und im Vordergrund er, Onkel Giovanni, den Mund in einem Schrei verzogen, die Arme entsetzt und flehend zum Himmel erhoben. Im Hintergrund reagieren die Bürger von Ciriè betroffen auf die sich abzeichnende Tragödie: Eine Frau presst sich die Hand auf den Mund, eine Gruppe erschrockener Kinder deutet auf mich, ein Mann zieht sein Jackett aus, um zu meiner Rettung in den Brunnen zu springen. Am Ende der Allee, vor der Mauer der Schule, sieht man deutlich das Feuerwehrauto heranbrausen. Doch keine Angst, denn dort oben im Himmel über den Wipfeln der Platanen, neben dem Glockenturm der Kirche San Giovanni, streckt uns eine kleine, strahlende Madonna mit leicht spöttischem Blick ihre barmherzige Hand entgegen.

So ungefähr schildern die Tanten noch über Monate, über Jahre die dramatische Episode, mit glänzenden Augen und vor Lachen bebendem Kinn.

Er bleibt ernst. Nie auch nur ein flüchtiges Lächeln.

Und dann kommt unsere schönste Zeit, die der Küsse und bunten Bänder.

Er ist in Rente gegangen, nimmt nicht mehr jeden Morgen den Zug, um den Corso Palestro 14 aufzusuchen. Zum letzten Mal hat er die fleckige und zerkratzte Lederschürze gefaltet, die nun in der Kammer schlummert. Auf einem Stühlchen, das er nur dafür benutzt, putzt er weiterhin regelmäßig seine Schuhe, trägt sie aber nur am Sonntag oder wenn er selten einmal ins Dorf geht.

Mit den Ersparnissen ihres ganzen Lebens haben sie ein wenig außerhalb, genau zwischen den Wohnungen der zwei anderen Schwestern Mattioda, Delfina und Margherita, ein Stück Land mit einem Bauernhaus an der Provinzialstraße gekauft, die nach Westen und zur Stura hin führt.

In dem Bauernhaus, das ziemlich groß ist, hat sich schon seit einiger Zeit Maria einquartiert, die es vor dem Kauf gemietet hatte; sie bewohnt zwei Zimmer im ersten Stock, und der Rest, eine Wohnung im Erdgeschoss und ein geräumiger Heuschober, wird nun renoviert, um ihn dann an eine Bauernfamilie zu vermieten. Neben dem alten Gebäude aus rotem Backstein bauen die Tanten und Onkel Giovanni ein Häuschen für sich an, ein weißer Würfel mit vier Zimmern, Flur und Bad unten, und darüber ein großer leerer Raum, der als Dachboden belassen wird.

Als ich vier, fünf Jahre alt bin, wird dieses noch nicht ganz fertige Haus zu meinem Landsitz. Die Wände riechen noch nach Kalk und Farbe. Die Küche, die ein Fenster nach Süden und eines nach Westen besitzt, wird mit Möbeln aus den Dreißigerjahren eingerichtet, sachlich, gerade, mit abgerundeten Kanten. Massiver und aufwendiger das Mobiliar des Wohnzimmers, das nach Westen und Norden schaut und wo die Rollläden fast immer geschlossen bleiben. Einschüchternd und ein wenig langweilig das unbequeme Sofa mit Metallrahmen und dicken, doofen, mit Perlchen bestickten Polstern, das Buffet und sein Gegenstück aus dunklem, gewachstem und poliertem Holz mit verschlungenen geschnitzten Girlanden. Doch wird das Wohnzimmer sowieso nur zu äußerst seltenen Gelegenheiten bei Besuch benutzt und dient sonst als Vorratskammer, weil es zu jeder Jahreszeit kühl und im Winter eiskalt ist. (Abgesehen vom Herd in der Küche hat das Haus keine Heizung.) Es ist das Schlaraffen-Zimmer: Der große, viereckige Tisch, die Regale und sogar die Fensterbretter sind ständig mit Vorräten übersät, Tüten mit Grissini, im Ölpapier schwitzende Salami, Töpfe und Platten, in denen sich unter dunkelblauen Emaildeckeln Rostbraten, Schmorbraten, Sülzen und Torten verstecken.

Hinter dem Haus an der Nordwand befindet sich der angebaute kleine Holzschober aus rohen Backsteinen. Drinnen herrschen dichtes, staubiges, von Spinnweben durchzogenes Halbdunkel und der drückende Geruch von gehacktem Holz, alten, rostigen Klingen, Terpentin und DDT.

In diesem Haus sind die vier Himmelsrichtungen lebendig und bedeutungsvoll wie auf antiken Landkarten. Der Norden ist die Seite des Schattens und der Feuchtigkeit, des grünen Schimmels auf den Steinen, er ist das Fenster zur Nacht. Der Süden ist die Sonne, die mittags den Tisch überflutet, während die Eidechsen sich auf der Umfassungsmauer aalen. Der Westen sind die offenen Felder, das lockende Abenteuer. Wie es sich für die Wohnung alter Leute gehört, hat das Haus keinen Osten. Die östliche Mauer ist blind, angelehnt an das Bauernhaus der Großmutter. Die Sonne sieht man nicht aufgehen außer als Widerschein auf den Blättern des Pflaumenbaums vor dem Fenster, auf den gelben Früchten, die sich an den Ästen häufen und herunterfallen auf den Kies.

Vor dem Haus, im Reich des Südens, gibt es einen Hof mit schmächtigen, zähen Ranken von rot und gelb blühendem Portulak und einer Bank an der Wand, wo man sitzen und an Sommerabenden die Glühwürmchen beobachten kann. An den Hof anschließend kommt der sogenannte »Garten«, gesäumt von einer Rebenreihe. Im Garten wachsen Tomaten, Zucchini, Zwiebeln, Basilikum und andere Kräuter, außerdem Erdbeeren und vor allem Blumen; Blumen sind Tante Giulias Leidenschaft, sie wählt sie aus Katalogen aus und bestellt sie, und dann kommen die Samen und manchmal sogar die Pflänzchen per Post. Es gibt schwarz gesprenkelte rosa Lilien namens Kaiserkrone, weiße Anemonen mit grünem Herz, pompöse Dahlien, Rittersporn mit zerknitterten, rosa, indigo und violetten Blütenrispen, fade blaue Rabatten aus gewöhnlichem Leberbalsam. Außerdem, und über Jahre, Herbstastern, Kosmeen, hauchzart wie Reispapier, gegen Ende des Sommers rustikale Zinnien, Friedhofsgladiolen und die geheimnisvolle Akelei, vor der ich verzaubert stehen bleibe. Und Rosen natürlich, duftende Rosen, die es heute nicht mehr gibt. Und eine blaue Klematis, die sich um den aus rotem Backstein gemauerten Torpfosten rankt.

Jenseits des Gartens kommt das Haus ihrer Schwester Delfina mit seinem kleinen kiesbestreuten Hof, seinen Hecken und seinem Garten, und daran schließt der Gemüsegarten der Bäuerin Maria an, mit langen Reihen von Salat, Erbsen, Kartoffeln, und mit Obstbäumen, Kirschbäumen, Apfelbäumen, einem kränkelnden Aprikosenbaum und Birnbäumen, an denen harte, wurmstichige Birnen wachsen. Großmutters Gemüsegarten ist erdig und matschig, es gibt dort keine Blumen außer ein paar Büscheln zerrupfter Margeriten in den Ecken, und im Graben oder unter den Bäumen findet man weggeworfene, durchgebrochene alte Körbe, Samentüten, rostige Sicheln und anderes geheimnisvolles Werkzeug in unterschiedlichen Verfallsstadien. Rundherum wuchert das Gras, frei, dicht, wimmelnd von Insekten und Regenwürmern, im Sommer sündhaft kitzelig auf der verschwitzten Haut zwischen den Zehen. Hinter dem Gemüsegarten beginnt das offene Land. Das ist meine Grenze, an der ich mich ins Unbekannte vorwage wie Livingstone in Afrika, wie Lewis und Clark in Louisiana, jeden Tag ein wenig weiter, und auf meiner geistigen Landkarte Reihen von Maulbeerbäumen einzeichne, an deren niedrigen Aststümpfen man hinaufklettern kann, um sich zwischen den Zweigen zu verstecken, Bäche, an deren Ufern die weißen Blüten des wilden Knoblauchs wachsen, und schattige Winkel, wo schmale Wiesenpilze aus dem Boden schießen.

Auf diesen Erkundungen begleitet mich Onkel Giovanni, oder er setzt sich unter einen Baum und folgt mir mit den Augen. An einem Sommerabend gehen wir bis nach Devesi, um den Jahrmarkt mit den Buden und dem Mandelkonfekt zu besichtigen. Auf dem Rückweg trägt er mich auf seinen Schultern, und ich schwanke stolz wie eine kleine Maharani auf einem Elefanten, an seinen Kragen und seine Ohren geklammert, seine Hände fest um meine Fußgelenke geschlossen.

Wären die sechs Monate unserer Glanzzeit alle auf einen Tag zusammengedrängt, so wäre es ein Tag gegen Ende des Sommers, wenn die gelben Köpfchen der Kamille reifen. Die Bäuerin Maria hat von der Wiese große Bündel davon mitgebracht, die nun als gelber duftender Haufen auf dem Boden auf einer Decke ausgebreitet sind, und die Tanten sitzen rundherum, ein Tuch um den Kopf geknotet, im Halbschatten auf dem schmalen Streifen zwischen der Hauswand und der Umfassungsmauer. Sie legen sich eine Handvoll Kamille auf den Schoß, reißen Blüte für Blüte die Köpfchen ab und werfen sie auf ein Tablett, das auf einem alten, wackeligen Tisch steht. Dann beugen sie sich vor, nehmen die nächste Handvoll vom Haufen, ein wenig keuchend unter der Schwere ihrer Körper. Sie unterhalten sich ruhig und gemächlich, betrachten uns aus dem Augenwinkel, während wir zwei durch den Garten streunen. Ich habe ein Körbchen gewollt, um Ernte zu spielen, und habe es bekommen, und mein Knappe, mein Leibwächter folgt mir treu.

»Was hat unsere kleine Bäuerin denn heute geerntet?«, erkundigt sich Tante Giulia, die die betuliche, gezierte, in ihrer Jugend übliche Ausdrucksweise liebt und immer zu mir sagt, ich müsse ein *Modellkind* sein, was mich verwirrt, denn ich weiß, dass Modelle diese Dinger aus Seidenpapier sind, die man zum Kleidernähen braucht, aber was ist dann ein Modellkind, ein Kind aus Seidenpapier?

»*Ammi mi povra dona*«, sagt Tante Polonia und nimmt ihrem Mann das Wort aus dem Mund. »Ach, ich arme Frau. Schau dir das an!«

Ich habe ein Massaker unter den Gemüsewinzlingen angerichtet, Zucchini, so groß wie mein Zeigefinger, Minitomaten, grün und hart wie Murmeln.

»Aber so erntet man das Gemüse doch nicht! Man muss es wachsen lassen! Alles vergeudet! Und du hast keinen Ton gesagt!«

Er blickt zu Boden, zieht den Gürtel seiner alten grauen Hose hoch.

»So ein Theater wegen zwei Zucchini«, murrt er.

»Ein bisschen gesunder Menschenverstand!«, protestiert Tante Giulia. »Die Kleine weiß es nicht besser, aber du!«

Nachsichtig, wie sie sind, lachen die Tanten schon über unsere Großtat.

»Komm«, sagt er, »wir gehen Hände waschen.«

An der alten Pumpe am Brunnen vor dem Haus bewegt er mit gesenktem Kopf den Schwengel auf und nieder, während ich mich erwartungsvoll zu dem dünnen Rohr vorbeuge. Der Wasserstrahl plätschert erst lau, dann kalt, dann eisig auf meine warmen Hände. Ich sammle das Wasser in den Handflächen und schütte es Onkel Giovanni mit einem Freudenschrei ins Gesicht. Er droht mir mit dem Finger und trocknet sich mit dem großen Taschentuch ab, das er immer einstecken hat. In seinem Schnurrbart glitzern kleine Tropfen.

»Bei den Tanten und Onkel Giovanni kannst du dir alles erlauben, da bist du wie das Öl«, sagt Ninin zu Hause süßsauer zu mir.

»Wieso das Öl?«

»Weil das Öl immer oben schwimmt, immer obenauf.«

Die beiden Häuser meiner Kindheit sind durch deutliche Grenzen getrennt, sind verschieden und ergänzen einander wie die Werktage und die Feiertage. Im Werktagshaus gibt es Regeln, die man einhalten muss: nicht vom Balkon herunterbeugen, nicht an die Wände schreiben, seinen Teller restlos aufessen, aufstehen, wenn es Zeit ist … Im Feiertagshaus bin ich die Regel, die alle anderen übersteigt.

Ninin verabscheut dieses zweite Erziehungssystem, das gibt sie mir zu verstehen. Obwohl ich die Verweichlichungen im Haus der Tanten und des Onkels über alles liebe, gebe ich ihr im Grunde recht. Ich mag ja sein wie das Öl, aber ohne ihren Essig könnte ich nicht leben, das weiß ich.

Die Kamillenblüten sind auf dem Dachboden im Schatten der Balken unter den roten Ziegeln zum Trocknen ausgebreitet worden. Die Tanten sind ins Haus gegangen, um das Abendessen zuzubereiten. Wir zwei sitzen draußen auf der Bank vor dem Küchenfenster. In ihrem dünnen, anthrazitgrau bedruckten Kleid, das an ihr herunterhängt, als wäre sie selbst gar nicht drin, kommt die Bäuerin Maria aus dem Gemüsegarten zurück. Sie geht schnell, eilig wie immer, die Schürze voller Grünzeug.

Maria bückt sich, um ihre Last am Rand des Gartens zu Füßen der Weinrebe abzulegen. Sie breitet ein altes, zerknittertes

Blatt Papier aus, streicht es glatt, streut eine Handvoll Kürbissamen darauf, noch klebrig vom gelben, fauligen Fruchtfleisch.

Er beobachtet sie mit zusammengekniffenen Augen. Dann flüstert er mir plötzlich zu: »Lauf und zieh das Papier unter den Samen weg! Lauf!«

Ich zögere einen Moment. Onkel Giovanni hat graue Wangen von den Barthaaren, der Mund ist streng wie immer, doch diese leicht atemlose, heimliche, komplizenhafte Stimme reizt und entzückt mich.

»Lauf!«, sagt er und gibt mir einem Schubs.

Und mit der ganzen Leichtfüßigkeit meiner fünf Jahre laufe ich los. Maria ist noch keine drei Schritte weit entfernt, da sind ihre Samen schon zwischen dem Kies verstreut.

Laut lachend kehre ich triumphierend zum Onkel zurück. Doch er zieht mich weg, wir verstecken uns hinter der Hausecke.

Ich schmiege mich an seine grauen Hosenbeine. Er sieht mich von oben her an, einen Finger auf den Lippen: »Pssst!«

Reglos stehen wir hinter der Mauer. Ich halte es nicht mehr aus und spähe hinüber: Im Hof kniet meine Großmutter auf dem Boden und klaubt ihre Samen auf, und ich betrachte ihren gebeugten, grauen Rücken, ihre schon ein wenig von der Arthritis deformierten, flinken Hände. Sie schimpft nicht, sie fragt nicht, wer war das?, sie dreht sich nicht zu uns um.

Als sie fertig ist, steht sie auf und geht mit gesenktem Kopf davon, ohne einen Blick zurück.

Onkel Giovanni ist wieder der alte. Er hat schlechte Laune.

»Komm, lass uns reingehen, es ist Zeit zum Abendessen.«

Ich weiß nicht, ob ich schuldig bin oder ob man mir verziehen hat für das, was ich getan habe. Als wir eintreten, erschreckt mich der Schatten, der sich im Flur geballt hat, und mit einem kurzen Aufschrei, der die Tanten beunruhigt, renne ich in die Küche.

Bei den Tanten besteht das Abendessen nicht, wie bei uns zu Hause, aus ein paar Resten vom Mittag, die zu gering sind, um sie am nächsten Tag wiederzuverwerten, gefolgt vom rituellen Milchkaffee, der, wie unsere Marketenderin Ninin sagt, alle Löcher stopft.

Bei den Tanten besteht das Abendessen aus frischem Blattsalat aus dem Garten, mit fein geschnittener Zwiebel und Kerbel, einem feinen Kraut, das einer zarten, pfeffrig-scharfen Stickerei gleicht. Es gibt Schinkenröllchen, gefüllt mit russischem Salat und umhüllt von bebendem Aspik aus entfetteter Brühe, die nach Lorbeer und Gewürznelken duftet; hart gekochte Eier, der Dotter zerdrückt und mit Thunfisch und Kapern angemacht, die ich beiseitelege, weil sie zu salzig sind, und die Onkel Giovanni sich von meinem Tellerrand holt. Zu den unbestrittenen Spezialitäten von Tante Polonia gehört geschmortes Kaninchen, das eine Nacht lang in Wein eingelegt und dann in Milch auf dem Ofen gegart wird, bis das Fleisch so zart ist, dass es sich vom Knochen löst, bevor es auf den Teller kommt. Und eine lockere, duftige Apfeltorte, die immer ein wenig auf der Zunge bizzelt wegen der großzügigen Dosis an Vanille. Tante Giulia, die eine Leidenschaft für Süßes hat, schiebt zu dieser Jahreszeit reifes Obst mit einer Creme aus Eiern, Zucker, Amaretti und Schokolade ins Rohr, darüber noch etwas Zimt und Butterflöckchen. Das Ergebnis überfordert in seinem Reichtum meinen kindlichen Mund und lässt auf meiner Haut rote Blasen sprießen.

Ich bin ein unkompliziertes Kind, esse alles, was man mir auf den Teller legt, habe keine Unsitten und keinen Widerwillen, und die Tanten loben mich.

»So ein braves Kind, ein Modellkind« (Visionen von gefaltetem Seidenpapier, von Ausschneidepuppen aus Papier mit Kleidern zum Ausschneiden). Ich lerne Italienisch, bis zum vierten Lebensjahr habe ich nur Dialekt gesprochen, und die Tanten setzen ihren Ehrgeiz darein, meine Lehrerinnen zu sein. Sie verkünden, dass bei Tisch nur noch Italienisch gesprochen wird, eine nicht umgesetzte Drohung, denn alle gleiten bald wieder in den Dialekt ab. Mit Bestürzung erfahre ich, dass die Dinger, die Onkel Giovannis Hose halten, nicht *bertele*, sondern *bretelle* heißen. Werde ich je die Nuancen dieser Fremdsprache lernen, die meine werden soll?

Ich kann schon lesen, doch einige Wörter erstaunen mich zutiefst. Wer oder was ist dieser Galateo – der italienische Knigge –, den Tante Giulia ständig im Munde führt? Wo wohnt er? Wie sieht er aus? Ist es ein Ding oder eine Person? Der Galateo sagt, dass man beim Essen die Ellbogen nicht auf den Tisch aufstützen darf. Der Galateo ist anspruchsvoll und äußerst kritisch, man kann ihn nie zufriedenstellen. Er beschränkt sich nicht auf die Abendessenszeit, denn er wird auch angerufen, wenn wir ins Dorf zum Einkaufen gehen und ich brav und still sein muss, ohne mich an Tante Giulias Röcke zu hängen und zu quengeln: »Lass uns heimgehen, ich bin müde!« Vor allem muss ich die Personen grüßen, bei denen sie für eine Unterhaltung stehen bleibt, fremde alte Damen, die endlos schwätzen, während mir die Beine einschlafen und ich vor Langeweile Krämpfe kriege, alte Herren, die nach Kampfer und Tabak riechen und mich manchmal furchtbar ärgern, wenn sie mir mit zwei Fingern in die Wange kneifen und dann auch noch über meine wütenden Blicke lachen.

Meine Großmutter Maria isst nicht mit ihren Schwestern. Sie bleibt in den zwei Zimmern im ersten Stock des Hauses nebenan bei diesem schwarzen, groben, schrecklichen Alten, der ihr Mann und mein Großvater ist, und ich denke nicht an sie, ich habe sie schon vergessen. Jedenfalls für heute Abend. Noch weiß ich nicht, dass man nichts von dem, was man den anderen antut, je vergisst.

Essen erfordert meine ganze Aufmerksamkeit, ich beobachte

die Tanten und versuche, ihnen nachzueifern, für Polonia und Giulia ist Essen ein Genuss, und sie zelebrieren es, sie stürzen sich nicht gierig auf die Speisen, sondern kosten sie in aller Ruhe, freuen sich an den Farben und Gerüchen, kommentieren sie, vergleichen sie mit Gerichten aus der Vergangenheit, bewerten feinfühlig die Schmackhaftigkeit. Sie lehren mich Gabel und Messer zu halten, einen Happen nach dem anderen abzuschneiden und anmutig zum Mund zu führen. Sie gießen ein wenig Wein in mein Wasser, das sich rubinrot färbt, ich hebe das Glas und schaue hindurch, die Glühbirne in der Opalglaslampe lässt es funkeln.

Meine Großtanten väterlicherseits sind Hedonistinnen, Philosophinnen vom Lande, die es verstehen, Tag für Tag die Süße des Lebens zu genießen, die ihnen hilft, auch das Bittere zu schlucken.

Gegen Ende der Mahlzeit, wenn ich satt bin und spüre, dass ich keinen Bissen mehr runterkriege, kommt nach dem Schmecken auch das Auge zu seinem Recht, und ich verliere mich in der Betrachtung der Desserttellerchen, auf denen leicht verblasste, aber immer noch unendlich wunderbare Zeichnungen von violetten Pflaumen, goldenen Pfirsichen, grün-bläulichen Trauben und roten Kirschen erscheinen. Für mich ist ein besonderes Tellerchen mit einem lustigen Zwerg reserviert, der in einem roten Pilz mit weißen Punkten und rauchendem Schornstein auf dem Hut wohnt. Bei mir zu Hause sind die Teller weiß und nur dazu da, Speisen aufzunehmen. Doch hier zeigen sehr viele Gegenstände einen Willen zur Verschönerung, eine manchmal naive oder groteske Fantasie, die meinem Geist ungeahnte Horizonte eröffnet. Für mich beinhalten diese Teller Gärten und Jahreszeiten und ferne, von unvorstellbaren Geschöpfen bewohnte Länder. Sie sind wie die Bilder in den Märchenbüchern, manchmal entzückend und manchmal erschreckend oder verstörend; oder wie die nächtlichen Träume.

Nach dem Abendessen und nach dem kleinen Spaziergang im Hof, wo die Schatten unterdessen den Garten verschluckt und in einen anderen, gefährlichen und seltsamen Ort verwandelt haben, in den ich mich allein nicht vorwage, setzen wir uns wieder um den Küchentisch, die Tanten mit ihrem Nähzeug, Onkel Giovanni mit der Zeitung. Doch ich halte es nicht lange aus, dass sie sich anderen Tätigkeiten widmen, und verlange bald wieder ihre ganze Aufmerksamkeit, was die Frauen zwingt, Nadel und Fingerhut beiseitezulegen, und ihn, die Zeitung wieder zusammenzufalten. Ich überrede Tante Giulia, das Objekt meiner abendlichen Sehnsüchte zu holen, den im Schrank ihres Zimmers verschlossenen Schatz. Es handelt sich um eine Keksschachtel aus Blech Marke Lazzaroni voller bunter Bänder, Borten, Litzen, Posamente. Ich plündere sie, rolle die roten, grünen und lila Atlasbänder aus, ziehe sie durch die Knopflöcher von Onkel Giovannis Hemd und Weste, binde sie ihm um den Hals und um den Kopf und schmücke ihn mit Schleifen. Er hält brav still und lässt sich verzieren, und die Tanten wundern sich lachend mit lauter Stimme, wie man sich im Alter verändert, was man so ein kleines Mädchen mit sich machen lässt und wie man sich darüber freut. Sie lachen ihn aus, während er unbeirrbar ernst bleibt und keine Miene verzieht, um mein Spiel nicht zu stören.

»Onkel Giovanni«, sage ich zu ihm, indem ich stolz mein Werk betrachte. »Wie schön du bist!«

Und vor ihm auf dem Tisch sitzend, mit den baumelnden Beinen gegen seine Brust trommelnd, schlinge ich die Arme um seinen Kopf und drücke zwei, drei zufriedene Schmatzküsse auf sein Bürstenhaar.

Er sieht mich mit anbetenden Augen an.

»*Bombonin*«, flüstert er.

»*Bombonin*«, hauche ich zurück.

»*Prussòt*«, sagt er zu mir.

Und ich erwidere: »*Prussòt.*«

Und die Tanten halten sich den Bauch vor Lachen. *Prussòt* ist eine kleine Birne, vielleicht von jener alten, piemontesischen Sorte »Martin Sec«, die in Wein gekocht besonders gut schmeckt. *Bombon* sind mit Zucker glasierte Mandeln. In der Sprache unserer Heimat sind die zärtlichsten Kosenamen alte Leckereien aus der Küche der Armen.

Dann, erschöpft und auf dem Tisch schon halb eingeschlafen, werde ich ins Bett gebracht. Ich schlafe in Tante Giulias Zimmer, in dem großen Ehebett, wo sie auf einer Seite eine Mulde für mich gemacht hat. Einige Minuten lang fühle ich mich weder hüben noch drüben, schwankend im Nirgendwo, vielleicht nahe den duftenden Urwäldern, wo die Früchte wachsen, die auf den Desserttellern dargestellt sind. Die Lichtstreifen, die über die Decke gleiten, wenn auf der Provinzstraße ein Auto vorüberfährt, kommen mir vor wie geheimnisvolle Zeichen, die meinen Aufbruch in angrenzende Welten ankündigen. Dann schlafe ich tief ein.

Am nächsten Morgen sitzen Onkel Giovanni und ich vor unseren Milchschälchen, und Giulia gießt aus einem emaillierten Kännchen ein wenig Kaffee hinein. Ich beiße in eine dick mit gelber Butter bestrichene Scheibe Zuckerbrot, was ich in wenigen Stunden mit Nesselfieber büßen werde, aber sie schmeckt so gut, dass sie einen Adoptionswunsch in mir weckt: »Wenn meine Mama und mein Papa sterben, nehmt ihr mich dann zu euch?«, frage ich mit butterglänzenden Lippen.

»Schhh!, sag so was nicht, das sagt man nicht«, protestiert Giulia hoch zufrieden.

»Warum?«

»Darum. Man spricht nicht über den Tod der Menschen. Und noch dazu bei Mama und Papa.«

»Aber nehmt ihr mich?«

»Ja«, sagt Onkel Giovanni, während er mir mit der Serviette die Finger abwischt, »ja, wir nehmen dich.«

Dann ziehen sie mich an, und der Onkel begleitet mich nach Hause. Hand in Hand gehen wir nebeneinander auf der Provinzstraße, die ins Dorf führt, und er passt seinen Schritt dem meinen an. Bei jedem entgegenkommenden Auto, und es sind noch nicht viele, zieht er mich an sich, und wir warten, bis es vorbei ist. Zu Hause im Hof angelangt, ruft er von unten, und Ninin tritt auf den Balkon hinaus.

»Ich bringe die Kleine«, sagt er schroff.

»Guten Tag«, sagt Ninin förmlich, sich die Hände an der Schürze trocknend. »Kommen Sie herauf, trinken Sie eine Tasse Kaffee.« Onkel Giovanni ist der Typ von Mann, den sie beinahe bedingungslos gutheißt, deshalb lädt sie ihn ein. Und deshalb erwartet sie nicht, dass er annimmt.

In der Tat antwortet er: »Ich habe keine Zeit.«

Und nach kurzem Überlegen: »Danke.«

Ich umklammere seine Hand, und während ich ungewohnte, vielversprechende Szenarien vorausahne (Onkel Giovanni bei mir zu Hause, zwei konvergierende Parallelwelten), fordere ich, bitte ich ihn inbrünstig: »Komm, komm, komm!«

»Geh hinauf, geh«, sagt er, ohne meine Hand loszulassen.

»Komm mal gucken«, schreit mein Vater von oben, »es gibt eine Überraschung!«

Und neben ihm, gerade aufgewacht, in Hose und Unterhemd, mit noch offen baumelndem Gürtel (hätte er heute Morgen denn nicht bei der Arbeit sein müssen?), sehe ich einen winzigen, vierbeinigen, schwarzen Schatten zappeln.

Mit einem Kreischen befreie ich mich aus Onkel Giovannis Hand und laufe wie der Wind die zwei Stockwerke hinauf. Wir haben einen Hund!

Einen Moment bleibt Onkel Giovanni verdutzt stehen. Allein und verlassen mitten im Hof, scheint er nicht zu wissen, wieso er überhaupt hier ist.

»Der hat uns gerade noch gefehlt, der Hund!«, murrt Ninin von oben, bevor sie wieder in der Küche verschwindet.

Onkel Giovanni macht auf dem Absatz kehrt und zieht sich zurück, würdevoll und besiegt.

Der Hund ist ein kleiner Mischling, der sich rühmen darf, teilweise von der Rasse der Spitze abzustammen. Er ist schwarz mit weißem Stern auf der Brust, weißen Stiefelchen, einem unermüdlichen Ringelschwanz und Ohren, die sich lauschend zum Dreieck aufstellen oder schlapp über der aufmerksamen Schnauze und dem hechelnden Maul ruhen. Er heißt Pucci und schläft, wenn Ninin es nicht sieht, am liebsten auf dem Sofa. Sobald er sie irgendwo in der Wohnung hört, springt er hinunter und geht mit Unschuldsmiene seiner Wege. Sie streicht mit der Hand über das Polster, fühlt die Wärme und greift nach dem Besen: »Wenn ich dich erwische, du Mistvieh!«

Doch er ist ein Meister der Flucht wie sein Herr Gilin. Er ist ein freier Hund, nie wird es in unserem Haus eine Leine und ein Halsband geben, Pucci kommt und geht zu jeder Stunde, selig und verantwortungslos, wie nur ein Hund es sich erlauben kann, und vielleicht nicht einmal er. Mein Vater beneidet ihn, und sicher versucht er aus diesem Grund ab und zu, Pucci in die Schranken zu weisen. Wenn er einmal länger als zwei bis drei Tage fortbleibt, geht Gilin ihn suchen und findet ihn zuletzt, mit abgemagerten Flanken und glänzenden Augen, lauernd auf den Spuren einer läufigen Hündin. Im Nacken gepackt, wird er nach Hause getragen, wo er gierig frisst und sich dann auf einer der alten Filzdecken, die Gilin heimlich aus der Papierfabrik mitbringt, in seinem Korb zusammenrollt und in bleiernen Schlaf fällt, bis

Ninin ihn aufweckt, weil sie am helllichten Tag nicht einmal einen Hund schlafen sehen kann.

Einmal kommt er nicht zurück. Gilin weiß nicht, wie und wann er ihn verloren hat, er weiß nur noch, dass der Hund mit im Auto war, und auf dem Rückweg ist er plötzlich nicht mehr da. Von Verzweiflungsanfällen getrieben, suchen mein Vater und ich tagelang, bis wir ihn schließlich in der Nähe einer Villa wiederfinden, wo er gesichtet wurde, als er den legitimen Anwärtern ihr Futter streitig machte. Von seinen Unternehmungen jener Tage bleibt ihm ein hartnäckiger Mistgestank, der auch dann nicht weicht, als er im Hof mit Eimern voll Wasser gewaschen worden ist, weshalb Gilin ihn von einem befreundeten Barbier scheren lässt und ihn rosig und zitternd wieder heimbringt, ohne sein dichtes schwarzes Fell auf die Hälfte seiner selbst geschrumpft.

Ein andermal wird er zusammen mit dem blauen, vor einem Bocciaclub in Venaria geparkten Fiat Kombi gestohlen, in dem sein Herr ihn als Wachhund zurückgelassen hatte. Nach ergebnisloser Suche kommt Gilin zerknirscht nach Hause. Am nächsten Tag rufen sie ihn und bringen ihn hin, das Auto ist gefunden, er aber fragt nur nach dem Hund und verkündet bei seiner Rückkehr als Erstes: »Ich habe Pucci gefunden!« Triumphierend ruft er es vom Hof herauf: »Ich habe ihn gefunden!«

Der Hund bellt vor Begeisterung, ich weine Freudentränen.

»Hätten sie doch *ihn* gestohlen!«, sagt Ninin beim Geschirrtrocknen. *»Sensa süst!«*

Ohne Verstand. Kein bisschen gesunden Menschenverstand.

In der Tat, an Verstand mangelt es Gilin, dem Kind und dem Hund gleichermaßen. Doch bei dem Kind ist es eher eine Frage des Alters, mit dem Größerwerden wird es sich zwangsläufig ändern; und sogar der Hund wird diese sorglose Phase überwinden und sich eine Alternative zu seinem Schelmenleben suchen. Nur Gilin bleibt sich über die Jahre treu.

Wenn selbst ein Hund es müde wird, kein Halsband zu tragen, so vielleicht nicht deshalb, weil die Freiheit nicht süß ist, sondern weil der Preis, den er dafür zahlen muss, ihm allmählich zu hoch erscheint. Etwa, wenn Gilin beschließt, seine Herrschaft zu behaupten oder die Freunde zu unterhalten, und ihn zwingt, als Zirkushund aufzutreten, zu tanzen, ein altbackenes Brötchen bis zum letzten Krümel aufzufressen oder reinen Alkohol zu trinken, was einen Brand im Körper entzündet, den man nur löschen kann, indem man sich im Hof wie verrückt laut jaulend im Kreis dreht. Oder wenn er, der hündischen Unbotmäßigkeit überdrüssig, zu drastischen Erziehungsmaßnahmen greift und der Hund staubig und hechelnd zurückkommt, weil er von Barbania bis Ciriè hinter dem Auto seines Herrn hergerannt ist, zehn Kilometer in gnadenlosem Tempo, um ihn Gehorsam zu lehren.

Der Hund ist bei Gilin an jenem Sommermorgen, als ich zehn Jahre alt bin und mein Vater mich am Meer abholen kommt, damit ich Onkel Giovanni zum letzten Mal Lebewohl sagen kann.

Stundenlang sind sie gefahren, haben nur in irgendeiner Dorfbar gehalten, die früh aufmacht, um ein Brötchen zu essen und einen Espresso zu trinken. Pucci liebt es, beim Autofahren den Kopf aus dem Fenster zu strecken, sich mit heraushängender Zunge den Wind um die Schnauze wehen zu lassen. Man weiß nicht, ob der Hund seinen Herrn nachahmt oder umgekehrt, jedenfalls macht Gilin es genauso, Fenster offen, Ellbogen draußen, dunkle Sonnenbrille für einen Hauch von Verwegenheit, die allerdings Lügen gestraft wird von der mittlerweile nicht mehr gertenschlanken Figur des fast Vierzigjährigen. Damals war die Strecke Turin–Savona noch eine unterbrochene Linie, eine Fahrspur, die sprunghaft abbricht und kurvig wieder weitergeht, daher haben mein Vater und Pucci das halbe Piemont auf Staats- und Provinzstraßen durchquert, Serpentinen hinauf und über Pässe, und haben vielleicht hier und da übermütig auf die Hupe gedrückt, um im Perlgrau des frühen Morgens schlafende Dörfer zu wecken. Hund und Herr sind stolz auf ihr Auto und betrachten es als ihre Zweitwohnung.

Seit einiger Zeit haben wir keinen Fiat 500 Kombi mehr, sondern einen Fiat Millecento Kombi, in dem hinten Platz für Obst- und Gemüsekisten ist. Mein Vater hat nämlich vor ein paar Jahren in der Papierfabrik gekündigt und hilft jetzt meiner Mutter im Geschäft, was Ninin noch vor Tagesanbruch zu langen, halblauten Schimpftiraden und wütendem Zuschlagen von Schranktüren veranlasst.

»Geregelte Arbeitszeiten kennt er nicht mehr, er spielt jetzt den großen Herrn!«, knurrt sie, während sie ein Huhn rupft, dessen faltiger Hals traurig zwischen ihren Knien baumelt, und ich dieses kleine häusliche Todesspektakel fasziniert und entsetzt beobachte.

»Steht auf, wann er will, immer mit der Ruhe, eh! Wäscht sich und lässt die Seife im Wasser liegen, da schau, sie ist schon ganz verbraucht! Und parfümiert sich wie ein Flittchen!«

Bei diesen Worten saust das Hackbeil auf den armen, auf dem Schneidebrett liegenden Leichnam herunter, sodass der Kopf in hohem Boden mitten auf dem Küchenboden landet.

Der Hund, der keine Bewegung versäumt hat, schleicht sich hoffnungsvoll an die aufgerissenen Augen und den welken Koller des Verstorbenen an, wird aber von einem Schlachtruf aufgehalten: »Zurück, du Mistvieh!« Ich werde beauftragt, den abgehackten Kopf aufzuheben, und halte ihn mit den Fingerspitzen am Kamm, denn vom Huhn wird nichts weggeworfen; was nicht in den Topf kommt, kommt in den Kessel für die Brühe. Und nach dem Kochen wird der winzige Schädel gespalten, um das haselnussgroße Hirn herauszuholen, das zusammen mit Herz und Leber auf meinen Teller gelegt wird, weil das die wertvollsten Bissen sind, ein ganzes Huhn für ein knappes Gramm grauer Materie und ein knuspriges Herzchen, so groß wie eine Eichel.

»O ja, der hat sein Glück gefunden!«, fährt Ninin fort. »Unter lauter Frauen kann er machen, was er will! Keiner ruft ihn zur Ordnung, der Herr springt ins Auto, und los geht's! Dem liegt die Welt zu Füßen!«

Und *zack!*, saust das Hackbeil erneut herunter und durchtrennt glatt das Gelenk am Schenkel.

Zu mir: »Du könntest Kartoffeln schälen, ich bin spät dran. Und in letzter Minute lädt der mir auch noch Leute zum Mittagessen ein!«

Und ich schäle sie, so dünn ich nur kann, denn zu den kleinen Tugenden, die mir von Anfang an beigebracht wurden, noch bevor ich sprechen gelernt habe, gehört auch die, mit den Früchten der Erde sorgfältig umzugehen, ohne Verschwendung.

Wie die Italiener im Krieg »Radio London« hatten, das ihnen die Augen öffnete und den Nebel der Propaganda des Regimes zerteilte, so habe ich die täglichen Sendungen von »Radio Ninin«. In der Schule spricht die Lehrerin über die Familie, und auch dem Lesebuch entnehme ich, wie lieb und lächelnd die Mama ist, die zu Hause bleibt und putzt und kocht, und wie man den Papa respektieren muss, der stark und klug ist und abends müde heimkehrt, weil er arbeitet, um uns zu ernähren. Zu Hause liefert Radio Ninin den Kommentar zu unserem Leben, in dem die Mama den ganzen Tag im Geschäft steht und abends erschöpft und sorgenvoll nach Hause kommt, während Papa und der Hund zu jeder Tages- und Nachtzeit kommen und gehen.

Seit einiger Zeit ist Radio Ninin gestört, halb abgebrochene Sätze, abruptes Schweigen. Etwas Ernsteres ist an die Stelle der alltäglichen, beruhigenden Schmähreden getreten. Abendliches Geflüster zwischen ihr und meiner Mutter. Vor einigen Jahren, in meiner frühen Vorschulgeschichte, fand Ninin die Zeit, mir zwischen einer Hausarbeit und der nächsten das Alphabet beizubringen, und las mir abends im Bett vor dem Einschlafen eine Seite aus *Pinocchio* vor. Sie sprach von ihrer Lehrerin mit dem langen Stock, der bis in die letzte Bankreihe reichte, und erzählte mir die Geschichte vom Fuchs und dem Wolf. Jetzt lese ich allein, lasse die Erwachsenen in Ruhe; ich habe eine kleine, große Welt gefunden, die nur mir gehört und in die ich mich flüchten kann, wann ich will, und darin ähnele ich meinem Vater und Pucci. Wir sind drei Realitäts-Flüchtlinge. Noch eine Weile.

An jenem Sommermorgen in meinem zehnten Jahr sind Herr und Hund allerdings in aufgewühlter, düsterer Stimmung noch im Dunkeln losgefahren, denn am Vorabend hatte es zu Hause bei Tisch eine heftige Auseinandersetzung gegeben. Doch die Reise, die Freiheit, der Anblick des heller werdenden Himmels, die Kühle des frühen Morgens, das Gefühl von Abenteuer, das sie immer empfinden, wenn sie unterwegs sind, und umso mehr um diese Stunde, wenn die Welt noch schläft und sie als Einzige wachen, all das hat ihnen ihre gute Laune zurückgegeben. Als sie an die Tür klopfen, sind sie übermütig wie zwei Comic-Helden, Batman und Robin, die gekommen sind, um mich zu einer ihrer außergewöhnlichen Unternehmungen abzuholen.

Ich bin mit Tante Margherita und Onkel Carletto in der Sommerfrische, sie haben für den ganzen Juli eine kleine Wohnung im ersten Stock eines Hauses in Porto Maurizio gemietet, die auf eine Piazzetta im alten Dorfkern hinausblickt.

Jetzt, da ihre Kinder groß sind, hätten Margherita und Carletto gut allein dort sein können; sie brauchen gewiss keine Zerstreuung gegen die Langeweile. Wenn sie mich dabeihaben wollten, so wegen jener Großherzigkeit, die glückliche Paare ausstrahlen, weil sie ein Mehr an Energie produzieren, das leicht noch jemanden wärmen oder aufhellen kann. Man braucht ihnen nur zuzusehen, wie sie unter den Pinien entlangspazieren oder am Tisch eines Cafés sitzen, um zu verstehen, wie viel sie einander bedeuten. Sie schauen sich an wie zwei, die sich mögen, und tauschen ständig kleine Aufmerksamkeiten aus: Er sorgt dafür, dass sie auf dem besten Platz sitzt, sie richtet ihm den Hemdkragen. Ich finde sie schön, Typ vornehme Leute mittleren Alters, beinahe eine andere gesellschaftliche Klasse, wie der Fürst von Monaco und Grace Kelly. Um nicht aus dem Rahmen zu fallen, bemühe ich mich ab und zu ernsthaft, mich wie eine Prinzessin königlichen Geblüts zu benehmen, und die Tante sagt zu mir: »Auf, auf, zeig ein bisschen Leben, was ist denn mit dir los?!«

Die Tante lehrt mich eine Turiner Mundart, die geschliffener klingt als mein breiter, ländlicher Dialekt. Mit Carletto spreche ich Italienisch, eine Sprache, die ich mittlerweile gut beherrsche, die für mich aber offiziell bleibt, nichts für den Hausgebrauch. Bei Margherita lerne ich auch, mich in der Öffentlichkeit bei Tisch zu benehmen, die Serviette über die Knie zu breiten, statt sie in den Halsausschnitt zu stecken, und das Besteck auf den Teller zu legen, wenn ich fertig bin. Er wendet sich immer freundlich an sie, was außerordentlich ist, da man sich unter Verwandten, und nicht nur in meiner Familie, gnadenlos niederzumachen pflegt. Zu Fremden, seien es Kellner, Strand-Nachbarn oder Unbekannte in der Schlange beim Eisverkäufer, ist Carletto höflich bestimmt und geduldig und wird niemals wütend. Zu Hause reden sie sich untereinander mit »Mama« und »Papa« an, und wenn ich dabei bin, mit »Onkel« und »Tante«, und häufig sprechen sie miteinander in der dritten Person: »Was möchte die Tante heute essen?«, was mir sehr zeremoniell vorkommt, eine Art, sich in der Öffentlichkeit diskret den Hof zu machen, als befürchteten sie, ihre Namen könnten sich durch allzu häufigen Gebrauch abnutzen, und hüllten sie deshalb in dieses »Onkel« und »Tante« ein wie Silberlöffel in ein wollenes Tuch.

Den Vormittag verbringen wir am Strand, wo ich eine Stunde schwimmen darf (nicht mehr, da man annimmt, ein längerer Aufenthalt im Wasser schade, vor allem den Kindern), und in der übrigen Zeit lese ich, spiele allein mit Murmeln und laufe am liebsten kilometerweit über den nassen Sand oder die Felsen auf der Suche nach Muscheln. Ich bin kein Typ, der leicht Freundschaft schließt, zu Hause habe ich meine Leidenschaften, sie heißen Walter und Ugo, sind Brüder und haben mir kürzlich das Herz gebrochen, indem sie aus unserem Hof in ein Reihenhaus im Park gezogen sind. Vor ihnen gab es Roberta, ein hübsches Kind mit schwarzen Haaren, genauso alt wie ich, die Tochter des Brigadiere, die in der Nachbarwohnung auf demselben Stockwerk wohnte und die, als sie nach Asti umzog, meinen ersten – bald überwundenen – *chagrin d'amour* darstellte. Da war ich vier Jahre alt. Jetzt komme ich bald in die Mittelschule, und die Leere, die Wut und die wirren Gefühle, die meine weggezogenen kleinen Freunde in mir hinterlassen haben, rufen das Echo unbekannter Tiefen in mir wach, ein Vorspiel der Qualen und Ekstasen, die in der Adoleszenz hinter jeder Ecke lauern. Doch vorerst bin ich noch beinahe sicher in der Kindheit, und die Ruhe von Onkel und Tante lullt mich ein, versetzt mich in einen Halbschlaf, in dem ich wachse, ohne es zu merken.

Am Nachmittag machen wir lange Spaziergänge, die beiden gemächlich und ich vorneweg. Einer unserer Lieblingswege ist die baumbestandene Seepromenade von Porto Maurizio nach Oneglia. Mir macht die Routine nichts aus, ich rebelliere nicht gegen die Disziplin. Ich bin sogar dankbar und ein wenig eingeschüchtert von Carlettos Gesetztheit und der Liebenswürdigkeit, mit der Margherita mich, anstatt mich zu zwingen, zur Folgsamkeit verführt. Wenn wir uns am Spätnachmittag in ein Café im Freien setzen, verzichte ich immer darauf, mir das Getränk, zu dem sie mich einladen, selbst auszusuchen, und antworte auf die

Frage: »Was möchtest du?« unweigerlich »*Fa l'istess*«, ist egal, und die Tante zieht mich damit auf, dass ich immer ein *Falistess* bestelle. Wegen meiner Widerspenstigkeit und meiner stacheligen Scheu nennt Margherita mich »Kaktusblüte«, was mich verlegen macht und mir schmeichelt, es ist wie gekitzelt werden, eine angenehme Qual, bei der man lachen muss. Ich bin ihr wichtig genug, um einen Spitznamen zu verdienen!

»Danke, dass du sie mitnimmst«, hat meine Mutter vor unserer Abreise gesagt. »Vor allem in diesem Moment.« Und zu mir: »Mach ja keinen Ärger!«

»Sie ist ein ruhiges Kind«, hat die Tante geantwortet, »es freut uns, sie dabeizuhaben.«

»Aber ich kann jetzt nicht …«

»Um das Geld mach dir keine Sorgen, das übernehmen wir.«

Margherita ist zur Vertrauten meiner Mutter geworden. Ihr schüttet Grazia ihr Herz aus, fragt sie um Rat und erzählt ihr, was sie Ninin nicht sagen kann, um keinen Wutausbruch hervorzurufen, auch wenn Ninin sowieso alles weiß, immer, denn, wie sie uns manchmal laut in Erinnerung ruft, sie hat Augen, um zu sehen, und Ohren, um zu hören. »Und den Mund, um zu reden«, fügt mein Vater hinzu.

An jenem Morgen also höre ich vor neun Uhr auf dem Treppenabsatz Gebell, und gleich darauf klopft es. Vertraute Stimmen, von einem Mann und einem Hund, dringen in die Wohnung ein und vermischen sich mit den Stimmen von Onkel und Tante.

Im Schlafanzug trete ich aus dem Bad, Zahnbürste in der Hand (es war Margherita, die dieses entscheidende Gerät in mein Leben eingeführt hat, davor begnügte man sich damit, den Mund auszuspülen und sich mit einem Salbeiblatt über die Zähne zu reiben, wenn eines zur Hand war).

Lächelnd steht mein Vater mitten im Zimmer, Pucci tobt zu

seinen Füßen, und sobald er mich sieht, springt er an mir hoch und schafft es, mir übers Gesicht zu lecken

»Hier bin ich, ich bin gekommen, um dich abzuholen«, sagt er, die Arme ausbreitend, und strahlt mich an, als wäre er vom Apennin bis zu den Anden gereist, um seine verlorene Tochter wiederzusehen. Der Hund springt aufs Sofa und schwänzelt immer noch wie verrückt. Onkel Carletto zieht eine Augenbraue hoch. Die Tante schickt mich zum Anziehen.

»Zieh den Badeanzug drunter!«, flüstert mein Vater, der einen Augenblick zur Tür hereinschaut.

Während ich mich anziehe, höre ich, wie er erzählt, dass Onkel Giovanni sich gestern unwohl gefühlt hat, der Arzt sei gekommen, die Lage sei ernst, sie haben ihn nicht einmal ins Krankenhaus gebracht, denn nun wird es sich nur noch um Stunden handeln, man weiß, wie diese Dinge ausgehen, er hat nach der Kleinen gefragt.

»Aber wie denn das, so plötzlich? Ist etwas vorgefallen?«, fragt die Tante.

Die Stimme meines Vaters wird leiser, ich verstehe nichts mehr. Nur einige Wörter fange ich auf, »Auseinandersetzungen«, »Geld«, »die Tanten«, »ein Schlag«, und als ich wieder hereinkomme, stockt das Gespräch, Onkel und Tante tauschen stumme Blicke, mein Vater schaut aus dem Fenster, das einzige Geräusch ist das Geschlabber von Pucci, der aus einem Wassernapf trinkt, den die Tante ihm auf den Boden gestellt hat.

Rasch kippe ich den Milchkaffee hinunter, mein Vater trinkt nur einen schwarzen Espresso mit sehr viel Zucker, und der Onkel, der bisher geschwiegen hat, sagt zu ihm: »Aber was willst du jetzt tun, um die Sache in Ordnung zu bringen?«

Mein Vater antwortet nicht. Mit dem Löffelchen kratzt er den Zucker unten in der Tasse zusammen und führt ihn zum Mund, als bräuchte er ganz viel Süßes, um die bittere Pille zu schlucken, dann erwidert er: »Irgendwas wird mir schon einfallen!«

»Du musst zu deiner Verantwortung stehen, der Schaden ist riesig, da führt kein Weg vorbei, aber in Zukunft musst du dein Leben ändern«, sagt Carletto ebenso ruhig, wie mein Vater nervös ist.

Er wirft dem Onkel einen bösen Blick zu und springt so ungestüm auf, dass fast der Stuhl umfällt.

»Bist du fertig?«

Ich bin bereit, Pucci ebenso. Die Tante, die ins Schlafzimmer gegangen war, um für mich zu packen, kommt mit meinem Koffer zurück.

Auf der Piazzetta verabschieden wir uns im Licht eines Sommermorgens vor dem grünen Hintergrund einer Klebsamenhecke, sie braun gebrannt im weiß-gelb gestreiften Strandkleid, er kurzärmelig und ohne Hut. Sie werden anrufen, sagen sie, um Weiteres zu erfahren. Beide machen ein ernstes, besorgtes Gesicht. Die Geschäfte an der Seepromenade beginnen gerade erst, die Rollläden hochzuziehen.

Kaum sind wir ihrem Blickfeld entschwunden, lächelt mein Vater mich an, schiebt mit einer Hand die Schnauze des Hundes weg, der ihm auf dem Rücksitz in den Nacken hechelt, biegt zum Strand ab und parkt quer zwischen Haufen von Seilen auf dem Parkplatz, der für den Fischmarkt reserviert ist.

»Los, komm, wir springen kurz ins Wasser.«

Ich trage den Badeanzug unterm Kleid, zögere aber trotzdem. Gilin zwinkert mir zu, sucht in mir wie schon so oft seine Verbündete gegen die anderen, die Erwachsenen. Auch Pucci wirkt unsicher, und bevor er seinem endgültigen Befehl (»Spring! Los, spring!«) gehorcht, sieht er ihn verzweifelt an und sein bangfeuchter Hundeblick scheint zu fragen: »Bist du mein Herrchen? Bist du das? Du?«

Gleich darauf stehen wir auf dem Sand zwischen früh aufgestandenen alten Damen, die ihre Strandkleider über den Waden hochziehen und sich vom den Wellen die Fußgelenke massieren lassen. Wir gehen auf das täuschend durchsichtige Meer zu, das unvermeidliche Teerflecken auf unseren Sohlen hinterlassen wird. Wie viele Hunde hat Pucci ein widersprüchliches Verhältnis zum Wasser. Er fühlt sich angezogen und fürchtet es, möchte sich impulsiv hineinstürzen, und gleichzeitig misstraut er diesem unfassbaren Element, das man weder packen noch beißen kann, zutiefst. Er jagt den Wellen nach, strampelt sich tapfer ab, stürmt ins Wasser und wieder heraus, kann sich nicht entscheiden, ob er drinnen oder draußen sein will, und schwimmt wie ein Hund, so ähnlich wie ich. Auch ich habe schwimmen – wie er – eines Tages allein gelernt, als mein Vater es mir beibringen wollte und sagte: »Schau her, es ist ganz leicht, mach einfach so!« Und gleich darauf hat er vergessen, dass ich ihm folge, und wagt sich bis zur Boje hinaus, zu einer blau angestrichenen Holzplattform, auf der einige Mädchen im Bikini sitzen und die Beine ins Wasser baumeln lassen. Als er merkt, dass ich wirklich bis dort hinter ihm hergepaddelt bin, erbleicht er, mehr aus Sorge, wie er es seiner Frau erklären soll, als meinetwegen, denn ich bin gesund und munter und spucke um mich. In der Tat erwartet meine Mutter uns am Ufer, blühend schön und aufgeregt in ihrem aprikosenfarbenen Elastik-Badeanzug mit Busenkörbchen so hart wie Karton. Triumphierend kommt er ihr zuvor: »Grazia, Grazia, die Kleine kann schwimmen!«

Sie: »Verantwortungsloser Kerl!«

Er: »Deine Tochter hat schwimmen gelernt, freust du dich nicht?«

Dies geschah vor ein paar Jahren, in den ersten und einzigen Ferien, die meine Mutter und ich in meiner Kindheit gemeinsam verbracht haben, während er uns am Sonntag besuchen kam.

Auch andere Dinge haben sich in diesen schicksalhaften vierzehn Ferientagen meiner Mutter zugetragen, doch die hat man mir nicht mitgeteilt, noch nicht.

Auch mein Vater hat ein widersprüchliches Verhältnis zum Wasser: Ist er weit weg, will er unbedingt hin, ist er drinnen, will er sofort wieder raus. Nach wenigen Minuten Geplansche sind wir schon fertig, der Hund schüttelt sich, gefolgt von einer Protestwelle unter den am Strand Liegenden, die in der ersten Morgensonne braten, und wir trocknen uns, so gut es geht, mit unseren Kleidern ab, da wir die Handtücher vergessen haben. »Spürst du, wie angenehm sich die Kleider auf der nassen Haut anfühlen?«, sagt Gilin zu mir, während er sich selig in seinem feuchten Hemd räkelt.

Er zündet sich eine Zigarette an, dann fahren wir los, die Fenster heruntergekurbelt, und ab und zu erinnert sich mein Vater, uns im Wind zuzurufen: »Kopf einziehen!«, wenn wir auf schmalen Hügelstraßen einen Lastwagen überholen. In einem Bergdorf machen wir Rast, essen mit Frittata belegte Brötchen, und er kauft ein Fläschchen Lavendel, das er meiner Mutter schenken, aber selbst benutzen wird, weil er sich als Einziger in der Familie parfümiert, wie Ninin gegenüber mir und Pucci, ihren treuesten Zuhörern, schon öfter betont hat. Auf der letzten Strecke rollt Pucci sich satt auf dem Rücksitz zusammen, legt die Schnauze auf den Schwanz und schließt die Augen, und auch ich schlafe in der Hitze ein.

Als wir ankommen, ist es schon Nachmittag, und ich weiß fast nicht mehr, warum die Ferien für mich vorzeitig zu Ende gegangen sind.

Die Alten sterben. Das ist ein Naturereignis wie die Jahreszeiten. Als Erster geht in meiner Kindheit mein Großvater, der einzige, den ich gekannt habe, der Vater meines Vaters. Ein rüder Mann, ein Kinderschreck mit Donnerstimme, bewaffnet mit einer Weidenrute. Ich kann mich nicht erinnern, dass er mich je auf den Arm genommen oder mir oder meinen Cousins ein freundliches Wort gesagt hätte. Er war wie ein alter, saftloser Baum, der schwarz geworden dort im Hof stand, halb vertrocknet, aber noch im Boden verwurzelt, und eines Tages hat ihn plötzlich ein Gewitter in zwei Hälften gespalten, und jetzt ist er nicht mehr da, und niemand scheint ihm nachzuweinen, nicht einmal seine Frau Maria.

Dann war meine Großmutter mütterlicherseits an der Reihe, die arme Maria. Und nun ist *Barba* Giuanin dran, mein Onkel Giovanni. Ich, umgeben von einem Gefolge treuer Bediensteter, die mich vergöttern, ich, die ich den Alten meine von Liebe und Sicherheit bestimmte Kindheit verdanke, ich finde mich damit ab, ja, gewöhne mich sogar daran, sie zu verlieren. Scheinbar ohne Trauer meinerseits, oder mit einer frischen, lebhaften Äußerung von Schmerz, der rasch vergeht, stürzen sie einer nach dem anderen in der Leere der Abwesenheit. Ich gehe meinem Leben entgegen, und sie bleiben langsam zurück, erst einer, dann der nächste versinken sie in der Vergangenheit.

Doch es braucht nicht viele Jahre, bis ich begreife, dass ihr Tod eine Täuschung ist. Sie sind nicht gestorben, sie sind in eine andere Welt aufgebrochen, die weder hier noch dort ist, sondern in mir, die Welt der Schatten, die sich nicht mehr umarmen lassen und uns zu einer nicht stofflichen Dimension hinziehen.

Ich glaube nicht ans Paradies, doch falls es für mich je ein Paradies gäbe, wäre es dort, wo sie sind.

Wir gehen direkt zu den Tanten. In der Wohnung riecht es nach Medikamenten, nach Alkohol und Notfall. Sie blicken mich stumm an, Tante Polonias schwarze Äuglein zerfließen wie schmelzende Pfützen bei Tauwetter, ihr rundes Gesicht zerfällt und bebt, auf dem Stuhl, der sie hält, nach vorne gebeugt, bemüht sie sich vergeblich, sich hinter dem Taschentuch zu verbergen. In meine Haare schluchzend umarmt Giulia mich, und an ihrem Druck erkenne ich, dass sie aufgeregt ist, von einer Nervosität geschüttelt, die ihr später zur Gewohnheit wird. Im Wohnzimmer erahne ich noch andere schweigende Gestalten, eine unverheiratete Nichte, die gewohnt ist, Kranken zu Hilfe zu eilen, eine riesige, schwarze Soutane – Onkel Giovannis Bruder, der Pfarrer ist –, und schon stürzt der Hund bellend los, nur mühsam zurückgehalten von meiner Großmutter Maria.

»Ihr habt aber lange gebraucht«, sagt Giulia.

»Du hättest doch auch nicht gewollt, dass wir auf der Strecke bleiben, oder?«, brummt Gilin. Und zu seiner Mutter: »Lass den Hund los.«

»Hinaus mit dir! Schäm dich!«, sagt sie, und man weiß nicht, ob sie den Hund meint, der mit eingezogenem Schwanz abzieht, oder meinen Vater, der den Rücken des gewaltigen alten Priesters mit einem bösen Blick bedenkt.

Das Zimmer ist abgedunkelt, die Rollläden, durch die kaum ein Strahl der gleißenden Nachmittagssonne dringt, sind ganz heruntergelassen. Onkel Giovanni liegt auf seiner Seite des Bettes, beinahe unsichtbar im Halbschatten, die Hände auf dem Laken.

Sie schieben mich zu ihm hin.

Seit Jahren, seit ich zur Schule gehe, haben sich die Dinge zwischen mir und Onkel Giovanni geändert. Ich bin größer geworden.

Ich habe vierundzwanzig Schulkameradinnen und eine Lehrerin. Ich lerne Geschichte, Erdkunde, Arithmetik, Grammatik, ich lerne Neugier und Wissensdurst, Misstrauen und Desillusion und Tausende von Gefühlsregungen, die mich beschäftigen. Jeden Tag mache ich nach der Schule meine Hausaufgaben und studiere den Stoff. Mein Reich ist nun der Hof, Domäne der Kinder des Häuserblocks, ich bin Bürgerin *d'la curt*, im Hof schlage ich meine Schlachten, arbeite, heirate, trenne mich, erobere die Macht und verliere sie wieder.

Ich war noch keine sieben Jahre alt und schon seit einigen Monaten Schülerin, als meine Mutter, die mir nie große Reden hält, eines Tages nach dem Mittagessen sehr ernst zu mir sagte: »Pass auf, ich habe keine Zeit, um deine Hausaufgaben zu kontrollieren, die Schule ist wichtig, und du musst lernen, ohne dass man es dir dauernd wiederholt, kapiert?«

Und ich habe Ja gesagt, ich werde lernen, ohne dass man mich ermahnen muss. Es ist meine erste, feierliche Verpflichtung, eine von den schwerwiegenden, wunderbaren Sachen, die mir zwischen sechs und sieben Jahren passieren, als das Leben allmählich in Schwung kommt, wie ein Karussell nach der ersten Runde.

Meine Mutter, die abends nach dreizehn Stunden Arbeit immer häufiger nicht in den Armen ihres Mannes, sondern eines Romans einschläft, hat mir die Erotik des Lesens weitergegeben. Ich beobachte sie in der Umarmung ihres unsichtbaren Liebhabers, das schöne Gesicht gespannt, die schwarzen Haare offen über dem Nachthemd, die letzte Zigarette des Tages zwischen den Fingern. Wie könnte ich mir nicht wünschen, ebenfalls in diese Welt einzutreten, die sie so fesselt? Noch bevor ich das Alphabet gelernt habe, wird dank der gewissenhaft gesammelten Punkte der Pasta Agnesi schon der Grundstein zu meiner ersten Bibliothek gelegt, alle zehn Säcke Makkaroni oder Fusilli gibt es einen Stevenson, einen Jules Verne, einen Alcott. Onkel Giovanni oder Ninin oder die arme Maria müssen mir nicht mehr die Geschichten von Pinocchio und Alice vorlesen, ich lese allein, jeden Abend im Bett, bis Ninin, die im Bett neben meinem schläft und den Nachttisch mit mir teilt, mich nicht zum soundsovielten Mal ermahnt, ich solle das Licht ausmachen.

Kurz, ich wachse heran, meine Kindheit wird mir allmählich

zu eng, bald passe ich nicht mehr hinein. Auch körperlich ähnele ich nicht mehr Onkel Giovannis *Bombonin*, der schmächtigen Kleinen mit Zöpfen und Volant-Kleidchen, die sich von ein wenig Brühe und einem Butterbrot ernährt. Ich bin ein dickes, plumpes Mädchen vor der Pubertät, habe kurze Haare und ständig in Unordnung geratene Kleidung, aufgegangene Rocksäume oder abgerissene Knöpfe, und ich würde, wie Ninin sich ausdrückt, selbst die Tischbeine aufessen.

Die Zeiten unserer Idylle liegen so weit zurück, dass es Jahre braucht, bevor ich beginne, mich wieder daran zu erinnern.

Regungslos liegt er da, die Wangen eingefallen, der Mund halb geöffnet, das Gesicht von seltsam gelblicher Blässe. Der Atem kommt und geht mühsam zwischen den trockenen Lippen.

Ich erkenne ihn nicht wieder. Er ist ein Fremder, der mir ein wenig Angst macht, auch wenn die Hände, die mich zu ihm hinschieben, fest auf meinen Schultern ruhen, um mir Mut zu machen.

»Hier ist die Kleine, wir haben dir die Kleine geholt«, sagt Tante Giulia zu ihm.

Er rührt sich nicht. Die Augen starren weiter ins Leere.

Polonia seufzt tief.

Ich höre meine Großmutter mit jemandem flüstern, der gerade gekommen ist: »Don Giacomo hat ihm schon die letzte Ölung gegeben.«

Dann bewegt sich der Kopf auf dem Kissen, und die Augen scheinen ins Leben zurückzukehren, jemanden zu suchen im Schatten des Zimmers.

Sein Blick bleibt an mir hängen, aber ob er mich sieht oder nicht, kann man nicht wissen.

Der Atem des Onkels wird rauer, und hastig werde ich beiseitegedrängt: »Los, geh, geh, bring sie nach Hause, bring sie zu ihrer Mutter«; es ist, als gerieten um das Bett herum alle in heftige Bewegung, auch wenn sie sich kaum rühren und scheinbar nichts anderes geschieht als vorher. Jemand beugt sich über ihn, befeuchtet ihm die Lippen, der Arzt, der gerade gekommen ist, öffnet seine große, schwarze Tasche, und aus der Küche hört man das Klirren der gläsernen Spritze, die auf dem Herd vergessen weiter in ihrem Metallbehälter vor sich hin kocht.

In den Sechzigerjahren sind die Beerdigungen im Dorf noch so wie früher, die Leute treten aus der einschläfernden Kühle der Pfarrkirche heraus in die gleißende Sonne, die ihnen in den heißesten Stunden eines Julitages auf den Nacken brennt. Langsam reihen sich die Trauernden auf und gehen in einem von Geflüster unterbrochenen Schweigen gemessenen Schrittes los bis zum Friedhof, der gleich außerhalb des Dorfes liegt. Die Frauen tragen den Schleier auf dem Kopf, den sie zur Messe tragen, und die Männer schwitzen in ihrem besten Anzug, zugeknöpft bis zum Hals, mit Krawatten, die nach Naphthalin riechen. Auch die Kinder müssen festlich in dunkle Farben gekleidet sein.

Ich gehe mit gesenktem Kopf gleich hinter dem großen Leichenwagen, der Schritt fährt, mit offener Heckklappe, damit der Sarg zu sehen ist, auf dem Blumen und grüne Ranken nicken, als grüßten sie die Prozession, die ihnen folgt. In meinem dunkelblauen Baumwollkleid vom vorigen Jahr fühle ich mich unwohl, es ist mir zu eng geworden, ich schwitze und wage kaum die Arme zu heben vor Angst, die Ärmel zu zerreißen. Mit gesenktem Blick betrachte ich traurig meine immer staubiger werdenden Lackschuhe und höre schon, wie meine Mutter zu mir sagen wird: »Wann lernst du endlich, beim Gehen die Füße zu heben? Schau, wie du deine Schuhe zurichtest!« An den Tod denke ich nicht, höchstens so wie an etwas, das den Erwachsenen zustößt, den Alten. Der Friedhof birgt keine Überraschung für mich, während meiner gesamten Kindheit ist er das Ziel fast wöchentlicher Spaziergänge am Arm der einen oder anderen Tante.

Hinter mir gehen meine Mutter und mein Vater, bedrückt und noch immer ein schönes Paar, in momentanem Waffenstillstand Seite an Seite. Und Onkel, Tanten, Cousins, Cousinen und Verwandte unterschiedlichen Grades.

Nur Polonia geht nicht mit, sie kann nicht. Sie begleitet ihren Mann am Ende des langen Zuges in einem schwarzen Auto, ein auf den Ledersitzen hin und her geschütteltes Häufchen Bitterkeit. Am Tor angekommen, hält der Leichenwagen an und wartet, der Zug teilt sich, um Polonia durchzulassen, und sie steigt von helfenden Händen gestützt schwankend aus, die Arme nach Giovannis Sarg ausgestreckt, als wollte sie ihn noch im letzten Augenblick zurückrufen und von jener plötzlichen Reise abhalten, auf die er sich so überstürzt begeben hat, ohne Tasche, ohne Mantel, sogar ohne Schirm.

Seit einigen Jahren verändert sich meine Mutter, ist nicht mehr die in sich ruhende Ehefrau, die über ihre Salatsteigen gebeugte Gemüsehändlerin, die über die Komplimente der Handelsreisenden leicht errötet. Sie schickt mich häufiger zum Tabakladen, um ihr ein Päckchen Nazionali Super ohne Filter zu kaufen, und schlüpft häufig in die Bar nebenan, wo sie rasch ein Tässchen Espresso hinunterkippt. Sie hat abgenommen, ihre Stimme ist lauter und schriller geworden, und sie hat sich in der Fahrschule eingeschrieben. Eines Tages, als mein Vater angeboten hatte, ihren Fahrlehrer zu spielen, haben die beiden, man weiß nicht wie, auf einem Stück Landstraße den Hund angefahren. Halbtot haben sie ihn nach Hause gebracht, nur eine Flanke pulsierte atemlos und rhythmisch. Nach einigen bettlägerigen Tagen auf einem alten Kissen setzte Pucci sich dann wieder auf, leckte meine Finger und meine auf sein Fell getropften Freudentränen ab und war auferstanden.

Eines Mittags im August, als ich vom Hof heraufkomme, stehen sich meine Eltern am gedeckten Tisch gegenüber, er holt aus, als wolle er sie ohrfeigen, sie packt ein Brötchen und wirft es ihm ins Gesicht. Besiegt streckt er die Waffen und rauscht hinaus. Ninin sieht von der Küchentüre aus mit geballten Fäusten zu, eine große Fleischgabel in Reichweite. Ninin ist überzeugt, dass es in der Welt den Frauen zukommt, die Launen des Mannes mit viel Geduld zu ertragen und zu verzeihen; das ist die Theorie, die sie meiner Mutter predigt, doch die Praxis ist etwas ganz anderes. In der Praxis stapft Ninin zornentbrannt durch unsere vier ineinander übergehenden Zimmerchen und wetzt verbal die Messer gegen den Tunichtgut, den Faulpelz und Liederjan. Ninin gleicht einem mächtigen Felsblock, der vom Konflikt zwischen dem, was man tun muss, und den geheimsten, verborgenen Wünschen gespalten ist; doch wenn es um meine Mutter geht, wird die Spaltung wunderbarerweise geheilt, und der Fels ist wieder ganz.

Nach Giovannis Tod, während Ninin dem Hausrat unverblümt ihre Meinung über die Ungerechtigkeit des Schicksals mitteilt (»Die Besten gehen immer zuerst! Die Taugenichtse bleiben!«), haben Grazia und Gilin eine Reihe privater Unterredungen, was in einer so nach allen Seiten offenen Wohnung nicht einfach ist und durch die besondere Glätte meines Vaters noch zusätzlich erschwert wird. Im Flüsterton wie beim Arzt werden Anrufe getätigt – vom Geschäft aus, denn zu Hause gibt es kein Telefon – und Termine vereinbart.

Eines Nachmittags, als sie in dem VW Käfer, der den Millecento ersetzt hat, zusammen zu einem dieser geheimnisvollen Termine nach Turin gefahren sind, kommen beide kleinlaut zurück, und meine Mutter sagt mir, dass sie den Hund verloren haben. Fast sicher war es an einer bestimmten Ampel in Venaria, oder vielleicht an einer der folgenden, es ist noch heiß, und die Fenster waren heruntergekurbelt, da wird dieser Schlawiner von

Pucci rausgesprungen sein, sie haben nicht darauf geachtet, waren im Gespräch und hatten andere Sorgen; als sie es dann bemerkt haben, waren sie schon fast zu Hause.

»Beruhige dich, wir finden ihn«, versichert mein Vater. »Wenn ich diesen Mistkerl erwische, werde ich ihm die Lust am Weglaufen austreiben!«

Doch diesmal hilft alles Suchen nichts, und vergeblich sind auch meine Gebete zum heiligen Antonius, der einen die verlorenen Dinge wiederfinden lässt. Im Unterschied zu Lassie, dem Collie aus der nachmittäglichen Kinderserie im Fernsehen, deren Refrain lautet: *Komm nach Hause, Lassie*, kommt Pucci nie mehr zurück. Nach einigen Monaten berichtet jemand, er habe ihn in der Gegend der Grange gesehen, und mein Vater geht nachschauen. Ich bin nicht dabei, wahrscheinlich bin ich in der Schule, sowieso kommt mein Vater in der letzten Zeit nur sporadisch heim und führt sein eigenes Leben. Hinterher erzählt er mir, es handele sich tatsächlich um Pucci, der Bastard sei auf einem Bauernhof an der Kette gelegen und habe so getan, als kenne er ihn nicht.

»Lass ihn nur da, wo er ist, da geht's ihm besser«, sagt meine Mutter voll Verständnis für das, was ihr wie ein Versuch seitens des Hundes vorkommen muss, durch den Umzug in ein gesünderes Milieu seine Haut zu retten.

So habe ich im Lauf weniger Wochen Onkel Giovanni und Pucci verloren. Zwei traurige Verluste, von denen der zweite mir sicher spürbarer naheging, aber ebenso schnell unter der drängenden Gegenwart begraben wurde.

Schatzsuche

❖

UNTER DEN WENIGEN FOTOS aus meiner Kindheit – klein, schwarz-weiß, mit gezackten Rändern – ist eines, das mich zusammen mit meiner Mutter in dem winzigen Hof hinter ihrem Geschäft zeigt. Heute gibt es ihn nicht mehr, er wurde vom Zement geschluckt: ein kleines Dreieck aus gestampfter Erde und Kies, keilförmig zwischen zwei Straßen geschoben, die die Via Dante kreuzen und ein paar Dutzend Meter weiter zusammenstoßen und zwischen dem Bahnhof und dem Ende der großen, baumbestandenen Allee einen Vorplatz bilden. Dieses Höfchen war Schauplatz meiner frühesten Kindheit, noch bevor ich in dem großen Hof unseres Wohnhauses mit den anderen Kindern spielte. Oft war ich dort allein oder in meistens stummer Gesellschaft meiner Großmutter mütterlicherseits, die sich trotz ihrer Behinderung um mich und den kleinen Gemüsegarten kümmerte, der in der Spitze des Dreiecks angelegt worden war. Die Besonderheiten dieses Ortes, dass er in einem spitzen Winkel auslief und von einer dichten Ligusterhecke und einer Reihe Ailanthusbäume verborgen an der Straße lag und zum Träumen einlud, machten ihn einzigartig und geheimnisvoll für mich und haben sich mir sicherlich tief eingeprägt. Draußen war die ungeschützte, öffentliche, lärmende Straße – und hier, hinter einer brüchigen grünen Barriere, in Hörweite der Gespräche der anderen, der Ort unserer Abgeschiedenheit. Vielleicht das erste Bild für das, was man mir meine gesamte Kindheit hindurch zumeist wortlos beigebracht hat: dass unsere Intimität etwas Zartes ist, eher tief als weit; dass es besser ist zu beobachten, als sich zu zeigen; dass es gut ist, zum Schutz von etwas Kostbarem, das keinen Namen hat, den anderen Menschen zurückhaltend und vorsichtig zu begegnen. Obwohl unter demselben Himmel, sind Innenraum und Außenraum verschieden und müssen getrennt gehalten werden.

Auf dem Foto, das meine Mutter und mich vor dem Hintergrund der Hecke und eines niedrigen Gartentors zeigt, bin ich ungefähr drei Jahre alt und sie demnach achtundzwanzig. Es ist Sommer, ich trage ein kurzes weißes Kleidchen und Schnallenschühchen; sie ist eine schöne junge Frau, gesund und wohlgestaltet, in bedrucktem Baumwollkleid und Sandalen; die schwarzen Haare sind im Nacken zusammengebunden; abgesehen von einer Strähne über dem rechten Auge, lassen sie das glatte Gesicht frei, und der leuchtende Mund tritt deutlich hervor, ein Zeichen, dass sie an jenem Tag vielleicht extra für das Foto Lippenstift aufgelegt hat. Meine Mutter kauert in der Hocke am Boden und drückt mich an sich, halb sitzend bin ich an sie gelehnt, und ihr linkes Bein dient mir als Sessel. Auf diese Weise sind unsere Köpfe auf gleicher Höhe; wir sind trotz des Alters- und Größenunterschieds gleich auf dieser Erde, die uns trägt. Die Komposition des Bildes wird bestimmt von der zweifachen weichen Kurve ihres hockenden Körpers und des Arms, der mich hält, auf mein Kleidchen gelegt, meine Hand unsichtbar in der ihren; den Gegensatz dazu bildet die zerbrochene Linie meines Körpers, der von ihrem eingefasst ist. Insgesamt ergeben wir eine beinahe vollkommen runde Figur, unsere Schultern scheinen zu verschmelzen, und aus jener einen, harmonischen, gebogenen Linie ragen unsere Köpfe heraus. Gänzlich unbeabsichtigt ähnelt unsere Haltung der der Madonna und der heiligen Anna auf der Skizze von Leonardo da Vinci, mit zwei Unterschieden: Erstens sind wir nur zu zweit, das Jesuskind fehlt. In unserer Komposition müsste ich das heilige Kind sein, das bezeugt auch der Umstand, dass meine Mutter zu Sitz und Thron für mich wird. Doch, und nun kommt der zweite, bedeutende Unterschied: Während Leonardo in all seinen Versionen den liebevollen Blick der heiligen Anna auf der jungen Madonna ruhen lässt, fixiert meine Mutter Maria auf dem Foto mit einem gelassenen, wenig ausdrucksvollen Lächeln auf den halb geöffneten Lippen den Fotografen (fast sicher mein Vater), wohingegen ich die Augen vom Objektiv abwende und den Kopf drehe, um sie lächelnd anzuhimmeln. Mit gesenkten Lidern betrachte ich sie nicht direkt, sondern verliere mich im goldenen Dunst ihrer Gegenwart und scheine dem Betrachter zu sagen: »Hier, das ist mein Schatz.« Wie die Zeichnung Leonardos ist auch dieses Foto, obwohl es nur zwei und nicht drei Figuren zeigt, Abbild einer doppelten Mutterschaft.

Die Liebe der Mütter zu ihren Kindern ist ständig in aller Munde, fast immer unangebracht. In den Siebzigerjahren lasen die jungen Medizinstudentinnen, mit denen ich befreundet war, in den akademischen Texten, dass die Mutterliebe in den Brustdrüsen angesiedelt sei, und waren gezwungen, es dem Professor bei der Prüfung zu wiederholen. Vielleicht verwundert es nicht, dass die Frauen sich in jenen Jahren vom Mütterlichen befreien wollten und es rein negativ sahen, fast wie etwas Krankhaftes. Gegen die Drüsenliebe behauptet Élisabeth Badinter am Ende des Jahrzehnts mutig, die Liebe der Mutter zum Kind sei etwas Zusätzliches, ein erworbenes Gefühl, nicht Frucht der Natur, sondern der gesellschaftlichen Konvention. Bis zu einer bestimmten Epoche vertrauten die Damen ihre Säuglinge einer Amme an und kümmerten sich herzlich wenig um ihr Überleben; erst nach Rousseau setzen die Frauen ihren Stolz darein, ihre Nachkommenschaft selbst zu umsorgen. Eine Mutterliebe also, die weder physiologisch noch durch die Jahrhunderte unwandelbar ist, sondern sich je nach Epoche und sozialem Umfeld verändert. Wie die Kleidermoden, die Religionen, die privaten und öffentlichen Sitten, kurz, unser Gefühl für mehr oder weniger alles …

Heute würde ich allerdings nicht mehr so unumstößlich behaupten, dass Frauen nicht geborene Mütter sind, sondern nur durch die Gesellschaft dazu gemacht werden. Wenn ich mir vorstelle, wie sich meine Mutter über mich als Wickelkind beugte, denke ich unwillkürlich, dass sich etwas Inniges in ihr regte, nennen wir es Instinkt, das sie drängte, dieses kleine, verletzliche und übel riechende Wesen zu lieben und zu behüten, weil es trotz aller Unannehmlichkeiten, die es ihr bereitete, ihre Zärtlichkeit weckte.

Doch ist das nicht die einzige Stimme, die sich in ihr meldet. Meine Mutter ist müde, sehr beschäftigt, erschöpft. Und tief innerlich beginnt sie vielleicht an dem Mann zu zweifeln, den sie geheiratet hat. Einen Mann, der jeden Tag Versprechen macht und wieder vergisst, der kein Gedächtnis hat und keine Vergangenheit. Welche gemeinsame Zukunft können sie sich aufbauen?

Die Geburt ging rasch, sie hat wie immer bis mittags gearbeitet und dabei mühsam den riesigen Bauch vor sich hergeschoben, der sie nun schon seit Monaten belastet, dann hat sie sich ins Bett gelegt, *Magna* Polonia ist gekommen, die Wehen haben eingesetzt – dabei hat sie *Magna* Margherita, die sie streichelte, in die Hand gebissen und aufgeschrien beim Anblick der Schere in Polonias Hand, die sich ihrem Bauch näherte –, und um sechs Uhr nachmittags war ich da und strampelte. Der Schmerz war vergessen, sie hat eine Woche zum Ausruhen gehabt, bevor sie hinter den Ladentisch zurückkehrte.

Ich weiß, dass meine Mutter nach der Geburt eine schwere Depression durchgemacht hat, die mindestens sechs Monate dauerte, vielleicht sogar länger. Sie nimmt zu – hat immer Hunger –, hat aber keine Kraft und ist immer kurz vorm Heulen. Wahrscheinlich hat sie Schuldgefühle, nicht, weil sie ihre Arbeit und ihre Tochter vernachlässigt – das tut sie nämlich *nicht* –, sondern weil sie meint, ihre Empfindungen seien lau und unangemessen. Keine bedingungslose, triumphierende Mutterseligkeit senkt sich vom Himmel auf sie herab, um ihre Anstrengung zu lindern; gelegentlich scheint es ihr, als sei ihr alles gleichgültig außer ihren geschwollenen Beinen. Wenn ich sie bis zu drei-, viermal vor Sonnenaufgang wecke, schleicht sich unter der mütterlichen Hingabe der Gedanke ein, ihre Peinigerin zum Schweigen bringen zu wollen.

»Weißt du«, gesteht sie Margherita, »wenn sie nicht mein Kind wäre, würde ich sie manchmal am liebsten aus dem Fenster schmeißen. Bin ich eine schlechte Mutter?« Und Margherita lacht: »Na, na, glaubst du etwa, du seist anders als die anderen? Das geht doch allen Müttern so!«

Die Tanten helfen ihr, auf das Baby aufzupassen, sagen ihr: »Ruh dich aus, arme Kleine«, eine Aufforderung, die man selbstverständlich nicht zu ernst nehmen soll, und schließlich kommt sie wieder zu sich, hat wieder ihr gewohntes Gewicht, ihre frische Farbe und vor allem ihre Energie.

Auf welche Art wirkt sich die Depression meiner Mutter auf mich aus – oder ich mich auf sie? Bemerke ich sie überhaupt? Später erzählt sie mir, ich sei ein gesundes, gefräßiges Baby gewesen, mich zu stillen sei schmerzhaft gewesen, sie habe wunde, blutige Brustwarzen bekommen. Zusammen mit der Milch saugte ich ihr buchstäblich das Blut aus. Es verwundert nicht, dass sie sich vor dem Moment des Stillens fürchtete; für sie war es keineswegs jene sinnliche Freude, von der manche Mütter erzählen. Außerdem zermürbte es sie, nachts aufzustehen, um mich zu füttern, denn die Öffnungszeiten ihres Geschäfts waren gnadenlos, von sieben Uhr früh bis acht Uhr abends, mit zwei Stunden Mittagspause.

Dennoch war Maria glücklich, eine Tochter zu haben. Das

hat sie jedes Mal betont, wenn sie mit mir darüber sprach: Sie war so froh, dass sie ein Mädchen geboren hatte. Sie betrachtete die Babys in den Kinderwägen der anderen, erzählte sie, und bedauerte die Frauen insgeheim, wenn sie Jungen bekommen hatten. Ihr war, als könnten sie nicht so froh sein wie sie.

Ich werde als Mädchen in eine Familie von Frauen hineingeboren und stelle die Zukunft und die Kontinuität mit der Vergangenheit dar. Von der Liebe und der Kraft der Generation vor ihr bestärkt, sieht meine Mutter in mir die logische und glückhafte Weiterentwicklung dessen, was gewesen ist. Alles wird sich so wiederholen, wie sie es gekannt hat, aber unter besseren Umständen, ohne Tod und Krieg. Ich bin eine schöne Geschichte, die darauf wartet, erzählt zu werden.

Das ist der Grund für ihr heimliches Überlegenheitsgefühl und ihr Mitleid mit den Müttern der männlichen Babys. Ihr Stolz und ihre Freude über mich sind nicht klar formulierte Gedanken, eher Empfindungen, die sich in ihre Gelassenheit einschleichen. Als Emma Bovary erfährt, dass sie ein Mädchen geboren hat, dreht sie den Kopf weg und wird ohnmächtig. Meine Mutter lächelt. Ich bin das, was sie sich gewünscht hat, verkörpere alle ihre Hoffnungen, werde mit offenen Armen empfangen: Sie hat auf mich gewartet. Die psychische Nahrung, die ich von ihr bekomme, ist wertvoller als die Milch und das Blut.

Ihr Körper braucht allerdings eine Weile, mindestens sechs Monate, vielleicht ein Jahr, bis er mich willkommen heißt. Ihr mütterlicher Instinkt taucht langsam aus dem schlammigen Wasser der Depression auf; sicher fühlt sie sich alleingelassen, leidet unter ihren schmerzenden Brüste, ihrer Schwäche und Erschöpfung. Ich bin ihr kleiner, liebenswerter Quälgeist. Ein Glück, dass sie mich mit vielen anderen teilt.

In den Briefen eines Emigranten habe ich irgendwo einen Satz gelesen, der mir ab und zu wieder einfällt: »Wenn man hungrig ist, hat man keine Zeit zu lieben.« Meine Mutter ist nicht hungrig – oder vielmehr, sie ist immerzu hungrig, deshalb isst sie ununterbrochen. Und bestimmt liebt sie mich. Aber wie eine schöne Geschichte, zu der ich, der Säugling, nur das Vorwort bin, das sie vielleicht gerne überspringen würde.

Vielleicht hätte es genügt, sich nach der Geburt etwas länger auszuruhen, eine Woche scheint wirklich wenig zu sein. Doch bei uns zu Hause pflegt man körperlicher Krankheit und Anstrengung wenig Bedeutung beizumessen, und das Geschäft kann nicht lange ohne sie auskommen, die Arbeit geht wie immer vor. Und so liebt meine Mutter mich in den Pausen zwischen einem Erschöpfungsanfall und dem nächsten oder verschiebt das Ganze auf den Moment, in dem sie mich beschwingt lieben wird, in dem ihre Lebensfreude wieder erwacht.

Merke ich das? Unwillkürlich denke ich, dass meine Dankbarkeit ihr gegenüber aus meinem ersten Lebensjahr herrührt. Von Anfang an nehme ich die Liebe meiner Mutter nicht als etwas, das mir zusteht, sondern als Geschenk, das sie mir trotz aller Mühe, trotz ihres schlafenden Körpers macht und das über eine Pflichtübung hinausgeht. Und vielleicht antworte ich auch deshalb von Anfang an mit einem Übermaß an Leidenschaft auf das, was schweigend in ihr schlummert. Ich übernehme auch ihren Teil des Dialogs, führe Selbstgespräche, spreche mit mir über sie.

Dann erholt sich meine Mutter, ihre von meinem gierigen Saugen wunden Brustwarzen heilen, die Beine bekommen wieder Spaß an Bewegung. Sie stillt mich bis zum dreizehnten Monat, was damals durchaus üblich war, für sie aber eine heldenhafte Unternehmung ist. Sie hat Zeit gehabt, sich an meinen Kinderkörper zu gewöhnen; währenddessen lege ich auch die Windeln ab, ich stinke nicht mehr. Ich bin ein gesundes, ruhiges Kind, gebe keinen Anlass zur Sorge. Ich kann mir vorstellen, dass sie mich zufriedener anlächelt, dass es ihr Freude macht, mich anzusehen, meine glatte, feste Haut zu berühren … wenn sie Zeit hat. Wäre sie die Frau eines Arztes oder eines Abteilungsleiters der IPCA wie Margherita, könnte sie sich jetzt vielleicht ausschließlich mir widmen, eine im Rousseau'schen Sinn perfekte, ganz der Nachkommenschaft zugewandte Mutter werden und sogar noch mehr Kinder bekommen … wer weiß, wenn ein Sicherheit und Autorität ausstrahlender Mann sie darum bäte oder auf sanfte Art darauf bestünde, würde Maria Grazia vielleicht auf ihre finanzielle Unabhängigkeit verzichten, denn mit fünfundzwanzig, sechsundzwanzig Jahren ist ihr Charakter noch nicht ganz ausgereift, sie ist formbar, fügsam, bereit, sich den Umständen und einem Willen anzupassen, der stärker ist als ihrer. Sie ist noch nicht die, die sie mit vierzig sein wird.

Ich versuche, mir vorzustellen, wie meine Mutter in Filzpantoffeln über glänzend gebohnerte Fußböden gleitet, die Sauberkeit meiner Fingernägel kontrolliert und mich, den Mund voller Stecknadeln, dazu zwingt, stocksteif und gerade auf einem Hocker zu stehen, um meine Kleidchen zu verlängern. Ich hätte sie genervt, sie hätte mir Kopfnüsse verpasst. Sie wäre unruhig und unzufrieden gewesen, ohne zu wissen, warum. Und ich sehe mich selbst, wie ich mich als kleines Mädchen über eine Wiege beuge, die *Magna* Giulia mit noch mehr Spitzen ausstaffiert hätte, um ein zahnloses Wesen zu bestaunen, einen Rivalen und zu zähmenden Jüngeren, mit dem ich mich würde auseinandersetzen müssen, und rieche den Geruch nach Lauge und Desinfektionsmittel, der bei manchen meiner Grundschulkameradinnen in den Küchen in der Luft hing …

Ja, einen Bruder hätte ich fast bekommen, oder vielleicht war es eine Schwester, doch machte er sich ungehörigerweise in einem Blutgerinnsel wieder davon an einem Tag, an dem meine Mutter noch müder war als sonst und sich unwohl gefühlt hatte, nachdem sie die Treppe heraufgerannt war. Ihr Körper hat sich einem weiteren Kind deutlich verweigert. Danach habe sie, sagt sie, keine Kinder mehr gewollt und bewusst dafür gesorgt, keine zu bekommen. Damals war es üblich, dass die Männer aufpassten, und die Paare ihrer Generation hatten nur ein Kind oder höchstens zwei. Vorbei war die Zeit der zahlreichen Familien, Schluss damit, wie die Kaninchen alle in einem Zimmer zu hausen: Jetzt war der Moment, um zu arbeiten, aus der Unwissenheit und Armut herauszukommen und den Kindern eine Schulbildung zu ermöglichen. Jedenfalls musste man ihre Fehlgeburt geheim halten wie die ihrer Mutter nach deren Rückkehr aus Amerika, denn noch in den Fünfzigerjahren war die Tatsache, wenn auch unverschuldet, beschämend.

Doch die Vision einer Maria Grazia als Heimchen am Herd ist völlig hypothetisch. Hätte sie sich je von *Magna* Ninin und ihrer Mutter getrennt, um abgeschottet in einem Ein-Familien-Häuschen zu leben? Ich glaube nicht. Nicht auszuschließen ist dagegen, dass sie – selbstverständlich, ohne es zu wissen – meinen Vater gerade deshalb geheiratet hat, weil er *nicht* der reife, entschlossene Mann war, der sie fortholen und ganz für sich beanspruchen würde, sondern eben ein großes Kind, das zu ihrer aus Frauen bestehenden Familie dazukam …

So, wie die Dinge liegen, stellt sich die Entscheidung zwischen häuslicher Isolation und Arbeit für sie nicht. Ein Glück, dass meine Mutter einen Liederjan geheiratet und eine behinderte Mutter und eine grantige Tante mit einer miserablen Rente daheim hat! Hausfrau zu spielen kann sie sich nicht erlauben. Um den Haushalt kümmert sich Ninin, die seit meiner Geburt nicht mehr in der Fabrik arbeitet und mit knapp über sechzig voller kämpferischer Energie ist. Meine Mutter lebt im und für das Geschäft, das unsere einzige konkrete Aussicht darstellt, aus der Arbeiterklasse herauszukommen und ins Kleinbürgertum überzuwechseln. Maria Grazia steht morgens um sechs Uhr auf, schuftet von sieben bis eins, verschlingt das Mittagessen und fällt anschließend in einen bleiernen Schlaf, aus dem sie kurz vor drei aufschreckt, um bis zum Abend hinter den Ladentisch zurückzukehren.

Und was für ein Glück – denke ich später oft unwillkürlich, wenn ich manche Mütter nicht viel jüngerer Generationen sehe, die buchstäblich von ihren klammernden, anspruchsvollen, ständig nach Aufmerksamkeit schreienden Kindern aufgefressen werden –, was für ein Glück, dass meine Mutter so viel gearbeitet hat und so altmodisch war! Dass sie sich nie nackt vor mir gezeigt und nie meinen Launen nachgegeben hat, dass ich nie den Bodensatz der Mutterliebe ausgekratzt habe! Ihre Arbeit, deren lebenswichtige Bedeutung wir alle mit der Luft einatmeten, die uns umgab, verlieh ihr eine Aura, die einen beinahe sakralen Abstand zwischen ihr und mir schuf. Nachmittags, wenn sie ruhte, bevor sie wieder ins Geschäft hinunterging, war ich ganz leise und hasste mit aller Kraft eine Nachbarin, eine Mutter von sechs Kindern, die nie aus dem häuslichen Dunkel auftauchte, sich aber genau um diese Zeit in Kittelschürze und Lockenwicklern aus dem Fenster zum Hof beugte, um kreischend mehrmals nach ihren Sprösslingen zu rufen (die sich nicht die Mühe machten, ihr zu antworten), und mit ihrer schrillen Stimme Maria Grazias Schlaf störte.

Außerdem gab es schon damals Mütter, die von ihren Kindern, auch von den Mädchen, herumkommandiert und womöglich beleidigt wurden, wenn sie den Forderungen nicht nachgaben (»Ich will ein Eis! Wirf mir fünfzig Lire runter! Los, mach schon! Blöde Kuh!«). Diesen frechen Gleichaltrigen fühlte ich mich haushoch überlegen, denn ich *achtete* meine Mutter, wie ich es schon mit etwa acht Jahren ausdrückte. Ich besaß etwas Wertvolles, das sie nicht hatten. »Aber wenn die Mütter sich so behandeln lassen, verdienen sie es nicht anders!«, fügte ich altklug hinzu. Über die Gesichter der *Magne* huschte ein ehrfürchtiger, besorgter Schatten (die Kinder sehen, was vorgeht!). Denn typischerweise vergessen Erwachsene später, was man als Kind instinktiv und unfehlbar über Macht und Unterwerfung weiß.

Seit meinen frühesten Jahren verkörpert meine Mutter das Gesetz. Tagsüber verwarnen mich Ninin und meine Großmutter wegen meiner Verfehlungen und merken sie sich. Abends, wenn Maria Grazia nach Hause kommt, wird ihr detailliert über meine Verbrechen berichtet, und sie nimmt die Bestrafung vor, eine Standpauke oder ein paar Klapse auf den Po, die die anderen händeringend und jammernd mit ansehen. Nach einiger Zeit rebelliert meine Mutter: Sie will nicht gezwungen sein, nach einem Arbeitstag für ihre Tochter den Buhmann zu machen. Von da an werde ich begnadigt, und abends herrscht Frieden. Dennoch bleibt Maria Grazia das, was man heute eine strenge Mutter nennen würde, nämlich wenig geneigt zurückzunehmen, was sie einmal gesagt hat. Dass sie den Machtkampf gewinnt, der die erste Stufe der Beziehung zwischen zwei elementar verbundenen Menschen darstellt, ist mir klar. Ich bin ihr dankbar dafür, vor allem, weil ihre Macht mir richtig zu sein scheint, so wie es für sie mit *Magna* Michin war. Ich will ihre Anerkennung verdienen. Ich bewundere ihre Energie und ihre klaren, knappen Antworten. Selig beobachte ich, wie die anderen ihr zuhören, und genieße es ungeheuer, wenn ich sie unter Leuten sehe, insgeheim zu wissen, dass sie die Schönste ist.

Achtung und Dankbarkeit für meine Mutter erwachsen aus der psychischen Nahrung, die sie mir gibt, und werden im Lauf der Jahre zu meinem moralischen Gerüst, genauso, wie sich ihre Milch in meinem Organismus in Knochen, Muskeln und Blut verwandelt hat.

Paradoxerweise adelt die Arbeit, die für meine Mutter Versklavung und Freiheit bedeutet, sie in den Augen ihrer Tochter.

Maria Grazia ist Gemüsehändlerin, doch für mich ist sie eine Königin. Meine Frau Mutter – wie ich, als ich größer bin, in bestimmten Romanen lesen werde –, die sich rasch und majestätisch in der Welt der Dinge bewegt, die zählen, und jenen Anweisungen gibt, die in ihrem Umkreis leben. Zwischen ihr und mir besteht ein liebevoller Abstand voller gegenseitiger Zuneigung, in dem ich mich entfernen kann, ohne mich zu verlieren, atmen kann, ohne sie zu verraten. Nie wird sie, wie bei manchen Schulkameradinnen, die Mama und Freundin sein, die sich zu mir ans Bett setzt und in meinen Gedanken stöbert, und auch nicht die von der vielen Beanspruchung ein wenig verbrauchte Mutter, die für alles da ist, wie bei dem größten Teil meiner Gleichaltrigen. Und mein Leben lang werde ich Erleichterung, Staunen und Dankbarkeit empfinden bei dem Gedanken, dass gerade sie und keine andere mich auf die Welt gebracht hat.

Wenn ich an sie denke, erinnere ich mich weder an häusliche Verrichtungen noch an Kochrezepte – Kochen lernt meine Mutter mit über fünfzig von mir –, sondern sehe sie Orangenkisten aus dem Kleintransporter ausladen oder an der Kasse sitzen oder mit einer vorwitzigen Haarsträhne, die sich aus dem strengen Knoten gelöst hat und ihr in die Stirn hängt, über das Schneidebrett gebeugt, einen Laib Parmesan vor sich, den sie mit dem mandelförmigen Messer in schöne, gleichmäßige, rechteckige Stücke zerteilen muss, oder auch einen Parmaschinken, den es mit fachmännischer Hand zu entbeinen gilt. Sie hat keine Zeit für Dummheiten, für die Schnörkel der Existenz. Sie ist in die Welt der konkreten Dinge eingetaucht oder ist vielmehr deren Mittelpunkt. In den zehn Jahren meiner Kindheit verliert Maria Grazia ihre Schüchternheit, lernt, mit Menschen umzugehen, sich in Schwierigkeiten zu helfen und sich auf sich selbst zu verlassen. Sie wird erwachsen.

Keine abwesende Mutter, nein – sie arbeitet wenige Meter von daheim entfernt, und sobald ich laufen gelernt habe, kann ich sie sehen, sooft ich will –, aber sie ist mehr geistig als körperlich präsent. Sich einer vielbeschäftigten Frau zu nähern ist schwierig; und häufig beschränke ich mich darauf, sie zu betrachten, ihre Gegenwart zu spüren; ihr Bild, der Klang ihrer Stimme, sie als Idee sind überall. In unserer Wohnung, in den Straßen rundherum, in meinem Leben und in unseren Gesprächen, *Magna* Ninin, meine Großmutter, mein Vater führen ständig ihren Namen im Munde. Ninin nennt sie Maria, mein Vater nennt sie Grazia, wenn er gut Wetter machen will, und Maria, wenn er sie braucht. Und meine Großmutter? Meine Großmutter spricht kaum und ruft sie vor allem mit den Augen.

Maria Grazia ist nämlich die, die uns alle ernährt. Sie ist die fleißig tickende Uhr, die die Zeiteinteilung unseres Tages bestimmt, die Göttin der Vernunft, die keine Dummheiten duldet und wenig empfänglich ist für den Zauber der Kindheit, aber auch die Mäßigung, die die Gegensätze ausgleicht, der Dreh- und Angelpunkt des unwahrscheinlichen Zusammenlebens zwischen meinem jungen, leichtsinnigen Vater und der strengen Ninin, der Hüterin der Pflicht. Meine Mutter erleuchtet uns alle wie die Sonne, sie ist immer da, auch wenn man sie nicht sieht. Sie ist unsere tägliche Sicherheit. Mein Vater dagegen ist wie der Mond, launisch, windig und unzuverlässig.

Madame de Sévigné, liebende Mutter, schrieb an ihre Tochter Madame de Grignan: »Madame, ich liebe Sie nicht, weil Sie meine Tochter sind, sondern um Ihrer selbst willen.« Bewundernswerte Klarheit (und ich lese darin auch den Wunsch, jeden Verdacht auf blutsverwandte Gefühlsduselei zu zerstreuen). Eine liebenswerte Frau zur Tochter zu haben ist ein seltenes Glück. Ein Reichtum, aus dem die Liebe unentwegt schöpfen kann und der nie versiegt; ein nicht enden wollendes Festessen der Gefühle.

Und Violette Leduc, die das Kind abtrieb, als sie ein einziges Mal schwanger wurde, die aber ihre Mutter, eine unmögliche Frau, und eine Reihe weiterer unmöglicher Menschen leidenschaftlich liebte: »Von denen, die ich geliebt habe, habe ich mir keine anderen Kinder gewünscht als sie selbst. Sie waren die Liebe.«

Standesamtlich gesehen war ich immer ausschließlich Tochter und niemals Mutter. Doch die amtliche Wahrheit ist sehr begrenzt. Ich kenne die Mutterliebe, denn ich habe mit ihr gelebt; meine Mutter hat mich geliebt, und was viel mehr und viel besser ist, sie hat mich geliebt und mir Freiheit gelassen. Und ich, auf der anderen Seite dieser Liebe, die wie eine sehr dünne Haut, eine osmotische Membran zwischen uns war, liebte sie meinerseits auf kindliche Art. Aber gibt es überhaupt eine adjektivisch bestimmbare Liebe? Kindlich, schwesterlich, freundschaftlich, ehelich, leidenschaftlich – jedes Adjektiv scheint der geheimnisvollen Komplexität der Liebe etwas wegzunehmen. Was ich zu sagen versuche, ist, dass ich meine Mutter nicht nur auf kindliche, sondern auch auf viele andere Arten geliebt habe: als die ideale Frau, als Kapitänin meines Schiffes, als nächstes und zugleich am weitesten entferntes Glied jener Kette von Frauen, zu der ich gehöre und die mich ans Leben bindet. Als ein Kind, das ernährt, ein Wesen, das beschützt werden muss. Und nicht erst ab einem bestimmten Alter, als unsere Rollen sich vertauscht haben und Kraft und Verantwortung auf mich übergegangen sind.

Es heißt, dass kinderlose Frauen ihre nicht gelebten Muttergefühle auf Haustiere übertragen, dass alleinstehende Frauen die fehlenden Liebesbeziehungen durch Hunde und Katzen ersetzen. Als wären die Tiere ein armseliger Ersatz für Menschen. Als hätten unsere Haustiere nicht das Recht auf eine ganz eigene, fast religiöse Liebe, da sie doch das sind, was uns von dem Anderen bleibt, das uns einst mit seinen schrecklichen Wundern bedrohte: Bären, Löwen, Urwälder, Nordlichter, Geister und Götter, der allgegenwärtige Tod … Und lieben uns die Tiere etwa nicht mit der blinden Hartnäckigkeit der Kinder und der beschützenden Angst der Mütter? Meine Katze Manì drückte ihre Liebe zu mir von klein auf dadurch aus, dass sie mir das Gesicht leckte, als wäre ich, so viel größer und älter als sie, ihr Junges. Sie war eine faustgroße Katzenbaby-Mama, die mich besorgt ansah und sich zu fragen schien: »Wird es durchkommen, mein kleines nacktes Geschöpf ohne Schnurrhaare und Krallen, fast ohne Gehör und erst recht ohne Nachtsicht und all die anderen uns eigenen, elementarsten Fähigkeiten?«

Wir tragen atavistische Gesten in uns, vorgeburtliche Erinnerungen an noch nicht gelebte Lebensalter. Alt und jung, groß und klein sind nicht nur relative Begriffe, sondern untrennbare Teile unseres Ganzen. Auch ich leckte meiner Mutter als kleines Kind, wie Manì als Kätzchen, das Gesicht und die Hände. Ich tat es auf Menschenart, nicht mit der Zunge, sondern mit den Augen. Ich war eine dreijährige Mutter. Das sieht man auf dem Foto. Ich lehne mich nicht in ihre Umarmung zurück und genieße nur, von ihr umsorgt zu werden: In mir regt sich im Kleinen eine spiegelbildliche Mütterlichkeit, eine unendliche Zärtlichkeit, das bange Gefühl, ich müsse sie beschützen, und Stolz auf meinen Schatz. Schon damals fühle ich mich älter, als ich bin, wie dann immer im Leben.

Mit Violette Leduc kann ich sagen, dass diejenigen, die ich geliebt habe, meine Kinder gewesen sind. Angefangen bei meiner Mutter.

In meiner fernen Vorschul-Kindheit versprach Gilin mir eines Abends, wahrscheinlich auf mein wiederholtes Drängen hin, dass wir am nächsten Morgen mit der Karawane der Jahrmarktleute aufbrechen würden, die zum Dorffest unterhalb der Allee ihr Lager aufgeschlagen hatten. Sie lebten in Wagen mit kleinen Fenstern, aus denen zum Trocknen aufgehängte Wäsche heraushing, und zwischen den Stangen der Karren standen geduldige Tiere, Esel und vielleicht auch ein paar Pferde. Die Aussicht, in eines dieser Miniaturhäuschen einzuziehen, wo alles wie ein Spiel gewesen wäre, und mit jenen gelassen dreinschauenden Tieren ein Wanderleben zu teilen, war für ein vier- oder fünfjähriges Kind natürlich überaus aufregend. Selbstverständlich geschah am nächsten Tag nichts, außer dass die Jahrmarktleute ohne uns abfuhren.

Vielleicht dachte mein Vater, dass die Nacht die Erinnerung an sein Versprechen mit fortnehmen würde. So war es nicht. Nicht nur erinnerte ich mich am nächsten Morgen ganz genau, sondern diese winzige Episode war mir dann immer präsent, eines jener Steinchen im Gedächtnis, die aus irgendeinem Grund an der Oberfläche bleiben und nicht vom ununterbrochenen Erdrutsch der Gegenwart begraben werden. In dem Alter, in dem man zurückblickt, um die Spuren des Weges wiederzufinden, den man gegangen ist, scheint mir jener Sommerabend (es muss Sommer gewesen sein, denn das Dorffest fand im August statt) einen kleinen Wendepunkt in meiner persönlichen Geschichte darzustellen, den einzigen, die ich mit einer gewissen Kompetenz beurteilen kann.

Nach der glühenden Enttäuschung darüber, im Morgengrauen nicht auf einem Eselskarren abgereist zu sein, verkünde ich einige Tage oder Wochen später der Welt, oder zumindest meinem gebührend erstaunten und ehrfürchtigen Publikum, den Tanten, dass mein Vater sein Versprechen nicht gehalten habe und dass man nichts versprechen dürfe, wenn man nicht die Absicht habe, sein Versprechen zu halten. Zum ersten Mal gebe ich ein abschließendes Urteil über einen Erwachsenen ab, keine kindliche Klage, sondern eine echte moralische Sentenz. Und die Großen hören schweigend zu. Sie seufzen, wenden wie immer den Blick ab von dieser unbequemen Wahrheit und bieten mir zur Wiedergutmachung ein Stückchen Schokolade an.

Meine Feststellung, erinnere ich mich, überraschte mich selbst. Gewiss, auch ich war, wie alle Kinder, ein Äffchen, das wiederholt, was es rund um sich hört oder in dem Schweigen und dem Ungesagten der Großen spürt. Da ich es mit der Luft eingeatmet hatte, die mich umgab, wusste ich genau, dass die schwarzen Locken und die funkelnden Augen meines Vaters logen, dass man ihm nicht trauen konnte, dass *Magna* Ninin ihn missbilligte und Polonia und Giulia seufzten. Dennoch kam dieser Satz aus meinem Mund wie eines jener Dinge, von denen du nicht weißt, dass du sie denkst, bis du sie ausgesprochen hast. Es gibt Gedanken, die schon erwachsen fix und fertig deinem Geist entspringen wie Athene dem Gehirn des Zeus.

Und dass mir ausgerechnet jetzt und in diesem Zusammenhang eine derartige Metapher einfällt, stimmt mich nachdenklich. Athene und Zeus, ein Vater und eine Tochter. Ein recht unbesonnener Vater, dieser Zeus, der alles Mögliche anstellt und keinen Augenblick zögert, sich in ein Tier zu verwandeln, um seiner Lust zu frönen; und eine gepanzerte, leidenschaftslos tugendhafte Tochter. Das genaue Gegenteil seiner Regellosigkeit, ist sie ganz Mäßigung und Verstand; er sinnlich, sie jungfräulich; er ein Komödiant, sie immer ernst; man überrascht sie nie bei einem Lächeln.

Wie mag es ihnen in den Sinn gekommen sein, jenen Ziegenhirten, die unsere griechischen Vorfahren waren, sich so etwas auszudenken? Zeus wird weder der erste noch der einzige männliche Gott gewesen sein, der gebiert (eine solche Fantasie musste ja im Lauf der Epochen und in verschiedenen Völkern immer aufs Neue auftauchen), aber dass die Tochter aus seinem Kopf geboren wird? Wollte man damit sagen: Die Frauen gebären mit dem Bauch und mit Blut, doch die Vaterschaft ist auf einer höheren Ebene angesiedelt, ist (nur) eine Idee? Warum aber ist dann diese Tochter – die, in Klammern gesagt, keine Mutter hat, was niemanden zu stören scheint – das spiegelbildliche Gegenteil ihres Vaters? Die bewaffnete, unerschütterliche, feierliche Göttin, nie sieht man sie in Aufruhr wie ihren Erzeuger oder den schnellen Hermes, auch nicht halb nackt wie ihren Bruder Apoll oder ihre Schwester Artemis; sie trennt sich nie von ihrem kriegerischen Helm, dem, der auf der Packung der Streichhölzer Marke Minerva abgebildet ist, die meine Mutter mich beim Tabakhändler kaufen schickte, zusammen mit den Nazionali Super ohne Filter.

Von klein auf begreife ich, dass ich unbedingt auf Abstand zum väterlichen Erbe gehen muss. Wenn *Magna* Ninin einen Vorwurf besonders nachdrücklich anbringen will, beschließt sie ihn mit einem: »Du bist eben die Tochter deines Vaters!«, was in mir Empörung und Wut hervorruft. Denn obwohl alle Alten um mich herum wissen, dass mit meinem Vater etwas nicht stimmt, verschweigen sie es doch mehr oder weniger geschickt, entweder weil sie hoffen, dass sich noch etwas ändert, oder weil sie meine Mutter nicht verletzen wollen, die vor Liebe blind ist – alle schweigen, außer *Barba* Giuanin, der unartikuliert faucht wie ein asthmatischer Löwe, und *Magna* Ninin, die stattdessen die Wahrheit in alle vier Winde hinausschreit, aber nur, wenn niemand in der Nähe ist, wie Johannes der Täufer in der Wüste.

In der leeren Wohnung – leer abgesehen von mir, dem Hund Pucci oder später der Katze Malachia und meiner Großmutter, der armen Maria – erhebt sich Ninins prophetische Stimme drohend über das Geräusch des Wassers, das ins Waschbecken rauscht, und verkündet, dass hier *jemand* ein Lügner ist, ein Tagedieb, ein Egoist und so weiter. Und wir, die wir zwar da, aber nicht präsent sind – die Großmutter, der Hund, die Katze und ich –, wir stellen uns taub, denn wir schämen uns für diesen anwesend-abwesenden *Jemand* unter uns, und wenn wir uns verstohlene Blicke zuwerfen, dann um uns zu versichern, dass wir dem auserwählten Volk, nicht dem verfluchten angehören.

Doch es genügt uns nicht, das zu denken und es uns still mitzuteilen: Wir müssen es beweisen.

Wir Kinder und Haustiere, wir alten, gelähmten und kindischen Großmütter müssen spuren und uns zu unserem Glauben an die unbarmherzige Göttin bekennen, die über uns alle herrscht: die Pflicht. Selbstverständlich ohne sie je voll zufriedenzustellen. In ihren Augen und in denen ihrer furchterregenden Prophetin *Magna* Ninin bleiben wir stets Sünder, zumal wenn wir etwas zerbrochen oder vergessen oder beschmutzt haben oder uns der Gefräßigkeit, der Langschläferei, der unverbesserlichen Unordnung und der schlimmsten aller Sünden schuldig gemacht haben: der Faulheit. Deshalb sind wir verwandt mit dem *Jemand*, der sich bei uns eingeschlichen hat wie der Sohn der Finsternis bei den Kindern des Lichts; und zufällig ist eine von uns tatsächlich mit ihm verwandt: ich.

Natürlich wissen wir stumme Wesen, dass *Magna* Ninin recht hat. Wir würden uns nie träumen lassen, ihre Worte infrage zu stellen, denn ihre Wahrheit ist sonnenklar. Darüber hinaus darf man nicht vergessen, dass wir alle dieselbe Frau lieben. Uns alle, Ninin, die Großmutter, mich und die Katze (ob auch den Hund, weiß ich nicht, Pucci ist eher der Sohn meines Vaters, eine schwierige Lage, aus der er sich durch Flucht retten wird), verbindet die Verehrung für Maria Grazia; sie ist unser gemeinsamer Glaube. Sie macht aus uns ein kleines, kompaktes Heer von Gläubigen, die nach ihrem Lächeln dürsten.

Nach der Hochzeit ziehen meine Eltern ins Haus der Braut, oder besser gesagt: Gilin zieht zu seiner Frau. Maria Grazia bleibt da, wo sie immer gewohnt hat, bei ihrer Mutter und *Magna* Ninin. Gilin kommt einfach zu dem Drei-Frauen-Haushalt hinzu. Eine matriarchalische Regelung, die er normal gefunden haben muss, da auch in seiner Herkunftsfamilie die Neigung besteht, sich um die Frauen zu gruppieren. Aber auch unbequem, vielleicht sogar eine Strafe. Auf dem engen Raum ist er ständig unter Aufsicht, ja, verschärfter Überwachung. Umso mehr, als das Zimmer des Paares zwischen der Küche und *Magna* Ninins Zimmer eingekeilt ist, das, als ich geboren werde, auch meines wird. Es gibt bei uns zu Hause keinen Flur, man geht direkt von einem Raum in den nächsten, außer man wählt den Weg über den Balkon, der an der gesamten Länge der Wohnung entlangläuft, zum Hof mit den niedrigen Anbauten gewandt, die bald zu Garagen werden, und den wertvollen Bäumen, zwei Atlas-Zedern und einer Magnolie, einziger Luxus und wahre Schönheit des ganzen Sozialwohnungsblocks.

Das »Ehezimmer« beziehungsweise dessen Möblierung ist ein Werk des Schreiners Giovanni, Bruder von Gilin: Bett, Kommode und dreitüriger Schrank aus hellem Holz mit geschwungenen Kanten und handgeschnitzten Blumen, deren große Blütenblätter kaskadenartig zu den Ecken herabfallen. Nicht mitgerechnet die zwei Polstersesselchen, die nicht zum Sitzen, sondern nur als Ablage für Kleider und Wäsche dienen. Die naive Hässlichkeit dieser Einrichtung hat etwas Beruhigendes: Die großen Spiegel über der Kommode und an den Schranktüren und die zwei Öffnungen nach außen, ein Fenster und eine Fenstertür, machen den Raum hell und tauchen ihn in der Erinnerung in immerwährendes Sommerlicht.

Sehr viel Intimität bietet er allerdings nicht. Dieser Begriff ist bei uns sowieso unbekannt, da *Magna* Ninin mit martialischem

Schritt durch sämtliche nach Osten zur aufgehenden Sonne hin gelegenen, ineinander übergehenden Zimmer marschiert, lange bevor man die Sonne betrachten könnte, und mit lautem Türenschlagen alle aufweckt. Meinem Vater bleibt daher nichts, als sich möglichst früh an die männlichen Orte der Freiheit aufzumachen, die Straße, die Bar. Sogar die Fabrik muss ihm in bestimmten Momenten wie eine Zuflucht vorgekommen sein. Dort konnte er wenigstens zwischen einer Fron und der nächsten durchatmen, sich mit einem Freund absetzen, um eine Zigarette zu rauchen.

Nicht, dass zu Hause nicht geraucht würde. Wir sind in den Fünfzigerjahren, alle rauchen. Bei Tisch, im Kino, auf der Leinwand und im Saal, über den Wiegen der Neugeborenen. Selbst meine Mutter raucht und fordert die mehr oder minder stumme Missbilligung Ninins heraus (auch das Rauchen ist ja ein Laster, Überbegriff für fast alle Genüsse, die Zeit und Geld kosten).

Es ist aber nicht so, dass es in unserer Wohnung keinen privaten Ort gibt. Einen gibt es, das Zimmer meiner Großmutter, eine Kammer, die mit einer Zwischenwand vom Wohnzimmer abgeteilt wurde, der einzige Raum, der nicht nach Osten auf die großen Bäume hinausgeht. Klein, eng, fast lichtlos, nur von einem winzigen Fenster erhellt, das zu hoch oben liegt, um hinausschauen zu können. Dort hat meine Großmutter mütterlicherseits ihre Sachen: ein schmales Bett, kaum mehr als eine Pritsche, ein kleiner Schrank, ein Tischchen, ein Stuhl; der übrige Platz ist mit einer alten Kredenz und anderen Sachen vollgestellt, die nicht mehr benutzt werden, die man sich aber nicht wegzuwerfen traut, man weiß ja nie. Dort schläft meine Großmutter, dorthin zieht sie sich abends zum Lesen ihrer frommen Bücher zurück – zum Lesen der einzigen Bücher, die sie besitzt, denke ich unwillkürlich, denn vielleicht ist es niemandem je eingefallen, ihr noch ein paar andere zu schenken. Und jetzt, wo ich allmählich in das Alter komme, in dem sie gestorben ist, ist es natürlich zu spät dazu.

Uns Kindern las sie dort Bücher vor, und dass meine damaligen Freunde Walter und Ugo sich noch als Erwachsene an diese Lektüre erinnerten, bedeutet, dass sie gut las, ausdrucksvoll und mit Genuss. Die Bücher waren ihre private Parallelwelt, die ihr die andere lebbar machten. Genau wie es später ihrer Tochter und ihrer Enkelin ergeht. Ich tröste mich mit dem Gedanken, dass sie sich vielleicht ein paar Romane bei meiner Mutter ausgeliehen hat, womöglich heimlich.

Ich dagegen steige, um allein zu sein, einen Stock höher zum Dachboden hinauf. Ins Reich des Zwielichts und der Spinnen, des Staubs auf den ausrangierten Gegenständen, das für mich und die Katze ein unerschöpfliches Land geheimer Abenteuer ist. Die Speicherabteile – unseres ist breit und tief, das hinterste am Ende eines Korridors aus unverputzten Backsteinen und rohen Balken – sind eine schwebende Zwischenwelt, in der die arbeitsamen Gesetze des Tages nicht gelten. Im Lauf der Zeit und an Tagen, an denen die Luft feiner ist und zur Kühnheit einlädt, gelingt es mir, indem ich auf eine Kiste steige, ein Fensterchen zu erreichen, das sich auf einen Teil des tiefer gelegenen Daches über dem neuen Flügel des Hauses öffnet, und ins Freie auf die roten Dachziegel zu klettern. Auf dieser Schräge balancierend ist mir, als eröffne sich mir, nur von dort, eine neue Perspektive auf die Welt. Ich fühle mich wie die Helden von Jules Verne, eine Entdeckerin unbekannter Länder, in aufregende, wenn auch vage Ereignisse verwickelt, und bilde mir sogar ein, über jene dort unten, denen ich ungesehen bei ihren irdischen Verrichtungen zuschaue, eine seltsame und wunderbare Macht zu haben. Irgendwann werde ich natürlich erwischt, und man verbietet mir, an den gefahrvollen Ort zurückzukehren; doch das wird mich nicht davon abhalten. Eher schon mein heranwachsender Körper, für den es immer schwieriger wird, durch das Fensterchen unter dem schrägen Dach zu kriechen; allmählich nimmt er durch sein Gewicht, das ihn an die Erde fesselt, seine Grenzen und seine Zugehörigkeit zu der Welt dort unten wahr, zusammen mit der verstörenden Erinnerung an eine Leichtigkeit, die es gab und nicht mehr gibt.

Auch wenn man seit Jahrzehnten ausgezogen ist und sie vergessen zu haben scheint, bleibt die Wohnung, in der man als Kind gelebt hat, doch *das Zuhause*, das in den Träumen irgendwo aus der Tiefe des Gedächtnisses wieder auftaucht. Träume ich von den Wohnungen meines Lebens, sehe ich sie immer mehr oder weniger subtil verwandelt in jene erste Wohnung, die ich gekannt habe und die Ursprung aller weiteren war. Immer ist sie tendenziell das Modell für die Bilder, die im Schlaf auftauchen: eine Wohnung ohne Flure, mit Zimmern, die ineinander übergehen und die man von einem wenig vertrauenerweckenden Treppenabsatz aus betritt, dem Grenzort zur Außenwelt. Ein langer Balkon zum Hof, ähnlich der Brücke eines gefahrvollen Schiffes, die windgepeitscht über den Wellen schwebt. Doch habe ich die Zwischenbereiche überwunden und bin *drinnen* in Sicherheit, dann bin ich bei mir selbst, wie im Inneren meines Herzens, im nicht immer leicht zu ertragenden Kern meines Lebendigseins. Dort, in diesen viereinhalb Zimmern und bevorzugt in der Küche – dem innersten der Räume, der aus einer geschützten Lage nach draußen blickt und das Licht des Himmels und die Kühle der Bäume aufnimmt – finde ich mich von Zeit zu Zeit nachts wieder, und es sind immer Träume, in denen fast nichts und doch so viel geschieht und aus denen ich wie betäubt und doch erfüllt erwache – vielleicht sind es sogar eher Erscheinungen als Träume.

Wir sind immer nur zu dritt in jener Küche: Ninin, meine Mutter und ich. Ninin, die jahrzehntelang fehlte, ist an einem bestimmten Punkt wieder erschienen, um mir mitzuteilen, dass sie tot ist; ich habe es geglaubt und auch nicht, in meiner Beschützerliebe wollte ich ihr versichern, dass sie noch lebte, und sie gleichzeitig in ihrer äußersten, ehrwürdigen Zerbrechlichkeit als Schatten bewahren. Seitdem ist sie in meine Träume zurückgekommen, streng, wie sie immer gewesen ist, aber gelassener und lächelnd, fast ganz still; und mit den Jahren habe ich erkannt, dass eine wesentliche Verwandlung stattgefunden hatte. Das war nicht mehr Ninin, oder jedenfalls nicht mehr nur sie: Es war meine Mutter, die sich im Alter allmählich in Ninin verwandelte. Und die andere Frau, die in meinen Träumen noch immer das Gesicht meiner Mutter hat, ist in Wirklichkeit Claudia, die seit Langem mein Zuhause mit mir teilt und so kostbar und unentbehrlich für mich geworden ist wie damals, als ich klein war, meine Mutter.

Ninin, eine grauhaarige alte Frau, die aus archaischer Ferne aufzutauchen scheint, Hüterin einer Grenze, der ich mich zitternd und mit Ehrfurcht nähere, und Maria, meine Mutter, mit ihrem schönen Gesicht einer noch jungen Frau und ihren schwarzen Haaren, sind zu Ikonen – oder vielleicht, wie man heute sagen würde, Avataren – meiner Psyche geworden. Darin wohnen für immer – mein bescheidenes, sterbliches »immer« – eine junge und eine alte Frau, die für mich die zwei Gesichter der Liebe sind.

Man schreibt das Ende der Fünfzigerjahre. Wir sind mitten im Wirtschaftswunder, und das Geschäft geht gut. Die Leute haben mehr Geld, kaufen mehr. Plötzlich herrscht Überfluss.

Von einem Tag zum anderen verschwinden vorher vertraute Dinge und andere tauchen auf, viele andere. Pasta und Reis, die zuvor in Fünfzig-Kilo-Säcken gebracht und den Kunden in grauen, mit geschickten Fingern origamimäßig gefalteten Tütchen ausgehändigt wurden, werden jetzt oder bald darauf in Packungen aus Papier oder in rechteckigen dunkelblauen Pappschachteln geliefert. Ade, große, weiße Baumwollsäcke mit der roten Aufschrift »*pasta Agnesi*«, aus denen *Magna* Ninin dann Küchentücher und Bettlaken mit langen Nähten in der Mitte machte, die am Rücken kratzten. Thunfisch kauft man nicht mehr nach Gewicht in tropfenden Päckchen aus Ölpapier, sondern in praktischen Konservendosen à zwei- oder dreihundert Gramm; immer weniger Frauen kochen die Tomaten für den Sugo selbst ein, und immer mehr kaufen sie fertig, nicht in Fünf-Kilo-Dosen – wie denen, die meine Großmutter Maria, die Bäuerin, in der Küche stehen hat, rostig und gefährlich, und als Blumenvase für ihre Feldsträuße benutzt –, sondern in Portionsdosen, die man auf einmal verbraucht oder wie die dauergewellten Damen aus der Werbung im Vorratsschrank stapelt, um sich als perfekte und vorausschauende Hausfrau zu fühlen. Spurlos, außer vielleicht an den Ständen der Provinzmärkte, verschwindet eine bestimmte Süßigkeit, die aus einer kompakten, zweifarbigen Masse bestand, in Scheiben geschnitten wurde und im Mund einen breiigen Geschmack nach Fetten zweifelhafter Herkunft, gemischt mit Haselnuss, Vanille und Kakao hinterließ, ein Vorläufer der göttlichen Nutella. Was es weiterhin gibt, ist die frische Milch, die zweimal pro Tag ins Geschäft geliefert wird, morgens Punkt sieben, wenn Maria Grazias Augen noch schwer sind vom Schlaf, und nachmittags um fünf, die kritische Zeit, zu der die Hausfrauen ans Abendessen zu denken beginnen. Obwohl die Milchzentrale in Turin schon hygienische Flaschen mit rotem Verschluss herstellt, überlebt bei uns in Ciriè noch jahrelang das Ritual des Milchverkäufers: Stallgeruch verbreitend kommt er mit der großen Blechkanne auf der Schulter an und gießt die weiße, schaumige Flüssigkeit in den Eimer, der bis vor einiger Zeit aus Aluminium war (und jetzt aus Plastik ist). Die Kundinnen bringen von daheim die leeren Flaschen mit, nach deren Sauberkeitsgrad die häusliche Einstellung der Besitzerin, wenn nicht sogar ihr Wert als Mensch beurteilt wird: blitzblanke Glasflaschen deutet auf eine gute Hausfrau hin, trübe, übelriechende auf eine schlampige, eine, die keine Lust zu arbeiten hat. Und die sich dann wahrscheinlich beklagt, dass ihre Milch sofort sauer geworden sei: Das glaube ich gern, in so einer Flasche!

Die Milch ist in unserem geschäftlichen wie in unserem häuslichen Leben ein Kapitel für sich, die beiden Dinge greifen ja unmittelbar und untrennbar ineinander. Da gibt es die Säuberung der Eimer und Messbecher (Liter-, Halbliter- und Viertelliterbecher) mit kochendem Wasser, und im Kühlschrank daheim – ja, mittlerweile haben wir auch daheim einen Kühlschrank – die Flaschen, in deren Hals sich der Rahm absetzt, meist schon frech von meinem Vater weggeschlabbert, der nicht nur Sahne liebt, sondern überhaupt für Milch, vor allem eiskalte, eine ungezügelte Leidenschaft hegt. Die Milch, die nicht gleich verkauft wird, kommt, wenn viel übrig ist, in breite, flache Kasserollen, dazu ein paar Tropfen Zitrone, damit sie gerinnt, und nach zwei bis drei Tagen wird mit einem Löffel der dicke, gelbe saure Rahm abgeschöpft, der sich obendrauf gebildet hat; man gibt ihn in ein Einmachglas mit Wasser und Eis und schüttelt dieses improvisierte Butterfass so lange, bis das Fett Butterklümpchen bildet, die man mit den Händen auspresst und zu kleinen Laibchen formt, die ebenfalls in kaltem Wasser aufbewahrt werden. Eine Arbeit, die auch behinderte alte Frauen und Kinder verrichten können; langweilig und aufregend zugleich, denn das Endresultat steht fest, gleicht aber dennoch einem Wunder. Anschließend wird die verbleibende wabbelige weiße Masse der gestockten Milch mit einem Schaumlöffel in kleine Körbchen gefüllt, die nun auch aus weißem Plastik sind, während sie früher aus gelochtem Metall waren. In diesen Förmchen schwitzt der sogenannte *Tomino* ein bis zwei Tage lang grünliche Molke aus und setzt sich, füllt die Hohlräume, wird kompakt. Dann stürzt man diese säuerlichen, kleinen weißen Frischkäse auf eine saubere Platte und trägt sie zum Verkauf ins Geschäft. Nichts wird weggeworfen in unserer

Ökonomie, denn noch erinnern wir uns an den Hunger im Krieg und an die Armut, in der wir bis gestern gelebt haben: Der unverkaufte Spinat wird geputzt, vorschriftsmäßig siebenmal gewaschen, gekocht und ausgepresst, und dann reißen sich die Kundinnen darum, die zu faul sind, um ihn selbst zuzubereiten; die verschrumpelten Äpfel werden großzügig mit Zucker bestreut in den Backofen geschoben und kehren als leicht karamellisierte Bratäpfel mit ein paar Rissen in der Schale, aus denen das süße Fruchtfleisch quillt, auf die Theke zurück.

Doch die epochale Veränderung, die meinen kindlichen Geist am meisten beeindruckt, ist der Übergang von Brot zu Keksen zum Milchkaffee. Es wird nicht so gewesen sein, aber in der Erinnerung ist es, als hätte das »süße Zeug« von einem Tag auf den anderen die Wohnung überschwemmt; man kann keinen Schrank, kein Buffet mehr öffnen, ohne irgendwelche Leckereien zu finden, sogar im Zimmerchen der Großmutter, das nun ganz als Abstellkammer dient, steht eine von Schätzen überquellende Kredenz: gefüllte Kekse, Butterkekse, Waffeln, Löffelbiskuits, Amaretti … Vermutlich ist es nicht erstaunlich, dass ich, das vordem bescheidene, sittsame kleine Mädchen, genau in diesen Jahren zur Naschkatze werde. Es geschieht, als ich mich plötzlich im Schlaraffenland wiederfinde, doch hätte das vielleicht nicht genügt, hätte ich nicht zugleich auch entdeckt, was meine Mutter schon längst weiß: dass Essen stärkt. Durch Essen wird dem Blut Zucker zugeführt, Energie. Essen ist der Treibstoff, den man braucht, um sich dem Leben zu stellen, es bedeutet: Ja, ich nehme die Herausforderung an.

Von da an bleibt bei uns daheim nur *Magna* Ninin dem Brot zum Milchkaffee treu. Ein Brötchen, und fertig ist das Abendessen. In mein Schälchen dagegen kommen jetzt Kekse. Meine Mutter hat Anrecht auf eine richtige Mahlzeit, mit Suppe, einem Schnitzel oder einem Rest vom Mittag, und mein Vater bedient sich selbst, bringt sich häufig aus dem Geschäft eine Tomate, eine Paprikaschote, eine Stange Sellerie mit – unweigerlich wählt er immer die schönsten –, um sie *in pinzimonio* zu essen, roh mit einem Dip aus Essig und Öl.

»Nur das Beste für diesen *pet sernù*«, kommentiert *Magna* Ninin, nur das Beste für diesen *wählerischen Furz*.

Das Zimmerchen meiner Großmutter ist nun ausschließlich zur Abstellkammer geworden, seit sie gegangen ist. Eines Morgens, als sie sich im Bad die noch schwarzen Haare kämmte, ist sie plötzlich umgefallen. In den drei Tagen, die sie noch am Leben war, hat sie nicht mehr gesprochen, kaum die Augen geöffnet. Es heißt, sie habe nicht gelitten. Und ich sei bei der Beerdigung in untröstliches Schluchzen ausgebrochen, sie hätten nicht mehr gewusst, wie sie mich beruhigen sollten. An meine Tränen erinnere ich mich nicht, ebenso wenig wie an den Schmerz, der sicherlich klar, sauber und ohne Narben war wie beim Verlust der Milchzähne, denen ja andere folgen.

Dann habe ich sie vergessen.

Ihr langes, schmales, stets halbdunkles Kämmerchen mit dem alten, abgenutzten Steinfußboden ist noch da, ein Überbleibsel aus der Vergangenheit. Einige Jahre später wird es verschwinden, wir werden die Mauer einreißen und das Wohnzimmer vergrößern. Es existiert nur noch in meinen Träumen, ein dämmriger Ort, passend zu den Geheimnissen der Kindheit.

Meine Großmutter Maria – die ich hier arme Maria genannt habe, um sie von all den anderen Marien meiner Familiengeschichte zu unterscheiden, und auch weil es die anderen über sie dachten und häufig sagten – stirbt zur gleichen Zeit oder wenig später, in der das Fernsehen ins Haus kommt. Und der Kühlschrank, die Waschmaschine und die Kekse. Sie betritt die moderne Welt nicht, oder falls sie einen Blick darauf wirft, zieht sie sich sofort zurück und kehrt zu ihrem Schweigen, zum schwachen Schein der Nachttischlampe, zu den Heiligenleben zurück. Womöglich war sie selbst eine Heilige, und wir haben es nie bemerkt. Eine obskure Heilige ohne Kult, mit ihrem milden, halben Lächeln, meine arme, halbierte Großmutter.

Das Geschäft geht gut, meine Mutter ist sicherer geworden, *Madamin* Maria Grazia, wie die Handelsvertreter sie nennen, lernt, mit den entschiedenen Gesten und der selbstbewussten Stimme einer Frau aufzutreten, die ihr Handwerk versteht. *Magna* Margherita hilft ihr, sitzt jeden Vormittag und nachmittags zur Stoßzeit an der Kasse. Es ist der rechte Moment, um sich zu vergrößern, das unbequeme Lädchen gegen schöne, große, helle Räumlichkeiten zu tauschen. Man darf nicht hinterherhinken, jetzt, wo die Welt aus allen Nähten platzt vor Fernsehern, Kühlschränken, Keksen, Autos und Werbung.

Uns gegenüber wurde gerade eine hässliche Mietskaserne hochgezogen, die beansprucht, etwas mehr zu bieten als der übliche soziale Wohnungsbau; dort wohnen Angestellte, Zahnärzte, Lehrer. Auf drei Seiten vier- bis fünfstöckige Blöcke, ein zubetonierter Hof ohne Bäume, und auf der vierten Seite, als Krönung dieses architektonischen Unternehmens, der *Wolkenkratzer*, ein neunstöckiger Kasten, der auf die Via Dante hinausgeht, verkleidet mit blau-rosa Mosaiken, deren Steinchen bald herunterzufallen beginnen und dann klimpernd in den Taschen von uns Kindern landen. Im Erdgeschoss des Wolkenkratzers gibt es neue Ladenräume mit schönen breiten Schaufenstern. Meine Mutter beschließt, den großen Sprung zu wagen, und mietet zwei direkt nebeneinander; später kommt noch ein dritter hinzu.

In dem neuen Geschäft gibt es eine moderne Theke für Schinken und Käse, ganz Glas und Stahl, und Metallregale mit mehreren Fächern, die meine Mutter *Gondeln* nennt. Eines der Schaufenster ist Obst und Gemüse vorbehalten und wird jeden Morgen und jeden Nachmittag neu gestaltet: Äpfel, Birnen, Trauben, Selleriestangen und Paprikaschoten werden sorgfältig angeordnet wie auf einem Gemälde. Wir haben sogar eine Kühltruhe, so tief wie ein kleiner See, bevölkert mit Seehecht und anderen tiefgefrorenen, harten, vom Frost glanzlosen Fischen, die mit einem stumpfen Geräusch aneinanderstoßen, wenn eine Menschenhand hinabtaucht, um sich einen zu angeln.

Meine Mutter hat mehr Arbeit, mehr Verantwortung – dazu auch etliche Schulden –, doch wie viel mehr wird sie verdienen? Gilin geht dem nicht nach, er rechnet nicht – das ist nicht seine Stärke –, sondern ergreift die Gelegenheit beim Schopf. Seine Frau braucht ihn, es ist der rechte Augenblick, um die Fabrik zu verlassen. Mag sein, dass auch verletzte männliche Eitelkeit im Spiel ist: Wie, werden die Freunde zu ihm gesagt haben, deine Frau kommt groß raus mit ihrem Geschäft, und du bleibst Arbeiter? In der Euphorie des neuen Überflusses und bei allem, was sie im Kopf hat, denkt Maria Grazia nicht nach, sie stimmt zu; er braucht nicht lang, um sie zu überzeugen, dass die Geschäftsatmosphäre ihm guttun wird, sie wird seine besten Eigenschaften zum Vorschein bringen. Vielleicht erhofft sie sich immer noch, nicht allein zu sein und mit dem Kind-Mann, den sie geheiratet hat, die Projekte, Befriedigungen und Widrigkeiten des Alltags zu teilen. Wenn sie die siebzig, achtzig Quadratmeter betrachtet, die sich allmählich mit Sachen füllen, so klein im Vergleich zu den Supermärkten der nicht mehr fernen Zukunft, aber so groß im Vergleich zu ihrem Lädchen von vorher, wird ihr manchmal angst und bange, sie fragt sich, ob sie es allein schaffen wird. Vielleicht zu zweit …

Magna Margherita presst die Lippen aufeinander, hebt eine Augenbraue, sagt ihr, sie solle es sich gut überlegen; doch Gilin hält die Fabrik einfach nicht mehr aus, inzwischen hat er gekündigt, und Margherita schweigt, sie weiß, dass man für den Familienfrieden gelegentlich Kompromisse schließen muss, auch mit der Vernunft. Seine Tanten lächeln, heucheln eine Überzeugung, die sie nicht fühlen, nicht so voll und ganz, wie sie möchten: »Aber ja, gib dem Bub eine Chance, für die Fabrik ist er viel zu schade, und außerdem die Arbeitszeiten und die Vorgesetzten und das alles, selbstverständlich macht es einem Mann Freude, Herr im eigenen Haus zu sein, er ist nett, kann mit Menschen umgehen, den Kundinnen wird er gefallen.« Die zwei Kassandras zu Hause, Ninin und Onkel Giovanni, werden gegrollt und düstere Unglücksprophezeiungen in alle Winde geschrien haben, ungehört.

Das Geschäft ist eine permanente Herausforderung, ein bleischweres Gravitationszentrum, das die Energien absorbiert, Arbeit, Arbeit und noch mal Arbeit verlangt. Es ist an und für sich ungeeignet für meinen Vater, der stark zentrifugal veranlagt ist. Er kommt später ins Geschäft, denn Maria Grazia steht sowieso früh auf, um sieben Uhr geht sie hinunter, wenn es einen guten Teil des Jahres noch dunkel ist. Verspätet sie sich um fünf Minuten, wartet schon der unvermindert nach Stall und Zigarre stinkende Milchmann und auch die eine oder andere Betschwester, die unter dem Häkelschal ihr Henkeltöpfchen aus Aluminium an die Brust drückt und sich erkundigt: »Hast du heute Morgen den Wecker nicht gehört?« Und es stellt sich heraus, dass mein Vater den Kundinnen nicht so gut gefällt, wie die lächelnden Tanten angenommen hatten, die stets bereit sind, für ihn die Geldbörse zu zücken – die Kundinnen wollen, wie es in der Umgangssprache so schön heißt, *bedient* werden, und mein Vater ist kaum geneigt, irgendjemanden zu bedienen. So unduldsam, wie er ist, erträgt er ja an einem Sonnentag nicht einmal seinen eigenen Schatten, wie soll er es dann aushalten, für eine anspruchsvolle Madame ein Kilo Birnen auszusuchen: nicht die da, die andere, festere, dort hinten. Im eigenen Haus zu sein macht ihn übermütig, und Geduld war sowieso noch nie seine Stärke, daher lässt er sich einige wenig diplomatische Antworten entwischen, die nicht alle witzig finden. Humor, das weiß man ja, ist rein subjektiv.

Etwas aber zieht ihn im Geschäft an, süß, verlockend, glitzernd: die Kasse. Da thront sie in einer Ecke neben der Tür, die Registrierkasse aus grauem Metall mit ihren nagelneuen Tasten, stets bereit, das kurze Klingeln von sich zu geben, das dem Aufspringen der schwarzen Geldschublade vorausgeht. Gedemütigt von der Eintönigkeit des Freiheitsentzugs, wandert Gilins Blick häufig dorthin – und wenn er merkt, dass die Schublade einen Moment lang unbeaufsichtigt offen steht und nicht von aufmerksamen weiblichen Händen kontrolliert wird, ist die Verlockung leicht zu groß. Er nimmt ja nicht alles, nur etwas, ein paar Scheine, ein paar Münzen. Da sind diese schönen, silbernen Fünfhundert-Lire-Stücke, mit dem Profil einer Frau auf der einen Seite und Schiffen mit geblähten Segeln auf Meereswellen auf der anderen, wie kann man der *invitation au voyage* widerstehen, die von ihnen ausgeht? Mit einer Handvoll davon in der Tasche möchte man spontan ausbrechen, trunken von den Möglichkeiten des noch nicht gelebten Tages, ins Auto steigen und dem Hund pfeifen, der sich blindlings ins Abenteuer stürzt, und losfahren, egal, wohin, es gibt immer noch etwas außer dem *Hier und Jetzt*, eine Bocciabahn, eine Kneipe, ein Brötchen mit Anchovis, ein Kartenspiel. Es gibt die Welt der Männer, die so anders ist als die der Frauen, eine Welt, in der man ungeniert fluchen, zwanglos kommen und gehen, ohne Gefühlsduselei betrügen darf.

Gilin hat viele und wechselnde Freunde; manchmal verwandelt sich die Freundschaft in tiefen Groll, oder die Nennung eines Namens führt zu Verfinsterung und dunklen Vorwürfen. Dann wieder scheint alles vergessen zu sein, der eine oder andere wird in Gnaden wieder aufgenommen, zumindest eine Zeit lang. Zyklisch folgen am Rande des Familienlebens Freundschaft und Verrat, Liebesentzug und Brüderlichkeit aufeinander, den Frauen gegenüber nie erwähnt und noch viel weniger erklärt, aber imstande, alles zugrunde zu richten, einschließlich der Frauen, wenn die Folgen von etwas, was man nicht weiß, was an einem unbekannten Tag an einem nie gesehenen Ort geschehen ist, die Schwelle des Hauses erreichen und es in seinem Grundfesten erschüttern.

Und genau das passiert, allerdings weiß man nicht, wie, man weiß nicht, wo – oder vielmehr, wo, weiß man, auch wenn man den Ort nie gesehen hat, er heißt Saint-Vincent und liegt im Aostatal –, in Gesellschaft von wer weiß wem. Es geschieht in dem Sommer, in dem ich, acht Jahre alt, mit meiner Mutter am Meer bin, in Loano, zusammen mit meiner kleinen Freundin Roberta und deren Mutter, die vor ein paar Jahren, in unserer frühen Kindheit, auf dem gleichen Stockwerk neben uns wohnten. Es ist der erste Urlaub, den meine Mutter sich in ihrem Leben gönnt; sowieso pflegt man erst seit Kurzem in *Urlaub* zu gehen, im August schließen die Fabriken, und wer kann, fährt ans Meer oder ins Gebirge oder heim in sein Dorf in Süditalien. Mich haben sie im Jahr davor mit *Magna* Ninin nach Mezzenile ins Lanzo-Tal hinauf geschickt, um gute Luft zu atmen. Dort liegen andere Gerüche in der Luft, frisch und geheimnisvoll: Heu an der Sonne, Moos, feuchte Steine, Rosenspaliere voller Dornen mit vielen kleinen Röschen in den Farben der Morgenröte, die nach Apfel duften. Am Meer dagegen riecht die Luft nach Sonnenöl und frittiertem Fisch, alles ist dichter und deutlicher, die Schatten in den Gassen, die Nachmittagshitze.

Meine Mutter kann es sich erlauben, der Arbeit zwei Wochen fernzubleiben, denn sie hat jetzt eine Verkäuferin mit dem ungewöhnlichen Namen Dilva, ein mageres junges Mädchen mit einer gebogenen Nase, die mich an den Schnabel eines exotischen

Vogels erinnert. Dilva bleibt im Geschäft, mit *Magna* Margherita und Ninin zur Verstärkung.

Maria Grazias erster Urlaub. Und auch ihr letzter, zumindest für die nächsten fünfzehn Jahre.

Die teilweise vorstellbaren und lückenhaft rekonstruierbaren Ereignisse haben sich mehr oder weniger zugetragen wie folgt: Unter Gilins Freunden ist kürzlich einer aufgetaucht, nennen wir ihn Demarchi, älter als Gilin, so um die fünfzig, und »was Besseres« als wir, nämlich Besitzer einer kleinen Mineralwasserfirma mit einem Lager in einem Dorf bei Turin. Der Buchhalter Demarchi hat ein paar einsame Haarsträhnen, die er an den Schläfen quer über den Kopf kämmt in dem vergeblichen Bemühen, seine Glatze zu verdecken; er trägt Anzug und Krawatte, hat einen Stift in der Westentasche und Mundgeruch, lacht nie und sieht dich verdutzt an, als wisse er nicht, was er von dir halten soll (so jedenfalls erscheint er mir einige Jahre später, als ich ihm zwei- oder dreimal kurz begegne). Insgesamt ist er das Abbild des ernsten Geschäftsmannes und Familienvaters, wenn auch ein wenig nervös und ausweichend. Was meinen Vater an so einem Typen anziehen kann, ist im ersten Moment schwer erkennbar, doch wahrscheinlich verwandelt sich dieser Demarchi in Gesellschaft seiner Freunde in einen Drachen mit Toupet, einen Tex Willer im Zweireiher der Spielcasinos von Vallée. Er organisiert nämlich die wilden Nächte in Saint-Vincent, an denen mein Vater teilnimmt, als guter Ehemann aus einer *commedia all'italiana*, während seine Frau Urlaub macht.

Dieser Demarchi ist nicht allein, um ihn herum bewegen sich namenlose Schatten, vermutlich hat selbst meine Mutter nie genau erfahren, wer sie waren, oder hat es vergessen. Es ist so schwierig, den Finger auf die Realität zu legen, wenn es um meinen Vater geht. Und um seine Freunde.

Von seinen Freunden kenne ich, von Weitem, nur die aus dem Dorf und der Umgebung. Fast lauter respektable Männer, die einen Beruf haben, eine Frau, die zu Hause auf sie wartet, Kinder, geregelte Arbeitszeiten. Ein paar Abenteurer sind auch dabei, zum Beispiel ein Fredo, der in der privaten Mythologie meines Vaters einen Ehrenplatz einnimmt, ein Junggeselle mit brillantineglänzenden Haaren und dunklen Geschäften. Die anderen sind Arbeiter, Angestellte, einer hat einen Bauernhof, einer ist Direktor der örtlichen Sparkasse. Doch im Billardsaal sind alle gleich, werden Brüder. Die Bar Piazzo, genau an der Ecke zwischen unserer Via Vittorio Veneto und Corso Martiri della Libertà, da, wo die Platanenallee beginnt, unter der ehemaligen Wohnung der Tanten, ist ihr Hauptquartier. Am Sonntagmorgen, während die Frauen die große Messe besuchen, kann man ein Grüppchen im guten Anzug beobachten, das an der Theke sitzt, Cinzano trinkend Karten spielt und die Olivenkerne auf die Schwelle spuckt, um zu sehen, ob zufällig jemand beim Hereinkommen darauf ausrutscht. Es ist eine Welt von Männern, die Wetten abschließen, sich gegenseitig das Auto klauen, sich beim Bocciaspiel herausfordern und wahrscheinlich darin, wer am weitesten pinkelt, und man kann sich gut vorstellen, wie sie in den seltenen Nächten der Freiheit im Auto langsam durch bestimmte Straßen von Turin defilieren, an denen die Nutten hinter ihren Feuern aus Autoreifen auf Kundschaft warten.

Im Abstand von Jahrzehnten fällt es mir schwer, zwischen dem zu unterscheiden, was ich vom Hörensagen über sie weiß, was ich geahnt oder rekonstruiert habe, und dem, was ich im Kino gesehen habe. Die Freunde meines Vaters sind wie die provinzielle Variante der Männer aus dem Film *Amici miei*, eingetaucht in jene noch altmodischen Sechzigerjahre, die den Auftakt zur heutigen Zeit bilden. Ihre Geschichten erinnern mich an das *Dekameron*, an den schlauen Bauernhelden Bertoldo, an Tognazzi und Manfredi und den Film *Diebe haben's schwer*, es sind Geschichten von feuchtfröhlichen Gelagen, von fiesen Streichen und geprellten Dummköpfen. Dem Dummkopf kommt eine Schlüsselrolle zu, man braucht ihn, um sich zu amüsieren, bei jeder Runde muss einer unterliegen, und mein Vater wird dieser Grundregel nicht entgangen sein. Doch die Tatsachen, das, was wirklich passiert ist, hat man bei uns zu Hause nie diskutiert und nie erfahren, denn das einzige andere männliche Wesen aus der Familie, das an diesen Expeditionen teilnimmt, ist Pucci, der nicht reden kann.

In jenen Julinächten 1960, während Maria neben ihrer Tochter im Bett einer Ferienwohnung in Ligurien schläft, nimmt ihr Leben ohne jede Vorwarnung eine andere Wendung. Bei ihrer Rückkehr ist Gilin schuldbewusst, niedergeschlagene Augen, eingezogener Schwanz. Dass irgendetwas passiert ist, ist offensichtlich, bloß was, versteht sie auch dann nicht richtig, als er es ihr erklärt – Gilins Erklärungen sind berühmt dafür, undurchsichtig zu machen, was schon vorher wenig klar war.

Zu Beginn mag es wie ein beliebiger Dummer-Jungen-Streich gewirkt haben, er spielt gern, das weiß man, seine Freunde sind an allem schuld, begreifen sie nicht, dass Gilin an bestimmten Orten nicht zu Hause ist, dass sie sich für Menschen wie ihn nicht eignen? Ins Spielcasino haben sie ihn eingelassen, weil er den guten hellgrauen Sommeranzug trug und im Personalausweis »Kaufmann« und nicht »Arbeiter« steht, denn das Gesetz bemüht sich in jenen Jahren mit väterlicher Fürsorge darum, die Proletarier vor den Gefahren des Glücksspiels zu schützen, als ob sie Kinder wären; aber die Kaufleute, nein, die sind erwachsen, Kleinstbürgertum, das seine Bündel frischer Scheine genießt, also gönnen wir es ihnen. Was ist in jenen Nächten genau passiert, wie oft war er dort, was ging im Kopf meines Vaters vor sich, als der Spielteufel ihm in den Nacken sprang und ihn anstachelte? Bei ihm handelt es sich um einen kleineren, gewiss nicht heroischen Dämon, ein Teufelchen, das mit Tricks und kleinen Stichflammen arbeitet; vermutlich konnte er es kaum glauben, zum ersten Mal in einem Spielcasino zu sein – weitläufig, luxuriös, fremdartig –, der mythische Roulette-Tempel voller erfahrener, abgebrühter, reicher Leute, denen es Spaß macht, ihr Geld zu riskieren. Wahrscheinlich hat er Bewunderung und Hochachtung, ja geradezu eine romantische Begeisterung empfunden für diese Männer mit verhärteten Gesichtern, die ihre Jetons mit einer Lässigkeit auf den grünen Tisch werfen, die er so schnell gar nicht entwickeln kann, vor allem, weil der Rohstoff fehlt, das Geld.

Mein Vater hat eine Schwäche für Desperados, für die Gesetzlosen, die Comic-Verbrecher. Wie bei einem Elfjährigen sprüht sein Gehirn Funken reiner Liebe für Männer, die sich vor nichts fürchten und nichts respektieren. Ach, wäre er doch ein unbesiegbarer Krimineller! Kein Engel des Bösen wie Vallanzasca, zu gefährlich, lieber ein Tex Willer, der es am Ende immer schafft.

Einige Jahrzehnte später unterbreite ich eines Tages die Geburtsdaten meines Vaters einer befreundeten Astrologin, sie studiert die Gestirne und sagt mir, dass Sonne und Mond bei seinem Eintritt in die Welt dieselbe Position am Himmel besetzten. Sonne und Mond, die entgegengesetzten Pole einer ewigen Dichotomie, überlagern sich in ihm und verschwimmen. Ihre Diagnose lautet: Er ist ein Primitiver! Für ihn verschwimmen Realität und Fantasie miteinander, sind nicht durch jene mehr oder weniger klare Linie getrennt, die die Grenze unserer prekären geistigen Gesundheit markiert.

In gewissem Sinn lebt mein Vater an einem Ort, wo alles möglich ist, im Urwald der sich kreuzenden Pfade, *bevor* sie sich kreuzen können, *bevor* sie überhaupt angelegt wurden. Er ist im Urchaos zu Hause, wo sich alles vermischt und das Licht noch nicht von der Finsternis geschieden ist. Dort, wo Alpha und Omega noch eins sind und die ewige Bewegung weder Anfang noch Ende hat. Darum kommt Gilin nicht zur Ruhe. Daher stammt auch meine ganze Unduldsamkeit, bei der mir die Adern anschwellen und ich nur noch davonlaufen möchte, weit, weit weg. Ich bin nicht als Primitive geboren, doch durch ihn und seine Mutter, meine Großmutter väterlicherseits, ist mir das Wissen um den Ursprungsort vermittelt worden, wo Alpha und Omega eins sind und der Wind nie zu tosen aufhört.

Wie oft hat Gilin den grünen Tisch von Saint-Vincent mit feuchten, hoffnungsvollen Augen betrachtet? Man weiß es nicht. Man darf jedoch vermuten, dass er recht bald erkannte, dass er in etwas hineingeraten war, das zu groß für ihn war. Und davor muss selbst seinem Spielteufel angst und bang geworden sein, denn wenn ihm die Leichtigkeit des Flugs abhanden kommt, stürzt er manchmal ab.

Eine Zeit lang hat er wahrscheinlich versucht, unter den echten oder halbseidenen *viveurs* von Saint-Vincent Fuß zu fassen, getreu dem unsterblichen Grundsatz und gemeinsamen Credo aller Spieler, dass auf das Pech von gestern sicherlich das Glück von heute folgt. Doch lange kann die Sache nicht gedauert haben, nicht nur, weil der unsterbliche Grundsatz vollkommener Unsinn ist, sondern auch, weil das einfach nicht sein Ambiente ist. Die Stammgäste des Spielcasinos sind nicht seine Freunde, sprechen nicht seine Sprache. Diese Leute haben nicht nur die dickere Brieftasche, sie haben ganz andere Laster, einen anderen Geschmack, eine andere Art, ihre Zigarette anzuzünden. Und sie reisen mit viel größeren Autos an. Eine Weile wird er sie nachgeahmt haben, neue Gesten erprobt und sich auf neue Parfüms kapriziert haben.

Er trifft sich mit Freunden – wie bekannt, ist die Bedeutung des Wortes »Freund« für ihn weit und wenig greifbar –, denen er höchstwahrscheinlich rund um den grünen Tisch begegnet ist. Vor allem Maler. Die Maler faszinieren ihn einige Jahre, sie flößen ihm eine Möchtegern-Leidenschaft für die Malerei ein, von der er keine Ahnung hat (nicht, dass man für die Praxis unbedingt die Theorie braucht, aber er weiß nicht einmal, wie man die Pinsel säubert). Er kauft sich Leinwände und Ölfarben und verwandelt den Speicher über der Wohnung der Tanten in ein Künstleratelier. Zwischen die alten Möbel, die Packen vergilbter Zeitungen und die aufgehängte Wäsche stellt er eine Staffelei samt Farbpaletten, ohne je ein einziges Bild zu produzieren. Ich selbst verbringe am Anfang der Pubertät einige Nachmittage damit, diese auf dem Dachboden schmachtenden Leinwände mit Ölfarben zu malträtieren, die man mit Gewalt aus den offen liegen gebliebenen, halb vertrockneten Tuben pressen muss. Aber von ihm nichts, kein einziges Werk. Nur hart gewordene, nach Terpentin riechende Pinsel.

Das Geld, das er im Casino verliert, ist sehr real, und wie immer ist die Realität ihm lästig. Deren Gewicht überlässt er den Menschen, die mehr Verantwortung gewöhnt sind als er: meiner Mutter und den anderen Frauen im Haus. Er vergisst dann, was vorgefallen ist, lässt es hinter sich. Meine Mutter braucht fünfzehn Jahre ihres Lebens, um seine Schulden zu bezahlen, er wird sie viel früher verwinden.

Und doch ist es ihm gelungen, seine Malerfreunde für sich einzunehmen, und auf seine Weise hatte er auch Geschmack: Noch heute besitze ich einige Bilder, die er mit nach Hause gebracht hat, Landschaften, eine Meeresküste, zwei kleine Stillleben und eine Frau mit Kind. Durchaus beachtliche figurative Werke, die Art unaufdringlicher Gemälde, mit denen du jahrzehntelang leben kannst, indem du ihre ruhige Schönheit allmählich in dich aufnimmst und sie gleichzeitig vergisst. Wie er sie erworben hat, weiß man nicht – dass er sie gekauft hat, ist unwahrscheinlich –, aber mir kommen sie vor wie die einzigen, verbliebenen Aktiva in der Ökonomie der Männerfreundschaft, die ansonsten ein Verlustgeschäft für ihn war.

Dass jemand zahlen muss, ist die Realität, die am Ende des Sommers unter Tränen, Reue und Versprechungen ans Licht kommt, die einzige Gewissheit inmitten vieler, wie immer verschwommener Details. Die zuerst nur angedeuteten Schulden nehmen nach einigen Wochen oder Monaten die Form eines Blatts Papier an, das Maria Grazia unterschreibt, weil es nicht anders geht, denn wie sollte sie es ihm abschlagen? Sie hat ihn geheiratet, hat es so gewollt, das lässt sich nicht mehr ändern.

Ob es sich um einen Wechselprotest oder einen ungedeckten Scheck handelt, lässt sich nun nicht mehr feststellen, ist aber auch nicht so wichtig. Die Summe, ja, die kennt man: 5.350.000 Lire. Das Blatt Papier entspricht ungefähr zehn Jahren von Gilins Lohn als Arbeiter; man bekäme (je nach Modell) etwa acht bis zehn Fiat 500 dafür und fast einen ganzen Ferrari Coupé Farina 250 GT. Der Punkt ist allerdings, dass meine Mutter dieses Geld nicht hat, weder sie noch irgendwer in der Familie. Würde man sämtliche Tanten auf den Kopf stellen und schütteln, fiele aus ihren Taschen nur noch Kleingeld heraus. Denn die hat ihnen Gilin schon vorher geleert, unmöglich zu beziffern – und wozu auch? –, wie viele Banknoten aus den Baumwollschürzen, den rosa Satinbüstenhaltern von Polonia und Giulia herausgekommen sind.

Wegen dieses Schecks oder Wechsels muss Maria Grazia vor Gericht, denn das Gesetz des italienischen Staates bestraft, was sie getan hat, während alle anderen Gesetze ihr vermittelten, dass sie gar nichts anderes tun konnte: die Worte des Pfarrers, als er sie getraut hat, das Mitleid der Tanten, die in der Wirklichkeit wie im Kino von allen wiederholte Norm, dass eine Frau zu ihrem Mann hält, in guten wie in schlechten Tagen. Sie wird nicht verurteilt, weil der Rechtsanwalt – ein großer, hagerer, vornehmer alter Mann – beweist, dass sie von all dem keine Ahnung hatte, eine junge, naive, fleißige Ehefrau aus der Provinz, die nichts von der Welt weiß. Sie hat im guten Glauben gehandelt, wie es sich für eine ehrbare Frau ziemt. Und außerdem, wenn in jenen Jahren die Frauen der Mafiabosse unschuldig waren, konnte es meine Mutter wohl auch sein.

Jedenfalls müssen die fünf Millionen bezahlt werden. Irgendwoher muss man sie nehmen, und auf die Frage: aber woher?, gibt es nur eine Antwort: aus dem Geschäft. Von dort kommt das Geld, das große Geld, denn die Tanten haben nur noch ihre Renten. Und die Wohnung.

Das Gesetz hat meine Mutter zwar von einer Straftat freigesprochen, die sie begangen hat, um meinen Vater zu retten (»ihm den Hintern freizuhalten«, in Ninins unverblümter Sprache), zeigt sich nun aber in all seiner herrlichen, zwingenden Konsequenz: Es gebietet ihr, seine Schulden voll und ganz zu übernehmen. Sind Eheleute nun eins oder nicht? Und deshalb muss die junge, ahnungslose Ehefrau aus der Provinz, wenn sie weiterhin jeden Morgen um sieben in ihr Lädchen hinuntergehen will, jetzt fünf Millionen und etliche Zerquetschte herausrücken. Die bekommt sie von den Banken, aufgrund einer angemessenen Sicherheit, die auch hier das Geschäft darstellt.

Maria Grazia befindet sich nicht zum ersten Mal in ihrem Leben in einer schwierigen Lage: Sie wurde von ihrer Mutter getrennt, sie hat den Vater verloren, den Krieg erlebt und den Tod von *Magna* Michin. Doch diese Dinge sind geschehen, ohne dass sie etwas tun konnte, außer die Tatsachen zu akzeptieren. Jetzt dagegen muss sie Stellung beziehen, eine Wahl treffen. Zu verstehen gegeben hat ihr das vermutlich jener große, weißhaarige Mann, der Rechtsanwalt aus Turin, in seiner Kanzlei am Corso Matteotti oder vielleicht an der Piazza Lamarmora, von wo aus man durchs Fenster hinter den schweren Vorhängen die Baumwipfel sieht.

»Signora«, wird er zu ihr gesagt haben – er nimmt sich keinerlei Vertraulichkeiten heraus, dieser Rechtsanwalt, er spricht nicht Dialekt, ist ehrerbietig und streng, wenngleich beinahe väterlich zu ihr –, »wenn Sie Ihre Arbeit und die Zukunft Ihrer Tochter retten wollen, haben Sie keine andere Wahl: Sie müssen die Schulden begleichen. Andernfalls geben Sie auf, treten einen Schritt zurück, melden Bankrott an und lassen zu, dass die Gläubiger alles nehmen, was Sie haben. Dann bleibt Ihnen nichts, Sie werden wieder als Arbeiterin gehen, um für den Lebensunterhalt Ihrer Tochter zu sorgen, werden es aber nicht schaffen, sie studieren zu lassen. Nehmen Sie dagegen die Herausforderung an, bleiben Ihnen Ihr Beruf und jahrelanges heftiges Kopfzerbrechen.«

Meine Mutter schätzt sich glücklich, diesen Anwalt gefunden zu haben. In ihrem Leben erscheint er als ein weiser Mann, vielleicht der imaginäre gerechte Vater, den wir früher oder später alle um Hilfe bitten und der gewöhnlich nicht antwortet, weil es ihn nicht gibt. Maria Grazia fragt ihn: »Avvocato, werde ich das schaffen?« Und der weise Alte lächelt sie an und sagt: »Sie sind jung und stark, haben viel Energie. Sie sind eine mutige Frau.«

So beginnt die mehr als zehnjährige, bittere innige Beziehung meiner Mutter mit den Banken und Geldverleihern. Scheinbar geht das Leben weiter wie zuvor, aber in Wirklichkeit ist alles anders. Maria Grazia steht um sechs Uhr morgens auf – drei Tage in der Woche sogar um fünf, da sie nun zum Gemüsekaufen auf den Großmarkt fährt, anstatt es beim Grossisten zu holen, weil sie dort weniger zahlt und größere Auswahl hat – und macht sofort eine Aufstellung, was alles zu tun und was zu bezahlen ist.

Immer spürt sie ein banges, leichtes Stechen im Magen, das sich gegen drei Uhr nachmittags verstärkt, der Lieblingszeit der Banken, um anzurufen und ihr ein Minus zu verkünden. In Ciriè gibt es zwei Banken, die Cassa di Risparmio di Novara und die San Paolo, und bei beiden kennt meine Mutter die Treppe auswendig, die zum Büro des Direktors führt, so ähnlich wie es meiner Großmutter, der Bäuerin, ging, die der Lehrer zum Gespräch ins Klassenzimmer bestellte. Vielleicht hilft es ihr, dass einer der Direktoren ein Freund meines Vaters ist, doch der Kredit, den er ihr gewährt, hat denselben Zinssatz. Die Freundschaft bleibt für die Bank außen vor.

Außerdem muss man einen grauhaarigen, pfäffischen Typ anlächeln, der gelegentlich bei uns auftaucht, zum Mittagessen bleibt, dabei Ninins unverfälschte Hausmannskost lobt – was sie, für Schmeicheleien unempfänglich, nicht hindert, ihn das ganze Essen über finster zu mustern – und dann, nach Erhalt eines Bündels zerknitterter Geldscheine, das Maria Grazia aus ihrer Schürzentasche fischt, den Wechsel erneuert.

Aber meine Mutter schafft es, genau wie der Rechtsanwalt vorhergesehen hatte. Nach und nach bezahlt sie alle Schulden, auch die Schulden auf die Schulden, und unterdessen vergrößert sich das Geschäft um zwei weitere Schaufenster; zu Dilva, der Verkäuferin, kommt eine Fernanda aus dem Friaul hinzu, mit wohlgeformten, schönen Armen und scheuem Wesen, und dann noch eine dritte, jung und rundlich, die bald entlassen wird wegen ihrer hässlichen Gewohnheit, einzukaufen, ohne an der Kasse vorbeizugehen. Und ich besuche nach der Grundschule die Mittelschule und dann das Gymnasium in Turin. Und beschließe, wie mehr oder weniger alle Kinder, nicht in die Fußstapfen meiner Mutter zu treten. Viele Jahre später in meinem Leben entscheide ich mich dann doch dafür. Und bin begeistert, es ist ein toller Beruf, ich habe schon andere ausprobiert, die mir viel weniger gefallen haben. So als fände ich nur in dem eine Wahrheit, was sie tat – mit materiellen, verderblichen Dingen umgehen, die eine Farbe und einen Geruch haben, und Rechnungen aufstellen, die einfach stimmen müssen, und jeden Tag tausend kleine Widrigkeiten und Hindernisse überwinden –, als könnte ich nur, wenn ich statt nebulöser renommierterer Arbeiten diese Dinge tue, Ruhe und sogar Fröhlichkeit finden.

Maria Grazias Emanzipation erfolgt durch die Übernahme von Schulden, die sie nicht gemacht hat. Dank dieses Lecks – das sich jahrelang zu vergrößern statt zu verkleinern scheint und das man ganz langsam trockenlegen muss, hartnäckig, Tag für Tag, sodass sie sich manchmal gefühlt haben mag wie jemand, der das Meer mit dem Löffel ausschöpfen soll – scheidet meine Mutter endgültig aus der Kategorie der Hausfrauen aus. Wer hat nicht alles gesagt, dass man die Freiheit nur findet, indem man eine freiwillige Knechtschaft wählt? Ich glaube, sie alle meinten etwas anderes, vielleicht Gott. Wie auch immer, wie all die schönen Sätze und Aphorismen besitzt auch dieser seine eigene Wahrheit.

Maria Grazia findet die Freiheit nicht, indem sie eine Sklavin Gottes oder einer Idee wird, sondern eine Sklavin der Arbeit. Das war bei uns zu Hause eigentlich immer so, ist also kein Bruch. Gewiss erleichtert es sie, dass sie die eingefahrenen Gleise nicht verlassen muss: Arbeiten, das haben die Tanten schon immer getan, Ninin und Michin und auch ihre Mutter, bevor sie erkrankte. Ninin ganz besonders. Ihren wahren, tiefen Sinn erhält die Arbeit dadurch, dass sie das Überleben und die Würde deiner Angehörigen sichert, den täglichen Sieg der Ordnung über das Chaos bedeutet.

Das Geschäft ist nicht nur das Mittel, sich sein Brot und seine Zukunft zu verdienen, nein, es ist viel mehr: ein Unternehmen. Ein Abenteuer, an dessen Ende die Rettung oder der Ruin steht.

Ein Krieg – gegen streikende Kühlschränke, unsympathische Kundinnen, überreife Pfirsiche, die Sonne, die den Stangensellerie welken lässt, die Raten, die bezahlt werden müssen, die Fußschmerzen, die geschwätzige Hausmeisterin, den Missmut der Verkäuferinnen, und immer so weiter bis zum allerkleinsten der Probleme, einem Mäuschen, das sich ins Lager eingeschlichen hat, um an den Kartoffeln zu nagen –, ein Krieg, in dem sie die Heldin ohne Medaillen ist. Jeden Morgen springt sie nicht mit der relativen Gewissheit, einen Tag wie alle anderen vor sich zu haben, aus dem warmen Bett, sondern mit der Unsicherheit, welches Risiko ihr wohl diesmal droht. Jeden Abend, wenn sie die Augen schließt, denkt sie: »Ich habe es auch heute geschafft.« Unter der Decke, wohin mein Vater, bevor er zu seinen Tanten ins Exil geschickt wird, ihr erst folgt, wenn sie schon tief schläft, denn sie schläft schlagartig über dem offenen Roman ein, und ihr letzter Gedanke ist: »Ich muss etwas Schönes träumen, Schluss mit den Sorgen, wenigstens nachts.«

Es funktioniert immer. Jahrelang lenkt meine Mutter ihre Träume, wie Descartes. Sie geht nachts mit den *Magne* in blühenden Gärten spazieren, ist wieder Kind mit einer jungen, gesunden Mutter, lacht und singt mit Michin, liebt einen freundlichen Unbekannten, der, wie mein Vater als junger Mann, eine Lambretta besitzt – und alles ist schöner als in Wirklichkeit.

Bei ihrer Hochzeit hat Maria Grazia wahrscheinlich gedacht, sie werde ein ruhigeres, sprich weniger anstrengendes Leben führen, so wie ihre Freundinnen, die alle verheiratet sind und im Schatten ihrer Ehemänner dahindämmern. Alle außer Alfonsina, die ehrlichste und älteste ihrer Freundinnen – sie kennen sich aus der Zeit, als sie gemeinsam am Webstuhl arbeiteten –, die einen um Jahre jüngeren Mann geheiratet hat. Alfonsinas Mann ist das, was viele als einen »Goldjungen« bezeichnen würden, ganz Fabrik und trautes Heim, er trinkt nicht, spielt nicht, raucht nicht einmal und hat sie so lieb, vielleicht sogar zu lieb, und Alfonsina, die halb so groß ist wie er, lenkt und umsorgt ihn wie eine Mutter, und manchmal seufzt sie. Beklagen kann sie sich nicht, sagt sie, sie hat keinen Grund – aber ihn immer an den Hacken zu haben! Anderen Frauen gefällt es ja vielleicht, dauernd einen Mann am Rockzipfel hängen zu haben, den man füttern, ja beinahe stillen muss wie ein Neugeborenes. Ihr aber wird heiß dabei, sie bekommt kaum noch Luft, sagt sie und fächelt sich mit einem tiefen Seufzer. »Stimmt vielleicht bei mir etwas nicht?«, fragt sie sich.

Marias andere zwei Freundinnen betreiben ebenfalls ein Geschäft, Lidia verkauft Twinsets und Wäsche, Bruna Schnittblumen und Topfpflanzen, beide haben einen Laden am Corso Martiri, gegenüber der Allee und ganz in unserer Nähe. Mit ihnen geht man immer paarweise aus, zur Silvesterfeier oder zum Jahrmarkt – dem mit den Karussells und den Karawanen –, wo die Ehemänner sich mit Scheibenschießen amüsieren, und wenn sie ins Schwarze treffen, bleibt dir ein Schnappschuss der Gruppe, alle ein wenig überrascht und mit vom Blitzlicht geweiteten Augen, die Frauen mit Lippenstift und Dauerwelle, die Jacketts ihrer Männer über dem Arm, die Männer in Hemdsärmeln, sportlich, mit beginnenden Geheimratsecken und Bauchansatz, aber im Grunde noch jung. Seltsam zu denken, dass sie noch keine vierzig sind, aber gekleidet, gekämmt und in der Haltung wie Erwachsene, also schon alt in jener Zeit, als die Grenzen der Jugend noch viel enger gezogen waren als heute.

Im Augenblick des sogenannten Schlamassels, als der Fehler meines Vaters uns allmählich überrollt wie eine langsame Lawine, die uns noch über Jahre mitschleift, bemerkt meine Mutter, dass sie keine Freundinnen hat außer eben Alfonsina, die jedoch in Nole wohnt, zwar nur wenige Kilometer weit weg, doch da beide sehr beschäftigt sind, sehen sie sich selten. Die zwei anderen stehen ihr nicht wirklich nahe, mit ihnen kann sie nicht offen über ihre drängenden Probleme sprechen. Bruna und Lidia interessieren sich nicht ehrlich dafür, wie es meiner Mutter geht; wenn sie ihr zuhören, heucheln sie Anteilnahme, während ihre Augen sagen: Mir kann das nicht passieren. Außerdem schämt Maria Grazia sich zu erzählen, was passiert ist, obwohl doch nicht sie das Geld verloren hat. Aber auch wenn der Mann einen Fehler macht, ist die Frau schuld. Und wenn die Frau vor aller Augen mutig die Zügel der Familie in die Hand nimmt, können die farblosen Frauen nur auf Abstand gehen.

Die Schutzmauern der kleinbürgerlichen Ehrbarkeit rund um meine Mutter sind eingestürzt. Von nun an atmet sie weniger abgestandene Luft – es weht vielleicht ein kälterer, aber auch frischerer Wind.

Es beginnt in dem Sommer, in dem ich acht Jahre alt bin, und gipfelt nach sechs Jahren in der faktischen Trennung zwischen ihr und meinem Vater. In dieser Zeit erforscht sie zuerst vorsichtig und unfreiwillig, dann immer überzeugter und entschiedener ihre Willensfreiheit als Frau und den Preis, den sie dafür zahlen muss. Vor die Alternative gestellt, ob sie mit dem Schiff untergehen oder offen das Kommando übernehmen will, wird ihr rasch klar, dass sie im ersten Fall ein Anrecht auf das verächtliche Mitleid ihrer Mitmenschen hätte, im zweiten dagegen deren widerstrebende, giftig angehauchte Bewunderung gewinnt. Je sicherer sie in ihrem Verhalten wird, umso seltener lässt er sich zu Hause und im Geschäft blicken und umso begieriger und schärfer beobachten die Frauen aus der Nachbarschaft mit ihren Dauerwellen am Monatsende und braunen Nylonstrümpfen in den Pantoffeln, ob sie sie bei einer Verfehlung ertappen. Sämtliche Handelsvertreter mit ihren Katalogen in geräumigen Aktentaschen und ihren nach

Rauch stinkenden Anzügen werden ihr als »Onkel« angedichtet, wobei mit »Onkel« der geldige und ältliche Liebhaber einer jüngeren Frau gemeint ist. Mit einem Achselzucken schüttelt die vielbeschäftigte Maria Grazia die Gehässigkeiten ab. Einer, die ihr eine Gemeinheit ins Ohr flüstert, antwortet sie laut: »Wenn du so arbeiten würdest wie ich, hättest du keine Zeit, schlecht über deine Mitmenschen zu denken.«

Doch Maria Grazia ist nicht allein: Die *Magne* Ninin und Margherita halten zu ihr, und auch meine Großmutter Maria, die Bäuerin, die ihr mit scheuer, rauer Solidarität – »armes Kind, armes Kind« – anbietet, Besorgungen zu übernehmen.

Ninin, obwohl immer noch standhaft wie ein Fels, ist nun eine alte Frau von siebzig Jahren. Eines Tages ist sie auf der Treppe gestürzt, und damit die Flasche nicht zerbricht, die sie unter dem Arm trägt, hat sie sie an die Brust gedrückt. Vielleicht lag es am Aufprall, am Stoß der harten Flasche, vielleicht an ganz anderen, davon unabhängigen Gründen, jedenfalls bekommt sie einen Knoten in der Brust, wird operiert, und sie schneiden ihr ein Stück heraus. Von da an trägt sie unter dem Hemd – Ninin hat nie in ihrem Leben einen Büstenhalter getragen, da es fast nichts zu halten gab – ein mit Watte gefülltes kleines Kissen, das Margherita ihr genäht hat, eine hausgemachte Low-Budget-Prothese. Sie erholt sich wieder und lebt noch fünfzehn Jahre, arbeitet fast bis zuletzt. Ninin ist der Stein, auf den unser Haus gebaut ist, aber sie ist zu *altmodisch*, als dass Maria Grazia offen mit ihr sprechen könnte. Ninin regt sich auf, stößt ihre Verwünschungen aus, vielleicht erschrickt sie auch: Sie kennt die Welt der Männer so wenig, das Geld, die Schulden, die Wechsel … was weiß sie schon von all dem?

Ninin, die Unerschütterliche, die ungezähmte Widerspenstige, die Pasionaria, geht durch die Wohnung und wälzt finstere Gedanken von tödlichen Unfällen, blitzartigen Krankheiten oder sogar einer von der Vorsehung geschickten Mörderhand. Eine gar nicht so fernliegende Möglichkeit, denn eines Tages ist Gilins Auto angeschossen, vermutlich eine Warnung seitens eines lieben Freundes, der noch ungeduldiger ist als er und eine echten Pistole besitzt anstelle einer Schreckschusspistole. Armer, staubiger, grüner VW Käfer, in dem es immer noch nach Hund riecht – obwohl Pucci nicht mehr da ist – und die Rücksitze nicht mehr zu sehen sind vor lauter Schuhen, Decken, Bocciakugeln, Socken, fettigen Tüten mit Essensresten, Comic-Heften … Eine Weile hat der Käfer meinem Vater auch als Wohnung gedient, diesem Vagabunden ohne feste Zeiten, ohne Arbeit, ohne Dach über dem Kopf.

Wie Ninin mit großem Durchhaltevermögen begabt, überlebt der alte Volkswagen, bis ich achtzehn bin und meine ersten Fahrübungen damit mache, was der letzte Akt seiner Karriere sein wird.

Jetzt, in diesen Jahren, antwortet *Magna* Margherita voll und ganz auf die Frage, die Maria ihr am 12. April 1935 in Genua auf der Mole gestellt hatte: »*Are you my mother?*«

Im Geschäft oder in der hübschen Küche in der Via Vittorio Veneto im Haus neben unserem oder in ihrem nach Bohnerwachs riechenden Wohnzimmer hört Margherita zu, kocht Kaffee, gibt Ratschläge und trocknet Tränen. Sie hat selbst genug familiäres Elend erlebt mit diesem ersten, freundlichen, aber schwachen Ehemann, der an Tuberkulose gestorben ist, und im jahrelangen, erzwungenen Zusammenleben mit dessen Verwandten im Namen eines Sohnes, der jetzt groß ist und ihr Sorgen bereitet; offenbar will er einfach nicht erwachsen werden, morgens muss man ihn aus dem Bett werfen, damit er zur Arbeit geht, einer sehr bequemen, anspruchslosen Arbeit an einem Schreibtisch im städtischen Katasteramt, das wenige Hundert Meter von seinem Zuhause entfernt liegt, ein kleiner Spaziergang unter den Platanen der Allee und den Linden an der Piazzetta vor der Schule.

Giulio ist nicht böse, aber zerstreut, und an manchen Vormittagen erscheint er nicht an seinem Platz, sondern geht – das hat Margherita kürzlich entdeckt – Tischfußball spielen in einer Bar von San Carlo, Treffpunkt von Jugendlichen, die die Schule schwänzen. In seinem Alter, ein Mann von fast dreißig Jahren! Jemand hat ihn gesehen, und nun hat er Ärger im Büro, weil er sich zu unbedacht hat krankschreiben lassen. Und anscheinend hat er, um sich bei den Schülern und vor allem bei ein paar aufgeweckteren Schülerinnen mit toupierten Haaren einzuschmeicheln, auch mal eine Runde ausgegeben und eine Münze nach der anderen in die Musikbox gesteckt …

Über diese Dinge redet Margherita nur mit ihrem Mann Carletto und ihrer Nichte Maria Grazia. Es soll sich nicht herumsprechen. Schließlich ist Giulio noch jung genug, um wieder auf den richtigen Weg zu kommen. Es ist möglich, sogar wahrscheinlich, dass Margherita ihrem Sohn gegenüber das ängstliche, kummervolle, stumme Schuldbewusstsein empfindet, das Mütter ihren vaterlos aufgewachsenen Söhnen entgegenbringen, selbst wenn nicht sie es so entschieden haben. Mit geradem Rücken, stolz erhobenem Kopf und königlichem Lächeln wird Margherita sich ab und zu gefragt haben, warum denn ausgerechnet ihr Sohn Dinge tut, die sie nicht begreifen und sich nicht vorstellen kann … und vielleicht hatte sie gerade wegen diesem Gedanken ein schlechtes Gewissen.

»Wenn du ein Kind kriegst, weißt du nicht, wen du dir da ins Haus holst«, sagte eine Frau, die weise darauf verzichtet hatte. Mag sein, dass meine Tante ähnlich dachte, denn sie war scharfsinnig, und Gefühlsduselei lag ihr fern. Vielleicht hat sie das meiner Mutter auch gesagt. Hoffentlich. Hoffentlich haben sie sich all die unaussprechlichen Wahrheiten gesagt, die einem spontan über die Lippen kommen, wenn man sich in Sicherheit fühlt und reden kann ohne die Angst, gesteinigt zu werden. Ich hoffe, dass sie einander ihr Herz ausgeschüttet haben, bis sie über sich selbst und ihr Unglück lachen konnten, denn so sehe ich Margherita innerlich wieder vor mir, mit lachenden Augen.

Im Grund hatte sie das große Glück, Carletto zu heiraten. Ihr zweiter Mann ist die Entschädigung für all ihren vorherigen Kummer, und nun, da er bald in Rente geht, stellt sie sich vor, dass sie dann länger am Meer bleiben, das *dolce far niente* genießen können, weil er in letzter Zeit etwas abgemagert ist und Ruhe braucht. Doch dazu kommt es nicht mehr, denn kurz nach der Pensionierung wird bei Carletto ein Blasenkrebs diagnostiziert, die Behandlungen nutzen nichts, und er stirbt im November 1966. Damals flüstert man nur hinter vorgehaltener Hand, seine Erkrankung hänge mit der Arbeit bei der IPCA zusammen, man sagt es noch nicht laut, selbst Margherita spricht von Schicksal, blass, ohne Wut, nur erschrocken. Als wäre er vom Blitz getroffen oder von einem entgleisten Zug überrollt worden. Er ist an seiner Arbeit gestorben, und was gibt es Unvermeidlicheres, Natürlicheres und Notwendigeres als die Arbeit?

Die IPCA, Kürzel für *Industria Piemontese dei Colori di Anilina* – Piemontesische Industrie für Anilinfarben, stellt also Farbstoffe her; dass sie nicht guttun, weiß man schon eine ganze Weile. Tatsächlich scheint es schon Tote gegeben zu haben, und in einem Bericht der gewerkschaftlichen Kontrollkommission von Turin konnte man lesen: »Die Umgebung ist hochgradig schadstoffbelastet, die Werksabteilungen sind in katastrophalem Zustand und die Arbeitsbedingungen dadurch extrem schädlich. Die Arbeiter werden buchstäblich zu unkenntlichen Masken. Über ihre Gesichter legt sich eine bunte, klebrige Paste in ekelerregenden Farben, und längerfristig verfärbt sich die Haut selbst widerlich, außerdem kommen noch äußere Reizungen hinzu.«

Diese Worte wurden zehn Jahre vor Carlettos Pensionierung geschrieben, als er noch Werktag für Werktag das Tor der IPCA durchschritt. Doch es dauert, bis die Leute protestieren, und noch länger, bis sie gehört werden; Jahre nach seinem Tod wird es einen Epoche machenden Prozess geben. Aber Carletto erfährt davon nichts und seine Frau auch nicht, und vielleicht wäre es ihr dann sowieso egal gewesen.

Den Beweis dafür, dass er schon länger wusste, dass und woran er erkrankt war, erhält Margherita, als sie, nachdem er nun für immer gegangen war, ein Lesezeichen und einige Unterstreichungen mit Bleistift in der medizinischen Enzyklopädie findet, die hinter den blitzenden Scheiben des Bücherschranks im Wohnzimmer steht.

Nach dem Tod ihres zweiten Mannes bleibt auch Margherita nicht mehr lange bei uns, nur noch knapp zwei Jahre. An einem Samstag im Oktober 1968 kommt sie nicht ins Geschäft hinunter, weil sie Kopfschmerzen hat. Meine Mutter und Ninin tauschen einen Blick: Bei uns hat man keine Kopfschmerzen. Am Sonntagnachmittag machen wir wie gewöhnlich einen Spaziergang. Mit Maria Grazias Kleinbus, in dem man nur zu dritt sitzen kann (Ninin bleibt daheim und ruht sich aus), fahren wir ein Stück aufs Land und wandern einen Weg zwischen den gelb werdenden Pappeln und den vertrockneten grauen Maisfeldern entlang. Ich habe von meiner Großmutter väterlicherseits die Sammelleidenschaft geerbt und zwänge mich durchs Dornengestrüpp auf der Jagd nach roten Beeren und bunten Zweigen; meine Mutter und Margherita bleiben zurück, unterhalten sich gedämpft. Doch irgendwann bleibt die Tante stehen, bittet uns umzukehren, sie ist blass und hat wirklich heftige Kopfschmerzen. Immer noch ungewollt skeptisch, fährt Maria Grazia uns nach Hause. Am Montag spricht Margherita mit belegter Stimme und kann nicht aufstehen; sie wird ins Krankenhaus gebracht, wo man uns sagt, sie habe eine Gehirnblutung und es sei zu spät, um sie zu operieren, man könne nichts mehr tun. Sie schicken sie wieder heim.

Noch jahrelang macht meine Mutter sich Vorwürfe, dass sie Margheritas Kopfschmerzen nicht ernst genommen hat. Zu denken, sie wäre eine *pita*, ausgerechnet sie! Eine *pita* heißt bei uns eine zimperliche Frau, die sich bedienen lässt, die jammert und sich aufspielt. Es ist die weibliche Form von *pitu*, Puter. Eine *pita* wäre demnach eine Pute, ein dummes, lächerliches Wesen, das sich wichtig macht. Die Frauen in meiner Familie waren keine Puten, keine von ihnen.

Margherita stirbt am darauffolgenden Freitag, an ihrem sechzigsten Geburtstag, ohne das Bewusstsein wiederzuerlangen. Sie geht so schnell, wie Carletto langsam gegangen war.

Wenn ich an Margherita denke, die Frau, nach der meine Mutter mich genannt hat, dann sehe ich sie so wieder, wie sie an dem Tag war, als ich mich weinend zu ihr geflüchtet hatte. Ich war elf oder zwölf, machte meine ersten Experimente in der Küche und hatte mir alles selbst beigebracht. Auf dem Tisch im Wohnzimmer, der ausgezogen zu einer großen, mehligen Arbeitsplatte wurde, wo schon Generationen von Davitos ihre Tagliatelle und Agnolotti geknetet hatten, versuchte ich mich unter dem kritischen, urteilenden Blick von *Magna* Ninin, die meinen hochherzigen Lernbemühungen nicht im Geringsten vertraute, an Plätzchen aus Mürbteig: »So viel Butter tust du da rein? Ein zweites Ei? Was denn noch alles? So eine Verschwendung!«

Unverstanden und frustriert, warf ich plötzlich, als echte Tochter meines Vaters, aufbrausend alles hin und lief zu Margherita, um mich an ihrem duftenden Busen auszuweinen. »Kaktusblüte« nannte sie mich. Sie zwang mich, über mich selbst zu lachen, und schickte mich versöhnt zu meinen Plätzchen zurück. Margherita war wie eine stark gezuckerte Zitronenlimonade, herb und süß zugleich. Als Einzige in der Familie beherrschte sie die Kunst des Lächelns. Und dann war sie auf einmal nicht mehr da.

Auch für meine Tanten väterlicherseits haben sich die Dinge geändert. Mit Giovannis Tod sind die glücklichen Zeiten vorbei. Solange er, der Griesgram, da war, wollten die Schwestern ihn mit ihrer guten Laune aufheitern; nun, da Giovanni nicht mehr bei ihnen ist, werden sie immer trauriger. Er war wie ein alter, knotiger Holzpflock, an dem zwei beleibte Bojen vertäut waren und ruhig im häuslichen Meer des beginnenden Alters schwammen; jetzt, ohne ihn, driften sie langsam ab in die Hinfälligkeit.

Besonders Giulia, obgleich die Jüngere, zeigt Symptome eines tragikomischen Leidens. Erschöpft lehnt sie sich seufzend auf der Chaiselongue zurück wie ein bleichsüchtiges Mädchen aus dem 19. Jahrhundert, in fleischfarbenen langen Schlüpfern und Unterrock, zu niedergeschlagen vom *mal de vivre*, um sich anzuziehen. Daraufhin seufzt auch Polonia: »Ach, Giulia, sei doch nicht so!«

Und humpelt auf ihren verkümmerten Beinchen durch die Küche, schwer auf den Stuhl gestützt, der ihr als Krücke und Gerüst dient, um einen Apfelkuchen in die Backröhre zu schieben, den die Schwester später lustlos zerbröckelt. »Ach, ich arme Frau«, sagt Polonia, und ihr Mann fällt ihr ein, und eine immer öfter in ihren glänzenden Äuglein lauernde Träne tropft auf ihre Wangen, die weich wie Staub geworden sind, rinnt durch eine Falte, zittert auf den Härchen am Kinn und fällt schließlich auf die kleinen rosigen Hände, auf den Ehering, der sich nicht mehr aus seiner Furche zwischen den arthritischen Fingerknöcheln abziehen lässt. Und dann schlägt sie schamhaft die Hände vors Gesicht, um ihren Schmerz nicht zu zeigen. Sie fährt sich über die Augen, putzt sich die Nase, spuckt ein Klümpchen Schleim in eines der kleinen Vierecke aus Zeitungspapier, die sie stets extra dafür bei sich trägt, um nicht zu viele Taschentücher zu beschmutzen. Sie fasst sich wieder.

Giulia starrt unterdessen mit erloschenem Blick ins Leere und macht sich nicht einmal die Mühe, sich die Krümel aus dem Mundwinkel zu wischen. Die grauen Haare fallen ihr in einem schütteren Zopf auf die Schulter. Ist die Zuckerkrankheit daran schuld? Wenn sie wenigstens nicht so viele Pralinen äße und die zusammengeknüllten Silberpapierchen im Wohnzimmer hinten in den Schubladen des Buffets versteckte, als ob es niemand merken würde.

Allein schafft Polonia es nicht mehr. Von Angelo, der jetzt bei ihnen lebt, kann sie bestimmte Dinge nicht verlangen: dass er ihr beim Waschen und Ankleiden behilflich ist, bei der Wäsche (die langen Schlüpfer findet er zum Lachen) und beim Einkaufen, aber jemand muss ja doch gehen, um Brot, Kartoffeln, Öl und so weiter zu holen. Sicherlich, es gibt auch noch meine Großmutter, die Bäuerin Maria, die nebenan in den zwei Zimmern im ersten Stock des Bauernhauses lebt, direkt neben dem Dachboden und Maleratelier meines Vaters. Doch meine dünne, flinke Großmutter ist nicht mehr so flink und noch dünner geworden, seit ihr ein bösartiger Knoten herausoperiert wurde, der zwischen Gesicht und Hals unter ihrem Ohr gewachsen war. Zurückgeblieben ist ihr ein schiefer Mund und eine zur Seite gezogene Wange, als hätten unerfahrene Hände einen kaputten Strumpf zusammengeflickt. Ich entsinne mich nicht, sie jemals weinen gesehen zu haben, doch ihre Augen sind trübe, sie leuchten nicht mehr. Ihre Hände, viel dunkler als die von Polonia und knotiger, halten nun öfter inne, vor allem zum Beten, aber sonst hat sie sich kaum verändert, außer dass sie weiß, dass sie fast am Ende ihres Weges angekommen ist. Dennoch macht sie weiter, ohne Lärm und ohne jemanden zu behelligen, wie immer. Sie weiß, dass alle schon genug eigene Sorgen haben.

Deshalb ruft Polonia eine der vielen Marien zu Hilfe, eine unverheiratete, stämmige, schwarz gekleidete Nichte, die gleich hinter einem Stück Wiese wohnt. Und diese soundsovielte Maria, die wir die dienende Maria nennen können, da sie durch ihren Status als Ledige, die nicht außer Haus arbeitet, bei Bedarf allen helfen muss, verdient sich bei ihr etwas Geld mit Wäschewaschen, Putzen und Besorgungen. Durch den Zwang, von einer Fremden abhängig zu sein, und sei es auch eine Verwandte, fühlt sich Polonia immer weniger zu Hause.

Und Giulia liegt währenddessen völlig teilnahmslos auf der *Dormeuse* und jammert über das Leben.

Bis sie eines Tages plötzlich wieder aufwacht. Sie wäscht sich die Haare, schlingt sie zum Knoten, zieht sich an. Dann erinnert sie sich, dass sie, bevor sie in ihre schmerzliche Lethargie verfiel, im Salon Blumenzwiebeln in die Glasvasen gesetzt hat. Ja, da sind sie: In dem kalten Raum haben die Hyazinthen auf den Fensterbrettern aus Marmor Wurzeln getrieben, im Wasser gewellte weiße Strähnen. Die blassen Knospen sind prall, bereit, in stark duftende, rosa und hellblaue Blütenrispen aufzubrechen, ein wohlriechender Traum, der das ganze Haus durchzieht, sich über die Küchenaromen und jene leicht muffigen Ausdünstungen des Alters legt, die trotz aller Putzanstrengungen der dienenden Maria aus dem Bad und den Nachtquartieren dringen.

»Schau nur, Polonia, schau«, sagt sie und zeigt auf eine Blüte, die schon etwas Farbe erkennen lässt, »ist das nicht schön? Aber es sind zu wenige, nächstes Jahr bestellen wir viel mehr davon.«

Und Polonia nickt zustimmend, teils froh und teils ein wenig ängstlich, denn mittlerweile hat sie gelernt, das Wiedererwachen der Schwester fast mehr zu fürchten als ihre Lethargie.

Giulia geht in die Stadt, trifft tausend Leute, unterhält sich mit allen. Jedes Schaufenster regt sie zu eiligen Einkäufen an, die Füßchen in den vom Ballen ausgebeulten schwarzen Lederschuhen trippeln ungeduldig. Mit Päckchen und Taschen beladen kehrt sie heim, und nun ist es an Polonia, zu seufzen und zu stöhnen: So viel Zeug! Zu viel! Doch Giulia hört gar nicht hin und beginnt, Gemüse, Käse und Salami einzuräumen, unterbricht sich, um etwas Wichtigeres zu tun, stellt einen Espresso auf, wirft einen Blick in den Kleiderschrank und beschließt augenblicklich, dass es an der Zeit ist, ihre Garderobe zu erneuern, so viele Sachen, die man nicht mehr trägt!

Zwischen der Bestürzung ihrer Schwester und dem Gemurre der dienenden Maria fegt Giulia durchs Haus wie ein Wirbelwind, verschiebt Möbel, leert Schubladen aus, plant dringende Anschaffungen: Wir brauchen neue Gardinen, Gummiband, Schnallen, Knöpfe, Strümpfe ... Und vor allem redet sie. Als wolle sie die in den Monaten des Schweigens verlorene Zeit aufholen, stürzt sich meine kindliche Großtante – klein, fett, supergepflegt, grauhaarig, der Kopf fast halslos auf den runden Schultern – mit jedem, der ihr in die Finger kommt, in muntere, schwindelerregende Gespräche. Polonia leidet, schweigt, vergießt Tränen, lacht ein wenig, putzt sich die Nase. Sie schüttelt den Kopf, nichts zu machen. »Alt werden ist schlimm«, murmelt sie vor sich hin.

Sie selbst, die einst würdevoll und jovial die Huldigungen des gesamten Dorfes entgegengenommen hat, hier ist sie jetzt, ein Haufen altes Fleisch auf einem Stuhl, auf das Mitleid der anderen angewiesen, einschließlich ihres Neffen, auch wenn es ihr noch so peinlich ist. Manchmal muss sie ihn nachts wecken, damit er ihr hilft, auf die Toilette zu gehen; sie würde gern darauf verzichten, kann es aber nicht.

Mein Vater lebt nun schon länger bei ihnen, nicht mehr bei uns. Nach seiner Zeit als Vagabund im VW-Käfer ist er ins ehemalige Zimmer von Giulia eingezogen, die inzwischen neben ihrer Schwester im Ehebett schläft, auf dem Platz, den Giovanni frei gemacht hat. Jetzt sind zwei Kuhlen in der Matratze, beinahe gleich tief.

Der Schlamassel – das berüchtigte Stück Papier, das fünf Millionen Lire wert ist – war nicht der letzte Akt der Spielerkarriere meines Vaters, nur der eklatanteste. Es hat sich um eine Art Erdbeben Stärke 9 gehandelt, und im Lauf der Zeit folgen weitere, weniger heftige Stöße, die die Helfer bremsen und unter den schwächeren, älteren Betroffenen Opfer fordern. Ist es Zufall, dass Onkel Giovanni genau in dem Moment der Schlag trifft, in dem bei ihm zu Hause über den Verkauf der Wohnung gesprochen wird? Ist es Zufall, dass ich schon vorher zehn Kilo zunehme, in den sieben, acht Monaten, die auf den Schlamassel folgen? Ich panzere mich, werde schwer und dickköpfig; mein Onkel, Gott hab ihn selig, räumt sich aus dem Weg. Wenig später beginnt meine Großmutter väterlicherseits, im Mund diesen vergifteten Bissen hin und her zu wälzen, der sich dann zwischen Kiefer und Ohr festsetzt und sie von da an am Lachen hindert.

Damit will ich meinem Vater nicht die Schuld an allen Trauerfällen in der Familie in die Schuhe schieben. Gilin ist kein Mörder. Doch dass er dem Schicksal jeweils etwas nachgeholfen hat, steht fest. Die familiären Ereignisse in jenen fünf, sechs Jahren bis zu meiner Adoleszenz sind vom väterlichen Erdbeben gezeichnet.

Wie Mina in ihrem Lied, in dem es heißt *le tue promesse, sempre le stesse*, deine Versprechen, immer die gleichen, hat auch meine Mutter irgendwann gemerkt, dass ihr Leben als Paar immer nach dem gleichen Muster ablief: Er kam zerknirscht an, wollte Geld, gestand undurchsichtige Vorfälle, bei denen er sich selbst als unschuldiges Opfer der Umstände und falscher Freunde darstellte, er weinte, machte Versprechungen, bereute, zog befreit mit ein paar Scheinen in der Tasche ab – und nach einigen Tagen oder Wochen begann alles von vorne.

Deshalb geht Maria Grazia erneut zum Anwalt, dem imaginären gerechten Vater in seiner Kanzlei mit Samtvorhängen und großem Schreibtisch mit ledernen Accessoires, und er spricht die Worte aus, die meiner Mutter erlauben zu formulieren, was sie denkt und nicht zu sagen wagt, sich vorzustellen, was bis gestern unvorstellbar war.

»Ihr Mann wird sich nie ändern, Signora. Sie müssen Ihren eigenen Weg gehen, sich in Sicherheit bringen, solange noch Zeit ist. Trennen Sie sich von ihm, schicken Sie ihn weg.«

»Aber ich habe ein Kind, Avvocato …«

»Genau! Denken Sie an die Zukunft Ihrer Tochter.«

Sie spricht mit Margherita darüber, mit Ninin. Sie spricht auch mit Angelo selbst, der nicht Nein sagt, sich nicht durchsetzt, weil ihm das nicht liegt. Er zieht um, und wohin, wenn nicht zu den Tanten Mattioda?

Zu denen, die seit jeher seine kleinen Schulden beglichen haben und es weiterhin tun. So wird nach dem Haus, das die Großmutter bewohnt, auch das der Tanten, das erst vor wenigen Jahren für ihr Alter gebaut wurde, an Verwandte verkauft, die in der Nähe wohnen und an der Provinzstraße am Rand des Städtchens eine Metzgerei betreiben. Meine Großtanten bekommen nur einen Bruchteil dessen, was das Haus wert ist, können aber darin wohnen bleiben, solange sie leben – und mein Vater kann seine Gläubiger beruhigen, zu denen wahrscheinlich der hitzköpfige Pistolenbesitzer gehört, der auf den VW Käfer geschossen hat.

Am Ende dieser Entwicklung bin ich vierzehn Jahre alt, und meine Mutter lebt getrennt, eine dubiose und beinahe sündhafte Situation zu jener Zeit, in der das Wort »Scheidung« in der Provinz noch nach Schwefel stinkt, obwohl nur noch acht Jahre fehlen bis zu dem Referendum von 1974, bei dem die Italiener sich für die Scheidung aussprechen, katholische Kirche hin oder her.

Wir gehen selten in die Kirche, bloß am Sonntagmorgen zur Messe, weil es eben so üblich ist. Ich erinnere mich noch lebhaft an die quälende Langeweile des endlosen Katechismusunterrichts vor der Erstkommunion und der Firmung; auch die Verpflichtung zur Beichte belastet mich immer stärker mit ihren vorgefertigten Sätzen: Padre, ich war ungehorsam, ich habe freche Antworten gegeben, ich habe schlechte Gedanken gehabt, ich bereue und bedaure, drei Vaterunser, Ave-Maria und Ehre sei dem Vater, Amen.

Eines Sonntags im Halbdunkel vor dem vom feuchten Atem zahlloser Beichtkinder beschlagenen Gitter geschieht etwas Seltsames. Der Priester dahinter ist eine massive, gesichtslose Gestalt, ein beharrlicher Unbekannter, der sich nicht mit den rituellen Formeln zufriedengibt: Welche schlechten Gedanken? Hast du unkeusche Handlungen begangen? Ein dicker, im Dunkeln sitzender Mann, neben dem ein dickes, plumpes Mädchen kniet. Ich bin vierzehn, er fünfzig, möglicherweise sogar älter. Bis vor einigen Jahren wusste ich nicht, was unkeusche Handlungen sind, nun weiß ich es. Ich weiß aber auch, dass alle meine Sünden lässlich sind, vielleicht sind es gar keine Sünden, und das Ritual, das sich zwischen mir und dem engstirnigen Inquisitor abspielt, kommt mir grotesk vor. Vielleicht ahne ich blitzartig, dass das wahre Böse und das wahre Gute, so dunkel sie mir sein mögen, nichts mit den Worten zu tun haben, die wir hier wechseln. Bestimmt schießt mir eine Frage durch den Kopf: Was will dieser Dummkopf von mir? Als ich aus dem Beichtstuhl aufstehe, weiß ich, dass ich zu alt bin, um noch in die Kirche zu gehen.

Das sage ich meiner Mutter. Maria Grazia besteht nicht darauf, sie geht ja selbst nur hin, damit die Leute nicht reden. Nach einer Weile geht auch sie nicht mehr. Allerdings genügt schon meine Abwesenheit, damit die Leute reden. Und wenn mir das egal ist, warum sollte es ihr dann wichtig sein? Ninin stößt ein paar Drohungen aus, akzeptiert aber zuletzt wie immer die Entscheidung, die meine Mutter getroffen hat.

Zum ersten Mal stützt sich meine Mutter auf mich, folgt dem Weg, den ich eingeschlagen habe, und es wird nicht das letzte Mal sein. In den kommenden Jahren bringe ich ihr bei, zu kochen – eine Kunst, die ich mittlerweile recht gut beherrsche, trotz des Widerstands meiner Tante Ninin gegen meine beginnenden epikureischen Neigungen – und flüssig Französisch zu lesen. Von nun an wird Maria Grazia Romane und Geschichtsbücher in zwei Sprachen verschlingen können, worauf ich sehr stolz bin.

Unterdessen hat sie den Führerschein gemacht, denn dreimal in der Woche fährt sie nun frühmorgens auf den Großmarkt mit ihrem neuen hellgrauen VW Lieferwagen, der bis zu acht Doppelzentner Waren transportieren kann, den sie aber häufig mit zehn bis zwölf belädt, worauf sie ganz langsam heimschleicht, um Erschütterungen zu vermeiden, und jedes Mal Herzklopfen kriegt, wenn ein Streifenwagen in Sicht kommt.

Aus dem niedlichen kleinen Mädchen, das ich bis zu meinem achten Lebensjahr gewesen war, habe ich mich in eine dicke, sture Göre verwandelt. Ich lerne viel für die Schule – schon immer, meine Mutter hat mir eingeprägt, dass Bildung ein Privileg ist, das man nutzen muss – und rede wenig. Die Erwachsenen halten mich für schüchtern, doch sie irren sich; bei Gleichaltrigen verschaffe ich mir Respekt, und wenn ich nicht im Mittelpunkt einer Situation stehen kann, bleibe ich lieber ganz draußen. Von klein auf bin ich bedingungslos geliebt worden, was mir meinen Status als dickes Kind, das von den anderen gutmütig ausgelacht wird, erträglich macht. Es ist, als bewegte ich mich immer inkognito unter den Leuten, großen und kleinen. Ich habe das Gefühl, dass niemand weiß, wer ich wirklich bin, und das ist mir recht. Ich ahne, dass ich in den kommenden Jahren all meine Kräfte brauchen werde, um mich einer Welt zu stellen, die ich nicht kenne und von der auch sie, meine Alten, recht wenig wissen. Ich überhole sie. Ich vergesse sie. Ich finde sie wieder. Welche Weisheit vermitteln sie mir? Welche Antworten geben sie mir? Nichts Sicheres außer der Liebe, mit der sie mich genährt haben. Viel mehr brauche ich vielleicht gar nicht.

Früher stand es mir frei, zwischen meinen verliebten Alten hin und her zu flattern, doch nun, da sie nach und nach sterben und ich ohne jede Rücksicht heranwachse, wächst mit mir die Freiheit hinauszugehen, von einem Haus zum anderen, und jeden Tag unkontrolliert die Geografie meiner Kindheit zu durchstreifen. Wenn ich an jene Zeiten zurückdenke, sehe ich mich vor allem auf der Straße, die von mir zum Haus der Tanten führt, oder auf Feldwegen. Täglich unternehme ich schnellen Schrittes lange Wanderungen, ich denke nach, fantasiere, erfinde komplizierte Abenteuer, die wie Fernsehserien mehrere Folgen haben. Ich begegne Wesen, fast nie menschlichen, die meine Aufmerksamkeit anziehen: Hunde, Eidechsen, Bäume, verlassene Mühlen. Sommers wie winters laufe ich ohne festen Plan los, erforsche das Land rund um meine kleine Stadt, gehe, wohin ich will, und bei meiner Rückkehr fragt mich niemand, wo ich gewesen bin.

Meine Mutter verlangt keine Rechenschaft über meine Tage, sie vertraut mir, weiß, dass ich lernen und meine Hausaufgaben machen werde – und ich tue es. Meine Mutter lässt mich einfach gehen. Erst viel später, als ich andere Mädchen und Frauen reden höre, denke ich, dass das Vertrauen, das Maria Grazia mir bewiesen hat, etwas Außergewöhnliches ist, genau wie die Tatsache, dass sie mir nie gesagt hat: »Meine Tochter, du bist dick, plump und unweiblich.« Vielleicht hatte sie keine Zeit, um es überhaupt zu merken, so wie sie keine Zeit hatte, um mich zu kontrollieren, oder sie mochte mich so, wie ich war. Sie hat mich nie anders gewollt.

Sie und meine Alten haben mir die Freiheit geschenkt. Und

unwillkürlich denke ich, dass die Freiheit eine Frage des Raums ist. Ich sehe die Landschaft meiner Kindheit wieder, die vertrauten Gefahren – Ruinen, Dornengestrüpp, schwarze Wasserlöcher in Wildbächen –, die meine Wanderungen zu einem Abenteuer bis an die Grenzen der Ferne machten. Ich sehe meine Mutter wieder vor mir, die sich vom erhöhten Sitz ihres Lieferwagens herab vorsichtig im winterlichen Nebelmeer vorwärtstastet, die Reifen, die auf dem vereisten Asphalt der geraden Straße tanzen. Ob sie sich manchmal ausgemalt hat, sie sei in der russischen Steppe oder bei den Schmugglern auf dem Berg, wie in den Romanen, die sie liest? Ich denke daran, dass die engen Grenzen dessen, was man tun oder nicht tun soll, was ehrbar ist und was nicht, für sie inzwischen nutzlos geworden sind, so wie alte, verrostete Schranken, die nichts mehr abschirmen.

Wenn *Magna* Giulia sich in der euphorischen Phase ihrer manisch-depressiven Psychose beziehungsweise, wie man heute sagen würde, ihrer bipolaren Störung befindet – damals hatte niemand von uns einen Namen für ihre Stimmungsschwankungen, es war etwas, das ihr widerfuhr und Schluss –, redet sie ununterbrochen. Nur zum Essen hört sie kurz auf, und um wenige Stunden in einen leichten Schlaf zu verfallen, aus dem sie wie elektrisiert und von brodelnden neuen Energien getrieben erwacht.

Polonia stöhnt, den Kopf zwischen den Händen.

Daraufhin stürzt sie sich auf ihren Neffen Gilin, ihren Angelo, und es ist, als wäre sie wieder fünfzehn, ein »liebliches junges Mädchen auf der Schwelle zum Leben«, wie ihre Schulkameradinnen ihr damals ins Poesiealbum schrieben. Mit sechzig Jahren erlebt Giulia eine neue Jugend. Nachdem sie sich monatelang in schleppenden oder halbfertigen Sätzen geäußert hat, überfällt sie die Lust an gedrechselter, beschwingter Sprache, durchsetzt mit Ausrufen und hellem Gekicher.

Und ihr Neffe lässt sich »Angiolino mio, Schätzchen« nennen, hört ihr zu und ermuntert sie, auch wenn ihm vor Müdigkeit die Augen zufallen; erst in den frühen Morgenstunden, wenn ihre Stimme das einzige Geräusch in der Nacht ist, abgesehen von einigen auf der Provinzstraße vorbeirasenden Autos und dem unruhigen Geraschel von *Magna* Polonia, die sich träumend im Bett umdreht, kann er sie dann endlich zum Schlafengehen bewegen und sich auch selbst hinlegen, zwar müde, ja, aber mit ein paar Tausend-Lire-Scheinen für seine Mühe belohnt.

Im Unterschied zu ihren berühmteren Vorgängerinnen in Aldo Palazzeschis Roman *Schwestern Materassi* sehen meine Großtanten in ihrem Neffen nicht den traumhaften Geliebten, das ewig Männliche – was mein Vater in der Tat nicht verkörpert. Schön ist er, durchaus, aber nicht männlich, er ist kein Verführer, man kennt von ihm keine Frauengeschichten außer der Beziehung zu meiner Mutter; im Gegenteil, den Frauen zieht er männliche Gesellschaft vor, seine berüchtigten Freunde, die ihn trotz der erlittenen Niederlagen noch immer faszinieren. Dennoch entfernt sich Gilin nie zu weit von den Frauen. Der Angewohnheit, sich von ihnen seine noch offenen Rechnungen bezahlen zu lassen, bleibt er treu. Ein ewiger verlorener Sohn, der immer wieder zu den Müttern zurückkehrt, so haben Polonia und Giulia ihn gewollt und geliebt, das haben sie aus ihm gemacht.

Jetzt arbeitet mein Vater in der Mineralwasserfirma seines Freundes Demarchi. Vielleicht hatte der Buchhalter mit dem Toupet Gewissensbisse, weil er den ehemaligen Arbeiter ins Spielcasino eingeführt hat, und wollte es wiedergutmachen, indem er ihm eine bezahlte Tätigkeit anbot. Wie auch immer, und trotz der unvermeidlichen Misshelligkeiten zwischen ihm und dem Boss, geht Gilin nun jeden Morgen ins Lager, eine vertikale Stadt aus turmhoch gestapelten Flaschen in der trostlosen Peripherie Turins, belädt den Lastwagen und fährt zu den neuen Supermärkten, die in anderen Vorstädten entstehen. Ins Casino geht er vermutlich nicht mehr – sein Dämon ist an andere, vertrautere Spieltische in Kneipen und Osterien zurückgekehrt –, dafür trifft er sich wieder mit den alten Bocciafreunden; dieses Spiel beherrscht er hervorragend, sowohl beim Werfen als auch und vor allem beim Kugelstoß, er könnte ein Champion werden. Beinahe, doch um Champion zu werden, bräuchte er Ausdauer, sogar im Bocciaspiel. Jedenfalls gewinnt er viele Goldmedaillen, die er voller Stolz sammelt und die gelegentlich verschwinden, verkauft, um etwas Bargeld zusammenzukratzen.

Das Geld, oder vielmehr dessen Knappheit, ist seine ewige Sorge. Die Tanten, die jeden Monat ihre Rente auf der Post abholen, verwahren die Banknotenbündel in der Komodenschublade zwischen Taschentüchern und Schlüpfern, und er hat die Gewohnheit angenommen, wenn die beiden Dickhäuter in der Küche dösen oder sich mit den immer selteneren Besuchern unterhalten, in der Wäsche zu wühlen und ein oder zwei Scheine aus dem Bündel herauszuziehen, sodass sie es nicht merken – oder nicht so knauserig sind, sich wegen so einer Lappalie zu beklagen.

In dieses Spiel, das er »Schatzsuche« nennt, weiht er eines Tages seine Tochter ein: »Da, siehst du, es geht ganz einfach!« Und lachend schwenkt er vor ihrer Nase einen blassgrünen Cristoforo Colombo, einen hellrosa Michelangelo.

Seine Tochter bleibt an der Tür stehen.

Ich sehe zu und sage nichts.

Und auf dem Heimweg erlebe ich dann noch etwas Seltsames: Während ich den alten, kiesbestreuten Hof und die roten Backsteinpfosten, die das eiserne Tor halten, hinter mir lasse und an dem Mäuerchen entlanggehe, über dem die Teerosenhecke blüht, kommt es mir vor, als wanderte ich durch die Vergangenheit. Die Farben der Rosen sind blasser, als wären es die vom vorigen Jahr.

Das Gras auf den Wiesen, die jenes Wegstück säumen, ist von fahlem, staubigen Grün, sieht aus wie in einem zerkratzten alten Film, den ich so oft gesehen habe, dass er mir nichts Neues zu sagen hat. Vorbei die Aufregung, die ich früher spürte, wenn ich zu den Tanten ging, verflogen die Gedanken, die mir durch den Kopf schossen – die Blumen, der Gemüsegarten, der Salon voller Dinge, die zu entdecken waren, Giulias alte Bücher, der Dachboden, auf dem ich heimlich meine archäologischen Nachforschungen anstellte. Die Tanten und die Großmutter scheinen stillzustehen in einer Zeit, die es schon nicht mehr gibt, fast als hätten sie sich selbst überlebt.

Mit vierzehn Jahren betrachte ich sie aus der Ferne, als hätte eine Zeitmaschine mich plötzlich nach vorn katapultiert, in die Zukunft. Jahrzehnte später bringt mich dieselbe Maschine zurück, auf der Suche nach ihnen.

Als ich über meine Familie zu schreiben begann, vor allem über Ninin, bin ich einem Bedürfnis gefolgt, das mich schon lange umtrieb: den dunklen Kern der geliebten Wesen aufzuspüren. Sie auferstehen, gegenwärtig werden zu lassen. Vielleicht sind diese Seiten so etwas wie Ahnenbilder, denen die sogenannten primitiven Völker einen bestimmten Platz zuweisen, einen Altar oder sogar einen eigenen Raum. Es heißt, den Toten Speisen hinzustellen diene dazu, sie zu befrieden, damit sie nicht zurückkommen und die Lebenden stören. Doch mich würden sie gar nicht stören, ich hätte sie im Gegenteil gerne um mich; und mit meinem Schreiben habe ich versucht, sie zu einem Besuch zu bewegen. Auch wir haben übrigens an dem Brauch festgehalten, den Toten am Vorabend ihres Festtags Anfang November den Tisch zu decken, mit Wein und Esskastanien. Als Claudia eine verschlossene Flasche auf den Tisch stellte, habe ich vorgeschlagen, dass wir sie öffnen: Wie sollten die Toten mit ihren luftigen Händen den

Korkenzieher greifen? Und vor allem erlaubt uns das, am nächsten Morgen zu denken, die Flasche sei nicht mehr ganz so voll, ein paar Tropfen fehlten.

Nicht alles, was ich erzählt habe, ist wahr – die Namen, Daten und Fakten stimmen, aber da, wo ich nicht genug wusste, habe ich ab und zu etwas erfunden; bei manchen Tatsachen habe ich den ungewissen zeitlichen Ablauf verändert oder rekonstruiert und natürlich alles auf meine Art neu interpretiert. Meine Familie hat nicht Geschichte geschrieben; daher hat es keinerlei Bedeutung, an welchem genauen Tag ein bestimmter Vorfall passiert ist. Vor einigen Jahren habe ich auf der Jagd nach Eindrücken, Namen, Geburts- und Todesdaten Erkundungsgänge durch die Gebirgsorte und Dorffriedhöfe unternommen. Und selbstverständlich auch ein wenig im Internet recherchiert. Vor allem aber habe ich meine Mutter gefragt und bin auf diese Weise Zeugin des langsamen Verfalls ihres Intellekts geworden: Im Lauf der Jahre und später Monate wurden ihre Antworten immer kürzer und fahriger, und am Ende hat sie mir gar nicht mehr geantwortet, da sie fast ganz das Gedächtnis und das Wahrnehmungsvermögen verloren hatte. Nun ist es zu spät für alle Fragen, die mir nicht früher eingefallen sind.

Während des Schreibens bin ich irgendwann notgedrungen nicht nur ihnen, sondern auch mir selbst begegnet, denn in jener Vergangenheit war ich ja zumindest teilweise dabei. Unvermeidlich fand ich mich in ihnen wieder und dachte gelegentlich: Tja, ich bin, wie ich bin, weil er, sie oder sie alle so und so waren, dies oder jenes getan haben.

Doch ich will gewiss keinem familiären Determinismus das Wort reden, der nur einengt. In dem Ergebnis, das ich bin, hat sich Unvorhersehbares untrennbar mit Vorhersehbarem gemischt.

So habe ich mich sicherlich nicht aus freien Stücken am Beispiel meines Vaters geformt, nach dem Prinzip von Nähe und Gegensätzlichkeit. In Anbetracht des Kriegsschreis von *Magna* Ninin, »du bist eben die Tochter deines Vaters!«, konnte es gar nicht anders kommen: Ich *musste* beweisen, dass ich nicht so war wie er, alles andere wäre ein Verrat am mütterlichen Teil der Familie gewesen, der mein Gerüst bildete und von dem mein Überleben abhing. Doch wie oft im Leben habe ich unvermutet gedacht: Blöder, verantwortungsloser Kerl, ich muss jetzt für deine Fehler geradestehen! Deinetwegen darf ich nicht verantwortungslos sein, und der Himmel weiß, wie viel Spaß es mir machen würde!

Ich bin vernünftig (glaube ich zumindest, was vielleicht schon das Gegenteil beweist). Ich bin sparsam, hasse Verschwendung, lösche das Licht, wenn ich aus dem Zimmer gehe, esse die Reste auf, halte mich an Fälligkeitsdaten. Schon das allein ist ziemlich lästig. Aber sobald er in meinem Leben auftaucht – wenn ich die Schulden bezahle, die er bis achtzig überall hinterlässt, seinen Blutzuckerspiegel kontrolliere, mit Freunden über ihn spreche, die ihn zehn Minuten besucht haben und reizend finden –, verwandle ich mich jedes Mal in eine stolze, gestrenge Minerva, eine lächerliche Figur.

Das Vermächtnis der weiblichen Linie ermöglicht mir, mit Anstand in der Welt zu leben, doch Erfolg habe ich, wenn ich voll und ganz Gilins Erbe antrete. Wenn ich die Leute zum Lachen bringe und mich zu bedenkenlosem Leichtsinn aufschwinge.

Die Unduldsamkeit ist am schwierigsten zu handhaben. Der Wunsch, alle Zwänge zum Teufel zu jagen, immer die Abkürzungen zu nehmen, über die Stränge zu schlagen und es sich nie erlauben zu können, weil er es schon getan hat, der unverbesserliche Alte! Nie habe ich mir zugestanden, diese Unduldsamkeit unverblümt zu zeigen, aber unter der Haut ist sie immer da und hat in meinem Leben genug Schaden angerichtet (oder segensreich gewirkt, je nach Standpunkt). Zum Beispiel hat sie mich an der akademischen Karriere gehindert, die ich mit einundzwanzig, zweiundzwanzig kurz in Betracht gezogen hatte – denn mir wurde sofort klar, dass ich den ganzen Apparat nicht ausgehalten hätte, die Aufgeblasenheit, die Notwendigkeit, anderen die Taschen zu tragen. Bestimmt hätte ich sie auf die Treppenstufen des Palazzo Nuovo, Sitz der Universität Turin, geschleudert, diese Taschen, und wäre geflüchtet, wie er, genau wie er!

Wie die Gegensätze versöhnen, wie das mütterliche und das väterliche Erbe in mir vereinen, ohne dass eines das andere erstickt?

Durch Schreiben.

Dieser Zwang, der in meinem fünfzehnten Lebensjahr zum ersten Mal auftrat, erweist sich für mich als lebenswichtig. Vor allem weil er mich von der Illusion befreit hat, eine in sich geschlossene Person zu sein, als die andere mich sehen. »Ich« sind viele Personen, die sich nicht unbedingt alle miteinander verstehen – im Gegenteil, aus ihren Konflikten können neue Welten entstehen, unerforschte Räume, in denen sich das innere Universum immer weiter ausdehnt.

Jahrelang habe ich einen Traum: Ich begrabe die Leiche meines Vaters im Hof unseres Hauses zwischen den alten, silbrigen Zedern und der Magnolie mit ihren glänzenden Blättern. Es ist ein belastender Traum, aus dem ich müde erwache, erdrückt von dem schweren Toten, den ich verstecken muss, weil ich sonst eines Verbrechens angeklagt werde. Ich träume nie, dass ich ihn umbringe, und vielleicht habe nicht ich ihn getötet – aber tot ist er … Zu der Zeit lese ich viele Krimis, und der Teil, in dem es darum geht, die Leiche zu beseitigen, beunruhigt mich am meisten.

Eines Tages wache ich mit neuer Energie aus diesem Traum auf und schreibe eine Erzählung, in der meine Mutter meinen Vater umbringt und mich dann zu Hilfe ruft, um den teuren Verstorbenen in den Brunnen zu werfen. Anschließend verreist sie mit einer Freundin und lässt mich mit den Beweisen des Verbrechens und meinen Schuldgefühlen allein zurück.

Diese Erzählung war eine echte Befreiung. Ich fand sie erheiternd, meinen wenigen Lesern graute es. Noch immer betrachte ich sie als eine der besten und sinnvollsten Sachen, die ich je geschrieben habe.

Außerdem war es auch die Wahrheit.

Nach zehn Jahren Trennung hat meine Mutter Gilin wieder aufgenommen. Er arbeitete noch in der Mineralwasserfirma und schien zur Vernunft gekommen zu sein – es war eine falsche, aufgesetzte Vernunft, aber immerhin –, und sie hatte nie andere Männer auch nur angeschaut. Ninin war gestorben, und Polonia schickte sich an, ihr zu folgen. Nun war meine Mutter allein im Dorf. Ich wohnte längst in der Stadt, war eine sehr mit ihrem eigenen Leben beschäftigte junge Frau, hatte eine Wohnung, eine Arbeit, ein paar Liebesgeschichten, sogar eine Katze.

Meine Mutter hatte einen Mann und hat ihn wieder aufgenommen.

Und dadurch hat sie ihn in die Familie zurückgebracht, die durch die Todesfälle nur noch mich und sie (und meine längerfristigen Beziehungen) umfasste. Ab und zu rechtfertigte sie sich dafür: »Was hätten die Leute gesagt, wenn dein Vater im Obdachlosenheim gelandet wäre?« Und ich: »Was schert es mich, was die Leute gesagt hätten!« Und sie: »Zuletzt hättest du dich um ihn kümmern müssen.« Und ich: »Und so muss ich mich jetzt schon um ihn kümmern!« Natürlich hätte mich dieses Schicksal ohnehin ereilt, da ich in einem extrem familienfixierten Land lebe, das keine Scheidung zwischen Eltern und Kindern vorsieht. Vom Vater kann man sich in Italien nicht befreien.

Vom Ehemann schon. Auch wenn man mit ihm zusammenlebt. Mit den Jahren hat sich auch meine Mutter ein eigenständiges Leben aufgebaut, mit Katzen, Büchern, Freundinnen, Kino, Reisen, sogar ein paar Liebesbeziehungen … Und mein Vater daneben, alt, grantig, ein Vielfraß und unverbesserlicher Liederjan … Und wer fährt ihn ins Krankenhaus, wer kümmert sich um ihn als langlebiger, im Rollstuhl sitzender Greis? Seine Tochter Minerva, mit dem schief sitzenden Helm über dem finsteren Gesicht.

Diese Erzählung zu schreiben hat mir sehr gutgetan. Ich sah mich als lächerliches Opfer und lachte über mich. Ich sah meine Mutter, wie sie war, eine potenzielle Mörderin und somit endlich eine vollständige Frau mit allen Eigenschaften einschließlich Zynismus, Egoismus und kühlem Kopf, die man braucht, um im Leben seine eigenen Ziele zu verfolgen. Zum ersten Mal sah ich sie ganz und unvoreingenommen, außerhalb meiner Liebe, oder vielleicht mit einer erwachseneren Liebe, und nahm etwas wahr, was sie menschlicher und mich freier machte.

Mein Vater ist der Einzige von ihnen, der noch lebt, falls man den Zustand, in dem er immer mühsamer atmet, noch als Leben bezeichnen kann, dort im Altersheim auf den Hügeln des Monferrato.

Auch meine Mutter ist gestorben und hat mich voll Staunen und Ungläubigkeit zurückgelassen: Wie ist es möglich? Wohin ist sie entschwunden?

Noch immer träume ich von ihr und von *Magna* Ninin, träume von einer jungen und einer alten Frau, beide strahlend schön, die zwei Gesichter der Liebe.

Mit Ninin ist mir etwas Seltsames passiert.

Sie, die mir in meiner Kindheit so vertraut war, dass ich kaum auf sie achtete, ist nach ihrem Tod immer lebendiger geworden. Sie, die sich nie vordrängte, erschien mir mit der Zeit so, wie ich sie hier geschildert habe, als Urmutter. Mir ist, als verdichteten sich in ihr die Existenzen aller anderen, Sinn und Bedeutung meiner eigenen Geschichte. Mehr noch: *Magna* Ninin habe ich dort wiedergefunden, wo ich es am wenigsten erwartet hätte, in meinen Gefühlsentscheidungen. Mir ist bewusst geworden, dass die Menschen, die ich mir aussuchte, alle etwas von ihr hatten, dass ich niemals jemanden wirklich hätte lieben können, der nicht so aufrichtig, kämpferisch und rau war wie sie – und dass ich, mehr als liebenswerte Freundlichkeiten, eine gewisse Unbeholfenheit unwiderstehlich fand, eine Herbheit im Wesen, die sich irgendwann einfach nicht mehr zügeln lässt und in grollenden Protest ausbricht, ohne dass man deswegen aufhört, zu arbeiten und die Welt zurechtzurücken …

Gilin habe ich, nachdem er die Waffen gestreckt hatte, den entscheidenden Schlag versetzt, als ich begriff, dass mein *sense of humor* nicht nur von meinem Vater stammt, sondern noch vor ihm von meiner Großmutter und meiner nie gekannten Großtante mütterlicherseits, Michin, und von wer weiß wem sonst noch, übertragen auf die ebenso komplexe, geheimnisvolle Weise, in der meine Entscheidungen die Grenzen meines Lebens definieren, seine Form. Kein anderes hätte ich leben wollen.

Welche Leidenschaft muss die Archäologen antreiben, die so viel Zeit damit verbringen, winzige Bruchstücke auszugraben und zu säubern! Der magische Augenblick wird natürlich der sein, in dem zwei Stücke zusammenpassen und zwar noch keine Form ergeben, sie aber erahnen lassen. Zusammenhänge herstellen, ein Muster entdecken, einen Punkt mit einem anderen Punkt, eine Idee mit einer anderen Idee verbinden: Sind die Freuden, die Bedürfnisse und Leidenschaften des Geistes etwa weniger intensiv als die des Körpers, nur weil sie abstrakter sind? Manchmal, scheint mir, sind sie sogar viel stärker.

Auf der Suche nach meiner Familie, die nicht mehr da ist, habe ich daher mehrmals geglaubt, auch etwas von mir zu verstehen, und vielleicht sogar von dem weiten, undurchsichtigen Feld der menschlichen Dinge …

Und sie, ich mag sie nicht meine Toten nennen, das ist zu traurig! Ich denke lieber, sie sind ausgewandert in eine andere Dimension, haben auf der *Colombo* die Reise in ein anderes, noch ganz neues Amerika angetreten, und ab und zu begegne ich ihnen in einer Zeitkurve wieder, betrachte sie von Weitem und versuche, mit ausholenden Gesten ihre Aufmerksamkeit auf mich zu lenken. Teils sehen sie mich, teils auch nicht, ich habe den Eindruck, dass sie über meine Eile lächeln, und manchmal lassen sie mich leiden, wie alle Verliebten immer zumindest ein bisschen leiden, auch wenn sie glücklich sind.

Anmerkung der Autorin

Alle hier genannten Namen, Orte, Daten und Tatsachen sind wahr. Doch die Farbe der Dinge, die innere Zeit, die Perspektiven der Erinnerung, all das ist Fiktion, neu erschaffene und erfundene Realität, wie übrigens jede Erzählung.

Falls sich noch jemand an die Personen erinnert, von denen ich spreche, so hoffe ich, dass er mir mögliche Fehler oder Auslassungen verzeiht und diese Geschichte einfach als Roman betrachtet.

Ich danke meiner Agentin Rita Vivian, die sofort an dieses Buch geglaubt und es mit großer Begeisterung, Energie und Kompetenz unterstützt hat. Für ihre liebevolle Aufmerksamkeit danke ich Giulia Ichino, die mir das Gefühl gegeben hat, willkommen zu sein und geschätzt zu werden, und Marilena Rossi, die mir geholfen hat, einige noch dunkle Passagen zu erhellen. Und schließlich Alessandra Maffiolini, die in der Zauberwelt der Wörter und der Interpunktion meine Spielgefährtin war.

Titel der Originalausgabe: *Ritratto di famiglia con bambina grassa*
Umschlaggestaltung: Geviert – Michaela Kneissl
Typografie + Satz: frese-werkstatt.de
Druck + Bindung: CPI – Clausen und Bosse. Leck
ISBN 978-3-95614-119-5